El eco de los libros antiguos

T0243913

BARBARA DAVIS

El
ECO
de los
LIBROS
ANTIGUOS

Traducción de
Patricia Mata Ruz

Primera edición: marzo de 2024
Título original: *The Echo of Old Books*

© Barbara Davis, 2023
© de la traducción, Patricia Mata Ruz, 2024
© de esta edición, Futurbox Project, S. L., 2024
Esta edición se ha hecho posible gracias a un acuerdo con Amazon Publishing,
www.apub.com, en colaboración con Sandra Bruna Literary Agency.

Diseño de cubierta: Faceout Studio, Spencer Fuller
Imagen de cubierta: Shutterstock: ©Vasya Kobelev | ©VolodymyrSanych | ©Phet-
charatBiRTH | ©tomertu | ©SUFAIR | ©Franck Boston | Stocksy United: ©BON-
NINSTUDIO | ©Todd Korol
Adaptación de cubierta: Taller de los Libros
Corrección: Gemma Benavent, Raquel Luque

Publicado por Lira Ediciones
C/ Roger de Flor n.º 49, escalera B, entresuelo, despacho 10
08013, Barcelona
info@liraediciones.com
www.liraediciones.com

ISBN: 978-84-19235-12-1
THEMA: FV
Depósito legal: B 3912-2024
Preimpresión: Taller de los Libros
Impresión y encuadernación: Liberdúplex
Impreso en España – *Printed in Spain*

*Este libro está dedicado a los bibliotecarios y a los libreros…
Custodios de la imaginación, alimentadores de corazones
hambrientos, alcahuetes de la palabra escrita.
¿Dónde estaríamos de no ser por vuestra labor de amor?*

«Cuando estoy sentado en mi biblioteca por la noche, contemplando los rostros callados de mis libros, a veces me visita la extraña sensación de lo sobrenatural».

Alexander Smith

Prólogo

21 de julio de 1954
Marblehead, Massachusetts

Llega en un día soleado de verano.

Un sobre grande de papel de manila con la palabra «Urgente» estampada con tinta roja en dos lugares diferentes del anverso. Lo miro fijamente sobre el protector de escritorio de cuero arañado, donde descansa con el resto del correo del día. La caligrafía me resulta familiar, y también el nombre del remitente.

Me siento en la silla, respiro hondo y exhalo. Incluso ahora, después de tantos años, los recuerdos son escurridizos. Como en el caso de una extremidad fantasma; puede que la causa del dolor haya desaparecido, pero el recuerdo de la pérdida, tan repentino e intenso, me pilla desprevenida. Me quedo sentada un momento con el dolor y espero a que desaparezca.

El sol de la tarde se cuela entre las persianas del despacho y dibuja líneas de luz suave sobre la moqueta y las paredes, sobre los estantes llenos de libros, premios y un poco de todo lo que he ido coleccionando con los años. Es mi santuario. Aunque hoy parece que el pasado me ha encontrado.

Abro el sobre y vacío el contenido sobre el escritorio. Hay un paquete rectangular envuelto en papel marrón corriente y un pequeño sobre con un clip y una nota.

Te lo mando tal y como pide
en la carta.

La caligrafía cuidadosa de Dickey es inconfundible.

Mi sobrino.

Apenas hablamos hoy en día, porque las conversaciones se han vuelto incómodas con los años, pero nos seguimos carteando en las vacaciones y los cumpleaños. ¿Qué puede haberme mandado?

Saco una sola hoja de papel del sobre y lo dejo abierto sobre el protector de escritorio. La caligrafía no es de Dickey, sino de otra persona. También me resulta familiar. Es nítida, con las letras angulares y bastante inclinadas. Es la letra de un fantasma.

Dickey:

Después de todo lo que ha pasado conmigo y tu familia, pensarás que soy un atrevido por ponerme en contacto contigo. Soy totalmente consciente de las consecuencias que tuvo mi conexión con tu familia y no me gusta tener que implicarte otra vez, pero pienso que, después de tantos años, tengo que aclarar algunas cosas. Y por eso te suplico que me hagas un último favor. Te pido que envíes este paquete a tu tía, ya que, con el tiempo, le he perdido el rastro. Asumo que seguís en contacto, porque siempre fuiste su favorito y recuerdo que, en una ocasión concreta, te confió una tarea bastante delicada. Es por eso por lo que me atrevo a pedirte que me ayudes. Deseo que le mandes el paquete intacto, ya que el contenido es privado y solo lo puede ver ella.

Te lo agradezco muchísimo. Un saludo,

H.

La habitación me resulta muy pequeña, cerrada y sofocante cuando observo el paquete envuelto con esmero. Trece años sin mediar palabra y ahora, de repente, me manda un paquete clandestino a través de nuestro viejo intermediario. ¿Por qué ahora? ¿Por qué razón?

Rasgo el papel duro y marrón con las manos sudadas. Aparece un lomo de cuero grabado en relieve. Una cubierta de color azul veteada. Un libro. Ver el título, con las letras de color dorado, me sienta como un puñetazo.

Mi lamento: Belle.

Trago para deshacerme del nudo en la garganta, de la sensación tan dolorosa y real que me deja sin aliento. He pasado tanto tiempo sin sentir nada, intentando no recordar, que se me había olvidado qué se siente cuando te abren en canal, cuando sangras. Me preparo para lo peor cuando abro la cubierta y me llevo una mano a la boca para contener un sollozo. Claro que tiene dedicatoria. Nunca habrías dejado pasar la oportunidad de tener la última palabra. Sin embargo, no estoy preparada cuando tu voz resuena en mi mente al leer las palabras que has escrito en la portada; un dardo directo a mi conciencia.

¿Cómo, Belle? Después de todo… ¿cómo pudiste hacerlo?

Uno

Ashlyn

«No hay nada tan vivo como un libro bien amado».

Ashlyn Greer, El cuidado y mantenimiento
de los libros antiguos

23 de septiembre de 1984
Portsmouth, Nuevo Hampshire

Como era habitual los domingos por la tarde, Ashlyn Greer había salido de caza. En esta ocasión, al desordenado almacén de una tienda de antigüedades que había a dos manzanas de Historias Improbables, la tienda de libros antiguos de la que era propietaria y que había dirigido durante casi cuatro años.

El día anterior había recibido una llamada de Kevin Petri, el propietario de la tienda, que la había avisado de que un chico de Rye había llevado varias cajas de libros y él no tenía espacio para almacenarlos. ¿Quería ir a echarles un vistazo?

No era la primera vez que se pasaba el único día que tenía libre buscando un tesoro perdido entre cajas. Normalmente se iba con las manos vacías, aunque no siempre. En una ocasión, encontró una primera edición de *Todas las criaturas grandes y pequeñas* en perfectas condiciones. Otro día rescató una primera edición de *Horizontes perdidos* de una caja de libros de cocina viejos. Lo habían tratado muy mal, pero después de una buena rehabilitación, le había resultado muy rentable. No era habitual dar con este tipo de tesoros (de hecho, casi nunca tenía tanta suerte), pero la emoción que sentía en esas ocasiones excepcionales hacía que la búsqueda valiera la pena.

Por desgracia, las cajas de ese día no parecían especialmente prometedoras. La mayoría de los libros eran ediciones de tapa dura, éxitos de ventas recientes de Danielle Steel, Diane Chamberlain y del aclamado rey de las novelas que te hacían llorar a moco tendido, Hugh Garret. Eran autores muy admirados, sin duda alguna, pero no eran libros únicos. La segunda caja tenía una mezcla más ecléctica, entre la que había varios libros de salud y nutrición, uno que prometía un vientre plano en treinta días y otro que alardeaba de las ventajas de la dieta macrobiótica.

Buscaba rápidamente y con cuidado de no tocar los libros durante mucho tiempo, aunque resultaba difícil no percibir las sutiles vibraciones cuando los devolvía a la caja. Los libros habían pertenecido a alguien enfermo y asustado, alguien a quien le preocupaba que se le estuviera acabando el tiempo. Estaba casi segura de que había sido una mujer.

Era un don que tenía, un talento, como el oído absoluto o la nariz de un perfumista. La habilidad de leer los ecos que se aferraban a algunos objetos inanimados, a los libros, concretamente. No tenía ni idea de cómo funcionaba. Solo sabía que había empezado cuando tenía doce años.

Sus padres estaban teniendo una de sus violentas peleas, así que se escapó por la puerta trasera, se montó en la bicicleta y pedaleó con furia hasta llegar a la pequeña tienda a rebosar de libros de Market Street. Había llegado a la conclusión de que ese era su lugar seguro (y lo seguía creyendo).

Frank Atwater, el propietario de la tienda, la había saludado con uno de sus movimientos de cabeza taciturnos. Él conocía la situación que tenía en casa —lo sabían todos en el pueblo— aunque nunca sacó el tema, sino que optó por ofrecerle un refugio cuando las cosas entre sus padres se volvían insoportables. Nunca olvidó la bondad del hombre.

Ese día tan trascendental había ido directa a su esquina favorita, donde se encontraban los libros para niños. Se sabía todos los títulos y autores de memoria, además del preciso orden en el que estaban colocados.

Los había leído todos como mínimo una vez. Pero ese día había tres libros nuevos. Acarició los lomos desconocidos con los dedos. *La historia del Doctor Dolittle*, *The Mystery of the Ivory Charm,*[*] y *Los niños del agua*. Sacó el último de la estantería.

Fue entonces cuando sucedió. Una ligera chispa de corriente le recorrió los brazos hasta llegarle al pecho. Y fue tal la pena que sintió que, de repente, le faltó el aliento. Soltó el libro, que aterrizó a sus pies, abierto sobre la moqueta como un pájaro herido.

¿Lo había imaginado?

No. Sin duda lo había sentido. En el cuerpo. Era un dolor tan real, tan agudo que, por un instante, se le habían llenado los ojos de lágrimas. Pero ¿qué había pasado?

Recogió el libro del suelo con recelo. Esta vez, dejó que los sentimientos se apoderaran de ella. Las lágrimas le ardían en la garganta. Tenía los hombros pesados por la pérdida. Una de esas pérdidas despiadadas e infinitas. En aquel momento, ella todavía no conocía una angustia tan grande, de esas que se te tatúan en el cuerpo y se te quedan grabadas en el alma. Simplemente, se quedó allí sentada e intentó entender lo que fuera aquello.

Con el tiempo, el tormento fue perdiendo intensidad y la abandonó. O bien se había acostumbrado a la sensación, o las emociones se habían marchado sin más. No sabía cuál de las dos opciones era la correcta. Incluso ahora, con el paso de los años, lo desconocía. ¿Podía un libro cambiar sus ecos, o eran los sentimientos que Registraba de una naturaleza ineludible que los hacía perdurar en el tiempo?

Al día siguiente, le preguntó a Frank de dónde habían salido esos libros. Él le respondió que los había traído la hermana de una mujer cuyo hijo había fallecido en un accidente de coche. Por fin lo entendió. Comprendió la tristeza sofocante;

---

[*] *El misterio del talismán de marfil (N. de la T.).*

14

el dolor que sentía debajo de las costillas era de duelo. El duelo de una madre. Sin embargo, todavía seguía sin comprender qué había ocurrido. ¿Era realmente posible sentir las emociones de otra persona simplemente con tocar un objeto que le había pertenecido?

Durante las siguientes semanas, intentó recrear la sensación tomando libros aleatorios de las estanterías, con la esperanza de que la asaltara alguna emoción repentina. Lo probó un día sí y otro también, pero no ocurrió nada. Entonces, una tarde, sacó una copia maltrecha de *Villette,* de Charlote Brontë, y una corriente de felicidad imprevista le recorrió los dedos, como una ola de agua fría, una sensación ligera y jovial pero de una intensidad sorprendente.

Entonces fue el turno del tercer libro. Una antología de poemas de Ella Wheeler Wilcox llamada *The Kingdom of Love.** Sin embargo, la antigua energía masculina que percibió contrastaba con el título romántico del libro, lo que demostraba que los ecos de los libros no tenían nada que ver ni con el género ni con el tema que trataban. La energía parecía ser un reflejo del propietario.

Al final reunió el valor para contarle a Frank lo de los ecos. Le daba miedo que le dijera que había leído demasiados cuentos de hadas pero, en lugar de eso, el hombre la escuchó con atención y la sorprendió al responder:

—Los libros son como las personas, Ashlyn. Absorben lo que hay en el aire a su alrededor. El humo. La grasa. Las esporas de moho. ¿Por qué no habrían de absorber los sentimientos? Son tan reales como los otros factores que he mencionado. No hay nada más personal que un libro, sobre todo si ha sido una parte importante de la vida de una persona.

Ella puso los ojos como platos.

—¿Los libros tienen sentimientos?

—Los libros son sentimientos —se limitó a responder—. Su existencia se basa en hacernos sentir. En conectarnos con lo que llevamos dentro, a veces incluso con emociones que ni

* *El reino del amor (N. de la T.).*

siquiera sabemos que cargamos. Tiene sentido que una parte de lo que sentimos cuando estamos leyendo… se quede impregnado en ellos.

—¿Tú también puedes hacerlo? Me refiero a si tú también puedes sentir lo que ha quedado impregnado en ellos.

—No. Pero eso no quiere decir que no haya otras personas que sean capaces de ello. Dudo que seas la primera o que vayas a ser la última.

—Entonces, ¿no debería asustarme cuando me pasa?

—No lo creo, no. —Se rascó la barbilla brevemente—. Lo que describes es como un don. Y los dones se tienen para usarlos, si no ¿de qué sirven? Yo en tu lugar intentaría descubrir cómo mejorarlo, practicaría para saber cómo funciona. Así no tendrás miedo cuando ocurra.

Y así lo hizo. También indagó un poco. Con la ayuda de Frank, descubrió que lo que le pasaba tenía un nombre: *psicometría.* El doctor Joseph Rodes Buchanan había acuñado el término en 1863, y un geólogo de apellido Denton había publicado un libro: *The Soul of Things.** Básicamente, Ashlyn tenía una especie de empatía con los libros.

Frank estaba en lo cierto. Los libros eran como las personas. Cada uno tenía una energía única, como si fuera una firma o una huella dactilar, y a veces esa energía se quedaba impregnada. Ashlyn se pasó las manos por los muslos de los vaqueros para deshacerse de la tristeza que se le había contagiado de la caja de libros de cocina viejos. Esa era la parte mala de su supuesto don. No todos los ecos eran de felicidad. Como las personas, los libros también sufrían sus dosis de aflicción y, como las personas, también las recordaban.

Con el paso de los años, Ashlyn había aprendido a limitar su exposición a los libros cargados de ecos negativos y a rehuir de algunos por completo. Pero en días como ese, no podía escapar. Lo único que podía hacer era ser rápida.

En la última caja había más novelas, todas en perfectas condiciones, pero ninguna le valía para la tienda. Entonces, cuan-

* *El alma de las cosas (N. de la T.).*

do estaba llegando al fondo de la caja, se encontró una edición de tapa blanda de *Los restos del día,* de Kazuo Ishiguro.

No era nada especial. De hecho, estaba bastante desgastada, tenía las páginas de un color amarillo amarronado y el lomo totalmente arrugado. Sin embargo, era imposible ignorar su eco. Intrigada, se puso el libro sobre el regazo y tocó la cubierta con la palma de la mano. Era un juego al que le gustaba jugar de vez en cuando, adivinar si el libro tendría una dedicatoria y cuál sería.

Le encantaba imaginarse cómo había llegado un volumen en particular a las manos de su lector y por qué. ¿Por qué había sido ese libro en concreto y para qué ocasión? ¿Para un cumpleaños o una graduación? ¿Por un ascenso?

Había leído muchísimas dedicatorias a lo largo de los años, algunas tiernas, otras divertidas y algunas tan enternecedoras que le habían llenado los ojos de lágrimas. Abrir un libro y encontrarse aquellas líneas en la guarda era algo deliciosamente íntimo. Era como echar un vistazo a la vida emocional del libro, algo que no tenía nada que ver con el autor, sino con el lector.

Sin un lector, un libro era una página en blanco, un objeto inerte sin pulso propio. Pero en cuanto un libro se volvía parte del mundo de alguien, tenía una vida, un pasado y un presente, y, si se cuidaba como era debido, también un futuro. Esa fuerza vital permanecía con el libro siempre, como una firma de energía a juego con la del dueño.

Algunos libros tenían energías confusas y eran más difíciles de descifrar, normalmente era el caso de los que habían tenido varios dueños. Eso era lo que percibía en ese momento con la copia de *Los restos del día.* Muchas capas. Muy intensas. Era de esos libros que casi siempre tenían una dedicatoria y, en cuanto abrió la cubierta, vio que no se equivocaba.

Querido:

El honor no es una cuestión de sangre ni de nombre.

Es una cuestión de ser valiente y de defender lo correcto.

Tú, mi amor, siempre has elegido con honradez y eso es algo

de lo que siempre podrás estar orgulloso, igual que yo estoy orgullosa del hombre con el que me casé.

Catherine.

Sintió una especie de consuelo, eran palabras de ánimo hacia un corazón afligido, pero la energía que emanaba del libro era fría y húmeda, con ápices de culpabilidad y arrepentimiento que parecían indicar que quien fuera el tal «Querido» no había estado nada convencido.

Ashlyn cerró el libro y lo puso en la pila de descartes antes de sacar el último libro de la caja. Cuando lo alzó, sintió un cosquilleo en el estómago, lo que significaba que por fin había encontrado algo interesante. Era un volumen pequeño pero muy bonito. Tenía tres cuartas partes de la cubierta forradas con cuero marroquí, el lomo acanalado, la cubierta y contracubierta de color azul jaspeado y (si no se equivocaba) estaba encuadernado a mano.

Contuvo el aliento al examinarlo. No tenía casi ningún signo de desgaste perceptible. La encuadernación seguía en perfecto estado. La tripa del libro tenía un color amarillento, pero, por lo demás, estaba bien. Se fijó en las letras doradas grabadas en el lomo. *Mi lamento: Belle*. El título no le resultaba familiar. Siguió examinando el libro con el ceño fruncido. En ningún lugar constaban el nombre del autor ni el de la editorial. Era extraño, pero no era totalmente inaudito. Sin embargo, algo no encajaba.

El libro estaba demasiado tranquilo. De hecho, no decía nada de nada, como un libro nuevo al que todavía no se le ha impregnado el eco del dueño. ¿A lo mejor era un regalo no deseado y nunca se había leído? La idea la entristeció. Uno siempre debía leer sí o sí los libros que le regalaban. Abrió la cubierta y buscó la página de créditos, pero no tenía. Lo que sí tenía era una dedicatoria:

¿Cómo, Belle? Después de todo... ¿cómo pudiste hacerlo?

Ashlyn miró fijamente la línea solitaria. La caligrafía era puntiaguda, las palabras afiladas pretendían cortar, herir. Pero también se veía la tristeza en los espacios entre las letras, entrelazada con lo que no se decía, la desolación de una pregunta sin responder. La dedicatoria no tenía ni firma ni fecha, lo que implicaba que al receptor no le hacía falta ninguna de las dos. O sea, que debía de ser una persona muy cercana. Un amante, quizá, o el marido. «Belle». El nombre sobresalía en la página. ¿Era posible que el nombre de la destinataria fuera el que aparecía en el título del libro y que quien lo había enviado fuera el autor?

Intrigada, empezó a hojear el tomo en busca del nombre del autor o de la editorial, pero no encontró nada. No había nada que indicara cómo ese ejemplar tan extraño y bonito había llegado al mundo.

A lo mejor no tenía página de créditos porque era de dominio público, lo que significaría que lo tenían que haber escrito antes de 1923. En ese caso, estaba en perfecto estado. Sin embargo, había otra posibilidad, una que parecía más probable: que hubieran vuelto a encuadernar el libro en algún momento y que el encuadernador no hubiera podido incluir la página de créditos.

Tal vez algunas de las páginas se habían dañado o perdido. A veces ocurría. A ella le habían encargado volver a encuadernar algunos libros de los que llegaban a la tienda. Venían en bolsas de papel, con las páginas sueltas y sujetas por un cordel o una goma de plástico, y las cubiertas deformadas y mohosas de estar abandonadas en sótanos húmedos. En otras ocasiones los encontraban en los áticos y tenían las páginas tan secas que se desmenuzaban al tocarlas. Pero nunca había encontrado ningún libro que no tuviera ni el mínimo rastro de su procedencia.

La gente restauraba los libros viejos por una infinidad de razones que solían encajar en dos categorías: o por motivos sentimentales o porque eran piezas de coleccionista. En ambos casos, conservar el nombre del autor era esencial. ¿Por qué iba alguien a tomarse las molestias y gastarse el dinero para reencuadernar el libro y luego omitir esos detalles tan importantes? A no ser que la omisión fuera intencional. Pero ¿por qué?

Tentada por la promesa de un misterio literario, Ashlyn abrió el libro. Acababa de llegar al primer capítulo cuando una especie de corriente eléctrica le recorrió los dedos y la sobresaltó. Sorprendida, apartó la mano enseguida. ¿Qué acababa de pasar? Hacía unos momentos, el libro había estado en silencio absoluto, sin pulso. Pero, al abrirlo, lo que yacía en su interior había despertado, como cuando se abre una puerta en medio de un incendio y se produce una gran llamarada. Era una vivencia nueva y estaba decidida a explorarla.

Sin respirar, colocó las palmas de las manos sobre las páginas abiertas y se preparó para lo que sabía que le esperaba. Cada libro era diferente. La mayoría le producía una sensación física sutil, como un zumbido en la mandíbula o un aleteo en el estómago. En otras ocasiones, los ecos eran más intensos. Como un sonido metálico en los oídos o un escozor en las mejillas, como si la hubieran abofeteado. A veces se presentaban como gustos y olores. Vainilla. Cerezas maduras. Vinagre. Fuego. Pero este libro era diferente, era algo más profundo y, de algún modo, más visceral. Tenía un fuerte sabor a ceniza en la lengua. Las lágrimas le quemaban en la garganta. Sentía un dolor abrasador en el centro del pecho.

Un corazón hecho añicos.

Y, sin embargo, no había sentido nada hasta que no lo había abierto, como si los ecos hubieran estado conteniendo el aliento, aguardando su momento. Pero ¿cuánto tiempo habían esperado? Y ¿de quién eran esos ecos? La dedicatoria («¿Cómo, Belle?»), estaba dirigida sin duda alguna a una mujer, pero era evidente que la energía que emanaba del libro era masculina.

Volvió a examinar el lomo, buscó en la guarda, en el reverso y en la guarda posterior con la esperanza de encontrar alguna pista del origen del libro. Esta vez tampoco tuvo éxito. Era como si el libro hubiera aparecido de la nada, como si fuera un volumen fantasma que existía más allá del tiempo y el espacio literario. Excepto por el hecho de que lo estaba sujetando y los ecos eran muy reales.

Apartó las manos de las páginas y sacudió los dedos de la mano derecha para deshacerse del leve dolor que sentía en la palma. La cicatriz le había empezado a molestar otra vez. Se miró de cerca la herida con forma de medialuna que le recorría de la base del dedo meñique a la del pulgar. Sin querer, había cogido un cristal roto en un momento de pánico.

La herida se había curado sin problema y había dejado una cicatriz blanca y curvada que le atravesaba la línea de la vida. Hizo presión con el pulgar sobre la palma y flexionó los dedos repetidamente, un ejercicio que le habían recomendado después del accidente para prevenir las contracturas. A lo mejor había llegado el momento de tomárselo con más calma en el taller de encuadernación y darle un respiro a la mano. Y hablando del taller de encuadernación, ya era hora de regresar a la tienda.

Tras devolver los libros que no se iba a quedar a sus respectivas cajas, se llevó el volumen misterioso a la parte delantera de la tienda, donde Kevin pulía con cariño una radio de baquelita rosa.

—Veo que hoy has tenido suerte. —Tomó el libro, lo abrió un momento y lo cerró mientras se encogía de hombros—. No lo conozco. ¿Quién lo escribió?

Ashlyn miró asombrada al hombre, totalmente ajeno a los sentimientos que emanaban con fuerza del libro.

—No tengo ni idea. No consta el nombre del autor y no hay página de créditos, ni siquiera información sobre la editorial. Creo que lo deben haber restaurado. O a lo mejor fue el proyecto vanidoso de alguien: los ejemplares para la familia y amigos de la novela del tío John.

—¿Y crees que puede interesarle a alguien?

Ashlyn le guiñó el ojo con complicidad.

—No lo creo. Pero me encantan los misterios.

Dos

Ashlyn

*«¿Dónde es la naturaleza del hombre tan débil como
en las librerías?».*

Henry Ward Beecher

Ashlyn cerró la puerta al entrar y saboreó la tranquilidad que
la embriagaba cada vez que cruzaba el umbral de Historias Improbables, la sensación de que estaba, sin lugar a duda, donde
debía.

Ya hacía casi cuatro años que era la dueña de la tienda, aunque, de algún modo, siempre había sido suya. Y ella siempre
había pertenecido a la tienda. Desde que tenía memoria, allí
se había sentido como en casa, con los libros apilados en los
estantes desordenados, como si fueran sus leales amigos. Los
libros eran seguros. Tenían argumentos predecibles, principios,
nudos y desenlaces. Normalmente felices, aunque no siempre.
Pero si en un libro pasaba algo trágico, podías cerrarlo y elegir
uno nuevo, no como en la vida real, donde a veces pasaban
cosas sin el consentimiento del protagonista.

Como un padre que era incapaz de conservar un empleo.
No porque no fuera lo bastante inteligente o porque no estuviera cualificado, sino porque, simplemente, era demasiado
impetuoso. Los vecinos conocían el temperamento de Gerald
Greer. O bien lo habían vivido en sus carnes o lo habían oído
filtrarse por las ventanas casi todos los días. Reñía a su esposa

porque había cocinado demasiado las chuletas de cerdo, había comprado las patatas fritas que no eran o había almidonado mucho las camisas. Nunca nada estaba bien o era lo bastante bueno.

La gente cuchicheaba que tenía un problema con la bebida, aunque Ashlyn jamás había visto alcohol en casa. Y menos mal, decía la abuela Trina, que alguna vez había refunfuñado que su yerno siempre estaba a una mala cena de prenderle fuego a la casa. Solo le hacía falta un detonador.

Y luego estaba su madre, esa sombra que se pasaba el día en el dormitorio viendo concursos y las tardes durmiendo gracias a la ayuda del frasco sin fondo de pastillas amarillas que guardaba en la mesilla de noche. Las llamaba «las pastillas para lidiar con todo».

El verano que Ashlyn cumplió quince años, a Willa Greer le diagnosticaron cáncer de útero. Le dijeron que la tendrían que operar y luego hacerle quimioterapia y radioterapia, pero ella rechazó el tratamiento y dijo que no tenía nada por lo que valiera la pena vivir. Falleció en cuestión de un año, la enterraron cuando faltaban cuatro semanas exactas para el decimosexto cumpleaños de Ashlyn. Había elegido morir antes que a su familia, antes que a su hija.

El fallecimiento de su esposa dejó al padre de Ashlyn sorprendentemente desatado y, o bien se encerraba en su cuarto, o ni siquiera aparecía por casa. Comía poco, hablaba menos y sus ojos se llenaron de un vacío perturbador. Entonces, la tarde del decimosexto cumpleaños de Ashlyn, durante la fiesta que su abuela había insistido en organizar (aunque ella no había querido fiestas), su padre había subido al ático, se había puesto una Winchester cargada debajo de la barbilla y había apretado el gatillo.

Él también había elegido.

Después de eso, Ashlyn se había ido a vivir con su abuela, y se pasaba los jueves por la tarde con una psicóloga especializada en niños y duelo. Aunque no la ayudó mucho. Había perdido a sus padres en cuestión de un mes, cuando los dos habían elegido abandonarla. Era innegable que era culpa suya. Sería por algo que había hecho o se había olvidado de hacer, por algún defecto horrible e imperdonable. Como una marca de nacimiento que la deformara o un gen defectuoso, pero la cuestión se había vuelto una parte constante en su vida. Como la cicatriz que tenía en la mano.

Después del fallecimiento de sus padres, la tienda se había convertido en su santuario, en un lugar en el que refugiarse de las miradas y los cuchicheos, donde nadie la miraba de reojo ni se reía de la niña cuyo padre se había volado los sesos mientras ella soplaba las velas de su pastel de cumpleaños. Aunque el suicidio de su padre no fue lo único que le estropeó sus primeros años de vida. Siempre había sido diferente, una niña asustadiza y reservada.

Una rarita.

Esa fue la etiqueta que le pusieron el primer día de séptimo, cuando rompió a llorar después de que le entregaran un ejemplar maltratado del libro de estudios sociales que estaba cargado de autodesprecio. Los ecos habían sido tan lúgubres y profundos, tan incómodos y familiares, que le resultó casi insoportable tocar el libro. Le pidió a la chica que se sentaba a su lado que se lo cambiara, pero no le dijo el motivo. Al final, la profesora le dio otro tomo, pero para entonces toda la clase ya se había echado unas risas a su costa.

Años después, el recuerdo le seguía doliendo, aunque, por fin, había aceptado su extraño don. Se había convertido en una parte de ella, como a quien se le da bien dibujar o tocar el violín, y en algunos momentos se había convertido en su consuelo, pues los ecos reemplazaban a los amigos reales, que podían juzgarla y abandonarla.

Ashlyn se deshizo del pensamiento, dejó la bolsa de ropa sobre el mostrador y recorrió la tienda con la mirada. Le encantaba hasta el último detalle de aquel desorden tan acogedor, las alfombras deshilachadas y el suelo de madera de roble levantado, el olor de cera de abeja mezclado con el de los vestigios de la pipa de tabaco de Frank Atwater. Sin embargo, mientras observaba los montones de libros que la esperaban en el mostrador principal, las estanterías llenas de polvo y las ventanas repletas de porquería, se arrepintió de no haber contratado a alguien de una vez para que la ayudara con las tareas rutinarias.

Había estado a punto de colgar un anuncio el mes anterior, había llegado incluso a escribirlo, pero al final había cambiado de parecer. No era por el dinero. Ahora que el taller de encuadernación estaba despegando, la tienda ganaba más que suficiente para contratar a alguien. Su recelo tenía que ver con la idea de preservar el santuario que se había hecho para ella misma, un mundo insular de tinta, papel y de ecos familiares. No estaba preparada para compartirlo con nadie, aunque eso supusiera tener más tiempo libre. Puede que fuera, sobre todo, por lo del tiempo libre.

Ashlyn le echó un vistazo al reloj de estación antiguo mientras se quitaba la chaqueta y la dejaba sobre el mostrador. Ya eran casi las cuatro, y tenía una hora para organizar las estanterías antes de cambiar de tercio y dirigirse al taller de encuadernación. El montón de ese día era especialmente diverso e incluía obras como: *The Art of Cooking with Herbs & Spices,* los dos primeros volúmenes de *A Guide to Bird Behavior, The Poetical Works of Sir Walter Scott* y *The Four Dimensions of Philosophy.**

Nunca dejaba de sorprenderla que sus clientes tuvieran intereses tan variopintos. Si a alguien en algún lugar le interesaba un tema, por extraño que fuera, había un libro sobre él. Y si había un libro, alguien, en algún lugar, querría leerlo. Su trabajo era conectar al libro con el lector, y era una tarea que se tomaba muy en serio. Había crecido con la idea de que las personas podían aprender de todo con los libros, y lo seguía creyendo. ¿Cómo no iba a pensar algo así si se pasaba los días respirando un aire tan enrarecido?

Cuando terminó con las estanterías, pulió el mostrador y puso más folletos en el expositor de la parte delantera de la

---

* *El arte de cocinar con hierbas y especias; Guía del comportamiento de los Pájaros, volúmenes I y II; La obra poética de sir Walter Scott, y Las cuatro dimensiones de la filosofía. (N. de la T.).*

tienda, donde también colocó el boletín informativo mensual. Las ventanas tendrían que esperar otro día. Con más de sesenta años, la tienda ya no resplandecía, aunque los suelos arañados y las estanterías a rebosar tenían una pátina agradable que los clientes apreciaban y, a lo mejor, incluso esperaban.

En el taller de encuadernación, situado en la parte trasera de la tienda, Ashlyn encendió las lámparas fluorescentes, casi cegadoras después de la luz tenue de las lámparas de lectura de la tienda. La estancia era pequeña y estaba desordenada, aunque era un caos organizado. A la derecha, justo al entrar, estaban el telar de encuadernación, que servía para coser las páginas, y un estante con guardas de diferentes colores y estampados. A la izquierda, presidiendo la habitación, había una prensa antigua de hierro que en sus tiempos había publicado imágenes de la Inquisición española, hasta que Frank le había enseñado a imprimir libros.

Una mesa de trabajo ocupaba una gran parte de la pared del fondo. Encima, en las estanterías, había herramientas varias del oficio: pesas, leznas, lijas, plegaderas y una variedad de martillos de madera y espátulas. También había un despliegue de artículos menos especializados, utensilios domésticos como papel encerado, pinzas sujetapapeles y un práctico secador de pelo que usaba para quitar las pegajosas etiquetas de los libros que compraba en los mercadillos. A un extremo del banco, una caja con la parte delantera de cristal guardaba una selección de disolventes y adhesivos, botes de tinte y tubos de pintura, gasa y cinta para reforzar los lomos, y papel japonés para reparar las hojas rasgadas.

Aquella imagen la había intimidado en el pasado. Ahora, cada una de las herramientas era como una extensión de su amor por los libros, una extensión de ella misma. Después del «accidente» de su padre, como su abuela Trina insistía en llamarlo, Frank le había ofrecido un trabajo de verdad. Al principio, solo tenía que limpiar el polvo y sacar la basura, hasta que un día Frank la encontró inmóvil delante de la puerta del taller, con la respiración contenida, mientras diseccionaba meticulosamente una primera edición de un Steinbeck, así que le pidió con la mano que se acercara y le dio su primera clase de encuadernación de libros.

Demostró ser muy buena alumna y, al cabo de unas pocas semanas, Frank le permitió que lo ayudara regularmente en el taller, empezando con libros de menos valor hasta llegar a ejemplares más especiales y caros. Con el paso de los años, la restauración de libros se convirtió en una vocación casi sagrada. Tomar algo que había sido descuidado, o incluso maltratado, y darle una nueva vida, deconstruirlo con todo el cariño del mundo para volver a montarlo con el lomo enderezado y los rasguños alisados. Restaurar su belleza gastada era de lo más gratificante. Cada restauración era una labor de amor, una especie de resurrección, una nueva vida para un objeto roto y olvidado.

Su primera tarea para ese día era comprobar el estado de varias páginas de un volumen de Tom Swift; lo había dejado en remojo en una gran bañera esmaltada con la esperanza de poder quitarle todo el pegamento que le habían puesto en un intento desacertado de restaurarlo. El pegamento era un asunto complicado, incluso para un encuadernador experto. En las manos de un principiante entusiasta solía acabar en desastre.

Tomó una pequeña espátula, alargó el brazo hacia el agua y rozó con cuidado la mezcla de pegamento y cinta vieja que había en la esquina de la primera página. Todavía no estaba listo, pero bastaría con unas horas más. Cuando se secara, volvería a montar la tripa del libro, añadiría una nueva cubierta y contracubierta, las guardas y grabaría el lomo restaurado. No sería barato, pero el libro saldría de la tienda con unas ganas de vivir renovadas y, con un poco de suerte, el señor Lanier se abstendría de volver a intentar restaurar algo en casa.

Cuando quedó satisfecha de haber hecho todo lo posible, se secó las manos y apagó las luces con la mente ya en su piso, en la planta de arriba, en su sillón de lectura y en las palabras que ya se le habían grabado en la mente.

¿Cómo, Belle? Después de todo… ¿cómo pudiste hacerlo?

Seguía pensando en aquellas palabras cuando cruzó el umbral del apartamento y se quitó los zapatos con los pies. Como la tienda, para ella, el piso de Frank Atwater se había convertido en una segunda casa durante su infancia. Ahora también era suya.

Cuando las cosas en casa no iban bien, Frank y su mujer, Tiny, le habían ofrecido un lugar al que ir después del colegio, un lugar en el que merendar, hacer los deberes o acurrucarse en el sofá y ver *Sombras tenebrosas*. Cuando Tiny sufrió una aneurisma y falleció de repente, Ashlyn hizo todo lo que pudo para llenar el vacío que provocó su ausencia. A cambio, Frank se lo dejó todo en herencia cuando falleció seis años después. «La hija que nunca tuve la suerte de tener», manifestó en el testamento. «Mi alegría y mi apoyo en tiempos de sufrimiento».

Lo echaba muchísimo de menos. Su bondad incesante, su discreta sabiduría, su amor por la palabra escrita. Pero él seguía ahí, presente en el viejo reloj de bronce dorado de la repisa de la chimenea, en el cuero gastado del sillón orejero que había al lado de la ventana, en la colección de clásicos victorianos que tanto le gustaban, todos cargados de ecos de una buena vida. Antes de mudarse al piso lo había modernizado un poco, lo que había resultado en una mezcla ecléctica de estilo victoriano, contemporáneo y *Arts and Crafts* que encajaban perfectamente con los grandes ventanales y los muros de obra vista.

En la cocina, metió las sobras de *kung pao* de la noche anterior en el microondas y se las comió directamente de la caja, de pie delante del fregadero. Se moría de ganas de sumergirse en *Mi lamento: Belle*, pero tenía unas reglas muy estrictas en cuanto a la comida y los libros: había que elegir o el uno o el otro, pero nunca iban juntos.

Al final, después de quitarse los vaqueros y ponerse unos pantalones de chándal, sacó el libro de la bolsa de tela, encendió la llamativa lamparita de lectura de estilo *Arts and Crafts* que había encontrado en un mercadillo el verano anterior y se sentó en el sillón orejero al lado de la ventana. Permaneció allí un momento, con el libro sobre las rodillas, para prepararse para la tormenta emocional que sabía que se avecinaba. Entonces, tomó aire y abrió la primera página.

Mi lamento: Belle

(Páginas 1-13)

27 de marzo de 1953
Nueva York, Nueva York

Quizá te preguntes por qué me he tomado tantas molestias. Por qué, después de tantos años, me empeño en emprender un proyecto como este. Un libro. Sin embargo, al principio no pretendía que fuera un libro. Empezó siendo una carta. Una de esas catárticas de desahogo que uno no piensa enviar. Pero, cuando la pluma empezó a fluir, me di cuenta de que tenía mucho que decir. Me arrepentía de demasiadas cosas para limitarme a una sola página, o incluso a unas cuantas. Así que me senté al escritorio, delante de la máquina de escribir (la antigua Underwood N.º 5 de mi padre), donde me encuentro ahora, para mecanografiar las palabras que me he guardado durante doce años y la pregunta que todavía me persigue.

¿Cómo? ¿Cómo, Belle?

Porque incluso ahora, después de todos los errores que he cometido en mi vida (y son muchos), tú eres aquel del que más me arrepiento. Has sido el error más grande de mi vida, aquel por el que nunca habrá absolución, ni paz. Ni para ti ni para mí.

En esta vida, hay pérdidas que uno nunca puede anticipar. Un pesar que te ataca desde la oscuridad. Un golpe tan rápido y diestro para el que simplemente no te puedes preparar. Pero hay veces que sí que lo vienes venir. Lo ves, pero te quedas quieto y dejas que te golpee con fuerza. Y más tarde, años después, te sigues preguntando cómo pudiste ser tan necio. Tú fuiste uno de esos golpes. Porque te vi venir la primera noche. Y, a pesar de eso, dejé que me derribaras.

Todavía me cuesta aceptar el recuerdo de ese encuentro, es un cáncer del que no me he podido deshacer con los años y, aunque revivirlo no me resulta placentero, creo que me puede aportar paz. Por eso debo comenzar y retroceder en el tiempo. Hasta la noche en que comenzó todo.

༄

27 de agosto de 1941
Nueva York, Nueva York

Recorro con la mirada el salón de baile del hotel St. Regis e intento no parecer nervioso en el traje que he alquilado. No hay nada que delate tanto a un impostor como los gestos nerviosos, y un impostor es precisamente lo que soy.

Mientras examino al gentío reunido (hombres de la industria y sus consentidas esposas de la alta sociedad que engullen canapés de hojaldre con cangrejo acompañados de Veuve Clicquot frío), me resulta fácil olvidar por un momento la Gran Depresión. Puede que porque esta afectó a estos individuos resplandecientes y sedosos mucho menos que al resto, y reservó la peor parte para aquellos con recursos más limitados.

No es de extrañar. Tanto si lo merecen como si no, los más acaudalados siempre tienen un aterrizaje más suave. Para colmo de males, muchos de aquellos cuyas fortunas no se vieron afectadas parecen ahora decididos a presumir de su supervivencia haciendo una ostentación de riqueza como la que estoy presenciando hoy.

La fiesta está en pleno auge, llena de excesos y buen gusto; el champán fluye y la pista de baile es un mar de esmóquines y de vestidos de diseño que se pudrirán en el fondo del armario. Hay una orquesta sinfónica, las mesas están abarrotadas de gambas y cuencos de cristal con caviar, esculturas de hielo y angelitos con las mejillas rosadas, y los combinados con champán no dejan de circular sobre bandejas de plata resplandecientes. Es de una opulencia ostentosa. Y totalmente

31

descarada. Pero, claro, es lo que se espera en una noche así. Una de sus princesas se ha comprometido con uno de sus príncipes, y yo estoy aquí para ser cómplice de las felicitaciones (y para observar a la princesa en su hábitat natural).

No estoy aquí como un invitado, sino como el invitado de una amiga con la misión de codearme, si lo consigo, con las personas que marcan tendencia en la ciudad más importante de Estados Unidos. Los apreciados descendientes de los famosos «cuatrocientos», nombre que surgió del número de supuestos invitados al salón de baile de Caroline Astor. Y como en el salón de baile de la señora Astor, aquí solo ha sido invitada la *crème de la crème* de la sociedad neoyorquina. Por supuesto, a mí nunca me habrían invitado. No estoy a su nivel. A ningún nivel. Es más, soy un parásito astuto en el lugar correcto, un trepador social con un objetivo.

He visto a dos de las hermanas Cushing entre el gentío, a Minnie y a la recién casada Babe acompañada de su madre, la casamentera Kate, a la que, para mi sorpresa, los amigos llaman «Gogsie». También han venido representantes de los Whitney, los Mortimer, los Winthrop, los Ripley, los Jaffray y los Schermerhorn. La ausencia evidente de la noche (aunque era de esperar) son los miembros del clan Roosevelt, que, supuestamente, han perdido el favor de nuestra anfitriona. A nadie parece importarle. Hay calidad de sobra para compensarlo. Gente atractiva haciendo cosas bonitas en atuendos elegantes. Y ahí, a unos pasos, con un aspecto impecable y heroico en su traje de gala, está el hombre que paga por todo, el hombre de la noche, rodeado de sus poderosas amistades.

Y no muy lejos (nunca está muy lejos), su hija. No me refiero a Cee-Cee, a la que subastaron hace unos años al hijo y heredero del Rey del Aluminio. Me refiero a la hija pequeña, a la protagonista de la fiesta a la que me han arrastrado esta noche. A ti, querida Belle, que has aparecido hace poco en el *Sunday News* junto a tu prometido aficionado al polo, Theodore. El tercero de su nombre.

He pasado un momento incómodo cuando os he visto bailar, justo cuando he llegado, mientras repasaba sus virtudes y las comparaba con las mías, como se suele hacer. El corte perfecto de su chaqueta, sus hombros anchos, sus ondas brillantes y doradas peinadas hacia atrás. Y su rostro, esculpido como un trozo de mármol macizo, marrón y cuadrado, con una expresión levemente aburrida mientras te dirigía por la pista de baile, como si prefiriera estar en una de las habitaciones de la planta de arriba fumando puros y perdiendo una buena parte de la fortuna de su padre en una partida de cartas, (asumiendo, claro está, que los rumores sean ciertos).

He pensado que hacíais buena pareja; vuestros brazos se rozaban mientras os desplazabais por la pista de baile con una precisión mecánica. Llegué a esa misma conclusión cuando vi la foto del compromiso en el periódico: qué par de especímenes más bellos y frívolos. Los dos privilegiados por igual. Aburridos por igual. Sin embargo, ahora, mientras te estudio desde el otro lado de la sala, por fin sin él, veo que no eres la misma mujer del periódico y, por un instante, mientras te contemplo, me olvido completamente de mis pensamientos.

Estás espectacular envuelta en una capa de seda verde azulada que se te ajusta al cuerpo como una segunda piel y parece cambiar de color cuando te mueves. Azul, luego verde e incluso plateado, como las escamas de algunos peces. O como la sirena de un cuento de hadas.

Llevas unos guantes largos del mismo color y un collar sencillo de perlas grisáceas en el cuello. El pelo, negro y brillante, peinado hacia atrás y con las ondas recogidas en la coronilla, no te tapa el rostro pálido con forma de corazón, ni los labios carnosos, ni el mentón puntiagudo con ese sutil hoyuelo. Tienes un rostro llamativo. De esos que se te quedan grabados en el alma como el negativo de una fotografía. O como un cardenal.

Bebes de forma distraída de una copa de champán y, cuando recorres la habitación con la mirada, nuestros ojos se encuentran. Es un momento extraño, como si hubiera una corriente eléctrica entre los dos, algo parecido al magnetismo de un imán. Es una fuerza de la naturaleza.

Inclino la cabeza levemente, un saludo breve y frío. Supongo que me creo encantador. Si no, no haría el ridículo de esa forma. Tú te das media vuelta, como si no me hubieras visto, y empiezas a charlar con una mujer que lleva un tocado bastante poco acertado, y yo me doy cuenta de que las perlas te cuelgan por encima de los hombros y se balancean como un péndulo hasta el centro de la espalda. El efecto es hipnotizante.

Aún te observo cuando te despides de tu compañera y te giras para volver a mirarme, como si supieras que he tenido la vista fija en ti todo este tiempo. Me sostienes la mirada. ¿Un reproche? ¿Una invitación? No tengo ni idea. Tu rostro es inexpresivo y no revela nada. En ese mismo momento, en ese instante de incandescencia helada, debería entender que siempre me ocultarás una parte de ti, pero no lo comprendo ni quiero hacerlo.

En cierto modo, espero que te alejes cuando me acerco, que desaparezcas entre la multitud, pero te quedas ahí plantada sin apartar la mirada de la mía mientras bebes de la copa. De repente, tienes un aspecto joven, vulnerable de una manera que no había notado hasta ahora, y tengo que recordar que acabas de celebrar tu vigésimo primer cumpleaños.

—Ándese con ojo —digo con una sonrisa hábil al pasar por tu lado—. Se le subirá a la cabeza muy deprisa. Sobre todo si no está acostumbrada.

Me miras con frialdad.

—¿Acaso parece que no lo esté?

Te recorro el cuerpo con la mirada, me detengo en tu cuello, en el arco esbelto de tu clavícula, me fijo en el movimiento de tu cuerpo al respirar, un poco más deprisa que hace unos instantes.

—No —respondo—. Ahora que la veo de cerca no lo parece.

Te ofrezco la mano, me presento y tú haces lo mismo, como si alguien de esa sala ignorara quién eres.

Me fijo un instante en el diamante que te brilla en el dedo anular. Es de corte pera y de tres quilates como mínimo, aunque yo no entiendo de esas cosas.

—La felicito por su compromiso.

—Gracias —dices, y apartas la mirada—. Ha sido muy amable por venir.

Tu voz, sorprendentemente grave para alguien tan joven, me da que pensar, aunque también me divierte tu tono tan correcto. Es evidente que no tienes ni idea de quién soy porque, si así fuera, no serías tan amable.

Me vuelves a mirar de arriba abajo y te detienes un momento en mis manos vacías.

—No está bebiendo nada. —Giras el cuello e invocas a un camarero—. Permita que le ofrezca una copa de champán.

—No, gracias. Soy más de ginebra con tónica.

—Es británico —comentas, como si acabaras de darte cuenta de que no soy uno de los tuyos.

—Así es.

—Pues está muy lejos de casa. ¿Puedo preguntarle qué le trae por aquí? Porque estoy convencida de que no ha cruzado el gran océano azul solo para venir a mi fiesta de compromiso.

—La aventura —te doy una respuesta escueta porque no admitiré qué hago en el St. Regis esta noche. Ni en los Estados Unidos, de hecho—. He venido a vivir aventuras.

—Las aventuras pueden ser peligrosas.

—Eso es lo que las hace atractivas.

Vuelves a examinarme despacio con los ojos de color ámbar entrecerrados, y me pregunto qué te parezco (y si me has calado).

—¿Y qué tipos de aventuras le gustan? —me preguntas, con ese aire de aburrimiento que a veces adoptas como defensa—. ¿A qué se dedica exactamente?

—Soy escritor. —Otra evasiva, aunque esta es menor.

—Vaya. ¿Y qué escribe?

—Historias.

Cada vez nos acercamos más a la verdad, aunque sin rozarla. Veo que mi respuesta ha despertado tu interés. La palabra «escritor» tiene ese efecto en mucha gente.

—¿Como Hemingway?

—Quizá algún día —respondo, porque, como mínimo, esa parte es cierta. Puede que algún día escriba como él. O como Fitzgerald. O Wolfe. Por lo menos, esa es la idea.

Arrugas la nariz pero no dices nada.

—¿No admira usted al señor Hemingway?

—No me gusta especialmente. Demasiado machismo resentido. —Tus ojos se van a la pista de baile y, por un momento, creo que te has cansado de nuestra conversación—. Soy más de las Brontë —añades al final, mientras los instrumentos de viento metal interpretan «Never in a Million Years» en el escenario.

Me encojo de hombros ligeramente.

—Héroes melancólicos y páramos barridos por el viento. Resultan muy… atmosféricos. Aunque son demasiado góticos para mí.

Inclinas la copa hacia atrás y te la terminas, luego me miras de reojo.

—Pensaba que los ingleses eran unos petulantes empedernidos con el tema de los libros. Que solo les gustaban los clásicos.

—No todos. Algunos somos bastante modernos, aunque admito que soy un gran admirador de Dickens. No era muy romántico, pero el hombre sabía contar una historia.

Alzas una de tus cejas sedosas y oscuras.

—Ha olvidado a la atormentada señorita Havisham y su horrible tarta. ¿Eso no le parece gótico?

—De acuerdo, lo admito. Sí que recurrió a los jóvenes amantes condenados y a las mujeres recluidas en vestidos de novia viejos un par de veces, pero, como norma general, escribía sobre problemas sociales. Sobre los acaudalados, los necesitados y la disparidad de clases.

Espero con el rostro inexpresivo y me pregunto si morderás el anzuelo. Intento tirarte de la lengua, porque ya me he formado una opinión de ti y, de repente y de forma inexplicable, deseo no estar en lo cierto.

—¿Y en qué bando está usted? —respondes, devolviéndome la jugada—. ¿En el de los acaudalados o el de los necesitados?

—Sin duda alguna en el segundo, aunque aspiro a mejorar. El tiempo dirá.

Ladeas la cabeza con los ojos levemente entrecerrados y veo que te empiezas a cuestionar otra cosa. Un aventurero confeso, sin dinero ni posibilidades y, sin embargo, estoy en tu bonita fiesta, bebiendo del champán de tu padre y siendo impertinente. Quieres saber quién soy y cómo alguien como yo ha conseguido llegar hasta aquí. Pero, antes de que me puedas preguntar, una mujer corpulenta vestida de tafetán negro te agarra del brazo con una gran sonrisa bajo unas blanquecinas capas de polvos.

Me mira de arriba abajo, me tacha de alguien poco importante y te da un beso en la mejilla.

—*Bonne chance*, querida. Tanto para ti como para Teddy. Entiendo que tu padre esté tan contento. Te irá muy bien. Y a él también.

Respondes con una sonrisa, pero no es tu sonrisa de verdad, sino la que reservas para momentos así. Es un gesto ensayado y mecánico. Y al verte sonreír, afectada, no puedo librarme de la sensación de que la mujer a mi lado, esta *belle* reluciente, en su vestido de seda y sus perlas, es una farsa, un personaje de un fastuoso drama de época con su disfraz, un ser eficiente compuesto de ruedas y engranajes.

En cuanto la mujer se va, la sonrisa desaparece tan deprisa como ha aparecido. Te veo desanimada sin ella, menos resplandeciente, no sé por qué, y casi siento lástima por ti. Era lo último que esperaba sentir hoy, y eso me molesta. La compasión es un lujo para los hombres de mi profesión.

Inclino la cabeza con un simple asentimiento.

—Si no la conociera, y supongo que es así, pensaría que es infeliz. Algo sorprendente, teniendo en cuenta que ha conseguido cazar a uno de los solteros mejor considerados de Nueva York. Petróleo. Propiedades. Casas. Y el muchacho no está nada mal. Es lo que llamaríamos un «niño bonito».

Te tensas, ofendida por mi tono. Y por el hecho de que he visto más allá de tu deslumbrante fachada.

—Parece conocer muy bien a mi prometido. ¿Es usted amigo de Teddy?

—No somos amigos, no. Pero sé algunas cosas de su apuesto hombre y su familia. Y de la interesante colección de amigos de la que han conseguido rodearse. No todos son de primera categoría, pero no cabe duda de que son... útiles.

Una pequeña arruga te cruza la frente.

—¿Útiles?

Respondo con una sonrisa distante.

—A todos nos viene bien tener amistades en las bajas esferas, ¿no cree?

Te he dejado totalmente desconcertada. No sabes cómo interpretar mis palabras. ¿Son una amenaza? ¿Una petición para que me presentes a alguien? ¿Una insinuación sexual? Te llevas la copa a los labios, pues has olvidado que te la has acabado, y la bajas con un quejido.

—¿Le ha invitado alguien?

—Pues sí. Aunque creo que mi acompañante ha desaparecido. Ha ido a empolvarse la nariz hace un rato y todavía no ha regresado.

—¿Y quién es su acompañante? Odio tener que preguntarlo, pero es mi fiesta.

—Me ha traído Goldie —me limito a contestar, porque los apellidos son innecesarios cuando se trata de Goldie.

Se te abren las aletas de la nariz al oír el nombre.

—Pensaba que alguien a quien le preocupan tanto las amistades de mi prometido sería más sabio al escoger acompañante.

—¿Entiendo que no lo aprueba?

—Yo no tengo que aprobar nada. Simplemente, no sabía que estaba invitada. No suelo codearme con propietarias de periodicuchos de cotilleos.

—Solo tiene un «periodicucho de cotilleos», el resto son periódicos legítimos.

Apartas la mirada con un gesto de la cabeza.

—¿No cree que las mujeres puedan trabajar en los periódicos?

Me lanzas un vistazo rápido, con los ojos afilados y cargados de emoción.

—Creo que las mujeres pueden trabajar donde quieran, siempre que sea un empleo respetable. Pero esa mujer... —Te quedas en silencio cuando el camarero se acerca y cambias la copa vacía por una llena. Le das un trago corto y esperas a que se vaya para inclinarte hacia mí—. Debería usted saber que esa mujer es de todo menos respetable.

—¿Imagino que lo dice por su séquito de jóvenes pretendientes?

Me miras con incredulidad, sorprendida por mi franqueza. O por lo menos lo finges. Eres de las que juzga por cosas superficiales sin molestarse en descubrir qué hay más allá. Es una pena, aunque probablemente sea mejor para mí a la larga.

—¿Lo sabía? ¿Y a pesar de eso ha venido con ella a un acontecimiento como este?

—Ella tenía una invitación y yo quería venir.

—¿Por qué?

—Quería ver a los suyos en su hábitat natural. Además, la mujer no lo esconde. No me lo ha ocultado ni a mí ni a nadie.

—¿Y a usted le parece bien formar parte de ese… séquito?

Me encojo de hombros y disfruto de tu indignación.

—Es una cuestión simbiótica, un trato con el que los dos salimos ganando.

—Ya veo.

Se te han sonrojado las mejillas y eso me ha vuelto a recordar lo joven que eres. Eres cinco años menor que yo, aunque para un hombre esos años son una eternidad. Puede que te hayan protegido de la realidad entre hombres y mujeres, de cómo… funciona todo. De repente me descubro preguntándome cuánto sabes y cómo te has enterado. Lucho contra las ganas de marcharme de ahí y poner distancia entre nosotros. Ahora me pareces peligrosa, tú y tu frialdad impoluta frente a la pequeña llama que empieza a arder en mi estómago. Carraspeo y obligo a mi cerebro a seguir con la conversación.

—Me resulta muy tierno que le preocupe mi reputación, pero ya soy mayorcito. Aunque le daré un consejo. Las cosas no son siempre lo que parecen.

Me miras, confundida.

—¿Qué quiere decir eso?

—Quiere decir que, por mi experiencia, a veces una apariencia poco agradable esconde algo magnífico en su interior, y, por otro lado, una apariencia respetable puede ocultar lo contrario.

Se te vuelven a ensanchar las aletas de la nariz, como si olieras al enemigo. Yo soy el enemigo, o lo seré cuando me conozcas mejor. Sin embargo, por el momento, te interesan nuestros juegos de palabras. El atisbo de una sonrisa te curva las comisuras de los labios. Creo que eso se parece más a tu sonrisa de verdad, aunque la contienes con firmeza.

—¿Esto es lo que entiende por una conversación apropiada para una fiesta? ¿Con todas esas metáforas retorcidas?

—Solo es un recordatorio de que la gente no siempre es quien finge ser.

Me examinas despacio con los ojos y me evalúas.

—¿Eso también le concierne a usted?

Ahora soy yo quien contiene la sonrisa.

—Más que a nadie.

Asiento con educación y me alejo. Acabo de ver a Goldie, que ha reaparecido con una nueva capa de maquillaje y un sutil brillo en los ojos. Me reúno con ella en una de las barras y agradezco el combinado de ginebra con tónica que me ofrece. Le doy un trago largo y resisto las ganas de mirarte. Eres un hilo del que no me atrevo a tirar. No porque me dé miedo que no sobrevivas si lo hago, sino porque, incluso a estas alturas tan tempranas, estoy convencido de que ese será mi fin.

Pero me acabo dando la vuelta para encontrarme con tus ojos sobre mí y me doy cuenta de que, hasta a esta distancia, no estoy a salvo. Eres simplemente resplandeciente, como una Eva distante en su vestido de seda verde azulada; la más bella del baile.

Belle.

Así te bauticé esa noche, y así te recordaré siempre. No por el nombre que te puso tu familia, sino como mi Belle. Porque lo vuelvo a sentir mientras finjo que no noto que me miras, porque tengo la certeza de que hay otra mujer escondida bajo esa fachada glacial, una mujer que no tiene nada que ver con esa farsa que brilla a su alrededor.

O puede que, después de tantos años, solo quiera creerlo mientras estoy sentado delante de la máquina de escribir, contándolo todo. Puede que sea una ilusión a la que me aferro porque es más fácil que admitir que podría haber dejado que me engañaras de ese modo.

Tres

Ashlyn

«Bajo cada sobrecubierta descolorida y cada cubierta arañada, hay una vida, una noble hazaña, un corazón lastimado, un viejo amor y un viaje emprendido».

Ashlyn Greer, El cuidado y mantenimiento de los libros antiguos

26 de septiembre de 1984
Portsmouth, Nuevo Hampshire

Ashlyn le dio un sorbo al café con los ojos cerrados para intentar deshacerse del sordo dolor de cabeza y de la leve sensación de indisposición en el estómago. Le pasaba a veces, después de lidiar con un libro con ecos muy intensos. Era parecido a una resaca o a los síntomas de la gripe. Había aprendido que no debía pasar largos periodos de tiempo con libros como *Mi lamento: Belle.* Se refería a ellos como «libros oscuros», ejemplares con ecos tan intensos que no se podían guardar con los demás.

Que los clientes no supieran que los libros tenían ecos no significaba que no los pudieran sentir. Había visto en primera persona cómo un libro oscuro podía afectar a los confiados. Mareos. Dolores de cabeza. Una llorera súbita. Un día, una clienta había cogido una copia de *Vanity Fair* de la estantería y se había sentido tan agobiada que había tenido que pedir un vaso de agua. Pobre mujer. Ese fue el día que Ashlyn decidió hacer limpieza de estanterías.

Había colgado un cartel que rezaba «Cerrado por inventario» en la puerta y, durante los tres días siguientes, había recorrido los estantes, uno a uno, tocando todos los libros de la tienda y seleccionando aquellos que le habían parecido demasiado oscuros para los desprevenidos. Había reunido un total de veintiocho libros, y algunos bastante valiosos. Ahora estaban en un lugar seguro y fuera del alcance de la gente; hacían cuarentena en una vitrina de cristal que había en la parte delantera de la tienda. Estaba convencida de que *Mi lamento: Belle* terminaría en el mismo mueble cuando lo acabara.

Le echó un vistazo al libro, dentro de la bolsa de ropa sobre la encimera de la cocina. Después de leerlo tres veces, el primer capítulo se le había quedado grabado en la mente. Un primer encuentro incendiario entre amantes, y nada más y nada menos que en una fiesta de compromiso. No era un comienzo muy favorable. Aunque el título dejaba claro que no tenían un final feliz.

Y eso probablemente explicaba que no hubiera sido capaz de pasar al siguiente capítulo. Porque todavía no había decidido qué era lo que estaba leyendo. ¿Eran unas memorias?, ¿el primer capítulo de una novela?, ¿una carta de ruptura con una encuadernación preciosa? Lo ignoraba. De lo que no cabía duda era de que sumergirse en un romance maldito, aunque fuera ficticio, no era una buena idea. Sobre todo después de haber luchado tanto por alejarse del precipicio al que la había llevado la espectacular implosión de su propio matrimonio.

Varias infidelidades, un divorcio que todavía no estaba finalizado y una muerte inesperada. Y, a pesar de eso, no le acababa de parecer justo considerarse una viuda después de la muerte de Daniel (como tampoco se consideraba una mujer divorciada, a pesar de que su matrimonio había terminado efectivamente unos meses antes). Por eso se encontraba en una especie de limbo, con una nueva psicóloga y sin tener ni idea de qué le deparaba el futuro. Una vez más, se había retirado a su lugar seguro, pero la seguridad le había salido cara.

Era totalmente consciente del ritmo que había tomado su vida en esos últimos cuatro años. No tenía ni vida social ni un círculo profesional serio. Evitaba por completo todo aquello que pudiera involucrarla románticamente. Era una existencia limitada, en la que los días eran tan parecidos entre sí que le costaba diferenciarlos. Aunque, por otro lado, que no ocurriera nada malo hacía que la monotonía valiera la pena. La mayor parte del tiempo.

A lo mejor eso explicaba que hubiera encontrado el libro tan emocionante. Era una escapatoria a la monotonía, un viaje para el que no le hacía falta salir de la seguridad relativa de la tienda.

Aunque había algo más, y lo había sabido en el instante en el que había abierto el libro en el almacén de Kevin. Había una conexión que no acababa de descifrar, algo peliagudo y familiar bajo el dolor y la traición: la sensación de no haber zanjado un asunto. Y tenía esa misma sensación con su vida, como si estuviera en pausa, esperando con el aliento contenido a que ocurriera algo malo. Como en una historia interrumpida o un acorde incompleto.

Darse cuenta de eso la incomodó y, ahora que era consciente de ello, no podía dejar de pensarlo. Y todo porque un tío de Rye había llevado un par de cajas de libros a la tienda de Kevin.

Aunque no era la primera vez que los ecos de un libro la pillaban desprevenida. De hecho, era algo bastante común. A veces los secretos eran tan escandalosos que le chamuscaban las yemas de los dedos. O la pena era tan profunda que se le quedaba atascada en la garganta como una piedra. O sentía tal alegría que se le erizaba la piel. Se había encontrado con libros de todo tipo, aunque nunca había experimentado nada parecido a lo que sentía cuando sujetaba *Mi lamento: Belle*.

Se le fueron los ojos al libro. Incluso estando cerrado, sentía su llamada, la atracción de su anonimato, de su prosa inescrutable y comedida, la exasperación por ser leído después de quién sabe cuánto tiempo.

Y los ecos.

Con los años, los había entendido como las notas de un perfume para un perfumista. Algunas eran simples, otras más complejas: capas sutiles de emociones que, combinadas, formaban una. Las notas de salida, las de corazón y las de fondo.

En el caso de *Mi lamento: Belle*, los ecos eran complejos, intensos y tímidos. En contra de todo buen juicio, colocó una mano sobre la cubierta. Lo primero que percibió fue amargura, cálida y punzante, sobre las yemas de los dedos. Esa era la nota de salida, la impresión inicial. Luego llegó la traición, una nota de corazón más profunda y armoniosa que le dejó un vacío debajo de las costillas. Y, finalmente, la nota de fondo, el olor más importante de todos: el duelo. Pero ¿a quién pertenecía ese duelo?

«¿Cómo, Belle?».

Cuantas más vueltas le daba, más segura estaba de que la preciosa y misteriosa Belle había sido mucho más que un producto de la imaginación del autor. Había dejado claro que Belle era el pseudónimo que le había puesto. El nombre real de la mujer se había omitido cautelosamente, del mismo modo que el del autor. De hecho, ninguno de los personajes tenía nombres reales. ¿Sería porque eran fáciles de reconocer?

Con expresión seria, pasó las páginas a toda prisa, como si fuera a encontrar la respuesta escondida entre ellas, como una antigua carta de amor o un ramillete del baile. Pero, por supuesto, no había nada. Si quería respuestas, tendría que esforzarse. Seguro que alguno de los contactos de su fichero rotativo, algún profesor de universidad o bibliotecario podría arrojar algo de luz sobre el asunto. O puede que hubiera una forma más sencilla. Si Kevin conocía al chico que le había llevado las cajas, tal vez se podría poner en contacto con él.

En la planta de abajo, en la tienda, abrió el fichero por la G para buscar el número de teléfono de Kevin. Una mujer respondió después de dos tonos. Ashlyn reconoció la voz. Era Cassie, la aspirante a Madonna que trabajaba en la tienda cuando su grupo no tenía conciertos, y siempre mascaba chicle.

—Hola, Cassie, soy Ashlyn, de Historias Improbables. ¿Está Kevin?

—Ah, hola. No. Justo esta mañana se ha ido con Greg a pasar una semana a las Bahamas. Me muero de envidia.

—¿Y quién se encarga del chiringuito?

—Pues supongo que yo. ¿Puedo ayudarte con algo?

—Quería hablar con él de los libros que le trajeron la semana pasada. Compré uno y tengo un par de preguntas sobre él; y he pensado que a lo mejor tiene el número del chico que se los llevó.

—Ya veo… pues la verdad es que no tengo ni idea.

Ashlyn la imaginó masticando chicle al otro lado del teléfono e intentó no molestarse.

—¿Sabes si Kevin tiene un Registro de la gente que le vende las cosas?

—Ni idea. Ese tema lo lleva él. Pero vuelve el miércoles de la semana que viene.

—Gracias, lo llamaré cuando regrese.

Ashlyn colgó y volvió a centrarse en el fichero. No podía esperar una semana.

こう

Para cuando Ashlyn le dio la vuelta al cartel de «Cerrado» por la noche, se había pasado un total de una hora y media en espera y había dejado varios mensajes en los contestadores, uno de los cuales era para Clifford Westin, un viejo amigo de Daniel y el director del departamento de Filología Inglesa de la Universidad de Nuevo Hampshire; otro para George Bartholomew, un profesor de la Universidad de Massachussets Amherst, que era cliente de la tienda; un par para dos vendedores de libros raros de la competencia, y tres para tres bibliotecarios.

Por desgracia, había acabado con las manos vacías. Nadie había oído hablar de *Mi lamento: Belle*. Tendría que ampliar la búsqueda. A lo mejor la división local de la Asociación de Vendedores de Libros Antiguos podría ayudarla. O la Liga Internacional de Vendedores de Libros Antiguos. Y siempre podía recurrir a la oficina de Derechos de autor de la Biblioteca del

Congreso de los Estados Unidos, aunque la idea de tener que lidiar con tanta burocracia la intimidaba. Aun así, a lo mejor terminaba allí.

En ese momento, mientras hacía el recuento de los recibos del día, los ojos se le volvieron a ir al libro, más decididos que nunca a averiguar lo que escondía. La posibilidad de hacer un descubrimiento académico trascendental, de encontrarse con una obra previamente desconocida y ver que su hallazgo quedaba grabado en un número de una revista académica como *The Review of English Studies* o *New Literary History* era el sueño tácito de cualquier vendedor de libros raros. Pero su interés no era académico. Era una cuestión visceral y personal, aunque no podía explicar por qué.

Así que seguiría leyendo.

Mi lamento: Belle

(Páginas 14-29)

4 de septiembre de 1941
Nueva York, Nueva York

Una semana después de nuestro primer acercamiento, me encuentro en una cena que dan Violet Whittier y su marido, una reunión íntima para celebrar tu compromiso con Teddy. Fue idea de Goldie, aunque no sé cómo lo organizó todo. Puede que tenga que ver con alguna deuda pasada, con su voluntad de esconder alguna historia poco favorecedora de vez en cuando, aunque no tengo pruebas de ello.

Te tensas un momento al verme entre los demás invitados, no tanto como para que se den cuenta, pero yo sí que lo percibo y no puedo evitar sonreír cuando vuelves a emprender tu camino por la sala, como una llama fría de color plateado que se mueve entre toda la gente atractiva y se detiene aquí y allí mientras deja una estela de serenidad por donde pasa.

La gente dice que eres «arrebatadora» (una palabra que yo también he usado para describirte), pero no soy consciente de la precisión de la palabra hasta que te observo desde detrás del combinado aguado de ginebra y tónica. Es en ese momento cuando me doy cuenta de que me has arrebatado el sentido.

Hay algo en ti que resplandece sutilmente, un efecto de la luz que parece aferrarse a tu piel y, por un momento, creo que desprendes pequeñas olas plateadas de frialdad, como cuando el calor emana del asfalto en verano. Me siento como un completo idiota, como un crío totalmente embelesado. Es ridículo, porque no soy un niño. Sin embargo, no logro apartar la mirada. Estás hecha de hielo y acero, y tu indiferencia te aísla, pero tu exterior glacial surte el efecto contrario en mí, y la atracción que siento hacia él, hacia ti, es tan fuerte que me parece una amenaza.

Me recuerdo que tengo que permanecer cerca de ti. Eres un medio para alcanzar un fin. Sin embargo, no debería disfrutar tanto de ello. Ni alterarme tanto. Un cierto nivel de indiferencia es esencial para mi trabajo; la habilidad de mantenerse alejado, de observar desde la distancia. Debo ser perspicaz, firme, mantener siempre la ilusión. Estoy hecho para esta profesión. Y, sin embargo, cuando estoy cerca de ti, cuando te observo, soy de todo menos perspicaz.

Me confundes, señorita, y haces que mis intenciones se vuelvan cenizas, hasta el punto de que casi se me olvida que he sido invitado con un fin concreto y, que si ese no fuera el caso, nuestros caminos nunca se habrían cruzado. Entonces caigo en la cuenta y soy consciente de que puede que me haya librado de lo que estoy convencido que me espera. Soy una polilla esclava de una llama helada, perdida desde antes de que empiece el juego.

Debo ir con más cuidado, me recuerdo, aunque estoy demasiado intrigado para hacerlo, demasiado… sí, lo admito, demasiado embelesado. Como toda buena anfitriona (o puede que como parte de un plan suyo anterior), la nuestra me agarra de un brazo, y Goldie por el otro, para dirigirme por la sala como un par de sujetalibros y presentarnos a todo el mundo hasta que estamos delante de los invitados de honor.

Tu Teddy es muy educado, sonríe y saluda como buen zoquete que es. Tú entrelazas un brazo con el suyo, aunque es un gesto un poco teatral, una muestra de solidaridad más que de afecto. ¿O puede que sea una necesidad instintiva de protegerte a ti misma de la incómoda corriente invisible que traza un arco entre nuestros cuerpos? A lo mejor es solo lo que quiero creer. Puede que estéis locos el uno por el otro y que no estés tan aburrida de él como imaginé cuando nos conocimos.

Consigues sonreír cuando nos presentan, otra de tus sonrisas fingidas que titubea cuando nuestra anfitriona te presenta a Goldie, quien se marcha de inmediato y nos deja a los cuatro solos e incómodos. Te fijas en la mano cargada de joyas que descansa sobre mi manga y, a continuación, en los grandes senos que me rozan el brazo. Haces todo lo posible por no poner cara de asco.

Nuestros ojos se encuentran, tienes la ceja oscura ligeramente alzada. Asumo que pretendes avergonzarme con esa mirada, pero no tiene efecto. Me limito a asentir con rigidez y me disculpo antes de marcharme. Cuando Goldie y yo nos damos media vuelta, me fulminas con la mirada y noto tus ojos iracundos sobre los omóplatos. Te alegras de haberte librado de mí, pero también te fastidia que te hayan ignorado en público. Es algo nuevo para ti, de eso estoy seguro.

Al cabo de un rato, consigo quedarme a solas con Teddy, el joven de pelo dorado. He hecho los deberes y conozco los detalles más importantes sobre él. Theodore. Teddy como diminutivo. Lawrence de segundo nombre, como su padre y su abuelo antes que él. Nacido el 14 de abril de 1917. Cursó la primera mitad de undécimo grado en la Escuela Browning, donde recibió varias distinciones en tres deportes diferentes antes de marcharse de forma súbita y silenciosa. La segunda mitad del curso la hizo con los curas en la Escuela Preparatoria de Iona antes de irse a estudiar a Princeton, donde destacó como capitán del equipo de polo, consolidó su reputación como un prolífico patán y un beodo, y fue el más votado por sus compañeros como la persona con menos probabilidades de llegar sobrio a la graduación. Los caballos no eran lo único que le gustaba montar por aquel entonces, y no puedo evitar preguntarme cuánto de eso sabes, y si se ha reformado.

Cuando me acerco, tiene una bebida en la mano. Imagino que *whiskey*. Y, a juzgar por el brillo en sus ojos verdes plateado, no es la primera que se toma. Sonríe de oreja a oreja cuando le ofrezco la mano y finge recordar quién soy. Lo felicito por su buena suerte y por su compromiso, solo para romper el hielo, luego cambio el tema de conversación a las noticias del día. Le pregunto qué piensa de que los Estados Unidos se unan al esfuerzo de guerra de Europa. Qué le parece que Roosevelt dé largas a las repetidas súplicas de ayuda de Churchill. Su opinión sobre el hecho de que Vichy hubiera regalado París a los alemanes.

Da un trago del vaso casi vacío con el ceño fruncido antes de volver a mirarme. Me observa con esos ojos demasiado húmedos y abiertos, y mueve la mandíbula grande y cuadrada, como si buscara una respuesta apropiada. El silencio se está empezando a volver incómodo cuando, por fin, consigue decir:

—Creo que los gabachos deberían apañárselas solos esta vez y dejar de inmiscuirnos en sus guerras. En mi opinión, a los estadounidenses debería preocuparnos más lo que sucede delante de nuestras narices y no lo que pasa al otro lado del Atlántico.

Ahí está, eso es lo que buscaba. Mantengo el rostro inexpresivo.

—¿Como qué?

—Pues el dinero, claro está. Y quién lo controla. Como no nos andemos con ojo, pronto estaremos a la merced de esos desgraciados, si es que no lo estamos ya.

—¿A qué desgraciados se refiere?

—A los de apellido Stein. A los Berg. A los Rosen. El que más le guste.

Es evidente que se refiere a los judíos.

—¿A todos ellos?

Pestañea lentamente, con los párpados pesados, inmune a mi sarcasmo.

—Bueno, no, a los ricos. Que son la mayoría. Y ganan dinero a costa de los demás en lugar de tener un trabajo honesto. Compran todo lo que se les pone por delante.

Se me hace difícil digerir la ironía del momento. Tengo que apretar los dientes con fuerza para evitar decirle que él no ha trabajado ni un día en su vida y que su familia es propietaria de las acciones de la mitad de los ferrocarriles del país, de las petroleras y de los astilleros, por no mencionar la cantidad de inmuebles que tienen a ambos lados de la costa.

Se ha animado, tiene el rostro ruborizado de intentar entrelazar tantas frases juntas. Además, está orgulloso de haber conseguido soltar su discursillo en el momento indicado, como si llevara tiempo esperando la oportunidad de expresar su opinión (aunque no sea suya al cien por cien).

Asiento con pesimismo desde detrás de la ginebra con tónica.

—Parece que le ha dado muchas vueltas. Me refiero a quién tiene la culpa de la situación actual del país. Los Rosen y todos esos.

Frunce el ceño como si le hubiera dicho algo absurdo.

—Es que no hay que darle muchas vueltas, ¿no cree? ¿Quién cree que tuvo la culpa de la crisis, para empezar? Ahora intentan llevarnos a la bancarrota con la guerra de otros. Y lo harán si no les paramos los pies. A ellos y a los comunistas, con sus rufianes del sindicato. Tienen preparadas en un bote las piedras para Roosevelt. Lo siguiente será el Congreso, recuerde mis palabras.

Sus palabras parecen regurgitadas, como cuando un alumno imita al director del colegio, y sospecho que solo repite la opinión de otra persona. Puede que porque nunca se haya molestado en forjarse una propia. Por supuesto, no le digo lo que sospecho, ni sobre ese tema ni sobre ningún otro. Después de lo que le costó a Goldie conseguir que nos invitaran, no pienso hacer que me saquen de la oreja.

Cuando termina de soltar su discurso político, Teddy cambia de tema de forma abrupta y habla de cosas más generales, hasta que lleva la conversación a los caballos y al polo. No me sorprende. Apuesto a que son los únicos temas de los que tiene una opinión propia. Aunque, claro, supongo que cuando alguien es tan rico y guapo como Teddy, no le hace falta ser inteligente. El mundo siempre es paciente con los Adonis que tienen un fondo fiduciario, por muy zoquetes que sean.

Aguanto el tiempo suficiente para que me presente a unos cuantos de sus amigos (o, para ser más preciso, unos amigos de su padre, a quienes me puede resultar útil conocer), así que nuestra conversación no es una pérdida de tiempo absoluta. Al fin y al cabo, estoy aquí para conocer a la gente. Pero cuando la charla empieza a apagarse, enseño el vaso vacío y me marcho sin tener claro a quién odio más: a él por ser un necio rematado o a ti, por siquiera considerar casarte con un hombre que es más que evidente que no está a tu altura.

Todavía no he acabado de rellenarme el vaso cuando la anfitriona nos llama para cenar. Finjo sorpresa al descubrir que nos han sentado juntos. En realidad no es un accidente, como tampoco lo es que Teddy esté colocado al otro lado de la mesa, lo más lejos posible de nosotros. Goldie se sienta a su lado y coquetea abiertamente con él para mantenerlo ocupado. Los observo, divertido, mientras ella le posa una mano llena de joyas sobre el brazo e inclina la cabeza hacia la de él para susurrarle algo al oído. A ti no te hace tanta gracia.

Lo sé porque no dejas de mirar hacia donde están sentados. Una vez más, no es algo que perciban los demás, pero es suficiente para que yo me dé cuenta. Al final, mientras nos comemos la sopa, consigo captar tu atención durante el tiempo suficiente para empezar una conversación.

—Me complace y sorprende a partes iguales —digo con mi sonrisa más encantadora— estar sentado al lado de la invitada de honor.

—Una de ellas —respondes con brusquedad—. Somos dos.

—Por supuesto, pero tengo la suerte de estar sentado junto a la mejor de las dos.

Resoplas e ignoras el cumplido.

—¿No preferiría estar sentado al lado de su… acompañante? Estoy convencida de que lo extraña muchísimo.

—A mí no me lo parece. —Sonrío sin gracia y miro a propósito hacia la otra punta de la mesa, donde parece que Goldie y Teddy lo están pasando divinamente—. Creo que está disfrutando mucho. Tu prometido parece muy entretenido.

—Estoy convencida de que ella es una conversadora estupenda.

Tu comentario está cargado de veneno y me cuesta no soltar una carcajada.

—Supongo que no le preocupa que Teddy caiga rendido al encanto de Goldie.

Dejas la cuchara sobre la mesa y me miras con frialdad.

—No sea ridículo. A Teddy no le gusta esa clase de mujeres.

Quiero señalar que Goldie es exactamente el prototipo de mujer que le gusta (llamativa, rubia y descarada), y que él no le llega a la suela de los zapatos. Ni a ti. Quiero decírtelo, pero no lo hago por una de estas dos opciones: o bien no me creerías, o sabes perfectamente que no me equivoco.

—¿Quién es su prototipo? —me limito a preguntar—. ¿Usted?

Vuelves a mirar hacia la otra punta de la mesa y los observas con dureza.

—Le aseguro que no es una mujer que se hace llamar Goldie. Es nombre de spaniel o de artista de vodevil.

Sonrío. Tu maldad me divierte.

—Es por el pelo, creo. Su padre la llamaba «Goldielocks» cuando era pequeña, en referencia a Ricitos de Oro, y así se quedó.

—Qué historia más conmovedora. ¿Imagino que se la ha contado ella personalmente?

—Pues sí. Parece que tenían muy buena relación. ¿Y qué me dice de usted? ¿Su padre la llamaba por algún apodo cariñoso?

—Nunca fui su favorita. Él prefería a mi hermana.

Tu indiferencia helada se ha esfumado y ha dejado a la vista la llaga de una vieja herida de la infancia. No esperaba que me invitaras a ver esa parte de ti (por lo menos no tan pronto), pero no pienso ignorarla.

—¿Cómo la llamaba?

—«Tesoro». La llamaba «mi tesoro» —dices con un tono desgarrado que se supone que no debo percibir, pero que sí noto. ¿Cómo podría ignorarlo cuando, de repente, a pesar del zumbido de las conversaciones a nuestro alrededor, parece que no haya nadie más en el comedor con nosotros? El vino te ha soltado la lengua y el momento de descuido es tan incómodo como esclarecedor. Ahí, por fin, veo a la auténtica Belle, a la mujer que, desde un principio, sospechaba que se ocultaba bajo esa sonrisa falsa. La que no se deja controlar por nada ni nadie. En ese momento, en ese breve instante evanescente cuando se te cae el velo y quedas ligeramente expuesta, me doy cuenta de que estoy perdido.

Maldita seas.

Cambio de tema mientras nos sirven el primer plato y comento que todo parece saber mejor cuando uno está lejos de casa.

—O puede que tenga algo que ver con la guerra y con la escasez que sufrimos allí. Ahora nos racionan el azúcar, la mantequilla y el beicon, y se comenta que tendrán que repartir más alimentos si la situación se alarga. Espero que los Estados Unidos estén mejor preparados que nosotros.

—Mi padre dice que esta vez no nos vamos a involucrar. La última guerra nos enseñó que tenemos que quedarnos en nuestro país. Teddy también lo cree.

—¿Y qué cree usted?

Mueves ligeramente los hombros, pero no llegas a encogerlos del todo.

—No pienso en el tema. No a menudo.

Me molesta que me des una respuesta tan vaga, como si se tratara de un problema matemático complicado.

—¿Está demasiado ocupada?

—A las mujeres no nos suelen preguntar sobre las guerras. Enviamos a nuestros maridos, hermanos y novios a morir y, mientras ellos están allí, nosotras nos encargamos de todo y luego, cuando regresan, si regresan, recogemos lo que queda de ellos. Sin embargo, nunca se nos pregunta qué pensamos al respecto.

La molestia que sentía desaparece cuando asimilo tu respuesta. Estoy sorprendido y aliviado de ver que no eres tan fría ni tan vana como había temido al principio. Por algún extraño motivo, la revelación me alegra.

—Una respuesta muy elocuente para alguien que no le ha dado muchas vueltas al tema.

—¿Y qué piensa usted? Imagino que tiene una opinión. Dígame, ¿está usted igual de enfadado con los estadounidenses como el resto de sus compatriotas?

—No creo que la gente esté enfadada. Creo que nos asusta lo que pueda pasar si los Estados Unidos se mantienen al margen. A Hitler le encantaría, obviamente. Y, por el momento, parece que se está saliendo con la suya.

—Asumo que es usted un intervencionista.

—Solo soy alguien que observa desde una orilla distante.

—Y hablando de orillas distantes, nunca me contó qué lo trae por nuestra orilla.

Sigo con la mirada fija en el plato y aparto una espina del salmón.

—¿No?

—No. Solo me dijo que buscaba aventuras.

Entonces levanto la mirada y sonrío con inocencia.

—¿No es eso lo que busca todo el mundo? ¿Y usted?

Asientes y aceptas la evasiva.

—¿Y ha encontrado la aventura que tanto ansía?

—Todavía no, pero solo llevo aquí unas pocas semanas.

—¿Y cuánto tiempo va a quedarse?

—Por ahora no tengo fecha de regreso. Supongo que hasta que encuentre lo que busco.

—¿Y qué es lo que busca?

—Por favor, no empiece otra vez. Pregúnteme otra cosa.

—Como quiera. —Te limpias la boca con un gesto atractivo y dejas una mancha burdeos en la servilleta—. ¿Cuánto tiempo hace que escribe?

Sigo con los ojos pegados a la servilleta, mirando la huella de tus labios y, por un momento, me molesta sentirme aturdido. Es una cuestión simple y en absoluto peligrosa. Algo que se preguntaría en una primera cita. Me obligo a respirar y a tranquilizarme.

—No recuerdo una época de mi vida en la que no escribiera —consigo decir, por fin—. Mi padre era periodista y yo quería ser como él de mayor. A los diez años, me construyó un pequeño escritorio en su despacho y me regaló una de sus viejas máquinas de escribir, una negra, brillante y preciosa que sigo usando hoy en día. Hemingway tenía una igual. Mi padre era un gran admirador. Me pasaba horas sentado delante de ella, escribiendo cosas sin sentido y, cuando acababa, mi padre se leía el texto y marcaba las correcciones con el lápiz. Apuntaba cosas en los márgenes, como: «Usa verbos más concretos. No pierdas tanto tiempo con las descripciones. Cuenta lo importante y omite el resto». Fue mi primer editor y un amante de sus «queridas antiguas colonias», como las llamaba. Y esa sea probablemente la razón por la que estoy aquí. Le encantaba Nueva York y siempre hablaba muy bien de la ciudad.

—Imagino que está muy orgulloso de usted.

—Falleció. Ya hace casi una década. Pero me gusta pensar que sí lo estaba.

Suavizas la mirada.

—Lo siento.

Es la respuesta estándar que da la gente cuando alguien menciona una muerte, la respuesta educada, aunque hay algo en tu voz que me dice que tus palabras son sinceras. Entonces recuerdo que Goldie me contó que habías perdido a tu madre cuando eras pequeña. Por una enfermedad larga, no recuerdo cuál. Solo sé que falleció en un hospital privado al norte del estado. Fue uno de esos datos que uno almacena por si en algún momento necesita contexto, pero nunca conecté la muerte con la persona de carne y hueso porque, por aquel entonces, todavía no eras de carne y hueso para mí. Ahora que estás sentada tan cerca que nuestros hombros se rozan ocasionalmente, lo veo de otra manera.

—Gracias. Es usted muy amable.

—¿Y su madre? Está…

—Está viva, pero me temo que sigue en Berkshire. Esperaba que viniera conmigo, pero mi padre está enterrado en el cementerio de Cookham y mi madre se negaba a abandonarlo. Es más tozuda que una mula, que es justo lo que decía de mi padre. Estaban cortados por el mismo patrón. Estaban hechos el uno para el otro, si es que cree en este tipo de cosas.

—¿Y usted cree en ellas?

Tu expresión no me revela nada, pero la pregunta tiene un ápice de tristeza, un toque de resignación que no logras ocultar. Consigo sonreír, aunque parece una disculpa.

—Lo he vivido en carne propia, así que, en cierta manera, debo creer. Pero yo no soy el que se acaba de comprometer. La cuestión pertinente es ¿qué cree usted?

Te libras de tener que responder cuando un camarero se acerca a recogernos los platos y a traernos los siguientes. Le doy un trago al vino mientras se los llevan y los remplazan por otros. Me doy cuenta de que he hablado con demasiada libertad y se me han colado algunos datos personales que no vienen a cuento. No suelo ser tan descuidado, y mucho menos con algo tan peligroso como la verdad, pero tienes un efecto extraño sobre mí. Haces que olvide mi propósito y mi motivación.

Mientras comemos el siguiente plato, charlas con la persona que tienes al otro lado, un hombre de la compañía ferroviaria con quien he hablado brevemente cuando tomábamos los combinados. Finjo estar concentrado en el sangriento filete de ternera que tengo delante, pero escucho la conversación al otro lado de la mesa, un discurso de apoyo a Charles Lindbergh (ahora conocido como Lucky Lindy) y a su comentario estridente de que la brutalidad de Hitler en Europa no es asunto de los Estados Unidos. Parece ser un tema recurrente.

Finalmente, apartas el plato, que ni siquiera has tocado, y te giras hacia mí para retomar la conversación donde la habíamos dejado.

—Es el primer escritor al que conozco. Cuénteme cosas de su trabajo.

—¿Qué le gustaría saber?

—¿Está trabajando en alguna novela? ¿Quizá en una sobre un aventurero británico que viaja al otro lado del gran océano azul para aprenderlo todo sobre los glamurosos estadounidenses?

—Sí —respondo, porque eso es exactamente lo que he venido a escribir. Aunque no es toda la verdad. Esa la descubrirás en otro momento, pero, para entonces, el daño ya estará hecho. Ha llegado el momento de cambiar de tema antes de que sientas demasiada curiosidad—. Ahora me toca a mí preguntar. Un pajarito me ha contado que hace poco ha comprado varios caballos irlandeses. ¿Le interesan los caballos o tiene que ver con el amor que siente su prometido por el mundo equino?

—¿Y esa pajarita ha venido con usted esta noche?

—En ningún momento he dicho que el pájaro sea una mujer, pero sí.

Echas un vistazo rápido hacia el otro lado de la mesa, donde Goldie se ríe por lo que sea que le acaba de decir tu prometido. Los observas con atención y disimulo. Cuando vuelves a fijarte en mí, tienes las comisuras de los labios curvadas hacia arriba y eso te da un aspecto ligeramente felino.

—¿No le importa hablar de mí cuando… están en la cama?

Me encojo de hombros para darle efecto.

—No es una mujer muy territorial, por lo menos no conmigo. No le importa que sienta curiosidad por usted.

—Entonces, ¿saldré en su relato? ¿Por eso hemos coincidido dos veces ya? ¿Porque quiere estudiar a la mujer moderna de Estados Unidos y escribir sobre el tema?

Te observo con la cabeza ladeada desde detrás de la copa.

—¿Le gustaría que escribieran algo así sobre usted? ¿Un artículo de dos páginas con fotografías titulado: «Un día en la vida de una heredera estadounidense»?

Veo un ápice de cautela en tu mirada, por si la cuestión no es puramente hipotética.

—No quiero que escriban sobre mí en ningún lado.

Te ofrezco otra de mis sonrisas encantadoras.

—No debe tener miedo. Prefiero dejarle eso a su señor Winchell. Él es mucho mejor de lo que yo podría llegar a ser. Pero el tema de los caballos me interesa de verdad. No aparenta ser el tipo de mujer a la que le gustan los establos.

Arqueas una ceja.

—Ah, ¿no?

—No.

—¿Y qué tipo de mujer cree que soy?

Usas un tono coqueto y me miras con esos ojos de color ámbar humeante con la intención de que tu prometido se dé cuenta. Le das a probar de su propia medicina. Yo te sigo el juego encantado, aunque me pregunto si estás preparada para este juego de mayores.

—Pues todavía no lo sé —respondo con sinceridad—. Todavía no he logrado descifrarla. Pero lo conseguiré.

Me miras, parpadeando, sorprendida por mi franqueza.

—¿Siempre está tan seguro de sí mismo?

—No. Pero a veces miro un rompecabezas y sé dónde va cada pieza.

—Entiendo. Ahora soy un rompecabezas.

Le doy un trago al vino, sin prisas por responder.

—Todas las mujeres son rompecabezas —acabo diciendo—, pero algunos son más difíciles de resolver que otros. Aunque me he dado cuenta de que los más complicados son los que más valen la pena.

Es una tontería, un comentario sin sentido que soltaría un vividor y que he improvisado ahí mismo, pero parece cierto al salir de mi boca. Es misterioso y un poquito escabroso, un guantelete de terciopelo que he soltado en medio de la cena. Me complace mucho ver que se te ruborizan ligeramente las pálidas mejillas. El color te favorece.

—Se equivoca —afirmas en un tono demasiado acalorado para que suene convincente—. Sí que me gustan los caballos. O, como mínimo, lo estoy intentando.

—¿Porque a las buenas esposas les interesa lo mismo que a sus maridos?

—No tiene nada que ver con Teddy. Bueno, casi nada. La primavera pasada me llevó a Saratoga a ver algunos de sus pura sangre. Los estaban preparando para su primera carrera de potros. Madrugamos para ver cómo los jinetes practicaban los aires con ellos. Eran preciosos, delgados, fuertes y rápidos como el viento. En ese momento me di cuenta de que quería mis propios caballos. Tenemos unos cuantos en la casa de los Hamptons, pero esos son solo para montar. Los pura sangre son atletas. Me llevó un tiempo, pero por fin conseguí convencer a mi padre de que me regalara un par para mi cumpleaños.

Te miro fijamente mientras digiero lo que acabas de decir y cómo lo has dicho. Como si no tuviera importancia.

—¿Su padre le ha comprado un par de caballos de carreras... para su cumpleaños?

—Una potrilla alazana preciosa y un potro castaño. Y ha remodelado el establo para que vivan en él. Sé que suena terriblemente arrogante, pero solo lo hizo para que me callara. Está convencido de que ahora que ha cedido, perderé el interés. Dice que me aburro fácilmente de las cosas.

—¿Es eso cierto?

—Depende.

—¿De qué?

—De lo interesantes que me parezcan.

—¿Y los caballos le parecen interesantes?

—Sí. Tengo mucho que aprender. Hay una jerga propia y todo. Eso es lo primero que hay que aprender si uno quiere que lo tomen en serio, y eso es lo que quiero. Además, también me he tenido que poner al día con el tema de la crianza. No tenía ni idea de que había que tener en cuenta tantos factores en lo que respecta a los machos y a las hembras. Debe uno tener ciertos conocimientos para que todo salga bien.

Estás tan encantada hablando del tema, tan absorta en la conversación sobre tu nuevo pasatiempo mientras nos sirven el postre, que no te das cuenta de que alguien ajeno a nosotros, como el joven que te está sirviendo la tarta de pera, podría malinterpretar tus palabras. Me cuesta mantener una expresión seria.

—¿No me diga?

—Se lo aseguro. Es una verdadera ciencia. Hay muchísimos libros sobre el tema, pero con eso no basta. Mis amigos creen que soy muy poco femenina por interesarme en ese tipo de cosas, pero he descubierto que cuando uno quiere ser bueno en algo, necesita experiencia. —Tu voz suena como una especie de ronroneo, gutural y felino. Te quedas en silencio y me miras con una sonrisilla astuta—. No hay que asustarse. Hay que lanzarse de lleno y ensuciarse las manos. ¿No le parece?

Casi escupo el vino. Pensaba que eras una chica inocente, inexperta e ingenua, pero veo que me equivocaba. Eres plenamente consciente de lo que estás diciendo (y de cómo se puede malinterpretar). De hecho, te lo estás pasando de maravilla.

—Sí, supongo que sí —respondo, y trato de mantener una expresión seria—. ¿Y qué ha aprendido al lanzarse de lleno?

—Muchísimas cosas. Por ejemplo, una debe ser muy selectiva a la hora de elegir al macho. Hay que tener en cuenta su temperamento. Y su rendimiento en el pasado. El tamaño y el aguante. Son fundamentales si uno quiere quedar satisfecho.

Dejo la copa en la mesa y me limpio la boca con la servilleta. Si quieres jugar, ¿quién soy yo para impedir que te diviertas? A mí también me gustan estos retos, aunque juego para ganar.

—¿Y cree que ha elegido correctamente?

Me dedicas una sonrisa amplia que me indica que te complace que te siga la corriente.

—Me temo que es demasiado pronto para saberlo. Aunque el tiempo dirá.

Asiento para darle las gracias al camarero que me acaba de servir café, levanto la taza y escondo la sonrisa detrás de ella.

—Me gustaría ver sus caballos.

—Y a mí me gustaría enseñárselos —respondes con dulzura mientras cortas la tarta de pera—. Seguro que podemos organizar alguna cosa.

—Casualmente, mañana por la tarde estoy libre, y me apetece mucho una escapada a los Hamptons. Me han dicho que es muy bonito.

Evitas mirarme a los ojos, como un conejo que ha caído en una trampa. No estabas preparada para esto, para lo que pasa cuando el cazador al que has guiado hasta ti por fin te atrapa. Sin embargo, tras saltar por encima de la trampa, te resistes con nobleza.

—¿Sabe montar?

—No se me da mal —respondo tranquilo mientras me deleito con tu vergüenza—. Hace tiempo que no lo hago, pero es una de esas cosas que nunca se olvidan, ¿verdad?

—Supongo que tiene razón.

—Entonces, ¿la veo mañana?

Para mi sorpresa, tras mirar un instante a Teddy, accedes a encontrarte conmigo a las dos de la tarde del día siguiente en los establos de tu padre. Veo que Goldie asiente con discreción a modo de felicitación. No sabe que he conseguido quedar contigo, pero presiente que estoy orgulloso de mí mismo.

Puede que demasiado.

La cena se va apagando poco a poco y sé que, en cuanto dejemos el comedor, nos separaremos y que, por el momento, tendré que resignarme a verte al lado de Teddy, con la idea de encontrarnos el día siguiente.

Cuatro

Ashlyn

«No leemos para escapar de nuestras vidas, sino para aprender a vivirlas con más intensidad y riqueza, para ver el mundo desde los ojos de otro».

Ashlyn Greer, El cuidado y mantenimiento de los libros antiguos

27 de septiembre de 1984
Portsmouth, Nuevo Hampshire

Ashlyn entrecerró los ojos al encender las luces del taller de encuadernación y deseó haberse tomado esa segunda taza de café. Había bajado pronto a la tienda para empezar a trabajar en el último libro que Gertrude Maxwell había rescatado del mercadillo: un set de novelas de misterio de Nancy Drew que quería regalarle a su nieta para Navidad. Pero ese día no estaba muy motivada.

Tenía los ojos resecos y todavía percibía los últimos coletazos del dolor de cabeza en la nuca. Se había vuelto a quedar despierta hasta tarde releyendo los pasajes de *Mi lamento: Belle* que la intrigaban especialmente. Pero es que todo la intrigaba: las pistas que indicaban que la motivación del autor era de todo menos honorable, las referencias crípticas a la ilustre Goldie, la suculenta conversación que habían mantenido en la cena.

Había tenido que hacer acopio de toda su fuerza de voluntad para dejar de leer y apagar la luz. Se moría de ganas de saber qué había pasado al día siguiente en los establos, pero, por encima de todo, quería resolver el misterio de la procedencia del libro.

A lo mejor era un manuscrito perdido, abandonado por su autor, que alguien se había encontrado y había encuadernado. O, lo que era más probable, la obra de alguien que aspiraba a ser escritor pero al que no habían publicado. Sin embargo, ninguno de esos casos explicaba que el nombre del autor no constara en el libro.

¿Qué otra opción había?

Había descartado un descuido del encuadernador. Aunque no dejaba de ser una posibilidad, le parecía poco probable que alguien capaz de producir un libro tan bonito como ese hubiera sido tan torpe de omitir el nombre del autor, de la editorial y, además, la página de créditos. También estaba la cuestión de la prosa, cargada de desdén hacia el padre de Belle, hacia Teddy y, en algunos casos, incluso hacia la misma Belle. Sin embargo, no había nada que diera pistas sobre los nombres reales de los personajes. Todo parecía demasiado cuidado.

La noche anterior había apuntado dos nombres: el de Kenneth Graham, que la había ayudado a encontrar un comprador para un ejemplar maravilloso de *El vicario de Wakefield* que había adquirido en una liquidación de patrimonio el año anterior, y el de Mason Devaney, el propietario de una tienda de Boston que escribía artículos sobre investigaciones literarias.

Ashlyn miró la hora en el reloj que había encima de la mesa de trabajo. Todavía era un poco pronto para llamar a nadie. A lo mejor podía adelantar algo de trabajo antes de abrir la tienda y dejar las llamadas para la hora de la comida, porque, para entonces, era más probable que le respondieran.

Justo cuando se había puesto los guantes blancos de algodón para proceder a examinar a fondo el ejemplar de *La escalera escondida*, sonó el teléfono. Gruñó, se quitó los guantes y corrió a la tienda. Frank nunca había permitido que lo interrumpieran mientras estaba en el taller, pero él contaba con empleados que atendían en la tienda mientras trabajaba en la parte de atrás. Ella, por el momento, estaba sola.

—Buenos días. Ha llamado a Historias Improbables —respondió con un ápice de entusiasmo matutino.

—Me han dicho que me has llamado.

—¿Kevin?

—A tu servicio.

—Pensaba que estabas con Greg en las Bahamas.

—Sí, con Greg y con la tormenta tropical Isidore, así que nos hemos ido en cuanto hemos podido. Y menos mal, porque hacía un calor del demonio y estábamos rojos como langostas. Pero bueno, he vuelto y he decidido llamarte, aunque no porque me hayas dejado el recado. Estaba en el almacén hace un momento, echando un vistazo a las cajas que llegaron el día antes de que nos marcháramos, y he encontrado algo que te podría interesar.

—¿Qué es? —Ni siquiera pregunto si es un libro, porque es evidente que lo es—. ¿Qué has encontrado y cuánto me va a costar?

—Eso es cosa mía, lo tendrás que descubrir. Lo único que te diré es que te interesa pasarte por aquí.

—Dímelo, Kevin.

—¿Qué gracia tendría?

—¿Puedes decirme de qué se trata, al menos? ¿Me llevo la chequera o los papeles del coche?

Kevin soltó una carcajada.

—No es la Biblia de Gutenberg. Solo he dicho que te interesará, no me cabe duda. Me pasaría por ahí, pero estoy solo, así que tendrás que venir tú.

—Como quieras. Pero eres muy cruel. Sabes que no podré ir hasta que cierre la tienda.

—Pues nos vemos a las seis.

Hubo un chasquido y la llamada se cortó. Ashlyn se quedó mirando el auricular negro del teléfono al darse cuenta de que, con la emoción, había olvidado preguntarle por el hombre de Rye.

A las seis en punto, Ashlyn cerró con llave y caminó las dos manzanas que la separaban de la tienda ¿Quién Da Más? Kevin estaba detrás del mostrador con una hoja de pegatinas de precios.

Levantó la mirada y le ofreció una sonrisa afable.

—Hola. ¿Qué te trae por aquí?

—Muy gracioso.

—Oye, me he quedado sin vacaciones. Deja que me divierta un poco.

—¿Has acabado ya?

—Vale —dijo, fingiendo estar triste—. Pero te arrepentirás de no ser más amable conmigo. —Con una sonrisa conspiratoria, se agachó para sacar algo de debajo del mostrador y apareció con un librito con cubiertas jaspeadas de color azul—. ¡Tachán!

A Ashlyn se le erizó el vello cuando agarró el ejemplar. Era una copia exacta (o casi exacta) del libro que llevaba en la bolsa de tela. Tenía el mismo tamaño, el mismo lomo acanalado y estaba hecho con el mismo cuero marroquí. Aunque, cuando se fijó con detenimiento, se dio cuenta de que la cubierta no era idéntica. El tono de azul era diferente, un poco más verde. Miró el lomo y leyó el título en letras doradas:

Para siempre y otras mentiras.

Como en el otro libro, faltaban el nombre del autor y el de la editorial. Tampoco había ningún rastro perceptible de un eco. Se sintió tentada de abrir la cubierta justo ahí para confirmar lo que sospechaba que se escondía en su interior, pero no fue necesario. Era consciente de lo que tenía en las manos y quería estar sola cuando lo abriera.

—No me lo puedo creer. Son casi idénticos. ¿Dónde lo has encontrado?

—El tío, el de Rye, me trajo cuatro cajas más el día que me fui de vacaciones. No había podido ver qué contenían hasta hoy. Sabía que lo querrías en cuanto lo he visto. ¿Qué hiciste con el primero?

—De momento nada. Nadie ha oído hablar de él. Es como si el libro no existiera.

—Qué raro, ¿no?

—Sí que es raro, sí.

Ahora había dos libros, lo que probablemente iba a complicar todavía más el asunto.

—Llamé a un par de personas que pensé que podrían ayudarme, pero no he tenido suerte por ahora. Quizá corro mejor suerte con este. ¿Cuánto quieres por él?

—¿No quieres hojearlo ni nada? Para asegurarte de que es lo que crees que es.

Ashlyn negó con la cabeza.

—No me hace falta. Dime el precio.

Kevin se rascó la barbilla y entrecerró los ojos para pensar.

—Nunca me he aprovechado de ti con los libros. De hecho, el último te lo regalé. Sin embargo, este es diferente, porque lo quieres. Lo necesitas.

Ashlyn lo observó sorprendida. Nunca había sospechado que tuviera una vena mercenaria, pero Kevin estaba en lo cierto. Lo necesitaba.

—De acuerdo, dime tu precio.

—Es tuyo… —Hizo una pausa para darle efecto—, por una caja de las bombas de cacao de Dulces Costeros. Y ni se te ocurra regatear. Es el precio que tiene.

Ashlyn no pudo evitar sonreír.

—Trato hecho. Aunque creo que ya han cerrado. ¿Te los puedo hacer llegar mañana? Soy de fiar.

—De acuerdo. Pero recuerda, sé dónde vives.

—Por cierto…, necesito otro favor.

Kevin pone cara de exasperación exagerada.

—Estás resultando ser una chica difícil.

—Lo sé, pero es algo sencillo. El chico. El que te trajo las cajas. Quería saber si tienes su número de teléfono. No voy a acosarlo ni nada por el estilo, pero quiero hacerle un par de preguntas.

El rostro de Kevin se vuelve inexpresivo.

—Me temo que con eso no te puedo ayudar. Solo sé que su padre falleció hace unos meses y que ha estado haciendo limpieza de sus cosas. También ha traído objetos muy selectos, e incluso un vinilo antiguo que creo que me lo voy a quedar.

—¿No le hiciste un cheque por todo lo que te trajo?

—Es lo que suelo hacer, pero no aceptó ni un centavo. Me dijo que simplemente no quería que las cosas acabaran en un montón en el vertedero. Estuvo en la tienda menos de quince minutos en total, contando las dos visitas.

—¿Y no tienes un Registro como los de las tiendas de empeños?

—Qué va. Eso es solo para evitar que la gente trafique con cosas robadas: joyas, equipos de música y esas cosas. Nadie acabará en la cárcel por vender un álbum de *Mamá y sus increíbles hijos*. Hubo una época en que sí escribía los nombres y las direcciones en un cuaderno, pero me empezó a dar pereza y lo dejé. Aunque a veces pasan cosas raras. En ocasiones vienen familiares a por las cosas de la abuela cuando ya las he vendido. Es un tema peliagudo. Ahora que lo pienso, a lo mejor sí que debería comprarme otro cuaderno. Aunque eso no te sirve de nada. Lo siento.

Ashlyn le quitó importancia con un gesto de la mano.

—No pasa nada. Era muy poco probable. Tendré que seguir investigando.

—¿Crees que pueden tener algún valor?

—No, no es eso. Pero nunca me había cruzado con algo así… sea lo que sea. Todavía voy por el principio del libro, pero lo que he leído es tan personal… Es como si lo hubieran escrito para una persona en concreto.

—¿Como si fuera una carta?

—Una carta muy larga. O un diario, quizá. ¿Pero por qué alguien se tomaría tantas molestias para que lo encuadernara un profesional?

Kevin se encogió de hombros y se rascó la cabeza.

—Si algo he aprendido después de estos años en la tienda es que la gente le da un gran valor emocional a sus pertenencias.

¿Quién sabe? A lo mejor la respuesta está en el segundo libro.

—A lo mejor. —Se recolocó la bolsa de ropa sobre el hombro—. Pues más vale que me ponga las pilas con la lectura.

༄

Ashlyn sentía el calor del segundo libro en el bolso mientras caminaba las dos manzanas hacia la tienda. ¿Era una secuela o una precuela? ¿O un libro totalmente independiente? No tenía ni idea, pero lo descubriría. Con la llave en la mano, subió las escaleras a su piso a toda prisa y ni siquiera se molestó en quitarse los zapatos antes de sentarse en el sillón y encender la lamparita.

No cabía duda de que los libros se parecían a propósito, pero, cuando los tuvo el uno al lado del otro, las diferencias le resultaron más evidentes. El cuero que se había usado para encuadernar el ejemplar de *Para siempre y otras mentiras* estaba más encerado, y las franjas del lomo eran más nítidas y definidas.

Tomó el libro y se lo puso sobre la palma de la mano. Como su compañero, no mostraba signos de desgaste. Y, como su compañero, estaba extrañamente callado. No había ecos de ningún tipo, por lo menos, mientras el libro estaba cerrado.

Con el aliento contenido, abrió la cubierta y se preparó para la ola mordaz de angustia que se había acostumbrado a sentir con *Mi lamento: Belle*. Al principio no hubo nada, pero, tras unos instantes, sintió un ligero cosquilleo en las yemas de los dedos. Era una sensación estremecedora y fría, muy diferente de lo que había esperado. Permaneció inmóvil y dejó que la sensación creciera. Era una mezcla rara de entumecimiento y de un hormigueo doloroso que le trepaba por el brazo poco a poco, como si se le estuviera congelando, y se le extendió por las costillas y la garganta. Nota de salida... de corazón... de fondo.

Una acusación. Una traición y un desamor.

Ashlyn exhaló con fuerza cuando la sensación se volvió más intensa. No tenía nada que ver con *Mi lamento: Belle*, que casi le había quemado los dedos con su hostilidad resentida y su dolor contenido. De hecho, este era totalmente lo contrario. Era frío y mordaz, como el viento de enero, y extrañamente... despiadado.

Era una manera peculiar de definir la ira, que normalmente era ardiente y brusca, como una bofetada. Pero ahí no había calidez, sino un incendio blanco y azul que quemaba como el fuego sin serlo. No, se había equivocado. Lo que sentía no era ira. Era desesperanza. Un vacío tan profundo, tan dolorosamente familiar, que hizo que se le cerrara la garganta.

Los ecos eran femeninos.

Ashlyn se quedó mirando el libro abierto mientras trataba de comprender lo que tenía entre las manos y quién, casi con toda seguridad, lo había escrito. Contuvo el aliento al pasar a la portada. Y ahí estaba. Una sola línea de tipografía inclinada.

«¿¿Cómo?? Después de todo, ¿cómo me preguntas eso a mí?».

La palabra «mí» estaba subrayada, no una vez, sino dos, y había un manchurrón de tinta enfadado que estropeaba el signo de interrogación. Por instinto, abrió el primer libro y leyó las dos dedicatorias juntas. Una pregunta y una respuesta.

«¿Cómo, Belle? Después de todo... ¿cómo pudiste hacerlo?».

«¿¿Cómo?? Después de todo, ¿cómo me preguntas eso a mí?».

Para siempre y otras mentiras
(Páginas 1-6)

27 de agosto de 1941
Nueva York, Nueva York

Se supone que una chica no debería enamorarse en su propia fiesta de compromiso.

Se supone que no, pero yo lo hice. Aunque claro, fui una presa fácil para un farsante tan habilidoso. Y no tardé en enterarme de lo hábil que eras.

Pero no me adelantaré. Primero debo presentar la escena para narrarlo como es debido. Y precisamente por eso lo hago, para contarlo como es debido y como ocurrió de verdad, y no la versión que te has inventado en tu bonito libro. Así que empezaré por el principio, por la noche en la que comenzó todo, en el salón de baile del hotel St. Regis.

Yo había aceptado una proposición de matrimonio de un chico joven con el que más o menos había crecido: Teddy, hijo de uno de los hombres más ricos y prominentes de Nueva York y socio de mi padre. Fue algo muy apropiado. O eso pensó mi padre cuando lo concertó. Una unión de las fortunas de nuestras familias.

Vaya que si me opuse. Por aquel entonces yo no quería casarme con nadie. Solo tenía veintiún años (seguía siendo una niña en muchos sentidos), y había visto a mi hermana casarse y marchitarse por la mano dura de su marido y las continuas necesidades de los hijos que había tenido a intervalos alarmantemente regulares.

Cee-Cee había sido una figura prominente en mi infancia, sobre todo después del fallecimiento de mi madre. Tenía nueve años más que yo y me había criado de forma muy estricta, aunque, claro, en esos tiempos, era muy rigurosa con todo. Llevaba la casa de mi padre con una eficiencia sorprendente, daba órdenes al servicio y organizaba las comidas. Para cuando cumplió los diecisiete, había asumido el papel de anfitriona cuando mi padre invitaba a gente. A mis ojos, y también a los de mi padre, se convirtió durante un tiempo en la mujer de la casa. Sin embargo, vi cómo el matrimonio la apagaba y, de algún modo, la volvía más pequeña, menos visible y valiosa.

A mi modo de ver, la mayor contribución de mi hermana como esposa era la de ser una yegua de cría, y esa idea me horrorizaba. Yo deseaba tener una vida propia, con estudios, viajes, arte y aventuras. Y lo sigo deseando. Así que puedes imaginarte mi sorpresa cuando me encontré en el salón de baile del St. Regis, de pie al lado de Teddy, con un vestido de noche nuevo de la casa Worth, mientras unos desconocidos de la alta sociedad de Nueva York brindaban a nuestra salud. Aunque, claro, mi padre resulta muy persuasivo cuando ha tomado una decisión. Y había decidido que me casaría con Teddy.

—¡Por la feliz pareja!

El grito colectivo me resuena en los oídos después de otro brindis. Levanto la copa cuando se supone que debo y sonrío cuando debo hacerlo. Al fin y al cabo, soy igualita a mi padre, y me han entrenado muy bien. Pero, por dentro, no siento nada. Es como si contemplara por una ventana cómo todo le ocurre a otra persona. Pero no es así. Me está pasando a mí, y no entiendo cómo lo he permitido.

Me escapo en cuanto puedo, dejo a Teddy charlando sobre ponis de polo con sus amistades del club y busco un rinconcito tranquilo. El calor de los cuerpos de tanta gente, combinado con el zumbido de las conversaciones y la música, me está dando jaqueca. Pero lo que verdaderamente me produce náuseas es la idea de que pronto seré como mi hermana. Aburrida, amargada e invisible.

«Teddy no es George», me recuerdo mientras me bebo de un trago una copa de champán que le he cogido a un camarero que pasaba por allí. Teddy es atlético y galante, ha conseguido muchas cosas según los estándares masculinos (que, como he aprendido, son los únicos que importan), y todas las mujeres de Nueva

York lo consideran un buen partido. Mientras busco otra bandeja de copas de champán con la mirada, me doy cuenta de que el problema es que yo no quiero casarme con nadie. Las fiestas, las cenas y las discusiones aburridas. Las vacaciones en los lugares de moda y los constantes cambios de atuendo. Que Dios me ayude.

Mi padre dijo que Cee-Cee era dócil porque entendía los conceptos como la lealtad y el deber. Me lo dejó claro el día que me informó de que me iba a casar con Teddy. Cuando le dije que no estaba interesada en el matrimonio, me explicó, al límite de su paciencia, que a veces debemos hacer cosas por el bien de todos. Pero él lo había hecho por su bien, evidentemente, para proteger el dudoso imperio que había construido con la aprobación de la Ley Volstead.

Teddy y su pedigrí eran perfectos para promover ese fin; nuestro matrimonio era una alianza estratégica para que la causa familiar colectiva prosperara, y nos ayudaría a deshacernos del olor a nuevos ricos y de la peste de una década de *whiskey* canadiense ilegal. Pero el matrimonio debe ser mucho más que una alianza, o eso asumí, inocente de mí. Le tengo cariño a Teddy, como quien le tiene cariño a un cachorrito travieso o a un primo torpe, pero no siento nada cuando me besa. No siento calidez, ni emoción.

Hasta este punto de mi vida, la experiencia que he tenido con los hombres ha sido limitada, como debería ser en el caso de una muchacha que solo hace tres años que ha salido del colegio de chicas. Pero, sobre la marcha, he entendido que los negocios entre hombres y mujeres no deberían limitarse solo a la sumisión y al deber, hay algo visceral que nos conecta, algo químico y fundamental.

En eso pienso cuando miro a mi alrededor y te veo por primera vez. Aparto la mirada, alarmada por mis pensamientos y el calor que me sube por la garganta hasta las mejillas. Pero, después de un par de tragos más de champán, te vuelvo a buscar. Y ahí estás, alto, con el pelo oscuro, el rostro alargado y esos ojos azules y penetrantes que no dejan de mirarme. El atisbo de una sonrisa te curva las comisuras de los labios, como si algo te pareciera divertido pero prefirieras que no se te notara.

Tu expresión tiene un tono de burla que me hace sentir insegura y me enfada ligeramente, tu osadía hace que sienta un hormigueo en la piel. Te sostengo la mirada y me prohíbo apartarla, incluso cuando caminas hacia mí. Me bebo de un trago lo que me queda en la copa cuando llegas a mi lado.

—Ándese con ojo —dices con un tono bajo y sinuoso—. Se le subirá a la cabeza muy deprisa. Sobre todo si no está acostumbrada.

Te miro de arriba abajo e intento parecer despectiva.

—¿Acaso parece que no lo esté?

—No —respondes al tiempo que te apartas un mechón de pelo oscuro de la frente y me recorres con la mirada—. Ahora que la veo de cerca no lo parece.

Hay algo en la forma en que me miras que me pone nerviosa, es como si una bandada de mariposas me revoloteara por el estómago. O puede que solo sea porque estás muy cerca. Tienes la mandíbula oscurecida por la incipiente barba, lo que sugiere que no has tenido tiempo de afeitarte antes de la fiesta. Aunque llevas un esmoquin de gala, no se ajusta a tu cuerpo tan bien como debería: las mangas de la chaqueta te quedan un poco cortas y los hombros se te arrugan en las costuras. Parece ser un esmoquin alquilado, y no uno que ya tuvieras para este tipo de ocasiones.

Me doy cuenta de que no bebes, así que te ofrezco una copa de champán, pero la rechazas con calma, entrecortando las palabras con tu entonación inglesa. Hablas como una persona culta, pero no adinerada. De repente, soy consciente de que no te conozco, a pesar de que es evidente que te han invitado a mi fiesta de compromiso.

Te examino el rostro mientras hablamos de libros e intento discernir qué es lo que te hace atractivo, ya que tus facciones no encajan con el canon de belleza clásico. Tienes la nariz estrecha y un pelín demasiado larga, lo que te otorga un aspecto similar al de un cuervo, la boca demasiado ancha y carnosa, y un hoyuelo en la barbilla. «No», decido. No eres ni de cerca tan perfecto como me habías parecido a primera vista. Pero tus ojos, de un tono azul arrebatador con un círculo oscuro en el perímetro, me sostienen la mirada más tiempo del que me resulta cómodo y, de pronto, me quedo sin nada que decir.

Me siento aliviada cuando Elaine Forester se acerca. Es la madre de una de las amigas de Cee-Cee, y su marido, que pro-

73

viene de una familia que se enriqueció con el té pero cuya fortuna se evaporó después de la Crisis, es un antiguo socio de mi padre. Espero que captes la indirecta y te vayas. Sin embargo, después de un par de comentarios sin importancia sobre Teddy y lo afortunada que soy, Elaine se marcha y nos vuelve a dejar solos.

Te inclinas y me felicitas en voz baja, como si me contaras un secreto, y no puedo evitar sentir que te burlas de mí. No les doy importancia a tus palabras y casi me olvido hasta de darte las gracias. Sin embargo, no has terminado con tus insolencias, ni por asomo. Así que empiezas a hablar de mi prometido y haces un repaso de todos sus atributos y logros. Pero lo haces como si fuera un insulto en lugar de una felicitación. Llegas incluso a sugerir que soy infeliz con mi compromiso, como si no nos acabáramos de conocer y, por algún motivo, tuvieras derecho a tener una opinión sobre mí.

Ignoro tus impertinencias y te pregunto qué haces en mi fiesta si yo no te conozco. Cuando me dices cómo te llamas, tu nombre no me suena. Sin embargo, el de tu acompañante, que sueltas sin inmutarte, sí que me resulta familiar, aunque no por un motivo que te favorezca. Todo el mundo en Nueva York conoce a la tristemente célebre Goldie.

Aun así, me quedo sin palabras, atónita de que esté entre los invitados, bebiendo del champán de mi padre y haciendo Dios sabe qué. ¿Cómo demonios ha conseguido una invitación para mi fiesta de compromiso una de las mujeres de peor reputación de la ciudad que, encima, se hace llamar periodista? Sin duda, debe haber sido obra de mi prometido, que nunca pierde la oportunidad de presumir de rostro y nombre en la prensa.

En ese mismo momento debería haber sabido qué tipo de hombre eras, yendo de acá para allá con una mujer que te saca por lo menos diez años. Una mujer, he de decir, conocida por tener un séquito de hombres a su entera disposición. Solo puedo preguntarme qué clase de hombre se relaciona con una mujer así. Creo que incluso digo algo parecido. Te pones rígido y, con ese acento presumido, me informas de que las personas no siempre son lo que parecen, empezando por ti.

Fui una necia al no confiar en tus palabras.

Para siempre y otras mentiras

(Páginas 7-10)

4 de septiembre de 1941
Nueva York, Nueva York

Imagina mi sorpresa cuando, una semana después, te vi en la cena que daban los Whittier. Vuelves a estar con ella. Con esa mujer con el pelo demasiado amarillo y el vestido demasiado ajustado; esa que parece rebuznar cuando se ríe. La del pasado escabroso y nombre ridículo.

Goldie.

Os movéis por la estancia como si fuerais en tándem, con los brazos entrelazados, sonriendo con serenidad mientras te presenta a mis amigos. El frac te queda como un guante, supongo que ha sido un regalo, uno muy generoso. Ella lleva un vestido de moaré de color ciruela que se le ajusta como si fuera una segunda piel. Admito que es atractiva. Tiene un estilo elegante y va perfectamente maquillada. Sin embargo, tiene bastante más experiencia de la que suele gustar a los hombres de tu edad. Aunque puede que a ti te atraiga ese tipo de mujer.

Te observo contemplar la sala, como si estuvieras tomando nota, memorizando todos los nombres y los rostros y, a lo mejor, relacionándolos con sus fortunas. Finjo que no me importa dónde estás mientras tomamos los combinados y no me doy cuenta de que estás hablando con Teddy, pero me resulta imposible. Tu presencia, tu mera existencia, me pone nerviosa. No es porque nuestras miradas se encuentren de vez en cuando. Ni por cómo se te curvan las comisuras de los labios cuando eso sucede. Es porque no consigo entender por qué estás en todas partes. ¿Qué quieres de nosotros? ¿De mí?

Me siento aliviada cuando nos piden que pasemos a cenar. Los sitios de cada asistente se han decidido con antelación y están señalados con marcadores de sitio de vitela de color marfil. Eso me permitirá observarte desde una distancia segura.

Es curioso que me venga a la mente la palabra «segura», como si tu mera presencia supusiera una amenaza para mí. Es verdaderamente ridículo. ¿Cómo podría estar en peligro en una sala tan agradable, rodeada de gente de los mejores linajes?

Sonrío con serenidad y busco a Teddy con la esperanza de que venga conmigo. Entonces veo que al lado de mi marcador de sitio está el tuyo en lugar del suyo, algo que no parece sorprenderte ni lo más mínimo.

Han colocado a mi prometido al otro lado de la mesa, junto a tu acompañante. Qué conveniente. Mis ojos y los de ella se encuentran cuando me siento, como si supiera que la estoy vigilando. Espero ver celos; la mirada petulante de una mujer a la que otra le ha robado el acompañante. Me he acostumbrado a ese tipo de mirada por parte de las mujeres, sobre todo de las que esperaban cazar a Teddy. Sin embargo, me mira como si me evaluara con frialdad. Atenta. Curiosa. Como si intentara acabar de forjarse una opinión sobre mí.

Soy la primera en apartar la mirada, incómoda por su indiscreción, pero veo que vuestros ojos se encuentran una milésima de segundo. No sé cómo lo habéis hecho, nunca me lo llegaste a decir, pero vuestro intercambio de miradas me convence de que este segundo encuentro no ha sido una casualidad. Por educación, o puede que porque haya bebido demasiados combinados, dejo que entables una conversación conmigo. Hablamos de caballos, o, por lo menos, así empieza la conversación. Charlamos de mi nuevo interés en las carreras de pura sangres, de mi reciente escapada a Saratoga para ver las carreras Spinaway Stakes, del regalo de cumpleaños que me ha hecho mi padre.

Finalmente, o, de forma inevitable, acabamos hablando de la reproducción. No recuerdo si lo he mencionado yo o si has sacado tú el tema. Me preguntas cómo me he acabado interesando por algo así. Eres tan condescendiente y sarcástico, te muestras tan seguro de ti mismo y de tu encanto inglés, que no puedo evitar apretar los dientes. Me provocas con esa sonrisa tan insulsa, me consideras una señorita rica que ha pedido un poni para el cumpleaños y ha recibido dos, pero me niego a permitir que me subestimes. De repente, lo único que quiero es ponerte en tu lugar.

Y así, sin más, hemos dejado de hablar de caballos. Tú eres consciente de ello, y yo también, pero seguimos discutiendo mientras subimos la apuesta con cada indirecta inteligente y doble sentido, y nos acercamos peligrosamente al límite de la indecencia.

Yo nunca he tenido una guerra de palabras tan sensual y, sin embargo, me resulta extrañamente familiar. Un *déjà vu* corpóreo. El conocimiento de a dónde lleva eso y cómo puede acabar. De repente, entiendo el peligro que he sentido antes. Es por eso. Por esta necesidad de querer demostrarte algo, y quizá también a mí misma, aunque no sepa el qué.

Sonríes y es evidente que estás orgulloso de ti mismo, mientras que yo me enfado por haberme liado en mi propia red. No sé cómo escapar de ella sin exponer mi inexperiencia, y preferiría arrancarme la lengua a bocados antes que darte ese placer. Así que te sigo el juego de forma descarada e imprudente. Sin embargo, me siento como un pez fuera del agua, y sospecho que lo sabes. Quiero escandalizarte, pero no lo consigo. En absoluto.

Al final, ves mi farol y subes la apuesta.

Me aguantas la mirada (veo que tienes los ojos de un tono azul más oscuro de lo que pensaba y unas motitas doradas alrededor de las pupilas) y, de repente, siento un ardor horrible que me hace suponer que es lo que se siente cuando se juega con fuego.

—Me encantaría ver sus caballos —dices con esa sonrisa perezosa que has perfeccionado para desestabilizar a las necias como yo.

—Y a mí me encantaría enseñárselos —respondo, porque ¿qué otra cosa puedo decir? Has puesto las cartas sobre la mesa y yo debo hacer lo mismo—. Seguro que podemos organizar alguna cosa.

—Mañana por la tarde estoy libre —sugieres hábilmente—. Y me apetece mucho una escapada a los Hamptons. Me han dicho que es muy bonito.

Y así, sin más, caigo en la trampa.

Cinco

Ashlyn

«La restauración es un proceso largo y complicado, sobre todo cuando el ejemplar está muy dañado. El progreso será lento. Habrá contratiempos. Sé paciente. Persiste.»

Ashlyn Greer, El cuidado y mantenimiento de los libros antiguos

28 de septiembre de 1984
Portsmouth, Nuevo Hampshire

Ashlyn intentó concentrarse para despegar una vieja tira de cinta adhesiva de lino del segundo libro de Nancy Drew de Gertrude, pero le resultaba difícil porque no hacía más que pensar en el misterio alrededor de su último tesoro literario.

Después de haber leído varios capítulos de *Mi lamento: Belle,* con su enfoque claramente masculino, le había resultado fascinante sumergirse en *Para siempre y otras mentiras,* y leer el primer encuentro entre los amantes desde el punto de vista de ella. Lo detalles de esa noche en el salón de baile del St. Regis, las líneas de diálogo casi idénticas. La atracción forjada a fuego lento. Todo encajaba a la perfección.

¿Puede que fuera demasiado perfecto?

Estaba convencida de que los libros no eran obras de ficción, de que los protagonistas y la historia de amor (si es que se la podía llamar así) eran reales. Pero ¿y si se equivocaba? ¿Y si era algo totalmente diferente? ¿Y si los habían creado como una especie de metaficción, un artilugio literario diseñado para enganchar a los lectores con la ilusión de dos voces distintas? Un par de amantes con motivaciones secretas. Una suerte de novela de misterio romántica.

Era un concepto intrigante que explicaba que ninguno de los dos libros tuviera el nombre de la editorial. La ficción experimental poco convencional y transgresora todavía era un tema de controversia entre los literatos. Treinta años atrás, los libros de ese estilo se habían pasado por alto en favor de proyectos más seguros. A lo mejor, el autor había recurrido a una imprenta bajo demanda, como Ernest Vincent Wright en 1939, cuando no encontró una editorial que le publicara su novela *Gadsby* (que no se debe confundir con *El gran Gatsby*, de Fitzgerald).

Wright había escrito el libro sin usar ni una sola palabra con la letra E, que es la más común en inglés. Las leyendas decían que el autor había pegado la tecla de la E de su máquina de escribir para asegurarse de que la vocal no apareciera en el manuscrito. El libro apenas logró sorprender al público en su día, pero, con el tiempo, consiguió una extraña notoriedad. Si un afortunado coleccionista diera con una copia hoy en día, lo podría vender por cinco mil dólares.

¿Era posible que hubiera encontrado algo del estilo? Sí que lo era. Aunque eso no explicaba los ecos. Por muy bien escrito que estuviera, nada explicaba lo que sentía cuando los tocaba. Los ecos no eran de mentira. Eran réplicas reales, oscuras y viscerales del pasado. Pero ¿del pasado de quién?

Se le paralizaron las manos cuando imaginó que alguien sacaba los ejemplares de *Mi lamento: Belle* y *Para siempre y otras mentiras* de las estanterías y los metía en cajas para la tienda de Kevin, con sus lámparas de lava y radios de baquelita. Y ahora la habían encontrado a ella. ¿Habría alguna razón por la que hubiera sido ella la que los había rescatado del almacén de Kevin? ¿Estaba destinada a resolver el misterio?

La idea la atormentaba cuando tomó el cuchillo de encuadernación, hizo el primer corte y desmontó con cuidado las cubiertas de la tripa del libro. La intrigaba, pero no tenía ningún hilo del que tirar. Los protagonistas no tenían nombres propios, y los nombres como «Belle» o «Cee-Cee» no le servían de nada. También estaba Goldie, claro, pero eso también era un apodo. ¿No había comentado Belle que todo el mundo en Nueva York conocía el nombre de Goldie? Seguro que era algo que valía la pena investigar. ¿Cuántas mujeres habían sido propietarias de un periódico en 1941?

Sintió una oleada de emoción y se fue directa a la sección de periodismo de la tienda. La probabilidad de encontrar algo era remota, pero era un comienzo. Por desgracia, la sección de periodismo solo la formaban ocho libros, y todos eran sobre corresponsales extranjeros de la Primera y Segunda Guerra Mundial, entre los que se encontraban una copia vieja de *París era una fiesta*, una edición muy bonita de *Hemingway on war** y un ejemplar de *El rostro de la guerra,* de Martha Gellhorn, su tercera esposa. No me sorprendía. A Frank le había fascinado todo lo que tenía que ver con el autor.

Luego se dirigió a la sección de Historia estadounidense, pero la mayoría de los títulos eran sobre guerra o política. Después, siguió en Comercio e Industria, donde encontró muchísimos libros sobre la minería, los ferrocarriles y el sector de la automoción, pero nada sobre el mundo de los periódicos.

Tendría que pedirle ayuda a Ruth Truman. De hecho, debería haber sido la primera persona a la que debería haber llamado. Aunque ahora solo lo hacía a tiempo parcial, contaba con casi treinta años de experiencia como bibliotecaria y era la mejor cuando se trataba de temas de investigación.

Ashlyn buscó en el fichero, localizó el número de teléfono de la biblioteca pública de Portsmouth y descolgó el viejo auricular del teléfono.

—Buenos días, soy la señorita Truman, ¿en qué puedo ayudarle?

* *Hemingway sobre la guerra (N. de la T.).*

Ashlyn no pudo evitar sonreír. Ruth Truman sonaba exactamente como se supone que suena una bibliotecaria: capaz, cortés y cuidadosamente eficiente.

—Hola, Ruth. Soy Ashlyn, de Historias Improbables.

—Ashlyn. Me alegro de oír tu voz, querida. Hacía mucho que no llamabas.

—Desde la última vez que te incordié.

—No seas tonta. Me alegro de poder ayudarte. ¿Qué puedo hacer por ti?

—Estoy intentando encontrar un libro. Se llama *Mi lamento: Belle,* pero no sé quién lo ha escrito. Y no quiero decir que esté intentando encontrar un ejemplar del libro, porque ya lo tengo. Sin embargo, el nombre del autor no aparece por ningún lado. No tiene página de créditos. Nada, es totalmente anónimo.

—¿Y esperas que sepa quién lo escribió?

—En realidad, quiero que me ayudes a identificar a uno de los personajes. Una mujer a la que llamaban Goldie.

—A ver. *Mi lamento: Belle* y Goldie. No es de gran ayuda. ¿Tienes más información?

—Vivió en Nueva York y fue propietaria de una cadena de periódicos en 1941. Es todo lo que sé. Ah, y era un poco... —Hizo una pausa y buscó la palabra apropiada—: fresca —añadió, finalmente—. Le gustaban los chicos jóvenes. Le encantaban.

—Bien, me alegro por ella —soltó Ruth con una carcajada—. Por lo menos alguien se divertía por aquel entonces.

—Bueno, ¿qué piensas? ¿Crees que podrás identificar a esta mujer misteriosa con tan pocos datos?

—Bueno, no te garantizo nada, pero haré todo lo posible. A ver si lo tengo todo: 1941. Una tal Goldie de Nueva York. Propietaria de una cadena de periódicos a la que le gustaban los jovencitos. ¿Todo correcto?

—Afirmativo.

—De acuerdo. Pues deja que empiece a indagar. Esta semana estoy sola atendiendo en el mostrador, así que puede que tarde un poco, pero si su nombre está impreso en algún sitio, daré con él.

—Eres la mejor, Ruth. Te debo una.

Ashlyn acababa de colgar el teléfono cuando oyó el tintineo de la campanita de la puerta de la tienda. Levantó la mirada y se sorprendió al ver a Kevin.

—¿Qué haces aquí en horario laboral? ¿Estás haciendo pellas?

—He salido a comprar la comida y he pensado que te podría traer esto. —Se metió la mano en el bolsillo trasero y sacó un papelito.

Ashlyn frunció el ceño al ver el sobre doblado que le ofreció.

—¿Qué es?

—Fíjate en el sobre. No en el interior, sino en el sobre en sí.

Lo desdobló y leyó la dirección, escrita a máquina con eficiencia: Richard Hillard. Harbor Road, 58. Rye, NH. Levantó la mirada, perpleja.

—¿Qué es?

—Me lo he encontrado al fondo de una de las cajas que trajo el chico misterioso. No sabía si todavía te interesaba ponerte en contacto con él, pero he pensado en traértelo.

Ashlyn estuvo a punto de abrazarlo.

—¡Muchas gracias! Y sí, todavía me interesa ponerme en contacto con él. ¡Qué bien!

—¿De qué crees que se trata? ¿Son obras de Fitzgerald o de alguien importante perdidas hace mucho tiempo? Por favor, no me digas que he perdido una gran fortuna.

Ashlyn lo miró con una sonrisa.

—Lo dudo mucho. Ese tipo de hallazgos son muy poco comunes, aunque los libros son bastante raros, así que supongo que tendrán cierto interés académico. No obstante, yo solo quiero descubrir quién los escribió. No es más que una corazonada, pero algo me dice que no son obras de ficción. Espero que el señor Hillard pueda, por lo menos, darme la razón en ese aspecto.

—Bueno, si vas a acosarlo o algo así no le menciones mi nombre, ¿vale?

—No lo voy a acosar. Te lo prometo. Solo quiero hacerle un par de preguntas. —Levantó el sobre, lo inspeccionó con detenimiento y se le cayó el alma a los pies—. El matasellos es del 4 de abril de 1976. Es de hace ocho años. Y el sobre es de la Asociación Estadounidense de Personas Jubiladas. ¿Cuántos años tenía el hombre que te trajo las cajas?

—Parecía ser de mi edad, pero me comentó que los libros eran de su padre. Supongo que Richard Hillard es el nombre del padre. Pero vale la pena que lo intentes de todos modos. Llama a la guía telefónica y pide el número de Richard Hillard en Rye. Si te dan un teléfono, llama a ver quién contesta. Aun así, no te emociones, porque el hijo no parecía muy hablador. Me dio la impresión de que estaba harto de tanta limpieza.

⁂

Ashlyn no dejaba de repetirse la advertencia de Kevin mientras marcaba el número de teléfono de Richard Hillard. Al final, resultó que conseguir el número le había costado solo una llamada y dos minutos exactos. Pero la parte complicada sería sacar el tema con un desconocido sin sonar como una degenerada o una perturbada o, como había dicho Kevin, una acosadora. Todavía estaba pensando en qué decir cuando empezó a marcar. Después de cuatro tonos, se oyó un sonido metálico.

—No estoy en casa. Deja un mensaje.

No decía su nombre. Ni siquiera había un saludo. Y no había ninguna indicación de que el mensaje que dejara le fuera a llegar al tal Hillard. Por un instante pensó en colgar. Odiaba los contestadores, porque nunca estaba preparada, nunca sabía si tendría tiempo de decir lo que quería. Pero en ese momento no tenía ningún otro hilo del que tirar.

—¡Hola! —dijo con un tono demasiado alegre y entusiasta—. Me llamo Ashlyn Greer. Soy la dueña de una tienda de libros raros del centro de Portsmouth. Estoy intentando con-

83

tactar con el señor Hillard en relación con un libro suyo que he adquirido recientemente. Bueno, dos libros, de hecho. Tengo un par de preguntas. No me llevará mucho tiempo. Le agradecería muchísimo que me devolviera la llamada.

Estaba tan nerviosa que casi colgó sin darle su número de teléfono, que repitió con torpeza dos veces antes de volver a suplicar que le devolviera la llamada. Menos mal que no quería parecer una perturbada.

☙

Ashlyn cambió el cartel de «Abierto» a «Cerrado», y el teléfono de la tienda empezó a sonar. Corrió hacia el mostrador y descolgó el auricular.

—¿Historias Improbables?

—Hola, tengo una llamada de la señorita Greer.

A Ashlyn se le aceleró el pulso.

—¿Quién es?

—Ethan Hillard. Ha dejado un mensaje en el contestador de mi padre esta tarde.

—¡Sí! —respondió—. Soy yo. Muchas gracias por devolverme la llamada. No sabía si lo haría.

—En el mensaje decía que está en Portsmouth.

—Sí, en Market Street. Me sabe muy mal haberle llamado de la nada, pero tengo un par de dudas sobre unos libros que he adquirido recientemente y esperaba que me las pudiera resolver.

—Bueno, a ver, ¿con qué puedo ayudarla?

A Ashlyn se le pasaron mil preguntas por la cabeza. ¿Por qué no las había apuntado? Ahora que lo tenía al teléfono, no sabía por dónde comenzar.

—A ver, supongo que lo primero que quiero saber es cuántos años tienen. ¿Sabe cuándo los publicaron?

—Que si sé… —Hubo una larga pausa—. ¿A qué libros se refiere?

—Ay, claro, perdone. No sabe de qué libros le estoy hablando. Me refiero a *Mi lamento: Belle* y *Para siempre y otras mentiras.*

—Me temo que se equivoca de persona. Y ahora que lo pienso, ¿de dónde ha sacado mi número de teléfono?

—Me lo dio el propietario de ¿Quién Da Más?, la tienda a la que llevó los libros. Se encontró un sobre en una de las cajas con la dirección de su padre. Llamé al directorio de teléfonos y me dieron este. En cualquier otro caso, no le habría molestado, pero dadas las circunstancias… Bueno, se trata de dos libros muy especiales.

Hubo otra larga pausa. El chico estaba molesto o impaciente.

—Puede que lo sean, señorita Greer, pero me temo que yo no los escribí.

—No, ya lo imaginaba. Pero pensaba que a lo mejor sabía quién lo hizo, o que tenía algo más de información sobre ellos.

—*¿Y dice que e*s la propietaria de una tienda de libros?

—Sí. En Portsmouth.

—Estoy un poco confundido. ¿Me llama por un par de libros de los que nunca he oído hablar y pretende que le diga quién los escribió?

—Lo siento muchísimo. —Tendría que ir más despacio y empezar de nuevo—. Debería haber sido más clara. Tengo una tienda de libros raros que se llama Historias Improbables. Hace unas semanas, usted llevó unas cajas a una tienda de segunda mano. Soy amiga del dueño y me llama cuando encuentra algún libro que cree que me puede interesar para la tienda.

—Disculpe. Pensaba que me había llamado para hablar de mis libros. De los que he escrito.

¿Él había escrito libros? Por fin, Ashlyn lo comprendió.

—Claro. Entiendo que le haya confundido. No sabía que era escritor. ¿Qué tipo de libros escribe?

—La mayoría son tostones. Escribo no ficción. Historia de la política. Muy… académico todo.

—Suena interesante.

—Le garantizo que no lo es, pero creo que ya la entiendo. Se refiere a las cajas que llevé hace un par de semanas. Esos libros eran de mi padre.

Por fin estaban avanzando.

—Sí. Los libros de su padre. Por cierto, siento mucho que haya fallecido.

—Gracias. Le gustaba mucho acumular libros, bueno, y muchas cosas más. Tenía que buscarme huecos en las estanterías para mis libros. Un vecino me dio el nombre de la tienda en Portsmouth.

—¿Por casualidad recuerda un par de libros con cubiertas azules de efecto mármol? Con encuadernación de tres cuartos en cuero marroquí. Y las letras grabadas en dorado.

—Me temo que no. Había muchísimos. ¿Imagino que cree que pueden tener algún tipo de valor?

—No —respondió cautelosamente—. No es porque tengan valor. No exactamente. Pero son... intrigantes.

—¿A qué se refiere?

—Pues a que el nombre del autor no aparece en ninguno de los dos. Ni la página de créditos. Pero las historias también son inusuales. Poco corrientes, diría.

—¿Son obras de ficción?

—Creo que no.

—¿Son memorias o una autobiografía?

—Esa es la cuestión. No estoy segura, puede que sean las dos. O ninguna. He hecho un par de llamadas, pero por ahora no he encontrado a nadie que conozca los títulos, aunque es difícil investigar un libro cuando uno no conoce el nombre del autor. Por eso le he llamado. He pensado que a lo mejor podría arrojar algo de luz a este misterio.

—Lo siento. Como he dicho, los libros eran de mi padre. Puede que algunos fueran de mi madre. Yo solo los saqué de las estanterías para meterlos en cajas. Más allá de eso, no puedo ayudarla con nada. Pero parece muy interesada en esos libros para no tener ningún tipo de valor.

Ashlyn dudó. El chico sospechaba que le estaba ocultando algo. ¿Y no era cierto? Sin embargo, ¿cómo le iba a explicar lo que había sentido la primera vez que había abierto *Mi lamento: Belle*, y que al tocarlo había sentido la tormenta emocional de otra persona? Ethan Hillard era la única pieza del puzle que tenía. No podía permitirse asustarlo con temas tan esotéricos. Y estaba convencida de que era lo que ocurriría si le sacaba ese tema.

—Sí que estoy interesada —respondió al final—, pero no por el valor que puedan tener. Es que nunca me he cruzado con nada parecido. Ambas historias están entrelazadas, es como si el argumento de uno respondiera al del otro. Pero son totalmente anónimos. Y parece que esa anonimidad es a propósito. Me cuesta creer que alguien se esforzara tanto en escribir un libro y luego no quisiera poner su nombre.

—Los autores lo han hecho muchas veces a lo largo de los años.

—Sí, pero solían usar un pseudónimo, como Ben Franklin y Silence Dogood. Sin embargo, estos libros no tienen autor. Literalmente, no hay ningún nombre, nada. Entiendo que no quisieran que todo el mundo conociera los detalles de su vida privada, pero en ese caso, ¿por qué escribirlos?

—¿Entonces cree que los personajes son reales y que lo que narran las historias ocurrió de verdad?

No se molestó en disimular su escepticismo y eso la ofendió.

—Creo que puede ser, sí. Ambos libros encajan a la perfección en lo que se refiere a la narrativa, pero las voces son muy distintas. Una es de un hombre y la otra, de una mujer, pero cuentan la misma historia. Una aventura amorosa que resulta evidente que terminó mal. Tienen un estilo totalmente atormentado y crudo. Precioso, pero triste, a fin de cuentas. Ambas personas estaban decididas a exculparse de lo que había ocurrido entre ellas. Es algo insólito.

—¿Un amor trágico? Lo calificaría de muchas maneras, pero no diría que es algo insólito. Aunque me parece una premisa interesante que se cuente en dos tomos. Y es una manera inteligente de vender el doble.

—Yo pensé lo mismo al principio, pero algo me dice que no es el caso de estos libros. Creo que la historia pasó de verdad. Todo sucedió como lo narran, es solo que no sé a quién le ocurrió.

—¿Y creía que le podría ayudar con eso?

—Valía la pena intentarlo. Pensé que a lo mejor había visto los libros en su infancia, o que incluso los habría leído.

—La verdad es que no leo ficción a menudo. Bueno, eso no es cierto: nunca leo ficción.

—Entiendo. Pensaba que a lo mejor su padre le había mencionado los libros en alguna ocasión, o que a lo mejor sabría *cómo habían llegado a sus estanterías.*

—Me sabe mal. No puedo ayudarle con eso. No fingiré que entiendo por qué le importa tanto algo que puede haber pasado o no entre unos personajes que pueden haber existido o no, pero le deseo mucha suerte en su investigación.

—Pues nada —dijo Ashlyn, que reconoció que el chico quería terminar la conversación—. Muchas gracias por llamarme. Siento haberle molestado.

No había esperado que Ethan resolviera el misterio con una simple llamada, pero cuando colgó, no pudo evitar sentirse desanimada. A no ser que Ruth encontrara algo de información sobre la ilustre Goldie, la probabilidad de descubrir qué había pasado entre los amantes era prácticamente nula.

Tal vez Ethan tenía razón. A lo mejor era una tontería y debería pasar página antes de que el asunto la consumiera. Los libros ya le habían empezado a ocupar horas que debería haber pasado en el taller de encuadernación. Pero, aunque reconocía que lo más inteligente sería abandonar esa nueva obsesión, sentía la atracción del libro. De los personajes, fueran quiénes fueran. Sentía que la historia inacabada le pedía que la siguiera leyendo.

Para siempre y otras mentiras

(Páginas 11-28)

5 de septiembre de 1941
Water Mill, Nueva York

Llego a la granja dos horas antes y estaciono el coche en el patio de detrás de los establos. He venido pronto a propósito, para prepararme y para recordarme que hoy estamos en mi territorio. Y que no te voy a dar ventaja. Anoche me pillaste desprevenida, me sorprendió encontrarte deambulando por el salón de los Whittier con tu madura protectora pegada a ti. Pero ahora estoy lista para el juego al que sea que estás jugando. Como dicen, mujer prevenida vale por dos.

Bajo la mirada al reloj por enésima vez, mientras me arrepiento con cada fibra de mi ser de mi impetuosidad de anoche. Desearía haber tenido mejor juicio para haberme inventado alguna excusa cuando te invitaste. Por lo menos he reunido el coraje de rechazar tu oferta de venir juntos en un coche y he optado por tomar prestado uno de los de mi padre. Nadie me ha preguntado a dónde iba cuando he salido de casa, y yo tampoco he dado más información. En ese sentido tengo suerte. Cuando no le importas a nadie, no hay quien pregunte dónde estás o cuándo piensas volver.

Miro la hora otra vez. Estoy nerviosa después del largo trayecto desde la ciudad y no dejo de cuestionarme el hecho de haber venido. Podría haberte llamado esta mañana y haberte dado alguna excusa, haberle echado la culpa al tiempo o haberme inventado un compromiso previo. Me habría sido relativamente fácil conseguir el número de teléfono de Goldie, y estoy convencida de que ella habría sabido cómo localizarte. Pero habría parecido una rendición, y creo que ya me he sometido bastante últimamente. A mi padre, a mi hermana, a Teddy. Me niego a añadir tu nombre a la lista. Y por eso estoy aquí, esperando bajo el alero, contemplando la lluvia caer y esperando a oír el ruido de los neumáticos en la gravilla.

Siempre me ha encantado Rose Hollow, incluso los días lluviosos. Me encanta la sensación de amplitud y el cielo totalmente azul, la casa de piedra gris avejentada que se extiende con sus chimeneas, claraboyas y sus rosas trepadoras. Y al otro lado, pasados el establo y los manzanos, se halla la ondulante pradera verde que se inclina, luego baja y crea una cuenca a la que mi madre me llevaba a jugar con el trineo cuando era una niña.

A ella también le encantaba estar aquí, lejos del ruido y la grava de la ciudad. En eso nos parecemos. Bueno, y en muchas otras cosas. Más de las que era consciente por aquel entonces, las suficientes para incomodar a mi padre y a mi hermana. Pero a mí me sienta bien venir, sobre todo cuando no hay nadie más. Ahora, este es mi lugar, aunque solo sea porque los demás lo han abandonado y no porque me pertenezca. Aun así, a veces, estar aquí me entristece. Tal vez ese fue el motivo por el que mi padre dejó de venir. Porque no soporta los recuerdos de los días previos a que se deshiciera de mi madre. Pero yo me acuerdo, aunque él desearía que no fuera así.

Recuerdo a Helene, aunque yo la llamaba «*Maman*» cuando estábamos solas. Recuerdo que olía a lirios y a agua de lluvia, y que hablaba como una duquesa con su suave deje francés. Recuerdo que cerraba los ojos (del color del ámbar, como los míos, y siempre tristes) cuando rezaba. Y qué oraciones más extrañas me enseñó, con palabras raras que parecían demasiado grandes para mi boca. Recuerdo que hojeaba el álbum de fotografías viejas que tenía escondido debajo del colchón, las historias que contaba, esas que eran solo para nosotras. Y recuerdo cómo la castigaron cuando mi padre se enteró de todo y de cómo eso la destrozó.

Incluso después de tanto tiempo, me duele la garganta al recordarla. Era demasiado sensible para un hombre como mi padre, demasiado frágil para la vida que él quería que llevara.

Después de separarla de su familia en Francia y aislarla de sus amigos en Estados Unidos, se había quedado sola tras los nacimientos de cada uno de sus hijos, atrapada en una red de soledad y tristeza. Y en un abismo de culpa cuando el hermano al que nunca conocí se escapó durante el almuerzo en casa de un amigo y se cayó en un estanque. Ernest falleció a los cuatro años.

Todos esos sucesos la habían convertido en una mujer frágil, propensa a llorar y a sufrir ataques debilitantes de melancolía, un defecto de carácter que mi padre no había sido capaz de olvidar. «Las lágrimas son una pérdida de tiempo», solía decir. «Una muestra de debilidad y fracaso». Realmente lo creía. Lo experimenté en primera persona el día que rompí a llorar cuando me anunció que había decidido encontrarme un prometido para finales de año.

Imagino que ahora estará satisfecho. Ahora que por fin he accedido a casarme con Teddy. Me opuse tanto tiempo como pude, pero finalmente mi padre se salió con la suya, como sabía que ocurriría desde el primer momento. Sin embargo, yo no estoy feliz y, de algún modo, tú te has dado cuenta.

No deseo convertirme en una sombra, como hacen las mujeres en las familias como la mía: un objeto obediente y vacío que se difumina en el fondo en cuanto su utilidad como moneda de cambio llega a su fin. Nos encargamos de los menús, criamos a los hijos, nos informamos de las últimas tendencias, adornamos las mesas de nuestros maridos cuando dan fiestas y fingimos que no nos damos cuenta cuando giran la cabeza para mirar a otra más joven. Pero yo siempre he querido algo más. Había imaginado que mi vida resultaría útil, que mi paso por este mundo aportaría algo de valor. No me imagino cómo habría sido esa vida. Quizá habría hecho algo artístico, o habría sido profesora, pero ahora, como esposa de Teddy, nunca lo descubriré.

Por un segundo me quedo atónita cuando mis pensamientos melancólicos me llevan a tu Goldie, a su imperio de periódicos y a su vida libre de vergüenza. ¿Cómo es? ¿Qué se siente al capitanear tu propio barco y manejar tu fortuna? ¿Al vivir ajena a las opiniones de los demás?

Eso tampoco lo sabré nunca.

La idea me devuelve de golpe a la tierra, y miro fijamente la sortija que llevo en la mano izquierda como un recordatorio incómodo. Pronto me casaré, y se supone que eso es todo lo que debo anhelar. Tendré una gran finca en Nueva York, un apellido respetado y traeré al mundo un par de hijos que me ayudarán a seguir adelante. Mis hijas se casarán con maridos adinerados, como es su deber, del mismo modo que Cee-Cee hace unos años. Como yo en cuanto consiga fijar la fecha.

«Fin», como decía mi madre. Se acabó.

Pero no hay tiempo para mortificarse por el carácter definitivo de esos pensamientos. Acabo de oír el sonido de los neumáticos y se me ha formado un nudo en el estómago. Miró hacia el césped y veo un coche que se acerca por el camino. Entonces, me doy cuenta de que, aunque una parte de mí esperaba que no vinieras, otra deseaba que sí.

Observo cómo bajas del coche, un modelo plateado y ostentoso con muchos detalles cromados, y no me hace falta preguntar para saber que te lo ha prestado ella. No es de tu estilo, aunque me resulta extraño saber eso de ti cuando no te conozco en absoluto.

Pareces tranquilo en tu chaqueta de *tweed* escocés, tus pantalones de vestir de corte relajado de lana, un par de zapatos de cuero calado y un sombrero que llevas en un ángulo desenfadado en la cabeza. «Esta es tu ropa de verdad», me digo mientras te acercas. «Tú eres este». No el de los trajes elegantes de noche, sino un hombre de campo que no se inmuta con la lluvia y se siente cómodo en su propia piel y en su atuendo.

Yo llevo el equipo de equitación tradicional: una chaqueta de franela gris, unos pantalones de montar de color hueso y unas botas marrones tan nuevas que me delatan como una novata en el mundo ecuestre. Me las regaló Teddy, porque es muy particular con cosas como la ropa de montar. No sé ni por qué me he molestado, en realidad. El tiempo ha dejado muy claro desde primera hora que hoy no montaríamos, pero me sentía obligada a interpretar bien el papel. Los miembros de nuestro círculo tienen un uniforme para cada ocasión, siempre de marca. No los llevamos porque sean cómodos ni apropiados para la actividad del momento, sino porque es lo que se espera de nosotros y es nuestra obligación estar a la altura.

Te agachas al pasar por debajo del alero, te quitas el sombrero y sacudes las gotitas que se han quedado en el ala.

—Hace un tiempo de mil diablos para montar —comentas con una sonrisa de satisfacción—. ¿Qué otra cosa podemos hacer?

Pareces más joven en el exterior, más robusto cuando no llevas el caro traje de noche, aunque no puedo negar que te queda muy bien. Sospecho que eres una suerte de camaleón, uno de esos hombres que se funden con su entorno cuando lo necesitan. Me pregunto por qué alguien necesitaría desarrollar esa habilidad, pero luego recuerdo cómo tus ojos se movían metódicamente por la estancia, como si lo retrataras todo sin una cámara.

¿De qué o de quién tomabas instantáneas?

De repente, soy consciente de que es la primera vez que estamos solos. Los chicos que se ocupan de los establos han ido a comer y el domador se ha marchado por el mal tiempo. No hay nadie que nos vigile, ni formalidades que obedecer. No sé por qué eso me incomoda, pero no puedo evitarlo. No es que me des miedo. No me asustas. Normalmente no. Pero siento que no soy yo misma cuando estás cerca.

Me miras fijamente y me doy cuenta de que esperas una respuesta.

—Supongo que podríamos hacer un recorrido por los establos —digo—. Y le podría presentar a los caballos.

—¿Se refiere a sus regalos de cumpleaños?

Te estás burlando de mí otra vez, con esa media sonrisa y esos fríos ojos azules. Sin embargo, en lugar de ofenderme, sonrío y respondo:

—Sí. Mis regalos de cumpleaños.

Tienes la chaqueta y la corbata mojadas por la lluvia, y algunas partes de la camisa se han vuelto translúcidas. Hueles a almidón y a lana húmeda y cálida con un toque de jabón de afeitar. Me alejo del aroma tan masculino y vagamente perturbador.

—Voy a ver si le consigo una toalla para que se seque.

—Estoy bien. Me encantaría que me enseñara los establos.

—Tus ojos bajan por mi cuerpo y se detienen brevemente en mis botas antes de volver a mi rostro—. Bonito atuendo, por cierto. Es muy… ecuestre. Es una pena que no lo vaya a aprovechar. Aunque a lo mejor podemos montar otro día, y así le saca partido como es debido.

Me doy media vuelta; ese comentario me ha gustado menos. Me sigues por el pasaje techado hacia las puertas dobles que llevan al establo. El tamborileo de la lluvia desaparece y, en su lugar, solo queda un silencio absoluto y remoto.

Dentro hace frío y no hay mucha luz, es un rincón adormecedor en el que se mezclan el olor a heno húmedo y a estiércol, y no puedo evitar recordar el día que me pillaron durmiendo en las camas de los caballos, cuando mi hermana y yo solo teníamos un poni. Ese día también llovía, y yo odiaba que el señor Oliver no pudiera entrar en casa a pesar del frío, así que me acurruqué en su compartimento para hacerle compañía. Mis padres pusieron la casa patas arriba buscándome. Mi madre, frenética, temía que me hubiera ocurrido algo horrible como a mi pobre hermano Ernest. Cuando el mozo de cuadra me encontró y me acompañó a casa, mi padre me sacudió con tanta fuerza que se me astilló uno de los dientes de leche.

Un suave silbido me devuelve al presente. Estás a mi lado, estiras el cuello y contemplas el lugar. El techo alto de madera con las ventanas nuevas, el pasillo de obra del centro, las puertas resplandecientes y las particiones ornamentadas de los compartimentos.

—Qué sitio tan bonito —dices al final—. Bastante elegante para ser un establo. Aunque, por el aspecto de la piedra, no parece nuevo.

—No. La casa se edificó en 1807. Y el establo se construyó después, aunque, por aquel entonces, imagino que aquí había cerdos u ovejas. Cuando era pequeña, tuve un poni y nos las arreglamos con el establo, pero hubo que elevar el techo antes de traer a los caballos.

—Apuesto a que su viejo *pater* se gastó un dineral.

Me encojo de hombros y me doy cuenta de que no tengo ni idea de lo que costó.

—Lo consideró un gasto de negocios.

Pareces sorprendido.

—¿La ve capaz de ganar dinero con su nuevo pasatiempo?

—No me refiero a ese negocio.

—No sé si me atrevo a preguntar.

Casi me echo a reír. Apenas te conozco (de hecho, en absoluto te conozco), pero tengo la impresión de que no te acobardas ante nada.

—Era por Teddy —digo en voz baja—. Para que aceptara casarme con él.

—Ya veo. Su padre pensó que, si cedía con lo de los caballos, vería el estilo de vida que tendría al ser la esposa de Teddy, y así aceptaría la propuesta de matrimonio.

—Algo así.

—O sea... que es un soborno.

—Mi padre lo hace todo así. Compra lo que quiere. —«Y destruye aquello que no le interesa», pienso, pero no lo digo. Ya he hablado más de la cuenta—. Vayamos a ver los caballos.

Me alegro cuando me sigues y optas por callarte lo que sea que estás pensando. Con un poco de suerte, los caballos te distraerán y te olvidarás del tema. No me gusta hablar de mi padre contigo, no porque vaya a decirte algo que no sea cierto, sino porque siempre me han dicho que los trapos sucios se lavan en casa. Es algo que mi padre nos ha repetido mil veces a mi madre, a mi hermana y a mí. La lealtad a la familia y a su líder: a él. Ya he visto lo que pasa cuando alguien no lo cumple.

—¿Cuántos caballos tiene aquí? —preguntas, y con ello me devuelves al presente.

—Hay seis compartimentos, pero en este momento solo hay cuatro caballos. —Señalo las dos primeras casillas a la izquierda—. Esos son caballos de compañía, solo para montarlos.

Dos pares de ojos curiosos nos devuelven la mirada. El primer par pertenece a Linda, una yegua ruana muy fácil de montar; el segundo, a un robusto macho capado al que mi hermana llamó Tenazas, porque le mordía cuando era un potrillo.

A mí nunca me mordió. Aunque, claro, a Cee-Cee nunca se le dieron muy bien los animales. Bueno, ni las personas.

Linda resopla cuando nos acercamos, abre los orificios nasales y alza las orejas. Huele la libertad, la puede saborear, y me da pena no poder darle ese gusto. Resopla otra vez y me acaricia la palma de la mano con el hocico. Me vuelvo hacia ella y le beso el suave hocico caoba. Desearía haberles traído por lo menos una chuchería.

—Lo siento, chica. —Me acaricia la mejilla con el hocico, como si perdonara mi descuido. Le doy una palmada cariñosa y la vuelvo a besar.

—Linda la quiere mucho.

—Llevamos muchos años juntas. Mis padres nos los compraron cuando el poni se nos quedó pequeño. Uno para mí y uno para mi hermana.

—¿Cuál era el suyo?

Abro la boca para decir algo que no debería, pero me doy cuenta y me encojo de hombros.

—A Cee-Cee no le gustaban demasiado los caballos, así que al final me los quedé a los dos. Ya se están haciendo mayores, pero siguen montando bien.

—¿Estos eran los caballos que íbamos a montar hoy?

Asiento y alargo un brazo para acariciar el copete de Tenazas.

—Me sabe muy mal no poder sacarlos. Ya no vengo tan a menudo como antes. Creo que habrían disfrutado del paseo.

Sonríes y le das una palmada en el cuello a Tenazas.

—Creo que yo también.

El caballo relincha y se sacude para librarse de tu mano, aunque se inclina para que le des otra palmada. Se muestra receloso, aunque anhela el contacto, necesita que lo acaricien, que le hagan caso. Lo contemplo en su compartimento, obediente, expectante, deseando que abra la puerta y lo saque de allí, y siento una oleada repentina de tristeza.

—Pobrecito —digo en voz baja—. Estar enjaulado todo el día esperando a que te liberen es muy aburrido, ¿verdad?

Apartas la mano, te giras y te quedas en silencio. Finjo que no me doy cuenta de cómo me observas, pero el peso de tu mirada hace que se me erice el bello de la nuca. «¿Qué?», quiero gritar. «¿Qué es lo que ves?». Pero a una parte de mí le da miedo saberlo. A una gran parte, en realidad. Siempre he ido con mucho cuidado con lo que mostraba al resto del mundo. Pero parece que eso no importa, porque tú me ves como soy, incluso las partes de mí que no me gustan. Y quieres que sepa que las ves.

—¿Sigue hablando del caballo? —preguntas cuando el silencio se vuelve incómodo—. Me refiero a lo de esperar a que lo liberen.

Tu voz suena grave y un poco inquietante en el silencio del establo. Finjo que me parece divertido, aunque soy totalmente consciente de que no te engaño. Pero debo seguir con la mentira.

—Por supuesto que me refiero a los caballos. ¿A qué me iba a referir si no? —Entonces, me alejo con un movimiento demasiado brusco y me acerco a los compartimentos al otro lado del pasillo—. Venga a ver mis regalos.

Te acercas con la mirada fija en mis ojos. Quieres presionarme para que te cuente más cosas, pero no lo haces. Es como si te diera miedo asustarme y espantarme. En eso tienes razón. A lo mejor huiría.

—Este es Campeón—digo, y señalo hacia un alazán musculado, con ojos despiertos y un cordón blanco en el hocico—. Nació en el treinta y nueve, es decir, que sigue siendo un bebé para ser un caballo.

—Es precioso.

—¿Verdad que sí? Los domadores dicen que será todo un éxito. Tiene un buen cerebro y muy buen pedigrí. Su progenitor era un advenedizo oscuro de Lexington, un campeón de carreras hasta que se tuvo que retirar por una fractura del hueso carpiano.

Pareces sorprendido e incluso impresionado.

—Y yo que pensaba que era usted una principiante. Suena como una experta con todos esos tecnicismos.

Sonrío y me relajo un poco, contenta por sus halagos.

—Ya se lo dije. He leído mucho.

—Parece poco amigable en comparación con los demás.

—Los caballos no son como las personas. No sienten amor a primera vista, les lleva tiempo desarrollar vínculos. Prácticamente crecí con Tenazas y Linda, eran como mis mascotas. Sin embargo, con los caballos de carreras es distinto. No son compañeros, sino atletas. Y no estarán aquí mucho tiempo. Esto es solo una visita de reconocimiento hasta que estén verdes.

—¿Y eso significa?

—Que responden a las órdenes y están cómodos con la montura. Aunque eso solo es el principio. Cuando sean mayores para entrenar para las carreras, los trasladaremos a Saratoga.

—¿Con los caballos de Teddy?

Me pongo tensa, preocupada de que haya vuelto a mencionar su nombre.

—Sí, supongo. A Campeón lo empezarán a preparar este invierno hasta la próxima primavera y, con un poco de suerte, comenzará a competir el verano que viene, a los dos años.

Pasas por mi lado para echar un ojo dentro del establo.

—¿Y quién es esta belleza?

Observo a la yegua joven y castaña, con el rostro cincelado y el calzado medio en las extremidades, una belleza a pesar de su falta de pedigrí. Siento una punzada de culpabilidad.

—Pues no lo sé. Todavía no la he bautizado. A los domadores no les gusta tanto, pero creo que promete. O eso quiero pensar. Por ahora la llamo «Pequeña». No es muy original, pero servirá hasta que tenga un nombre oficial. Tengo que apresurarme a decidirlo, o me quedaré sin tiempo.

—¿Qué quiere decir?

—Los nombres de los pura sangre no son un tema trivial. Hay muchísimas reglas que hay que seguir, por ejemplo, no pueden tener más de dieciocho caracteres. Y es un proceso muy largo. Se proponen seis nombres en orden de preferencia y el Jockey Club tiene la última palabra.

—Eso es injusto.

Me encojo de hombros.

—Son las normas. De momento me decanto por Dulce Fugitiva. No hay garantías de que nos dejen usarlo, pero es mi primera opción.

Me escuchas con una expresión de lo más rara, con una intensidad que me hace querer apartar la mirada.

—Llámela Promesa de Belle —sugieres de forma abrupta.

—¿Promesa de Belle?

—Ha dicho que promete.

—Lo sé, pero ¿quién es Belle?

—Usted. —Apartas la mirada brevemente, casi como si fueras un niño—. Es el nombre que le puse el día que la conocí. Aquella noche era la más bonita de la fiesta. Aunque supongo que lo es todas las noches, en cualquiera de las salas en las que se encuentre. En todo caso, así es como la llamo cuando pienso en usted.

Tus palabras hacen que se me enciendan las mejillas.

—¿Ha estado pensando en mí?

—No sea tan modesta. No le hace justicia.

—Apenas nos conocemos. —Te recuerdo con una intensidad alarmante—. No tiene ni idea de lo que me hace o no justicia.

—Pero me gustaría remediarlo.

Echo la cabeza hacia atrás con una risa nerviosa.

—Muy bien, pues si yo soy Belle, ¿cómo le puedo llamar a usted? ¿Hemingway? ¿O Hemi?

—Me es indiferente, mientras me llame.

Aparto la mirada. Estás coqueteando conmigo, y no me gusta. O puede que me guste demasiado. Intento alejarme, pero tu mano me roza el brazo casi de forma imperceptible.

—No se marche. Por favor.

—¿A qué ha venido? —pregunto directamente—. ¿Qué es lo que quiere?

—Ya se lo he dicho: hablar. Imagino que habríamos hablado al montar. Pues lo podemos hacer sin los caballos.

Caminas hacia las puertas abiertas del establo y encuentras un par de viejos taburetes que arrastras hasta la entrada. Contemplo, exasperada, cómo cuelgas el sombrero de un clavo en la pared y te sientas en uno de los taburetes a esperar. Un hombre más que está acostumbrado a salirse con la suya. En contra de todo buen juicio, me coloco a tu lado.

Ahora llueve con más fuerza, y parece que hayan corrido una cortina gruesa y gris a nuestro alrededor. Solo estamos nosotros y el repiqueteo de la lluvia en el tejado. Se me aguzan los sentidos, tengo los nervios a flor de piel.

Sonríes e intentas desarmarme.

—¿De qué deberíamos hablar?

Me quito una pelusa imaginaria de la manga y la lanzo.

—Ha sido usted quien ha querido que hablemos. Le cedo la primera pregunta.

—Muy bien. Hábleme de su infancia.

Parpadeo rápidamente, sorprendida.

—¿De mi infancia?

—Quiero saberlo todo. Si llevaba trenzas en el pelo, quién fue su primer novio, si le gustaba ir al colegio.

—No llevaba trenzas —respondo, aunque no entiendo qué interés puede tener eso—. No recuerdo el nombre de mi primer novio. Y odiaba ir al colegio. Bueno, no es cierto. No odiaba el colegio, odiaba a las chicas que iban a mi clase. Y a la directora, la señora Cavanaugh. No le caía bien porque preguntaba demasiado y garabateaba en clase.

—¿Garabateaba?

—En el cuaderno.

—¿Escribía el nombre de su novio?

—Poemas —me limito a responder.

—¿Escribe poemas?

Veo que te he sorprendido. Me he sorprendido a mí misma. Hacía años que no pensaba en esos poemillas, y me pregunto por qué me han venido a la mente ahora mismo.

—Era una niña. Las niñas hacen esas cosas. Escriben poemas tontos sobre la angustia que sienten.

—¿Eran poemas de amor?

Inclino la cabeza hacia atrás y suelto una risita, consciente de que se puede interpretar como un gesto coqueto.

—¿Qué sabía yo del amor? Era una niña. No. Escribía cosas sin sentido. Tonterías sobre pájaros enjaulados que soñaban con escapar de entre los barrotes y volar por encima de la ciudad, muy, muy lejos. Y también escribí uno sobre lo que se siente al estar perdida en uno de esos laberintos de setos. Los setos crecían y crecían, y no lograba encontrar la salida.

—Qué profundo.

—Eran necedades, como dirían a su lado del charco. Pero, por aquel entonces, yo era una gran entusiasta de la poesía. Leía todo aquello a lo que podía echar mano, incluso algunas cosas totalmente inaceptables para una muchacha de mi edad. Estaba convencida de que cuando creciera, sería Elisabeth Barret Browning.

Me estudias extrañado, como si buscaras algo.

—¿Cuándo me lo pensaba contar?

La pregunta me resulta confusa, es algo que se le preguntaría a alguien con quien se tiene confianza.

—¿Cómo iba a contárselo? ¿Cuándo? Nos acabamos de conocer.

Se te curvan las comisuras de los labios con un gesto vagamente sensual.

—Siempre se me olvida.

No sé cómo lo has hecho, pero pareces estar más cerca de mí que antes. Es como si el mundo se hubiera encogido y solo existiera la entrada del establo, tú, yo y nuestras palabras, que se mezclan con el sonido de la lluvia al caer. Y, sin embargo, cuando parpadeo, veo que el taburete está justo donde lo has colocado al principio. Bajo los ojos y me miro las botas.

—La noche que nos conocimos —dices, antes de añadir—: en el St. Regis —como si necesitara que me lo recordaras—, hablamos de libros, sobre Hemingway, Dickens y las Brontë, pero en ningún momento mencionó que escribiera.

—Porque no escribo —respondo con un tono demasiado enfático, demasiado defensivo. Lo suavizo—: Solo fue una de esas fantasías de críos de la que me acabé aburriendo. Ya sabe cómo son. De repente le apasiona alguna cosa y durante una temporada esa pasión lo consume. Luego ocurre algo y todo se acaba.

—¿Y qué ocurrió?

Siento vergüenza, y el recuerdo me incomoda. Me observas con atención, me contemplas en mi totalidad.

—La señorita Cavanaugh me confiscó uno de los cuadernos y se lo enseñó a mi padre. Fue algo… Por aquel entonces yo leía mucho a Safo. La manzana que enrojece y que no cogen, la que no alcanzan. No tenía ni idea de qué significaba nada y me daba lo mismo. Me gustaba por las palabras, por el ritmo que tenían y el dolor que transmitían. Anhelaba recrear los poemas de alguna manera, con mis propias palabras, así que empecé a experimentar, a intentar emular ese lirismo tan bello.

Mi padre se horrorizó al leerlos, dijo que eran obscenidades. Me obligó a entregarle todos los cuadernos y me hizo mirar mientras arrancaba las páginas y los destrozaba. Me prohibió hasta leer poesía. Durante un tiempo tuve un diario debajo de la cama en el que escribía, pero mi hermana lo encontró un día y me delató. Ese fue el fin de mi carrera poética.

—¿Cuántos años tenía?

—Creo que catorce o quince.

—¿Y desde entonces no ha escrito?

—No.

—Pero ahora podría.

Me encojo de hombros y aparto la mirada.

—De nada sirve.

—¿No sirve de nada tener voz propia?

—Yo no la tengo.

—No me lo creo.

—No soy como usted —digo de forma rotunda, porque es mejor que te des cuenta ya, antes de que esta parte de mí se desmorone y sea demasiado tarde—. No soy una persona profunda, no tengo nada… sustancioso, supongo que lo podríamos llamar así. A no ser que mi fondo fiduciario le parezca interesante. No soy de esas personas que navegan por el mundo persiguiendo sus sueños, ni de las que desmerecen las tradiciones, como su amiga Goldie. Hubo un momento en el que pensé que era así, pero me abrieron los ojos enseguida. Soy exactamente lo que pensó de mí cuando me preguntó por los caballos: la hija consentida de un hombre muy rico que siempre se sale con la suya.

—¿Y usted paga con su obediencia?

Te aguanto la mirada y desafío a esos ojos que parecen ver en mi interior.

—No se compadezca de mí.

—No me compadezco. Cada uno toma sus propias decisiones, ya sean de negocios, de política, o cuando uno decide casarse con alguien con quien nunca será feliz. Es lo que se llama llegar a un acuerdo.

—¿Eso es lo que tiene usted con Goldie? —pregunto, con unas ganas desesperadas de devolverte la jugada—. ¿Un acuerdo?

Suspiras.

—Otra vez Goldie. Muy bien. ¿Qué quiere saber?

—¿Son ustedes…?

—¿Amantes? —propones—. No sea tímida. No me importa compartir los detalles más interesantes, pero prepárese, porque es bastante escabroso.

Me quedo quieta en la silla, no pienso dejar que me sorprendas.

—La verdad es que mi relación con Goldie es… —Haces una pausa y te pasas una mano por la barbilla—. ¿Cómo podría decirlo con delicadeza? Tiene una naturaleza económica.

No puedo evitar poner los ojos como platos.

—¿Acepta su dinero? A cambio de… No. —Levanto una mano—. No importa. No lo quiero saber.

—Madre mía. Tiene usted una mente muy traviesa, ¿verdad?

—¿Yo? Es usted quien…

Sonríes como si hubiera dicho algo muy gracioso.

—Va a crear una revista nueva y me ha ofrecido trabajar para ella como escritor. Quiere que redacte recuentos de la vida cotidiana y algún artículo de sociedad. No tiene mucho que ver con Hemingway, pero me ayudará a cubrir los gastos hasta que encuentre algo mejor. Y puedo codearme con ricachones estadounidenses como usted. Quién sabe, puede que hasta consiga un par de viajes pagados.

—¿Y qué me dice de la novela que me comentó que quería publicar? ¿Cuándo lo hará?

Ahora eres tú el que aparta la mirada.

—Me temo que ese sueño todavía está muy lejos de cumplirse.

—¿No tiene tiempo?

—Ese proyecto no tiene pulso.

Frunzo el ceño.

—¿Qué quiere decir eso?

—Pues que está muerto. Así que hasta que no encuentre un modo de resucitarlo…

—¿Escribirá recuentos de la vida cotidiana y acompañará a su jefa a actos sociales?

—Para que no haya malentendidos, debo decir que, hasta que encuentre un piso, estoy viviendo en casa de Goldie. Dormimos en habitaciones separadas.

Te observo con escepticismo.

—No me he acostado con ella —añades con rotundidad—. Ni tengo intención de hacerlo.

Pongo cara de exasperación.

—Creo que ni usted ni nadie. Es como una araña enorme y rubia.

—¿Eso que percibo son celos?

—¿Celos? —Te fulmino con una mirada glacial—. Voy a casarme con uno de los solteros más deseados de Nueva York.

Te levantas del taburete, caminas hacia las puertas abiertas con las manos en los bolsillos y miras hacia el campo empapado de lluvia.

—Antes, cuando he mencionado lo de casarse con alguien que no la hará feliz, me refería a Teddy. ¿Quiere que le cuente por qué?

—No me interesa la opinión que tenga de mi prometido.

—¿Le da miedo lo que pueda decir por si tengo razón?

—No temo nada que usted me pueda decir.

—¿Está segura?

Antes de que tenga tiempo de reaccionar, te pones otra vez delante de mí. Me tenso, desconcertada por la repentina proximidad de tu cuerpo. Tengo que alejarme de ti pero a no ser que pase por debajo de tu brazo y salga del establo hacia la lluvia, no tengo a donde ir. En lugar de eso, echo la cabeza hacia atrás y te miro fijamente a esos ojos tan fríos y claros.

—Sí.

—¿Aunque le dijera que la quiero besar?

No esperas a que te dé permiso, pero lo hago en cuanto posas los labios sobre los míos y, al inclinar el cuerpo hacia el tuyo, soy consciente de que siempre hemos sabido que íbamos a acabar así. De que siempre he sabido que el fuego silencioso que sentí la primera vez que te vi me abrasaría cuando menos lo esperara. Sabía que me consumiría cuando tuviera la oportunidad y que yo se lo permitiría.

«Esto es lo que se supone que uno debe sentir», pienso cuando nuestros alientos se mezclan y se me empiezan a derretir los huesos.

«Esto. Esto. Esto».

Mi lamento: Belle

(Páginas 30-39)

5 de septiembre de 1941
Water Mill, Nueva York

Se me ocurren cien razones, mil, un millón, para no besarte, pero no recuerdo ninguna de ellas cuando nuestros ojos se encuentran. Tienes los labios preparados para el ataque, la respiración entrecortada y el pulso te palpita frenéticamente en la base de la garganta, como el de un pájaro.

Imagino que te vas a apartar y, hasta cierto punto, deseo que lo hagas, que nos salves del embrollo en el que nos vamos a meter. Sin embargo, te rindes por completo y me embriagas. No sé quién da el beso o quién lo recibe. Estoy perdido en el contacto con tu cuerpo, en tu sabor, en el deseo que siento por ti y del que me he intentado deshacer desde el primer momento en que te vi. La realidad de lo que estamos haciendo, este beso que ya no podemos remendar, me consume mientras nuestros labios se siguen explorando. Dando. Tomando. Sucumbiendo a los del otro.

A pesar de eso, esto no era parte de mi plan, y me cuesta creer que esté siendo tan temerario. Una parte de mí (la que todavía piensa de modo racional) está segura de que esto también es nuevo para ti, que nunca has sucumbido a alguien de este modo. El pensamiento me intoxica como imagino que hace una inyección de morfina en vena. Es una sensación eufórica que me desarma, pero que no quiero que termine nunca. Sin embargo, debe acabar y lo hace.

Ni siquiera ahora, después de tanto tiempo, sé con certeza cuál de los dos consiguió recobrar el sentido y apartarse. Me gustaría pensar que fui yo, pero me cuesta imaginarlo.

Ese beso fue el comienzo de muchas cosas. De mucho más de lo que nunca supe que quería. Mucho más de lo que llegué a imaginar que soportaría perder. Pero no fue solo el beso. Desde el primer momento, desde que hablaste por primera vez, quedé prendado, y la corriente me arrastró hacia el mar tan deprisa que, cuando quise darme cuenta, el agua me cubría por encima de la cabeza. Y dejaste que creyera que tú sentías lo mismo.

Aún hoy, sigo sin comprender cómo me besaste de ese modo, como si no hubiera nada en el mundo que no hubieras hecho por mí, sin sentirlo de verdad. O puede que sí que lo sintieras en ese primer instante de debilidad abrasadora y en los que lo siguieron. Puede que fuera cuando el brillo de la novedad se empezó a apagar y entendiste la realidad de lo que tendrías conmigo, y de lo que no, que cambiaste de opinión.

Nos vimos al día siguiente y el de después. ¿Te acuerdas? Quedábamos en los establos por las tardes y montábamos o paseábamos por el bosque, porque sabíamos que allí no nos verían, e íbamos tomados de la mano y nos deteníamos de vez en cuando para darnos besos largos y lentos. Yo me sentía ridículamente feliz, contento de pasar tiempo contigo, fingiendo que no me parecía raro que nunca mencionáramos tu compromiso.

Era como si ese tema fuera una mina que intentábamos sortear. Fingíamos que Teddy no existía, porque pronunciar su nombre, reconocer su existencia, podría romper el hechizo que nos había embrujado.

Cuando estábamos en Rose Hollow éramos ajenos al tiempo, existíamos en un mundo que habíamos creado en el que solo estábamos nosotros. Y en esos primeros días de… ¿cómo lo podría decir? ¿Locura? Sí, era locura. En esos días de locura, casi se me olvidó lo que había venido a hacer a Estados Unidos. Estaba hechizado, estaba inocente e irremediablemente prendado de ti. Y creí que tú también estabas loca por mí. Todavía me duele al pensarlo. Los recuerdos están vivos y acechan para asaltarme en la oscuridad cuando, por sorpresa y contra mi voluntad (o quizá no), vuelvo a aquel día.

꒰꒱

Es el primer día de otoño y has preparado un cesto. Vamos en coche al lago y colocamos una manta sobre el césped. Comemos ensalada de pepino y pollo asado frío sentados de piernas cruzadas en una manta que había en el maletero del Ford Zephyr de Goldie.

Ahora eres tú quien me pregunta por mi infancia. Te hablo de mis padres, del matrimonio que tuvieron y de que mi padre era mi héroe. Te cuento anécdotas de nuestras austeras vacaciones en la orilla de Bournemouth, que estuve en el equipo de críquet una temporada breve y que derroché mis días en la universidad. Finalmente, te digo que mi padre falleció hace cosa de unos años a causa de un coágulo sanguíneo que nadie pudo predecir y que su viejo jefe del London Observer me contrató por lealtad, aunque nunca había sido tan buen escritor como mi padre.

Me escuchas atentamente, con los ojos cerrados y el rostro vuelto hacia el sol. Tienes las comisuras de los labios ligeramente curvadas hacia arriba, como si vieras, olieras y saborearas todas y cada una de mis palabras. Sin embargo, cuando menciono lo último, abres los ojos y me miras a la cara.

—¿De verdad lo crees? ¿Qué nunca serás tan bueno como tu padre?

—Lo cree todo el mundo. Menos mi madre, claro. —Consigo sonreír sin entusiasmo—. Ella piensa que soy el mejor, pero creer en mí es parte de su labor como madre.

—Yo creo en ti —dices en voz baja.

Aparto la mirada y me trago las palabras que tengo en la punta de la lengua: que no deberías y que, cuando descubras lo que hago, dejarás de hacerlo.

—¿Cómo es eso? —me limito a decir—. Si no has leído nada de lo que he escrito.

—No es cierto. Leo tus artículos desde hace cuatro semanas. Les resto importancia a tus palabras.

—Pero eso no cuenta. Solo escribo esos artículos a cambio de dinero.

—Pues deja que lea la novela.

—No.

—¿Porque no tiene pulso?

—Exacto.

—Sigo sin entender qué significa eso.

—Es algo que dijo mi padre cuando leyó uno de mis textos. Nunca lo he olvidado. Me dijo que toda obra bien escrita, ya sea ficción o no ficción, tiene un latido, una vida que proviene del escritor, como un hilo invisible que lo conecta al lector. Sin ese hilo, la obra está muerta.

—¿Los textos de tu padre sí que tenían pulso?

No puedo evitar sonreír.

—Uno fuerte como un trueno. Por desgracia, no es algo genético. No es algo que se herede ni se pueda imitar. Es algo único de cada escritor. Y cada uno tiene que encontrar el suyo.

—¿Y cómo se encuentra?

—Eso mismo le pregunté a mi padre.

—¿Y qué respondió?

—Se encuentra escribiendo. Y luego escribiendo un poco más. Era muy exigente conmigo.

—Porque creía en ti —susurras—. Eres muy afortunado de haber tenido a alguien así en tu vida, alguien que quería que fueras y tuvieras todo lo que quisieras.

Te examino el rostro, doy un bocado a una de las manzanas del cesto y me pregunto de dónde proviene esa tristeza en tu voz. Quiero saber quién la ha puesto ahí y por qué, y cómo puedo hacer que desaparezca. No es la primera vez que percibo ese tono melancólico que te entristece cuando crees que nadie te mira. Ni cómo esquivas mi mirada cuando te pregunto algunas cosas.

—No imagino que te faltaran muchas cosas de pequeña —comento entre bocados, consciente de que me arriesgo a que saques esa fachada gélida que usas cuando profundizo demasiado.

Arrancas varias briznas de hierba y las trenzas sobre tu regazo. Te quedas callada durante un tiempo, miras hacia otro lado y asumo que has decidido ignorar el comentario. Finalmente, levantas la vista y dices:

—Me habría gustado pasar las vacaciones en la playa con mi familia. Habría dado lo que fuera por un verano así.

Giro el cuello y observo el entorno bucólico, la inclinación de las colinas verde oscuras, la superficie brillante del lago al otro lado de los árboles llenos de hojas y no consigo sentir pena por ti.

—Qué trágico —bromeo—. Debe haber sido horrible tener que pasar todos los veranos en un sitio como este. Y, encima, haber tenido que esperar tanto para que te regalaran los caballos. ¿Cómo lo soportaste?

—Sí, ya me conoces —respondes mientras lanzas la hierba que has trenzado—. Soy una niña consentida que no sabe qué es la decepción.

Te has puesto de mal humor para enmascarar la fragilidad que siempre te empecinas en esconder, pero yo la veo. Siempre he visto esa tristeza inexplicable e incandescente.

No, me sorprendo al darme cuenta de que no es tristeza. Es resignación por las cosas que quedan inacabadas, por las que no se intentan, por las no correspondidas. Por todo lo que podría haber sido pero no será, porque has elegido otra cosa. Algo peor. Algo seguro.

—No te cortes —dices, enfadada—. ¿Qué más piensas de mí?

Lanzo la manzana a medio comer hacia los árboles y me limpio las manos en los pantalones. Quiero tomarte de la mano, entrelazar los dedos con los tuyos y no soltártelos nunca, pero no es una buena idea, porque me estás fulminando con la mirada.

—Creo —digo con cuidado— que, cuando uno crece rodeado de tantos privilegios como los que tienes, es fácil olvidar que no todo el mundo ha tenido una infancia tan cómoda. Eso no quiere decir que seas una niña mimada, no necesariamente, pero sí hace que te cueste más entender el funcionamiento del mundo real. El dinero ahorra a la gente pudiente los problemas con los que tienen que lidiar los menos afortunados en el día a día. No hay nada que no puedas comprar o conseguir. Nada queda fuera de tu alcance.

—E imagino que lo sabes todo sobre mis sueños y decepciones porque hemos pasado unas cuantas tardes juntos, ¿verdad? —Levantas un poco la barbilla—. Tal vez te interesa saber que cambiaría todos mis veranos en los Hamptons por tus austeras vacaciones en Bournemouth.

Me sorprende la calidez de tu voz, pues queda muy lejos del tono gélido que usas cuando estás molesta. He metido el dedo en la llaga. No es orgullo. Es otra cosa.

—No quería suponer que…

—No importa. No quiero seguir hablando del verano.

—Pues háblame de tu madre.

Te quedas muy callada.

—¿Por qué?

Se me remueve la conciencia. Sé que he tocado un tema incómodo, pero insisto, estoy decidido a sonsacarte información.

—Porque nadie habla de ella. Nunca. Siempre mencionas a tu padre, pero jamás me hablas de tu madre. ¿Cómo era?

Se te oscurecen los ojos y apartas la mirada. Te quedas en silencio un buen rato, tanto que creo que has decidido no responder. Finalmente, respondes sin mirarme:

—Era francesa.

—Seguro que eso no es todo.

Te observo pensar. ¿Soy digno de escuchar tus recuerdos, de descubrir tus rincones más vulnerables? Al fin, tu expresión se suaviza y veo que te mueres de ganas de hablar de ella, como si hubieras estado esperando la oportunidad de compartir su memoria con alguien.

—No. Había mucho más. Era una persona maravillosa y muy agradable. Siempre era la más hermosa de la habitación.

—La más bella de la fiesta —digo en voz baja—. Como su hija.

—No. Su belleza era incomparable a la mía o a la de cualquier persona que haya conocido. —Se te vuelven a oscurecer los ojos y adoptas una expresión melancólica—. Ella era… excepcional. Tenía un aire distraído, lejano, como si viniera de un mundo totalmente diferente al nuestro. Era lo que más me gustaba de ella, pero mi padre nunca le acabó de perdonar que fuera así.

—¿Porque era francesa?

—No, no era eso. O no solo eso. —Entonces sonríes y se te llenan los ojos de recuerdos de la infancia—. Mi madre y yo teníamos secretos que les ocultábamos a mi padre y a mi hermana. Yo era la única a la que le contaba algunas historias y me hacía prometer que no diría nada. Me solía llamar *«ma toute petite»*: mi pequeñina.

—Parece maravillosa.

—Se llamaba Helene. —Se te suaviza el rostro cuando dices su nombre, que suena como un suspiro—. Era el nombre perfecto para ella. Era como una pieza de porcelana delicada: preciosa, pero de las que no están hechas para el día a día—. La luz de tus ojos se apaga y dices con un tono inexpresivo—: Enfermó cuando yo era pequeña.

—Lo siento —respondo. Y es cierto. Porque sé cómo sigue la historia. He oído cosas, y no solo por Goldie, pero tengo que preguntar de todos modos, porque no puedes saber que lo sé—. ¿Qué ocurrió?

—Sufrió un ataque una noche, cuando mi padre daba una fiesta para unos inversores importantes. Fue una escena horrible. El doctor vino y le dio algo para calmarla, pero al día siguiente la ingresaron… en un hospital. En un manicomio. Nunca regresó a casa. Un año después nos llamaron para comunicarnos su fallecimiento.

Te tiembla la voz y te quedas en silencio. Sé que no me lo has contado todo, pero no te quiero presionar. Así que espero. Cuando continúas, tienes los ojos cargados de lágrimas contenidas.

—No me pude despedir de ella.

Te tomo de la mano, te observo y entrelazo los dedos con los tuyos.

—Debió de ser horrible perder a tu madre siendo tan pequeña. E imagino que tu padre quedó destrozado cuando recibió la llamada.

—Destrozado —repites rígidamente, con la mirada fija en nuestras manos entrelazadas—. Estoy segura de que sí. La charla que nos dio cuando mi madre se marchó ya fue bastante dura. Que tu esposa pierda la cabeza en plena fiesta ya es bochornoso, pero que muriera en un manicomio y apareciera en todos los periódicos fue un desastre para un hombre que se había pasado gran parte de su vida intentando cuidar las apariencias. Aunque he de decir que supo sacarle partido. «Marido se convierte en viudo de forma trágica después de un largo sufrimiento». Los periódicos se lo tragaron. Bueno, la mayoría.

Es la primera vez que te oigo decir algo malo de tu padre, y la dureza de tu tono hace que me sorprenda aún más.

—No te llevas muy bien con él, ¿verdad?

Te crispas al oír la pregunta, como si te acabaras de percatar de que te has ido de la lengua.

—Por favor, olvida lo que he dicho. Era una cría y estaba muy triste. Necesitaba a alguien a quien culpar.

—¿Y tu hermana?

—¿Qué pasa con ella?

—¿Cómo se tomó la noticia?

Respondes con una de tus evasivas encogidas de hombros.

—Cada uno lleva el duelo a su manera.

—¿Teníais buena relación?

—Mi hermana me crio —añades, aunque eso no responde a mi pregunta—. Cuando mi madre se marchó, ella acababa de cumplir diecisiete años, así que ocupó su lugar como si siempre se hubiera estado preparando para ello. Dedicó todo su tiempo a cuidar de mi padre: dirigía la casa, le escribía las cartas, le organizaba las fiestas. Se convirtió en alguien indispensable para él.

Tus palabras me generan cierta incomodidad. No dices nada totalmente desagradable, pero tampoco parece algo natural.

—Es un poco extraño que una chica de diecisiete años sea la señora de la casa, ¿no? A esa edad la mayoría de las jóvenes solo piensan en qué se van a poner y en chicos, no en el menú de la semana o en cómo hacer de anfitriona.

Me ofreces una sonrisa quebradiza que diluye la calidez de tu mirada.

—Cee-Cee nunca fue como las demás. Era una chica muy motivada; incluso por aquel entonces, estaba dispuesta a coger una granada a punto de explotar si era lo que mi padre necesitaba, y a veces sí que le hacía falta. Nunca tuvimos una relación muy cercana, ni antes de que falleciera mi madre ni después, pero me cuidó. Se encargó de todo. Es muy difícil ponerle peros a ese tipo de lealtad.

—Aunque algo me dice que tú sí los pones.

—Claro que no.

—Estamos solos —digo—, no tienes que defenderla ni a ella ni a tu padre. Conmigo no.

—No sé qué quieres decir.

—Pues que pareces un poco protectora. Te quedas callada cuando te pregunto por ellos. Y, si por algún motivo te vas de la lengua y dices lo que piensas, te corriges enseguida.

—Para mi padre, la privacidad es muy importante. Y la lealtad. De hecho, lo son todo para él. La familia siempre es lo primero. Y lo último. Aunque tiene un buen motivo.

—Ah, ¿sí?

—Mi padre es un hombre muy rico, y mucha gente cree que eso no es justo. Les encantaría verlo bajar un par de peldaños.

—¿A quién te refieres?

—A empresarios de la competencia, mayormente. Y a los periódicos.

—Como el periódico para el que trabajo —te recuerdo. Nos estamos metiendo en un terreno pantanoso—. ¿Por qué querrían los periódicos atacar a un ciudadano? ¿Acaso ha hecho algo que explique que quieran perjudicarlo?

—Ha habido varias… historias a lo largo de los años. Rumores. —Apartas la mirada—. No muy agradables.

—¿Qué tipo de rumores?

Te liberas de mi mano y me miras con los labios apretados.

—Pareces un periodista.

—O un hombre que quiere saberlo todo sobre ti.

—¿Y cuál de los dos eres?

Vuelves a ocultarte detrás de tu fachada gélida y me observas. Yo miro encandilado las sombras que te dibuja el sol bajo los pómulos, y cómo la brisa te aparta el pelo del rostro.

—El segundo —digo en voz baja—. Sin duda, el segundo.

Recupero tu mano, entrelazo nuestros dedos y me inclino para besarte. Cuando nuestros labios se tocan, percibo tu recelo, tu hastío reavivado, pero desaparecen gradualmente en el momento en que abres la boca para recibir mi beso. Te tumbo sobre la manta áspera y te beso hasta quedar aturdido. Una parte de mí es consciente de que estamos haciendo un viaje sin retorno. Lo único que puedo hacer es apartarme, recordar que no eres mía, que perteneces a otro mundo. A otro hombre.

✌

Me encantaría poder decir que eso fue lo que me paró los pies ese día, que fue por una cuestión de nobleza, aunque no tuvo nada que ver con eso. Me detuve porque sabía que te arrepentirías, que te arrepentirías de estar conmigo, y la idea de ser algo que lamentaras, de ser un error imprudente de juicio por el que un día sentirías remordimientos, fue suficiente para hacerme recobrar la consciencia. Eso y la certeza absoluta de que si eso ocurriera, no lo superaría. Ojalá lo hubiera recordado más tarde. Porque sí que acabaste arrepintiéndote de estar conmigo, ¿no es así? Aunque no tanto como lo lamento yo, querida Belle. No tanto como yo.

Para siempre y otras mentiras

(Páginas 29-36)

22 de septiembre de 1941
Water Mill, Nueva York

Hablas de remordimientos. Precisamente tú. Como si fueras el único que tuviera motivos para arrepentirse de algo. Te aseguro que yo también tengo mis propios motivos, y todos empiezan y acaban contigo. Que saques el tema de ese día me deja sin palabras.

Recuerdo cómo me sonsacaste la información. Cómo me persuadiste con esa sonrisa tan experimentada que dice que quieres saber algo, que anhelas saberlo todo de mí, cada detalle. Cómo fingiste que te importaba. Cómo me mentiste. Cuánta labia tienes. Tus palabras. Tus besos. Todos falsos. Y me preguntas si me acuerdo. Claro que me acuerdo, ¿cómo iba a olvidarlo?

«Estamos solos», me dijiste.

Pero no era cierto, ¿verdad? Ella también estaba allí con nosotros. Tu generosa amiga de los periódicos. Ese día y desde el principio. Susurrándote al oído. Dirigiéndote como su marioneta.

Me pregunto si ella te enseñó a preparar el terreno con tu encanto y tus anécdotas familiares. ¿O era un talento innato que tenías? A lo mejor deberías haber sido actor. A mí, sin duda, me convenciste. ¿Si no, por qué te habría abierto mi corazón sin reservas? ¿Por qué te habría dado la munición para hacerme daño, para herirnos a todos?

Ese día en la manta fue solo el comienzo, pero sí, me acuerdo. Y todavía me pregunto, mientras escribo, cómo no me di cuenta de cómo acabaría todo, de cuáles eran tus intenciones.

Me preguntaste por mi madre y te conté una parte de su historia. Durante toda mi vida, mi madre ha sido una sombra, un conjunto de imágenes cambiantes que iban y venían y se volvían a ir, hasta tal punto que a veces parecía que me la hubiera inventado. Pero no me la imaginé, aunque a mi padre le habría encantado que fuera así. Era muy real. Y hubo una época en la que ella lo era todo para mí.

Aquí tienes lo que no te dije, las cosas bonitas sobre ella que podrías haber sabido pero que nunca te molestaste en preguntar porque solo te interesaban los trapos sucios. Y en cuanto conseguiste la información que querías, la despachaste enseguida, ¿verdad? Menudo día de celebración para ti. Seguro que te reíste de mí y de mi inocencia. Pero ahora te contaré todo lo demás, no porque te crea capaz de cualquier tipo de arrepentimiento, te conozco demasiado para eso, sino porque quiero que conozcas a la mujer que yo conocí.

Te dije que mi madre era preciosa. Algunos decían que era la mujer más hermosa de Nueva York. Pero no te conté que la gente decía que yo me parecía a ella. Heredé su pelo negro, sus ojos de color ámbar y sus pómulos pronunciados, supongo. Quizá ese fue el motivo por el que mi padre no me podía mirar, porque le recordaba a una versión joven de la mujer con la que se había casado, aunque yo no estaba a su altura.

La llamaba *maman*, pero solo cuando estábamos solas. A mi padre no le gustaba que mi madre hablara francés en casa. Pasábamos las tardes juntas, las dos solas, escondidas en su cuarto, que olía a lirios y al jabón mantecoso francés que usaba en el baño. Sacaba el álbum de fotos, el que le ocultaba a mi padre, de cuero suave con sus iniciales grabadas en dorado en la parte delantera, y lo mirábamos. Yo no podía leer lo que ponía. Las letras eran extrañas, las palabras estaban en otro idioma, pero ella me las leía y me contaba las historias que había detrás de cada imagen.

En una de ellas salía con el uniforme del colegio, rígida e incómoda, con el pelo peinado hacia atrás y un lazo enorme. Era mi foto favorita, porque veía el parecido que teníamos y yo me moría de ganas de ser como ella de mayor, aunque me encantaban todas. Las vacaciones en la costa de Les Sables-d'Olonne. Las cenas familiares a la luz de las velas. Las fiestas que se alargaban durante días. Y todo el mundo sonreía. Siempre me pregunté qué le ocurrió al álbum. Cuando le pregunté a Cee-Cee, me dijo que nunca lo había visto, pero, al poco tiempo de que nos llamaran del hospital, la pillé en la habitación de nuestra madre, Registrando sus pertinencias. Unos días después, me colé en el cuarto de mi madre otra vez y no encontré nada. No había nada en los cajones de la cómoda. El armario estaba vacío. Incluso el tocador donde había guardado los perfumes y las cremas estaba totalmente limpio. Era como si mi madre nunca hubiera pasado por allí, como si la hubieran borrado.

En ese instante me prometí no olvidarla nunca. Porque eso era lo que querían mi padre y mi hermana, que todo el mundo se olvidara de que había formado parte de nuestras vidas. Aun así, yo la recuerdo. Me acuerdo de lo bueno y lo malo.

Se reía muchísimo cuando estaba conmigo, pero, aunque solo fuera una niña, yo me daba cuenta de que había algo falso en su alegría. Nunca se lo comenté, pero a medida que pasaba el tiempo, me resultaba cada vez más difícil fingir que no lo veía. Una tormenta repentina de lágrimas, las bandejas de comida sin tocar, las visitas del médico a todas horas del día y de la noche. Siempre le venía de golpe, era como si se encerrara en sí misma, como si alguien hubiera tapado el sol con una nube oscura.

Según el personal de cocina, a quién oí comentar el tema en una ocasión, todo empezó tras el nacimiento de mi hermana. El doctor dijo que era «tristeza posparto». La volvió a sufrir cuando nació mi hermano, pero mi padre estaba tan contento de tener un hijo que hizo lo que pudo por tolerar los arrebatos de tristeza de mi madre. Ella le había dado a su joven príncipe y, durante un tiempo, eso fue suficiente. Sin embargo, cuando sacaron al pobre Ernest del lago, mi madre sufrió una crisis terrible. Al cabo de unos años nací yo: otra niña, y no el reemplazo que mi padre tanto esperaba. Mi madre volvió a sufrir de melancolía. Después de enterrar a un hijo, un tercer episodio de tristeza posparto se le hizo insoportable. Nunca se recuperó y acabó empeorando. Muchísimo.

No recuerdo los años que tenía cuando me di cuenta. Al principio fue algo gradual, detalles pequeños. Dejó de cantar. Dormía mucho, a veces se pasaba las tardes enteras durmiendo. Cuando le pedía que me contara alguna de nuestras historias, me decía que estaba muy cansada o que no las recordaba. Pero era algo diferente. Era como si tuviera miedo, aunque yo no entendía de qué. Creía que los adultos no le temían a nada. Pero la vida se le había quedado demasiado grande. Se encerraba en su habitación y se pasaba días sin salir. No comía, ni se bañaba, ni dejaba que nadie la viera. Y luego, de repente, reaparecía como si no hubiera pasado nada y el sol volviera a brillar. Por aquel entonces, lo llamaban «melancolía».

Mi padre no ayudaba. No tenía paciencia con ella cuando sufría sus episodios, así que discutían constantemente. Mi hermana corría al otro lado del pasillo y lo escuchaba todo desde detrás de la puerta: mi padre vociferaba que estaba mancillando su nombre y ella se lamentaba de todo a lo que había renunciado para ser su esposa. Un día me acerqué a la puerta para escucharlos, pero no lo pude soportar. Él le dijo cosas tan horribles, cosas que yo no entendía entonces, pero ahora sí. Mi padre se avergonzaba de ella. Se avergonzaba de sus flaquezas como mujer y como ser humano.

Pero esa parte ya la sabes.

Los brotes eran cada vez más frecuentes y largos. Un día, mi madre se marchó de casa y no regresó durante tres días. Se la encontraron en un hotel en Nueva Jersey, hospedada con un nombre falso. A los periódicos les encantó la historia. Después de aquello, mi padre despidió al doctor e hizo venir a un especialista en afecciones femeninas. También era famoso por su discreción. Le recetó pastillas para los nervios y durante un tiempo estuvo mejor, más fácil de manejar. Entonces, una noche que mi padre había invitado a cenar a unos posibles inversores para un nuevo negocio, justo cuando estaban sentados a la mesa hablando del periódico de Henry Ford, el Michigan Independent, y su renovada cruzada contra el judío internacional, mi madre sufrió un colapso nervioso.

Nunca olvidaré aquella noche, aunque no es porque no lo haya intentado. La conmoción fue tal que Cee-Cee y yo salimos corriendo de nuestras habitaciones para contemplarlo todo, agachadas en la parte de arriba de las escaleras. Mi padre, con el rostro rojo y el ceño fruncido, se la llevó de la mesa. Los gritos de mi madre cuando la subió a la fuerza por las escaleras rebotaron por las paredes. Tuvimos que marcharnos corriendo para que no nos vieran, pero nos escondimos en una de las habitaciones de invitados y observamos por la rendija de la puerta cómo mi padre abría la puerta de par en par, la empujaba al interior y cerraba con llave.

La imagen me revolvió el estómago. Ver a mi madre tan rota, ver que a mi padre no le importaba. Por aquel entonces, había muchas cosas que yo no comprendía, pero mi hermana sí o, como mínimo, eso parecía. Recuerdo que cuando todo terminó, Cee-Cee salió sigilosamente al pasillo y oyó los sollozos amortiguados de mi madre con una expresión extraña. No era una sonrisa, pero lo parecía. La voz de mi padre subió por las escaleras desde el comedor y oímos cómo les explicaba a los invitados con un tono muy serio que su mujer lo estaba pasando muy mal desde la muerte de su hijo.

—Se culpa por lo que ocurrió. No importa las veces que le repita que fue un accidente, ella se niega a perdonarse. Teníamos la esperanza de que las cosas mejorarían con el tiempo, pero me temo que han ido a peor. Desde la llegada de nuestra hija pequeña, todo ha empeorado.

Esa era yo. Estaba hablando de mí. Me estaba echando la culpa.

Aunque eso no era nada nuevo. Un día oí que se refería a mí como un «error» mientras hablaba con Cee-Cee, pero, por algún motivo, me sentó peor cuando se lo dijo a unos desconocidos. Yo era la culpable de la crisis nerviosa de mi madre.

Aunque no entendí qué decían, oí unos murmullos de lástima, la mayoría provenientes de voces femeninas, de las esposas de los inversores.

—Sí. —Oí que respondía mi padre a algo que le habían preguntado—. Ha sido muy duro. Pero a mí me preocupan las niñas. El doctor teme que el comportamiento de la madre les afecte de forma permanente. Ha recomendado que descanse y, aunque hasta ahora me había resistido, creo que puede que sea la mejor opción.

Mi hermana volvió a sonreír ligeramente, como un gato que acaba de terminarse la crema del plato.

—Ahora veremos —susurró para ella misma más que para mí—. Ahora sí que lo vamos a ver.

Recuerdo haber pensado «¿Qué es lo que veremos?», pero todavía estaba llorando cuando mi hermana se dio media vuelta y se marchó. El doctor llegó al cabo de unas horas, cuando ya se habían marchado los invitados. A la mañana siguiente, una ambulancia recogió a mi madre para llevársela a Craig House, en Beacon.

«Es para que pueda descansar», dijo mi padre mientras me daba una palmada en mi cabecita de niña de siete años cuando mi madre pasó por mi lado, atada a una camilla, sin parpadear y pálida.

Ese día lloré tanto que acabé vomitando. Su habitación, el dormitorio en el que habíamos compartido tantas tardes especiales, tenía la puerta cerrada y la llave había desaparecido, como si mi padre temiera que la enfermedad de mi madre fuera contagiosa.

Nuestra casa nunca había sido un lugar acogedor, pero se convirtió en un mausoleo, vacío y silencioso. Y, a medida que los días pasaban, empecé a entenderlo. Me dijeron que visitaríamos a mi madre, que iríamos a verla los domingos y que le llevaríamos flores y cajas de las cerezas recubiertas de chocolate que tanto le gustaban. Pero no era cierto. No fuimos ni una vez. Un año después, el día antes de Navidad, las primeras navidades desde que se había marchado, nos llamaron por teléfono. Uno de los camilleros se la había encontrado muerta esa mañana. Una caída. Un cuchillo. Un accidente terrible. Pero no había sido un accidente, lo había hecho a propósito. No se habló del tema, nadie quería usar la palabra «suicidio», porque incomodaba a la gente, pero todos lo sabían.

Estas son las cosas que no te conté el día que me preguntaste por mi madre. Porque es un tema muy doloroso y privado. En su lugar, te conté las cosas buenas, las que podía decir en voz alta, pero tú querías más. Ella quería más.

¿Que si me acuerdo del día del pícnic? Como si fuera posible olvidar uno solo de los instantes de nuestra tumultuosa relación, esos breves meses en los que me susurrabas que lo nuestro sería eterno, lo que me permití creer. Recuerdo que me escuchabas con la mano sobre la mía y que, cuando terminé, no me presionaste para que siguiera hablando. Aunque, claro, nunca me presionaste para nada porque no te hizo falta. Tenías otros modos de conseguir lo que querías, y no tardé en descubrirlos.

Seis

Ashlyn

«Del mismo modo que ocurre con la gente, los libros con más cicatrices son los que han tenido una vida más plena. Están descoloridos, arrugados, sucios y rotos. Estos contienen las mejores historias y ofrecen los consejos más sabios.»

Ashlyn Greer, El cuidado y mantenimiento
de los libros antiguos

29 de septiembre de 1984
Portsmouth, Nuevo Hampshire

«Suicidio».

Cuando cerró el libro y lo apartó, Ashlyn sintió que la palabra le palpitaba como un dolor de muelas, le había tocado la fibra sensible. Como Willa Greer, Helene había decidido poner fin a su vida, había elegido la muerte antes que a sus hijas. No había sido un accidente, sino una elección consciente y deliberada.

Ashlyn había vivido ese tipo de pérdida en su propia piel y conocía el vacío que deja que alguien a quien quieres se marche sin despedirse, sin disculparse. También entendía que Belle no se lo hubiera contado a Hemi el día del pícnic, pues admitir que uno de tus progenitores, sobre todo si era la madre, había optado por quitarse de en medio era humillante. Era como

122

reconocer que no valía la pena intentarlo, que no valía la pena luchar por ti. Ahora tenían eso en común, la membresía en un grupo del que nadie quería hablar: eran los supervivientes que estaban obligados a vivir sabiendo que no habían sido suficiente.

Cuando su madre se negó a seguir el tratamiento contra el cáncer, tomó una decisión pasiva, hubo incluso quien dijo que era una decisión noble; había aceptado estoicamente la voluntad de Dios. Sin embargo, la elección de su padre de colocarse cuidadosamente una escopeta bajo la barbilla había sido una decisión descarada, un ataque al dios que le había arrebatado a su mujer. No lo hizo porque la quisiera, sino porque le habían arrebatado algo que él había considerado suyo, y eso no podía quedar sin castigo. Así que subió al ático y, con un movimiento rápido del dedo, dejó huérfana a su hija.

Así, Dios aprendería la lección.

No consideró el efecto que esa decisión tendría en la niña, ni en las cicatrices que dejaría su acto de egoísmo.

A lo mejor, en el caso de Helene había sido diferente, porque la habían separado a la fuerza de su familia y sufría trastornos mentales. Tal vez, en su estado, no había sido capaz de considerar los sentimientos de los demás.

Belle lo había llamado «melancolía», «tristeza posparto». Ahora se llamaba «depresión posparto», aunque la terminología daba igual. Al parecer, Helene había tenido síntomas muy graves y había ido empeorando con cada nacimiento. Si a eso le añades un marido insensible y la muerte de un hijo, tienes la receta de un desastre.

Sin embargo, el fallecimiento de Helene no había sido la única revelación de la lectura de esa tarde. Ahora tenía un nombre o, como mínimo, un apodo para el autor de *Mi lamento: Belle*. «Hemi», la abreviación de Hemingway. Aunque era un truco más, por lo menos sabría cómo llamarlo. Y la descripción del hombre del día del pícnic y de la conversación que habían mantenido había sido intrigante. Había sido un interrogatorio a la vez que un acto de seducción, y había sido muy habilidoso en ambas.

Belle lo había acusado de sonsacarle información y de persuadirla con su sonrisa versada. Aunque él ya había admitido todo eso: había dejado entrever que se traía algo entre manos, e incluso había sugerido que podía tener algo que ver con la infame Goldie. Pero había momentos en los que parecía tener sentimientos encontrados, como si participara con reticencia en la traición del otro. ¿Había sido esa traición la que había provocado la ruptura? En ese caso, ¿por qué insistía Hemi en que Belle había sido la causante de la traición?

No dejaba de repetirse las preguntas cuando se puso de pie. Se sorprendió al mirar el viejo reloj de estación y ver que eran más de las seis. No era de extrañar que tuviera la espalda y el cuello agarrotados. Llevaba sentada en el taburete desde la hora de comer y había perdido la noción del tiempo.

A veces no entraba ni un cliente en toda la tarde, sobre todo cuando hacía mal tiempo, como aquel día. Había llovido mucho, y eso hacía que la gente fuera a comprar al centro comercial y a otros negocios de interior. Otro día, habría aprovechado el tiempo libre para ponerse al día en el taller de encuadernación, pero, tras haberse quedado despierta hasta tarde recosiendo los cuadernillos de *El secreto del viejo reloj,* se había permitido permanecer detrás del mostrador con *Para siempre y otras mentiras* abierto sobre el regazo.

Tenía *Mi lamento: Belle* al alcance de la mano, siempre junto a su compañero. Ahora los veía así, como un conjunto, una pareja. Era una idea extraña, incluso para ella, pero en su mente, los libros estaban conectados de forma inextricable. Como Hemi y Belle. Eran una parte esencial del otro.

Sin embargo, cuanto más leía, más dudas tenía. Estaba convencida de que Hemi había estado profunda y rotundamente enamorado, y de que Belle lo había correspondido. ¿Cómo habían acabado haciéndose tanto daño?

Aunque, claro, después de su desastroso matrimonio, ¿realmente le sorprendía? En el amor siempre había un desequilibrio, ¿verdad? Con independencia de la relación: ya fuera el amor por nuestros padres, nuestros hijos, hermanos o amantes.

Siempre hay una persona que está más comprometida, más dispuesta a ceder su poder, a pasar desapercibida a cambio de ese amor. Ashlyn siempre había sido la que lo había dado todo. Con sus padres y con su marido.

Daniel.

Se habían conocido en la Universidad de Nuevo Hampshire. Ella estudiaba Literatura y él era el profesor ayudante en una de sus clases. Era un aspirante a escritor que trabajaba en su doctorado, siempre contento de hacer de mentor de algún joven talento prometedor, siempre que dicho talento fuera una chica, y guapa. Era el chico perfecto, con un cuerpo atlético, una sonrisa ridículamente atractiva y los ojos del color del cielo en un día de tormenta. Y todo eso bajo una brillante fachada académica.

Empezaron a quedar para tomar café después de clase, con la excusa de charlar sobre los textos de Ashlyn. Del café pasaron al vino, y del vino a la cama. Seis semanas después, ella se marchó de casa de su abuela y se mudó al ático pijo de Daniel. Seis semanas más tarde ya estaban casados, y Daniel instó a su esposa a dejar la universidad y ponerse a trabajar a jornada completa en la tienda de Frank para que él pudiera centrarse en su obra. Estaba trabajando en un libro, una novela que, según él, iba a ser un éxito rotundo y le iba a permitir dejar de impartir clases.

A ella no le importaba aplazar sus estudios hasta que Daniel terminara la novela, pero, cuando por fin la concluyó y los meses pasaron sin que él mostrara ninguna intención de volver a su jornada habitual, ella soltó alguna indirecta sobre volver a la universidad. Él se había negado rotundamente. Hasta que no vendiera el manuscrito, ella tendría que trabajar tantas horas como pudiera en la tienda para que él se centrara en su búsqueda.

Pero nadie compraba el manuscrito. Y con cada carta de rechazo había una nueva razón para culparla a ella. Nunca tenía nada que ver con el libro ni con su fracaso. Siempre era culpa de Ashlyn.

Y a eso se sumaron las noches de trabajar hasta tarde con la atractiva Marybeth, cuyo trabajo era «sumamente original, pero necesitaba algo de ayuda». Su ayuda. Cuando Ashlyn le preguntó, sin rodeos, si estaba preparando su remplazo, él la acusó de ser una histérica. Aunque él siempre hacía eso. Lo negaba todo, sin importar lo que indicaran las pruebas. La hacía dudar de la realidad. La manipulaba. Le daba la vuelta a la tortilla. Había sido todo un maestro del engaño.

Por supuesto, la gente empezó a hablar. Había rumores sobre otras alumnas. Se decía que una de ellas había amenazado con ahogarse cuando Daniel rompió con ella. Otra había tenido un aborto y se había marchado de la universidad con un cheque muy generoso a cambio de su silencio. Por aquel entonces, Ashlyn lo había ignorado y lo había atribuido a las habladurías del campus. Hasta que una tarde llegó antes a casa y se encontró a Marybeth y a Daniel en la cocina, preparándose unos huevos. Él llevaba unos pantalones de pijama y ella tenía el pelo mojado de la ducha y llevaba el albornoz de Brooks Brothers que Ashlyn le había regalado a su marido para Navidad.

Como siempre, Daniel la había culpado a ella. Por no apoyarlo lo suficiente, por no tener suficiente talento, por no ser suficiente mujer para él. Y, de repente, entre tanto reproche, se dio cuenta de algo espeluznante: se había convertido en su madre. En el felpudo de su marido, en una víctima. En la columna de flagelación de un hombre fracasado y rabioso.

Esa noche se fue de allí sin coger nada más que su bolsa de tela. Quería que todo acabara de una vez. Pero Daniel no había terminado; todavía no. Tendría que haberse imaginado que encontraría un modo de castigarla, de tener la última palabra. Había tardado mucho en descubrir quién era realmente, un hombre cruel y calculador, dispuesto a destruirlos a los dos si no se salía con la suya.

Y estuvo a punto de hacerlo.

Bajo la tenue luz, el blanco de la cicatriz resplandeció como una medialuna perfecta que le atravesaba la línea de la vida de la mano derecha. Era bastante apropiado, porque su existencia parecía estar dividida en dos mitades: su vida antes y después de Daniel. Los últimos días había tenido molestias, punzadas inesperadas de dolor, y se preguntaba si tenían algo que ver con los ecos que había percibido en los libros de Belle y Hemi, si era posible, de algún modo, que hubieran detectado su herida, como las vibraciones de un diapasón, y se hubieran sincronizado con ella.

A lo mejor era el momento de dar marcha atrás, de centrarse en el trabajo y dejar que se le pasara un poco la obsesión antes de seguir leyendo. O dar el tema por zanjado. Tenía que escribir el boletín informativo de las fiestas y llevarlo a imprimir, y luego debía centrar toda su energía en terminar los libros de Gertrude antes de Navidad.

Se levantó de la silla y se preparó para ir a la parte delantera de la tienda y cerrar la puerta. Fue ordenando cosas por el camino, enderezando los carteles torcidos y colocando bien los libros de las estanterías. Justo había empezado a pensar en opciones para la cena cuando oyó el tintineo chivato de la campanilla de la puerta.

Contuvo un gruñido. «No ha venido ni un cliente en toda la tarde, pero tenía que entrar alguien justo a las seis y media».

—Lo siento —gritó mientras se dirigía a la parte delantera de la tienda—. Está cerrado, justo iba a echar la llave.

Un hombre con un anorak mojado con gotitas de lluvia levantó la mirada del estante con folletos gratuitos que había al lado de la puerta. Debía rondar los treinta y pico años, era alto y esbelto, tenía los ojos de un color verde pálido y, si no tuviera el pelo mojado, Ashlyn sospechaba que sería de un color rubio oscuro. El tipo alzó una copia del boletín informativo.

—*El cuidado y mantenimiento de los libros antiguos*. Qué título más inteligente. ¿Se te ocurrió a ti?

Ashlyn frunció el ceño, molesta porque la hubiera ignorado deliberadamente.

—Sí. Gracias. Pero ya estaba…

—Y sales muy bien en la foto.

—Gracias, pero, como ya te he dicho, está cerrado. Si buscas algo en concreto puedes volver mañana a las nueve.

El hombre dejó el boletín informativo en el estante, se metió las manos en los bolsillos y recorrió la tienda con la mirada. Era más joven de lo que le había parecido al principio. No parecía muy seguro de sí mismo, pero era atractivo a pesar de estar empapado y despeinado.

Se obligó a sonreír y lo volvió a intentar.

—Si buscas algo en concreto, algún título o autor, tomo nota de tu nombre y te llamo mañana.

Le lanzó una mirada insulsa.

—Ya tienes mi número. Hablamos hace unos días. Soy Ethan Hillard. No sabía a qué hora cerrabas, así que me he arriesgado. Me preguntaba si podría echarles un vistazo a los libros.

Ashlyn parpadeó con incredulidad, estaba mucho más que sorprendida. Cuando habían hablado por teléfono, no le había mostrado ningún interés.

—¿Quieres ver los libros?

—Bueno, leerlos.

Que hubiera cambiado de parecer tan de repente hizo que a Ashlyn le saltaran las alarmas. ¿Había ido para pedirle que se los devolviera?

—Señor Hillard, si cree que los libros tienen algún tipo de valor…

—Ethan —la interrumpió—. Y no es por una cuestión de dinero. Después de nuestra conversación de la otra noche, no he podido sacarme el nombre de Belle de la cabeza, aunque no sabía por qué. Y ayer me acordé. Tengo una tía, bueno, es mi tía abuela, de hecho. La hermana de mi abuela paterna. Se llamaba Marian, pero estoy casi seguro de que mis padres mencionaron el nombre de Belle en una conversación.

A Ashlyn se le aceleró el pulso.

—Marian —repitió despacio, como si quisiera saber qué se sentía al pronunciar el nombre—. ¿Crees que tu tía Marian era Belle?

—No tengo ni idea. Pero mi padre tenía esos libros en el estudio cuando falleció, y Belle no es un nombre muy común que digamos, así que he venido. He pensado que, a lo mejor, si les echaba un ojo, podría corroborar o descartar la teoría. Tal vez me suenen los nombres, los apellidos, o reconozco algún lugar.

Una inyección de adrenalina le recorrió las venas al pensar que podía estar a punto de confirmar que Belle y Hemi eran reales. A lo mejor podría ahorrarle algo de tiempo al chico.

—¿Te suena el nombre «Goldie»?

Ethan pensó un momento y negó con la cabeza.

—No.

—Era una mujer —añadió Ashlyn—. Tenía una cadena de periódicos.

El hombre volvió a negar con la cabeza.

—No me suena. Aunque, claro, no llegué a conocer a mi tía, así que es normal que no conozca los nombres de sus amigos.

—Yo no diría que Goldie fuera amiga de Belle, pero su nombre aparece en los dos libros. Parece ser que era la jefa de Hemi.

Ethan la miró, perplejo.

—¿Quién es Hemi?

La emoción de Ashlyn se disipó. Esperaba que reconociera el nombre.

—Es el autor de *Mi lamento: Belle.* No es su nombre real, pero así lo llama ella. Es la abreviación de Hemingway, porque es escritor. Goldie también parece ser un apodo, aunque espero descubrir su identidad pronto. Y en cuanto lo sepa, a lo mejor logro encontrar el nombre de Hemi, ya que escribió muchos artículos para ella. ¿Qué me dices de Helene? ¿Te trae algún recuerdo el nombre?

—Ni uno. ¿Quién era?

—La madre de Belle. En todo caso, ese es el nombre que usa en el libro. Sería tu bisabuela, la abuela de tu padre. Falleció cuando Belle era una cría… se suicidó, según ella. Parece ser que la familia hizo todo lo posible para echar tierra sobre el asunto. —Se calló un momento y observó el rostro inexpresivo de Ethan—. ¿Nada de esto te suena?

Ethan negó con la cabeza.

—No, pero sin duda parece algo propio de los Manning.

Ashlyn lo miró y parpadeó rápidamente.

—¿De quién?

—Nuestro —se limitó a responder—. De los Manning y los Hillard. Mi padre era un Hillard. Su madre fue una Manning hasta que se casó. ¿Sabes cómo se llamaba el marido de Helene?

Ashlyn se encogió de hombros.

—Nunca lo llama por su nombre. Ni siquiera usa un apodo. Vaya, por lo menos hasta donde he leído. Solo sé que era muy rico y que era un tirano. En algunos pasajes, da la impresión de que Belle le tiene miedo.

Ethan la examinó con los ojos verdes entrecerrados.

—Hablas de ella como si la conocieras.

Ashlyn apartó la mirada. ¿Cómo se lo podía explicar?

—Es que si los leyeras…

—A eso he venido. A leerlos. O, por lo menos, a echarles un ojo.

—Ya, claro. —Ashlyn tomó los libros del mostrador y rodeó a Ethan para cerrar la puerta de la tienda con llave—. Hay un par de sillas cómodas en la parte de atrás, podemos ir allí a leer.

—No quiero distraerte. Había pensado en llevármelos.

Ashlyn vivió un momento de pánico cuando pensó que los libros podían salir de la tienda. ¿Y si decidía no devolverlos?

—Preferiría que se quedaran aquí, si no te importa. Pero puedes quedarte el tiempo que te apetezca.

Ethan parecía sorprendido, puede que por el hecho de que le hubiera ofrecido quedarse a leer a pesar de que la tienda estaba cerrada, o porque se había mostrado reticente ante la idea de que se llevara los libros, no lo sabía a ciencia cierta.

—Como quieras —respondió, y procedió a quitarse el anorak—. Si no te importa.

Ashlyn lo guio a la parte trasera de la tienda con los libros debajo del brazo. Ethan la siguió unos pasos por detrás, deteniéndose de vez en cuando para examinar las paredes de obra que quedaban a la vista y el techo con paneles decorativos de estaño.

—Qué sitio tan bonito —dijo cuando, por fin, la alcanzó—. A mi padre le encantaban los edificios antiguos como este. Parece que lleva tiempo aquí. ¿Es un negocio familiar?

Ashlyn pensó en Frank y sonrió.

—No. Aunque podríamos decir que me crie entre estas paredes. El dueño original me dejaba pasar tiempo aquí cuando era una niña. Me permitía hacer algunas tareas a cambio de libros. Luego trabajé aquí durante mis años de instituto y en la universidad. Cuando falleció unos años atrás, heredé la tienda.

Ethan alzó las cejas.

—Qué generoso.

—No tenía a nadie. Yo era su familia.

—Aun así.

Ashlyn asintió y dijo:

—Era una persona maravillosa. Todavía lo echo de menos.

Se miraron durante unos instantes en un silencio incómodo. Ashlyn sujetaba los libros entre los brazos e Ethan llevaba la chaqueta colgada de un hombro. Finalmente, él le señaló los brazos y le preguntó:

—Imagino que esos son los libros, ¿no?

—Ay, perdona. Sí. Si quieres, nos podemos sentar aquí. Toma la silla de la izquierda, es más cómoda.

Ethan le echó un vistazo a la silla y luego miró a Ashlyn.

—No me importa quedarme solo si tienes cosas que hacer.

—No pasa nada —le respondió ella mientras tomaba la silla más cercana a la ventana—. De todos modos, tenía pensado leer un rato.

Ethan dejó la chaqueta en el respaldo de la silla y se sentó.

—De acuerdo. Gracias.

—¿Cómo quieres que lo hagamos?

—¿A qué te refieres?

—¿Quieres empezar directamente por el libro de Belle? ¿O quieres empezar por el de Hemi, que fue el primero en llegar? Si alternas entre los dos, entiendes ambas partes de la historia.

—No me hace falta entenderlas. Solo quiero saber si mi tía escribió el segundo libro.

—¿Y qué pasa si así fuera?

Se encogió de hombros.

—Pues que lo escribió.

—Pero entonces, ¿qué ocurrirá con los libros? ¿Querrás que te los devuelva?

La observó, sorprendido.

—¿Por eso crees que he venido? ¿Para llevármelos?

—Bueno, he asumido que si los libros tratan sobre tu familia...

Ethan se colocó bien en la silla, como si no estuviera cómodo.

—Mi familia eran mis padres. Nadie más.

—Lo siento. No quería...

—Déjalo. Los Manning y los Hillard no somos muy familiares. Al menos, no como el resto de las familias. No somos de reuniones sentimentales durante las fiestas ni de soplar velas o abrir regalos. Compartimos agente inmobiliario y abogados especializados en planificación patrimonial, nada más. A no ser que las fibras de ADN cuenten.

—¿Por eso no conoces a tu tía?

Asintió.

—Siempre ha habido una especie de hostilidad. Aunque sí conocí a sus hijos, que vinieron a mi casa una vez, pero no se quedaron mucho tiempo. No me acuerdo ni de cómo se llamaban.

—Y no sabrás, por casualidad, si sigue viva, ¿verdad?

—No. No tuve noticias de ella cuando murió mi padre, aunque yo tampoco la llamé. ¿Por qué lo preguntas?

—No he terminado de leer los libros todavía, pero lo que he leído de momento es sumamente personal. Si al final resulta que Belle es tu tía y está viva, dudo que le entusiasme la idea de que su vida amorosa haya acabado en las manos de una desconocida. Ahora que lo pienso, ¿cómo crees que llegaron los libros a las manos de tu padre?

—Ni idea. Él tenía buena relación con Marian, era el sobrino favorito o algo así, pero perdieron el contacto. A lo mejor ella se los regaló.

Ashlyn descartó esa posibilidad de inmediato. Las mujeres no solían compartir ese tipo de detalles con sus sobrinos. Por mucho que fuera el favorito.

—¿Sabes de alguien que pueda tener su dirección o su número de teléfono?

—Lo dudo. Lo último que sé es que Marian era *persona non grata* para el resto de la familia. Aunque estuviera viva, dudo que haya mantenido el contacto con alguno de ellos. Mi padre era el único con el que tenía relación. Lo llamaba muy de vez en cuando y se ponían al día, o mi padre recibía alguna tarjeta de felicitación para su cumpleaños, pero, con el tiempo, eso también terminó. Nunca supe por qué, aunque tampoco pregunté. Bueno, ¿nos ponemos manos a la obra, o qué? Es muy probable que esta conversación haya sido totalmente inútil.

Ashlyn asintió.

—¿Por qué libro quieres comenzar?

—Por el de Belle. Con un poco de suerte, esto no me llevará mucho tiempo. Las parejas atormentadas no me van mucho.

Ashlyn le entregó el ejemplar de *Para siempre y otras mentiras* y se dio cuenta de que no había mencionado un detalle muy importante.

—Ambos libros tienen dedicatorias, una de Belle y una de Hemi, y las tienes que leer juntas.

Levantó la mirada del libro con una expresión algo molesta.

—¿Por qué?

Ashlyn se mordió el labio para esconder la irritación. Parecía el hombre menos curioso que había conocido en su vida.

—Porque la historia se erige sobre ellas. Escucha… —Abrió *Mi lamento: Belle* sobre su regazo y leyó la inscripción enfadada de Hemi guiándose con el dedo—: «¿Cómo, Belle? Después de todo… ¿cómo pudiste hacerlo?». —Levantó la mirada de la página y miró fijamente a Ethan—. Esas palabras van dirigidas directamente a ella. Son una acusación y una pregunta. En el libro que tienes, Belle le responde. Léelo y así entenderás lo que quiero decir.

Ethan buscó la dedicatoria y sujetó el libro con una mano mientras leía:

—«¿¿Cómo?? Después de todo, ¿cómo me preguntas eso a mí?». —Alzó la mirada y asintió—. Vale, ya veo por qué lo decías.

—Toda la obra es así. Es como si se respondieran, es como una discusión en papel.

Ethan sonrió con los labios apretados.

—Voy a leer un rato, si no te importa. A ver si algo me resulta familiar.

Le estaba pidiendo que se callara para ponerse manos a la obra. Era una petición comprensible, pues lo había interrogado desde que había entrado a la tienda y le había hecho mil preguntas, a pesar de que el chico había dicho desde el principio que no sabía nada. Como siguiera así, lo acabaría asustando, y necesitaba su ayuda.

Se concentró en la dedicatoria de Hemi. No en las palabras en sí, que había memorizado el primer día, sino en los trazos gravados en el papel, afilados y cortantes, como una herida. Pero ¿por qué?

Mi lamento: Belle

(Páginas 40-47)

4 de noviembre de 1941
Nueva York, Nueva York

La idea de que me descubras es una amenaza constante. Una amenaza para ti más que para mí, aunque soy más que consciente de que, si se diera el caso, quedaría expuesto a la ira de Goldie. Por el momento, sospecha de mis largas y frecuentes pausas para comer y ha empezado a controlarme, como si fuera un colegial travieso. Cada vez nos resulta más difícil inventar coartadas, y los *rendez-vous* se nos hacen más engorrosos de organizar. A pesar de eso, conseguimos vernos y vivir esta especie de media vida precaria, ajena a la realidad y a todo lo que se supone que no nos pertenece. Fingimos que es para siempre, pero, a medida que los días se vuelven más cortos y se acerca el invierno, las cosas cambian, como siempre supimos que ocurriría.

No podría señalar el momento concreto en el que todo se torció, pero recuerdo claramente el día en que me di cuenta de que había ocurrido.

Es un martes frío de noviembre. El cielo tiene un tono gris plateado y la amenaza de nieve está presente en el aire. Le has dicho a tu hermana que pasarías la mañana en DuBarry para supervisar los arreglos de unos vestidos nuevos que has encargado para la temporada, pero lo despachas en menos de una hora y vas a la joyería de William Barthman, donde finges admirar los brazaletes del aparador, justo cuando yo llego con el coche.

Te has comprado un par de guantes para dar crédito a tu coartada y llevas la bolsa colgando del brazo. Fingimos que el encuentro es puramente casual, aunque lo hemos ensayado varias veces en diferentes sitios de la ciudad. Te has vuelto una erudita en el arte de los subterfugios. Aunque, claro, naciste para interpretar el papel de la *femme fatale*, eres una actriz consumada, merecedora de una de esas estatuillas doradas que otorgan cada año.

Bajo la ventanilla, te pido con un gesto del brazo que te acerques y me ofrezco a llevarte. Finges objetar, pero abres la puerta a toda prisa y te sientas a mi lado con una sonrisa educada y yo arranco el coche. Conduzco hasta Long Island, donde comemos un pícnic de sándwiches envueltos en bolsas de papel encerado y bebemos café en vasos de plástico que hemos conseguido en el bar de carretera al que hemos ido miles de veces.

Es un día sombrío y hace demasiado frío para un pícnic de verdad. Estaciono el coche al lado de la rampa para los barcos, para tener vistas al lago y, finalmente, me inclino para besarte. Me da vueltas la cabeza cuando poso los labios sobre los tuyos, ansioso después de casi una semana sin verte.

—No tenemos mucho tiempo —murmuras entre besos—. Damos una fiesta esta noche y tengo que volver antes para cambiarme.

Me aparto, molesto. Justo acabo de apagar el coche y ya me estás hablando de regresar. Siempre tienes que ir a algún sitio, o hay un lugar donde debes vestir ropa nueva y llevar una invitación grabada, algún sitio al que yo no estoy invitado. Suspiro; mi irritabilidad me repugna.

—A tu padre le encanta dar fiestas —comento, con la mirada fija en el lago al otro lado del parabrisas—. ¿A quién ha invitado hoy? Diría que a Roosevelt, pero sé que no invitaría al presidente de los Estados Unidos a su estudio a fumar puros y beber coñac.

Alzas la barbilla, ofendida.

—¿Por qué dices eso?

—No es ningún secreto dónde yacen las lealtades de tu padre, Belle. Es fiel a Lindy, y no se esconde. Y como Lindy y el resto de sus compatriotas defienden que «los Estados Unidos van primero», está firmemente en contra de la intervención del gobierno en Europa. Y más que de acuerdo con las políticas antisemitas de Hitler. Imagino que ya lo sabías.

Te encoges de hombros y respondes:

—Como te he dicho, no me involucro en política.

—Ese es un lujo que solo los miembros de tu clase se pueden permitir, ya que vuestros intereses siempre estarán protegidos. Mientras tanto, hay cierta parte del país, hombres que se hacen llamar patriotas, que trabajan en silencio para minar esos valores que dicen defender. Y ya cuentan con que a la gente como tú no le importe. Afirman ser patriotas, engatusan a la gente con sus discursos sobre la pureza y los estadounidenses de pura cepa, pero lo que de verdad quieren es marginalizar a los judíos, arrebatarles los puestos de poder y, si se salen con la suya, les negarán un lugar en la sociedad. Así empezó todo en Europa, Belle, con unos cuantos patriotas alemanes que soltaban patrañas sobre la pureza, y ahora quieren hacer lo mismo aquí. Lo están organizando ahora mismo, delante de nuestras narices. El Bund. Lindbergh y los suyos. Charles Coughlin, un cura con un programa de radio antisemita. Y están ganando terreno. El Bund convocó una concentración en Madison Square Garden. Veinte mil personas hicieron el saludo nazi en suelo estadounidense y nadie les hizo caso. Hay algunos que incluso los animan. El único modo de evitar que estos supuestos patriotas lleguen al poder es prestarles atención, Belle, decidir en qué bando estás antes de acabar en el lado incorrecto por accidente.

Esperas a que acabe y me ofreces una de tus miradas gélidas.

—¿Y siempre tiene que haber un lado incorrecto?

—Puede que no siempre, pero en este caso sí. Los malos no están solo en Alemania. La gente tiene que darse cuenta de eso, tiene que prestar atención.

Me observas unos segundos, perpleja y un poco molesta.

—¿Para esto me has traído aquí? ¿Para darme lecciones sobre cuál es mi deber patriótico como estadounidense? Porque suena un poco hipócrita viniendo de alguien que duerme en la habitación de invitados de su jefa en lugar de estar defendiendo su país.

Me pongo rígido. Ya has hecho comentarios anteriormente sobre mi falta de recursos y el hecho de que soy británico. A veces pienso que lo dices tanto por mi bien como por el tuyo, para recordar que soy una mala idea, un extraño en el que no puedes confiar. Y es cierto. No puedes confiar en mí, aunque tú tampoco eres de fiar en lo que se refiere a nuestra relación. Lo presiento. Hace tiempo que lo creo. Es como una mancha oscura en el horizonte que se vuelve cada vez más grande.

—Bueno —digo para restarle importancia a la conversación—. ¿No sabes quién es el invitado de honor de esta noche?

Te encoges de hombros, totalmente indiferente.

—Nunca sé cómo se llaman. Yo solo me presento allí cuando se me pide. Pero son varios, en plural. Hombres de negocios de Chicago, un senador de Montana, sorprendentemente, y un par de hombres de Los Ángeles.

Chicago. Montana. Los Ángeles. Mi mente baraja los posibles nombres. Cobb. Dillon. Regnery. Wheeler. Un quién es quién de defensores de la no intervención y simpatizantes del nazismo.

—En Los Ángeles es donde están las estrellas de cine —digo, intentando sonar casual.

—Sí, en Hollywood.

—A lo mejor tu padre ha invitado a un par de magnates del mundo del cine. O a actores. A Errol Flynn o a ese bailarín, Astaire. Tal vez ese al que nunca mencionamos debería preocuparse por si alguno de ellos decide llevarte con él.

Vuelves el rostro hacia la ventana para castigarme por haber roto las normas. Al intentar esconder mis celos, me he metido en territorio prohibido. Después de estas semanas, ocho gloriosas y tortuosas semanas, seguimos evitando hablar de tu compromiso. Sin embargo, antes o después tendremos que abordar el tema. De lo que es y lo que no. Y sobre qué hacer al respecto.

Un buen hombre ya se habría enfrentado a ello, lo habría hablado desde el primer momento y te habría obligado a elegir. Pero yo no soy un buen hombre. Soy un tipo egoísta que quiere lo que quiere, y que es demasiado cobarde para preguntarte por ello porque, en el fondo, ya sé qué decidirás y por qué. No es por amor. Porque no amas a ese zoquete, pero lo elegirás a él y a todos los adornos que implica su apellido.

El dinero, el prestigio, las fiestas. Todo eso a lo que estás tan acostumbrada. No me cabe duda. Cualquier mujer que se hubiera criado como tú haría lo mismo. Aun así, decirlo en voz alta ahora mismo implicaría el fin de lo nuestro, por minúsculo que sea, y no estoy listo para eso. Todavía no. Así que me trago mi orgullo, una vez más, y opto por ser feliz con la parte de ti que puedo tener.

Nos terminamos los sándwiches en silencio y los acompañamos con el café malo y tibio. Meto una mano en la bolsa de la comida, saco un paquete de galletas de melaza y te ofrezco una. Relajo los hombros cuando aceptas mi ofrenda de paz.

—Supongo que tendrás un modelito espectacular para la ocasión. Me encantaría verte con lo que sea que te vayas a poner.

—Terciopelo azul, con los hombros descubiertos y algo de escote en la espalda.

Sonrío y arqueo una ceja.

—Me lo tendré que imaginar.

—No —respondes, de repente, con una sonrisilla astuta—. No será necesario.

—¿Por qué?

—Ven a cenar con nosotros.

—¿Qué?

—Ven a cenar con nosotros. Teddy ha tenido que excusarse porque está en el norte ocupándose de un problema con su último semental, así que nos falta un invitado. Así podrás ver a las estrellas de cine.

Te miro con incredulidad mientras repaso tus palabras. Una cena. Sentado a la mesa de tu padre. Con sus… invitados que, seguramente, no serán actores. Es la oportunidad que he estado esperando y, sin embargo, siento remordimientos.

—¿Crees que es buena idea exhibirme delante de tu familia?

Sonríes con inocencia.

—No pienso exhibirte delante de nadie. Además, la gente no suele ver lo que tiene delante de sus propias narices.

—A tu hermana no le hará gracia que me presente allí sin más.

—Pues tendrá que arreglárselas como pueda. El personal de cocina contaba con doce invitados, y doce tendrán. Solo habrá que escribir un nuevo marcador de sitio y, si le molesta, lo puedo hacer yo.

Percibo un tufillo de insensatez alarmante en tus palabras, una mezcla de regocijo y osadía que hace que quiera zarandearte.

139

—No me preocupa que no haya *foie gras* para todos, Belle. Lo digo por los invitados que suelen pasar por tu casa. Los dos sabemos que no doy la talla.

Me inmovilizas con una de tus miradas oscuras e intensas, una de esas que harían sufrir a cualquier hombre, y no puedo evitar preguntarme dónde has aprendido a mirar así o si es un don.

—¿Es que no quieres conocer a mi padre?

«Lo he deseado desde el instante en que me bajé del barco», pienso. Pero no se trata de eso.

—No soy un pretendiente, Belle. No lo digo por eso.

—¿Entonces por qué lo dices?

Me muerdo el labio cuando me percato de que, con tanta frustración, casi me voy de la lengua.

—Por nada. No lo digo por nada.

—Entonces, ¿cuál es el problema? Te estabas lamentando de que no ibas a verme en mi vestido, pero lo he solucionado. Pensaba que estarías…

—¿Agradecido?

Me miras, parpadeando.

—Contento —añades, después de un segundo de tensión—. Creía que te alegrarías, pero estás siendo un antipático y te estás inventando excusas para no venir.

—No estoy siendo antipático. Es solo que una parte de mí se pregunta…

—¿Qué, Hemi? ¿Qué te preguntas?

—¿Qué estamos haciendo? O, para ser más precisos, ¿qué estás haciendo? Conmigo, quiero decir. Porque tienes un… —Me lanzas una advertencia con la mirada y me callo de inmediato—. Digamos que no provengo de una familia noble, por no hablar del tema del dinero, y a veces pienso que me ves como un juguete. Como una distracción que hace que tu temporada sea más interesante. Es como si fuera tu proyecto de beneficencia.

Se te nubla la mirada y por un momento creo que vas a romper a llorar. Sin embargo, cuando tus ojos vuelven a los míos, tienen una expresión seria y cortante como el sílex.

—¿Un proyecto de beneficencia?

—O puede que sea un modo de rebelarte. Una forma de burlarte de tu padre, que nunca me consideraría digno de su hija, ni siquiera aunque no estuvieras ya…

Cuando ves a dónde quiero llegar, abres la puerta del coche. Antes de que me dé cuenta de lo que vas a hacer, bajas y te diriges a toda prisa hacia el lago. Voy detrás de ti y grito contra la brisa que proviene del agua.

—¿Dónde te crees que vas? Hace muchísimo frío.

Cuando casi te he alcanzado, te das media vuelta. El pelo se te ha soltado de las horquillas y se te mueve con fuerza alrededor del rostro.

—¿No te has parado a pensar que a lo mejor quiero que estés ahí? ¿Que tal vez me apetece tener a un… amigo conmigo por una vez? ¿Alguien a quien le importe lo que pienso? ¿O que a lo mejor estoy cansada de verte solo en secreto? ¿De las comidas sobre las mantas, en los coches, de los besos robados, de encontrarnos «por casualidad» en las esquinas?

Tus palabras me dejan perplejo. No por su crudeza, ni por que se te llenan los ojos de lágrimas cuando las pronuncias, sino porque me las lanzas como piedras, como si yo fuera el causante de tu infelicidad.

—Yo no soy el impedimento, Belle. Si quieres que las cosas sean diferentes, eres tú la que las tiene que cambiar.

Las palabras me brotan de los labios antes de que pueda detenerlas. No he mencionado su nombre, pero está entre nosotros, presente en el frío cortante del aire de noviembre. Teddy. Asquerosamente rico, condenadamente perfecto, pero con la cabeza hueca.

—Llévame a casa, por favor —pides, sin inmutarte, al pasar por mi lado—. Es una cena importante y no quiero llegar tarde.

Conducimos todo el trayecto a la ciudad en silencio. Te dejo a una manzana de donde te he recogido. Sales del coche con tu bolsa y esperas un momento en la acera.

—¿Vas a venir a la cena?

—Depende. ¿Todavía quieres que vaya?

—Habrá un cubierto con tu nombre. Haz lo que te plazca.

Mi lamento: Belle

(Páginas 48-54)

«Haz lo que te plazca», has dicho. Como si hubiera alguna duda.

Aun así, vuelves la cabeza a toda prisa cuando un hombre, que asumo que es el mayordomo, me acompaña hasta el salón de la casa de tu padre. Rectificas rápidamente, tu rostro se vuelve inexpresivo y le murmuras una disculpa a la mujer con la que estás hablando, con aspecto de señora mayor y cuyo vestido me recuerda a una berenjena demasiado madura. Sonríes con frialdad y cruzas la estancia con la mano extendida para saludarme. Eres todo un espectáculo vestida de terciopelo azul marino. Qué educada. Qué elegante.

—Qué detalle que haya decidido acompañarnos a pesar de haber recibido la invitación con tan poca antelación —dices con un tono lo bastante alto para que se escuche por encima del murmullo de las conversaciones. Una actuación estelar—. Deje que le ofrezca una bebida. ¿Qué le apetece?

—Una ginebra con tónica, por favor.

Se te curva la comisura del labio con el mero atisbo de una sonrisa.

—Por supuesto. La bebida típica de los caballeros ingleses.

Me siento un poco desorientado cuando te das media vuelta y le pides la bebida a uno de los camareros vestidos de blanco a los que tu padre ha contratado para la ocasión. Es como si el tiempo se hubiera distorsionado de algún modo y me hubiera devuelto a la noche de tu fiesta de compromiso, aunque luego me doy cuenta de que eso es lo que pretendías. Estás jugando conmigo, como un gato con un ratón.

Me agarras del codo, aparentemente ajena a lo absurdo que es el momento, y asientes hacia el otro lado de la estancia, donde tu padre charla con tres hombres vestidos con trajes que parecen muy caros.

—Venga, deje que le presente al anfitrión.

Tu padre levanta la mirada cuando te acercas. Una sonrisa preparada le cruza el rostro anguloso y, por un instante, veo algo de ti en él, esa expresión tan practicada y fluida que adoptáis como si presionarais un interruptor. Tú también tienes ese gesto en tu repertorio.

Alarga un brazo cuando llegas a su lado.

—Caballeros, mi preciosa hija y… —Hace una pausa y me mira de arriba abajo—. Lo siento, me temo que no conozco a tu amigo, querida.

Te limitas a decirle mi nombre y nada más. Se produce un momento de silencio, como si tu padre esperara que yo añadiera información. Cuando no lo hago, me ofrece la mano. Me vuelve a observar otro momento, me tasa con los ojos y me presenta a sus acompañantes. Como sospechaba, Wheeler es uno de ellos. También está Cobb, y Dillon es el tercero.

—¿Y de qué conoce a mi pequeña? —pregunta con el tono resonante de un hombre que cree que el mundo es suyo.

Por algún motivo inconcebible, no me he preparado la respuesta a esta pregunta. Por suerte, me salvas al responder:

—Es amigo de Teddy. Nos conocimos la noche de la fiesta de compromiso en el St. Regis, y justo hoy hemos coincidido cuando yo regresaba de DuBarry. Hacía muy mal día, así que se ha compadecido de mí y se ha ofrecido a traerme en coche. He pensado que lo mínimo que podía hacer era invitarlo a cenar para agradecerle el gesto. No recordaba que teníamos invitados.

«Qué bien se te da mentir», pienso, aunque consigo asentir y sonreír. A continuación, me sacas de ahí y me presentas a tu hermana, a quien le repites que soy un viejo amigo de Teddy.

La noche del St. Regis solo la vi de lejos, pero, una vez más, me quedo pasmado por lo diferentes que sois. Claro que también tenéis cosas en común. A pesar de la diferencia de edad, os parecéis un poco cuando uno se fija mucho, aunque ella es una versión anodina de ti, es más bajita y pálida. Es como si los años le hubieran robado el color, y no puedo evitar preguntarme si siempre ha tenido ese aspecto o si es el resultado de la vida que ha llevado. Del marido que le eligió su padre, de los hijos de educación impecable, de los años que ha pasado haciendo honor a las expectativas de los demás. Me estremezco al pensar que tal vez tendrás este aspecto cuando lleves unos años casada con Teddy.

Me ofrece la mano y me observa con un entusiasmo que me incomoda.

—Vaya, vaya. Un inglés. Parece que mi hermana lo ha estado escondiendo. ¿A qué cree que se debe eso?

Me muevo, incómodo, y espero a que me vuelvas a salvar, pero esta vez estás curiosamente callada, como si disfrutaras de mi turbación.

—Bueno —digo, e intento no parecer incómodo—, he estado muy ocupado desde que he llegado. Instalándome y acostumbrándome al país. Me temo que no he tenido mucho tiempo libre para socializar.

Cee-Cee arquea una ceja perfectamente dibujada. Parece curiosa y algo escéptica.

—Ha elegido usted un momento curioso para viajar, con todo lo que está ocurriendo en Europa…

Su frase queda suspendida en el aire, inacabada. No es una pregunta, aunque lo parece, y me doy cuenta de que debo ir con mucho cuidado. A ella sí que le interesa la política. Asiento y le doy la razón:

—Sí que lo es, sí. Pero la vida continúa para el resto.

—Su querido señor Churchill parece decidido a involucrar a todo el mundo en la guerra —comenta con frialdad, y chasquea la lengua para mostrar su disconformidad—. ¿Realmente cree que es un buen momento para marcharse? ¿Cuando su país necesita a personas con buenas capacidades físicas en el campo de batalla?

Le ofrezco mi sonrisa más aduladora, a la que añado un guiño del ojo.

—¿Se le ocurre un mejor momento?

Se le ilumina el rostro, como si reconociera en mí a un aliado.

—Entonces, ¿entiendo que no le gustan mucho las guerras?

—Opino que hay que evitarlas a toda costa. —Es lo más honesto que he dicho en toda la velada, y Cee-Cee parece satisfecha con la respuesta.

—Entiendo. ¿Le interesa la política?

—¡Es una lástima! —me lamento mientras elijo las palabras que vienen a continuación con mucho cuidado—: Muy recientemente, me han dicho que, como mero visitante en su país, no tengo derecho a tener una opinión sobre política. Por lo menos, no en esta orilla del charco. Aunque he de admitir que tengo opiniones muy particulares sobre algunos temas concretos.

Es evidente que Cee-Cee está intrigada, pero antes de que me pueda preguntar cuáles son esas opiniones, entrelazas el brazo con el mío.

—Debemos seguir para que pueda conocer a todo el mundo antes de que nos sentemos a cenar.

Sin embargo, Cee-Cee te detiene y me agarra del otro brazo. Te lanza una mirada rápida y tira de mí hacia ella con una sonrisa empalagosa.

—No te atrevas a llevártelo justo ahora que hemos descubierto que tenemos algo en común. ¿Por qué no haces algo de provecho y vas a saludar a las esposas? Se han quedado muertas de envidia al ver tu vestido. Y no te preocupes por tu amigo, querida. Yo me encargo de acompañarlo al comedor cuando llegue el momento.

Por un instante, parece que vas a protestar, pero te limitas a asentir con frialdad y te alejas, evidentemente molesta porque tu hermana te haya robado el ratón.

Siete

Ashlyn

«Los libros son como la gente que pasa por nuestra vida. Algunos se volverán imprescindibles para nosotros, a otros los descartaremos. La clave está en discernir cuál es cuál.»

Ashlyn Greer, El cuidado y mantenimiento
de los libros antiguos

29 de septiembre de 1984
Portsmouth, Nuevo Hampshire

—Era ella —dijo Ethan. Cerró *Para siempre y otras mentiras* y lo dejó sobre la mesa que había entre ellos—. Era Marian.

Ashlyn levantó la mirada de *Mi lamento: Belle,* y los invitados y los camareros vestidos de blanco desaparecieron como en un fundido de una película.

—¿Estás seguro?

—Mi padre hablaba de los veranos que había pasado en los Hamptons en la granja Rose Hollow. Y la hermana, la mujer a la que se refieren como «Cee-Cee», debe de ser Corinne Manning, mi abuela. Nunca la vi en persona, pero todo encaja.

A Ashlyn le dio un vuelco el estómago. Marian. Corinne. Dos personas reales.

—Belle menciona a Cee-Cee muchísimo, dice que prácticamente la crio cuando murió su madre, pero no hay casi nada de información sobre el padre, solo que era un tirano. Ni siquiera menciona su nombre.

Al oírme hablar de su bisabuelo, Ethan puso una mueca.

—Se llamaba Martin Manning. Según mi padre, era asquerosamente rico, y un cabrón. Murió poco tiempo después de que yo naciera. Creo que le dio un infarto.

Ashlyn se quedó sentada, asimilando la nueva información e intentando encajarla como si fueran piezas de un rompecabezas.

—No me lo puedo creer —dijo al fin—. La hemos encontrado.

—Tú la has encontrado —corrigió Ethan—. Yo solo te he confirmado su identidad.

—¿Y qué me dices de Hemi? ¿Sabes quién pudo ser?

—No tengo ni idea. Y antes de que me preguntes, tampoco sé quién es Teddy. Ninguno de los dos nombres me resulta familiar.

—Esperaba que me pudieras decir si se casó con él.

—Que yo sepa, nunca llegó a casarse.

Ashlyn frunció el ceño.

—Pero me has dicho que conociste a sus hijos.

—Los adoptó. Un niño y una niña. Eran huérfanos de guerra.

—¿Adoptó a dos huérfanos de guerra? ¿De dónde?

—No me acuerdo. De hecho, ahora que lo pienso, creo que nunca lo he sabido. Sé que viajó cuando la guerra terminó, pero no sé a dónde fue. Como he mencionado antes, lo poco que sé de ella es lo que oí comentar a mis padres.

Ashlyn asintió con tristeza.

—¿Y ahora qué?

—¿Qué quieres decir?

—¿Qué pasos debo seguir ahora?

Ethan se puso de pie y tomó su anorak del respaldo de la silla.

—Esto ya se ha terminado. Belle era mi tía abuela Marian. Misterio resuelto.

Ashlyn lo miró, incrédula.

—Pero eso solo es uno de los interrogantes. ¿No sientes curiosidad por todo lo demás?

—En absoluto.

Se estaba poniendo el abrigo para marcharse. Ashlyn se puso de pie y lo siguió.

—¿No quieres saber el resto de la historia?

—Ya sé todo lo que me importa del clan Manning.

—¿No sientes curiosidad por saber quién era Hemi y qué los separó?

—Pues no, pero imagino que lo encontrarás en los libros si sigues leyendo. —Habían llegado a la parte delantera de la tienda. Ethan tomó una copia del boletín informativo del expositor junto a la puerta, lo dobló y se lo metió en el bolsillo—. Me tengo que ir. Tengo una clase de Historia sobre el pensamiento estadounidense mañana a primera hora.

—¿Estás estudiando?

—Soy profesor ayudante en la Universidad de Nuevo Hampshire. Enseño Ciencias Políticas.

«Como Daniel», pensó Ashlyn con la mano de la cicatriz cerrada en un puño. Pero Ethan no era Daniel. Era el bisnieto de Marian Manning, de Belle, y estaba a punto de marcharse.

—¿Te importaría que… si encuentro algo… podría llamarte? Prometo no ser muy pesada. Solo te llamaría si tuviera que verificar alguna cosa.

Ethan se encogió de hombros, incómodo.

—Dudo que pueda ayudarte con mucho más. Además, estoy empezando a escribir un libro nuevo, así que no puedo distraerme demasiado.

Había sido una negativa amable, pero la respuesta era la misma. Ashlyn pasó por su lado, quitó el pestillo para dejarlo salir y decidió intentarlo una última vez.

—Entiendo que no te interesen Cee-Cee ni Martin, pero Hemi, fuera quién fuera, estaba loco por tu tía y es evidente que ella sentía lo mismo por él. ¿No te gustaría saber qué pasó?

—Ya sabemos lo que ocurrió, ¿no? Que alguien traicionó a alguien. Es lo que pasa siempre. Incluso hay una canción que va de eso.

—De B. J. Thomas. 1975.

Ethan frunció el ceño y la sorprendió con una sonrisa.

—No sé si quiero saber por qué tenías esa información en la punta de la lengua.

—Es que me encanta esa canción.

—De acuerdo, nunca se lo digas a nadie. En serio. Jamás. —Agachó la cabeza con timidez e hizo un gesto con ella hacia la ventana—. Parece que ha dejado de llover.

—Pues sí. —Ashlyn se echó a un lado y liberó el camino hacia la puerta—. Gracias por ayudarme. Por lo menos, ahora sé el nombre de Belle. Es un buen comienzo.

Una corriente de aire frío entró en la tienda cuando el hombre abrió la puerta. Se detuvo un momento y se giró para mirarla.

—No me conoces, así que puede que mi consejo no te sirva de mucho, pero, si fuera tú, no me ilusionaría con un final feliz. No hay finales felices en la familia Manning. Bueno, ni en la Hillard. A no ser que cuentes a mis padres, que son, claramente, la excepción. Buena suerte con la investigación.

La campanilla de la entrada sonó brevemente cuando la puerta se cerró detrás de él. Ashlyn se acercó a la ventana y observó cómo el hombre se alejaba por la acera. Sin embargo, sus palabras sobre los finales felices en su familia la acecharon incluso cuando ya hacía rato que había dejado de ver el anorak amarillo. Tal vez porque parecían sinceras. Se miró la mano derecha, la línea de piel blanca que le dividía la palma. Los finales felices tampoco abundaban en su familia.

Ocho

Ashlyn

«Leer un libro es embarcarse en una travesía, viajar a lo desconocido, oír las voces tanto de los ángeles vivos como de los muertos.»

Ashlyn Greer. El cuidado y mantenimiento
de los libros antiguos

30 de septiembre de 1984
Portsmouth, Nuevo Hampshire

Al día siguiente, por la tarde, mientras Ashlyn estaba en el taller de encuadernación y seguía procesando lo que había descubierto durante la inesperada visita de Ethan a la tienda, sonó el teléfono. Dejó lo que estaba haciendo y corrió a la parte delantera para responder.

—¿Quién es tu bibliotecaria favorita? —dijo una voz alegre al otro lado de la línea.

Ashlyn sintió un hormigueo de emoción. No esperaba que Ruth la llamara tan pronto, pero su tono triunfante parecía ser portador de nuevas noticias.

—No me creo que la hayas encontrado tan rápido.

—Pues sí. Aunque no ha sido nada fácil. Resulta que había más mujeres en el mundo de los periódicos de lo que imaginábamos. Gente importante, como Agnes Meyer, del *Washington Post* y Alicia Patterson, del *Newsday.* Pero ninguna de ellas coincidía con la descripción que me diste. Para empezar, ambas estaban casadas. Así que seguí indagando. Ni te imaginas la de *microfilm* que he revisado, pero al final he dado con lo que estaba buscando.

—¿Y?

—Se llamaba Geraldine Evelyn Spencer. Nació en 1899 en Chicago, Illinois. Era la hija de Ronald P. Spencer, quien se enriqueció con el negocio del carbón y tenía una cadena de periódicos como pasatiempo. Ronald y su mujer, Edith, iban a bordo del S. S. Afrique, con rumbo a Senegal, cuando el barco chocó con un arrecife y se hundió y, con él, seiscientos tres pasajeros. Geraldine, o Goldie, como la llamaba su padre, tenía por aquel entonces veintiún años y heredó todo el tinglado. Unos seis millones en 1920, que sería como heredar más de treinta millones de dólares ahora.

Ashlyn absorbía la información en silencio. Heredera de un periódico a los veintiún años. Más de treinta millones. Ahora entendía que a Goldie le diera igual lo que pensaran de ella.

—Ashlyn, ¿sigues ahí?

—Sí, disculpa. Estaba ordenando los datos. ¿Cómo has conseguido reunir tanta información?

—Estaba todo en el *microfilm*. También le pedí un favor a una compañera en Albany. En cuanto supe lo que buscaba, lo demás fue sencillo. A la prensa le encantan los cotilleos sobre los suyos, aunque finjan lo contrario. Pero eso no es todo.

—¿Hay más?

—Digamos que quedan los trapos sucios. Imagino que también te interesan.

—Me interesa todo lo que tengas.

—Bien, pues Geraldine no era una heredera normal. Le gustaban los hombres y el alcohol, era toda una rebelde. Nadie pensó que seguiría el camino de su padre y se encargaría de dirigir su imperio de periódicos. Causó mucho revuelo. Ronald Spencer siempre tuvo una postura bastante moderada. No quería perturbar a nadie. Pero su hijita era todo lo contrario. Desde el primer momento dejó claro que se había acabado eso de ir con pies de plomo. Se puso manos a la obra y empezó a tratar los problemas sociales del momento. Los métodos anticonceptivos. El salario de las mujeres. La eugenesia. El trabajo infantil. Tampoco se quedó corta con los nazis. Y no me refiero a los de Europa, sino a los que afirmaba que vivían aquí, en los Estados Unidos. Y dio nombres y todo.

—Imagino que con eso no se ganó muchos adeptos.

—Al público de su padre nunca le gustó, eso seguro. La tacharon de izquierdista y roja, pero ella nunca se retractó. Tenía un don para descubrir los trapos sucios de los peces gordos. Sobornos. Corrupción. Nepotismo. Si algo le olía mal, lo sacaba a la luz y lo publicaba. Le bajó los humos a más de uno por las buenas o por las malas. Pero nada consiguió cambiar su reputación de fiestera. De hecho, estuvo implicada en una redada en un club de *jazz* de Harlem, incluso hay fotos en las que se ve cómo la sacan en uno de esos furgones policiales antiguos. A sus rivales les encantó, pero a ella le dio igual. Esa mujer no se avergonzaba por nada. Hay bastantes fotos de ella. Siempre iba vestida de punta en blanco y con las joyas más espléndidas.

—¿Y qué hay de los rumores de su colección de hombres?

—Son ciertos. Le gustaban todos: jóvenes, viejos, ricos, pobres… Que yo sepa, nunca se casó, aunque se calmó un poco con la llegada de un tal Steven Schwab. Parece ser que fue su protegido y objeto de deseo durante mucho tiempo. Al parecer, él trabajaba en un par de sus periódicos, aunque no sé en cuáles ni de qué. Puede que, simplemente… lo tuviera en nómina, digamos. Parece que tuvieron una relación intermitente durante años.

Ashlyn sintió que se le erizaba el bello de los brazos.

—¿Era su objeto de deseo?

—Es que esa parte es un poco confusa, pero sale agarrándolo del brazo en varias fotos. Sin duda era más joven que ella y un hombre guapo donde los haya. Uno de los artículos menciona la devoción total que sentía por ella. En otro lo describen como un novelista en ciernes cuyas aspiraciones eran mucho mayores que su talento. Puede que sea cierto, porque he buscado, pero no he encontrado ningún libro escrito por él. En cualquier caso, vivió con Goldie durante los últimos años de la vida de ella, que le dejó una buena suma de dinero cuando falleció. Es evidente que había algo entre ellos.

Ashlyn ordenó la nueva información. Steven Schwab. Joven y guapo. Trabajó en uno de los periódicos de Goldie. Era un aspirante a novelista pero no constaban obras a su nombre. ¿Podría ser que Hemi y Steven Schwab fueran la misma persona? Si estaba en lo cierto, Hemi tenía veintiséis años cuando conoció a Belle en 1941, o sea, que ahora tendría sesenta y pico.

Esa idea despertaba muchas posibilidades.

—Ruth, imagino que no has encontrado información sobre el paradero del señor Schwab, ¿verdad?

—No está en ningún sitio. Murió. Goldie falleció en el 79 y él la siguió un par de años después. He intentado encontrar más información sobre él, pero más allá de su amistad con Goldie parece que destacó por no destacar. En cualquier caso, está muerto.

«Muerto». La palabra desanimó a Ashlyn.

—Vale.

—¿Piensas contarme en qué estás metida? He de admitir que la traviesa señorita Spencer me tiene intrigada.

Ashlyn se mordió el labio. Ahora que sabía que la historia de Belle y Hemi era cierta, revelar lo que había encontrado le parecía una traición de confianza.

—No te culpo por sentir curiosidad por Goldie. Era un personaje interesante, sin duda. Pero ahora mismo no puedo contarte nada más. En parte, porque no tengo mucha más información y, por otro lado, por un tema de privacidad. Por ahora, creo que lo mejor será que cierre el pico y siga investigando.

Ruth suspiró al otro lado del teléfono, claramente decepcionada.

—De acuerdo. Lo entiendo. He hecho copias de algunos de los artículos y fotografías. Imagino que las querrás.

—Sí. Aunque no sé cuándo podré pasar a recogerlas.

—Hoy acabo a las dos. Si te va bien, paso por la tienda y te las llevo.

—Gracias. Te debo un favor enorme.

—Pues sí. Pero, sinceramente, ha sido divertido. Creo que me equivoqué de profesión. Puede que empiece a escribir una serie de novelas sobre una detective literaria gruñona de Nueva Inglaterra. Le voy a dar un buen repaso a Agatha Christie y a su Miss Marple. Nos vemos a partir de las dos.

❧

Cuando pasaban diez minutos de las dos, Ruth Truman entró a la tienda corriendo y blandiendo un sobre grande de manila. Ashlyn estaba en la sección de viajes, ayudando a una clienta a elegir un libro para el cumpleaños de su marido cuando oyó la campanita de la puerta. Saludó a Ruth con la mano, que no paraba quieta y que solo se detuvo para dejar el sobre en el mostrador y confesar que había aparcado donde no debía, y que su marido le había dicho que le quitaría las llaves del coche si le volvían a poner una multa de aparcamiento.

Ashlyn se contuvo para no dejar sola a la clienta y abrir el sobre allí mismo. Al final, resultó que la clienta siguió sin decidirse durante casi una hora y se acabó marchando sin comprar nada. A Ashlyn le dio igual y apenas esperó hasta que la mujer había salido por la puerta para ir directamente al mostrador.

Desató el cordel que envolvía el sobre y sacó el contenido. No pudo evitar emocionarse al ver los papeles. Algunos de ellos estaban organizados de forma cuidadosa con un clip. Otros eran hojas sueltas con títulos en negrita y fotos granulosas en blanco y negro. La calidad de las impresiones no era muy buena (algo habitual cuando se partía de un *microfilm*), pero estaba convencida de que le bastaría con la ayuda de una lupa.

Distribuyó los documentos como si fuera una mano del solitario y los colocó en orden cronológico. Cuando había terminado, tomó la enorme lupa de Frank, que estaba bajo el mostrador, y procedió a observar la primera hoja, un artículo del *Chicago Tribune* con fecha del 14 de enero de 1920.

«El magnate de Chicago Ronald P. Spencer podría haber fallecido en altamar.

15 de enero de 1920 (Chicago). El célebre empresario natural de Chicago, Ronald Spencer y su esposa, Edith, podrían haber fallecido tras el hundimiento del S. S. Afrique en la madrugada del 13 de enero, cuando el buque, en el que había más de 600 pasajeros y 135 miembros de la tripulación, se desvió y chocó con un arrecife de coral cerca de la costa francesa. El barco, propiedad de la Compagnie des Chargeurs Réunis, se dirigía a Senegal cuando sufrió el accidente. Parece ser que los generadores del cuarto de máquinas fallaron durante la tormenta, y eso hizo que el barco fuera a la deriva. A las 11:58 de la noche, el buque chocó con un arrecife que provocó daños fatales en el casco. A las 3:00 de la madrugada se perdió el contacto con el S. S. Afrique, que se acabó hundiendo poco después. Solo han sobrevivido 34 personas de todas las que iban a bordo. Ronald y Edith Spencer dejan a una hija, Geraldine Spencer, de veintiún años».

El resto del artículo era sobre el patrimonio neto y los activos de las empresas del magnate. Eso a Ashlyn no le importaba. Le interesaba mucho más la foto de la joven que había al final de la página: Geraldine «Goldie» Spencer, 21 años.

Volvió a alzar la lupa y examinó a Goldie más de cerca. Tenía el pelo de color platino, los ojos oscuros y almendrados, los labios en forma de corazón y perfectamente pintados, y miraba a la cámara como si alguien la hubiera desafiado a hacerlo. No resultaba difícil imaginarla como la mujer a la que había descrito Belle, desvergonzada y extravagante, con predilección por las fiestas y los hombres jóvenes. La jefa de Hemi. Y puede que también su amante.

El segundo artículo, también del *Chicago Tribune,* era de opinión, de doce semanas después, en el que el escritor lamentaba que una «*flapper* de veintiún años» hubiera asumido el control de Spencer Publishing, y afirmaba que pronto acabaría convirtiendo la formidable cadena de periódicos de su padre en un conjunto de periodicuchos de entretenimiento baratos en los que se anunciarían las inauguraciones de los *cabarets* nocturnos y las últimas tendencias. Al final del texto, el autor imploraba al consejo que tomara medidas urgentes.

El tercer artículo era mucho más pintoresco.

«Goldie Spencer, propietaria de periódicos de cotilleos, pillada en una redada en un club de *jazz.*

14 de junio de 1928 (Nueva York). En la madrugada del 13 de junio, la policía hizo una redada secreta en un bar clandestino en un sótano, conocido como el club Nitty Gritty. La policía había recibido un aviso de que en el club de *jazz,* al este de la calle 125, se estaba sirviendo alcohol de importación ilegal. Se confiscó una reserva considerable de cerveza y licores que los agentes encontraron detrás de una falsa pared y cuya destrucción ya está programada. También se halló una pequeña cantidad de marihuana. Cuarenta y dos clientes fueron detenidos, entre los que se encontraba el dueño del bar, Lively Abbot, el célebre autor y miembro de la alta sociedad Reginald Bennet y la heredera de los periódicos Goldie Spencer. Benett y Spencer fueron procesados en el juzgado de primera instancia y condenados a pagar una multa de 50 dólares. Abbot, que ya ha tenido varios roces anteriores con la policía, se enfrenta a la pena de un año de cárcel y a multas de más de 700 dólares».

Ashlyn escudriñó la fotografía granulosa en la que unos policías introducían a una Goldie excesivamente arreglada en la parte trasera de una camioneta policial. Llevaba el pelo corto, de color platino y con la raya en medio, y un tocado de cuentas le cubría la frente. Era una *flapper* por excelencia. El fotógrafo la había sacado con la boca abierta, posiblemente a punto de soltarle algún apelativo insultante al policía que la llevaba del brazo. No era una foto favorecedora en absoluto, pero, una vez más, resaltaba su actitud desafiante.

Los dos siguientes artículos («Senador Thuneman implicado en trama de sobornos» y «El enemigo está entre nosotros: nazis estadounidenses que se esconden a plena luz del día») eran una muestra de la bravuconería de Goldie como periodista. Ashlyn examinó brevemente el último, y se dio cuenta de que mencionaba tanto a Henry Ford como a Charles Lindbergh. El siguiente artículo, con fecha de 1971, detallaba la implicación de Goldie en un *rally* en defensa de Shirley Wheeler, la primera mujer a la que habían acusado de homicidio por poner fin a su embarazo de forma ilegal.

Y, finalmente, un artículo breve de un periódico sensacionalista con fecha del 2 de noviembre de 1974. «¿Quién es el galán que va del brazo de Goldie Spencer?». En la foto se veía a una Goldie sonriente, aunque notablemente mayor, en una de sus galas. Llevaba un vestido de plumas y un collar con el que se podría haber comprado algún país pequeño del tercer mundo. A su lado, abrazado a su brazo, iba un adonis extremadamente alto. Parecía un agente 007, con un atractivo rostro anguloso y una amplia sonrisa brillante, impecable con su traje de gala. Ashlyn sintió un cosquilleo al contemplarlo con la lupa. Ahí, por fin, estaba Steven Schwab, considerablemente más joven que Goldie pero no por eso menos apuesto.

Ashlyn se fijó con detenimiento en su rostro, en su sonrisa y en sus dientes, en sus ojos, que miraban hacia un lado y se encontraban con los de Goldie, como si acabaran de contar un chiste que solo ellos entendían. ¿Era este el hombre al que Marian había amado con tal desesperación? ¿El hombre que la había traicionado y le había roto el corazón? Y, en caso de que lo fuera, ¿cómo encajaba Goldie en todo esto? A lo mejor ella se había enamorado de él antes y pensaba que Marian era una entrometida. Si todo se valía en el amor y en la guerra, y Hemi y Steven Schwab eran la misma persona, entonces Goldie había sido la clara ganadora.

Según Ruth, había estado con él hasta el final. El siguiente artículo («Heredera del mundo editorial Goldie Spencer fallece a los 80 años») corroboraba los hechos al mencionar que Steven Schwab, compañero durante muchos años de la empresaria, había recibido su piso en Gold Park Avenue y una generosa porción de su fortuna. Según su testamento, el resto de las propiedades de la heredera se habían repartido entre varias organizaciones benéficas que defendían los derechos de las mujeres. Eso encajaba a la perfección con el último objeto del sobre: un artículo de varias páginas que había publicado *The New Yorker* el día del funeral conmemorativo de Goldie: «Goldie Spencer: su legado feminista».

Ashlyn volvió a fijarse en la fotografía de la gala y en el elegante Steven Schwab para intentar encontrar algo que le confirmara que era el enamorado de Marian Manning. Por la vida de Goldie habían pasado tanto hombres que Hemi podría haber sido cualquiera. Sin embargo, las piezas encajaban muy bien. Sobre todo, porque Schwab era un novelista en ciernes. ¿Y si hubiera hecho algo además de aspirar a ser escritor? ¿Y si había escrito un libro, anónimo, sobre una aventura amorosa destinada al fracaso con la hija de un hombre importante?

«Hemi… ¿Eres tú?».

Y aunque lo fuera, ¿cómo lo verificaría? Él ya no podía responder a sus preguntas. Y Goldie tampoco. Y cuanto más se adentraba en la historia de Belle y Hemi, más preguntas tenía. ¿Qué había ocurrido con la poesía de Marian Manning? ¿Cuándo había roto su compromiso con Teddy y por qué, si no se había casado con Hemi? ¿Era posible que les hubieran sacado una foto juntos en alguna fiesta o gala sin que se hubieran dado cuenta y que estuviera por algún rincón? Esa foto confirmaría su teoría. Hasta cierto punto.

Nada de eso era asunto suyo, claro, y nada la ayudaría a cambiar el triste final del romance. Pero el ansia que sentía por conocer la historia era como la de un picor que no logras alcanzar. Llegados a este punto, solo había una persona que pudiera ayudarla, aunque una cosa era poder y la otra era querer. Ethan no parecía querer inmiscuirse más en el pasado de su tía, aunque Ashlyn sospechaba que el chico sabía más de lo que era consciente. Puede que los nombres Steven Schwab y Geraldine Spencer lo ayudaran a recordar algo.

Esta vez pensó en lo que diría antes de marcar el número. A esta hora, lo más probable era que le saltara el contestador, y quería tenerlo todo bajo control. Cuando por fin supo qué quería decir, ensayó su discurso una vez más y llamó. Como había esperado, le saltó el contestador de Ethan.

—Hola, soy Ashlyn, de la tienda de libros. Sé que me has dicho que ahora mismo estás liadísimo, pero he encontrado algo. Tengo algunos nombres y me gustaría ver si te suenan. Y también tengo unas cuantas preguntas que olvidé hacerte el otro día. ¿Te importaría llamarme?

A la hora de cerrar, Ethan todavía no la había llamado, y ella había añadido seis preguntas nuevas a su lista. Se intentaba convencer de que el hecho de que no le hubiera devuelto la llamada no tenía por qué significar que la estuviera ignorando. A lo mejor todavía no había llegado a casa, o se había olvidado de escuchar los mensajes. Volvió a marcar con la esperanza de que respondiera.

—No estoy en casa. Deja un mensaje.

«Vaya».

—Hola, vuelvo a ser yo. Me preguntaba si has recibido mi mensaje de esta tarde. Una amiga ha estado investigando y ha encontrado un nombre: Steven Schwab. He pensado que a lo mejor te sonaba. Creo que podría ser Hemi. Voy a cerrar la tienda, pero puedes llamarme a casa. Bueno…, gracias.

Después de darse una ducha caliente y apañarse una cena con ensalada y sobras de pollo, Ashlyn distribuyó el contenido del sobre de manila por la encimera de la cocina y le echó otro vistazo.

Al ver los papeles la primera vez, se había emocionado mucho pero, desde entonces, se le había pasado el entusiasmo. ¿Qué había descubierto más allá de que un tal Steven Schwab podía haber mantenido una relación con la infame Goldie? Que parecía haber trabajado para ella en uno de los periódicos de la compañía Spencer. Que parecía haber sido novelista. Pero nada conectaba a Steven Schwab con Marian Manning.

Miró el teléfono, totalmente consciente de que no había sonado. Era domingo. A lo mejor Ethan había ido a pasar el fin de semana a algún sitio. Tal vez había quedado con alguien. Ashlyn esperaba que fuera algo así, y no que había tomado la decisión de ignorarla. No se atrevía a volver a llamar. Todavía no. Esperaría unos días. Y, mientras aguardaba, seguiría leyendo con la esperanza de que a Belle o a Hemi se les escapara algún detalle.

Para siempre y otras mentiras

(Páginas 37-44)

4 de noviembre de 1941
Nueva York, Nueva York

Observo mientras te alejas con mi hermana y me doy cuenta de que no intentas librarte de ella. Siempre me ha recordado a una araña, infinitamente paciente, esperando a que todo suceda como ella quiere. Y entonces ataca, rápido y sin clemencia. Es una oportunista consumada.

Todavía no sé qué planes tiene para ti. Puede que solo quiera molestarme para recordarme, una vez más, que es ella la que manda. Como si se nos fuera a olvidar. En cualquier caso, pareces bastante cómodo mientras te dejas llevar.

Te crees que eres muy inteligente, que eres un camaleón que se abre paso por la estancia al tiempo que charlas y ríes con los invitados de mi padre. Nadie que te viera pensaría que no eres uno de ellos ni que al principio has rechazado mi invitación. Interpretas tu papel a la perfección, se te da tan bien que me pregunto si estabas fingiendo cuando me has dicho que no querías venir.

Sonríes, asientes por encima de tu combinado de ginebra con tónica y hablas de conflictos laborales y políticas monetarias como si fueras un diplomático invitado a una cena en su honor. Y en ningún momento me diriges una sola mirada mientras te paseas. Ni siquiera cuando te miro con tal intensidad que parece que esté intentando perforarte la chaqueta con los ojos, para ordenarte que te gires y me mires. Sé que lo haces para fastidiarme, para devolvérmela después de la discusión que hemos tenido en el lago. Me doy media vuelta y te dejo con Cee-Cee.

Al cabo de un rato, cuando nos llaman a cenar, me doy cuenta de que mi hermana ha cambiado las tarjetas de ubicación. Ahora te sientas en la otra punta de la mesa, lo más lejos posible de mí, y no me queda otra que verte adular a la señora Viola Wheeler con esa sonrisa tan desenfadada y cautivar su atención con tu labia británica.

Se me revuelve el estómago al ver cómo ese fantoche de mujer, con su vestido del color de un cardenal, se ríe como una colegiala por lo que sea que le acabas de decir. El sonido ronco de tu risa me llega desde el otro lado de la mesa. Te apartas el pelo del rostro sin inmutarte; un gesto que ahora me resulta muy familiar. Sin embargo, no me has ofrecido ni una sonrisa desde que has llegado. Es como si de verdad fuéramos los desconocidos que fingimos ser. Ansío que termine la cena para poder alejarte de los demás con algún pretexto y que seas solo mío. Pero una vez acabado el postre y el café, mi padre sugiere que nos separemos y que los varones vayan a su estudio a fumar puros. Me sorprende mucho que te incluya en la invitación, pero cuando los hombres se levantan de la mesa, veo que Cee-Cee y mi padre se miran y que ella parece satisfecha con la idea, hasta puede que haya sido ella quien le ha sugerido que te invite.

Las mujeres permanecemos sentadas a la mesa con refinadas copas de jerez y charlamos sobre lo complicado que resulta conservar a un cocinero decente y sobre la decepción total de la oferta teatral de la temporada. Asiento, ausente, y finjo seguir las conversaciones, pero no dejo de pensar en ti, sentado en uno de los butacones de cuero del despacho de mi padre, fumando y hablando con los aduladores de sus amigos. Me siento mezquina, quisquillosa y resentida por pensarlo, pero no te he invitado para que fumes puros y te codees con una panda de viejos odiosos.

Sin embargo, cuando me acabo la segunda copa de jerez de un trago largo, me doy cuenta de que ellos son el motivo por el que has aceptado la invitación. Has venido por sus fortunas, sus contactos y por lo que sea que puedan hacer por ti. No debería sorprenderme. El día que te conocí, dijiste que eras un aventurero. Y ahora estás bajo el techo de mi padre, que te ha invitado a su santuario. Lo has gestionado muy bien. Y muy rápido. Gracias a mí.

Me vuelvo a llenar la copa y siento que estoy al borde de las lágrimas. Cee-Cee me reprende con la mirada. Finjo que no la veo, pero no puedo evitar pensar qué ve cuando me mira. ¿Soy tan transparente como me temo?

Me siento ridícula.

Quería que vinieras por tu bien. Por cómo me siento cuando estoy contigo, como si el corazón se me fuera a salir del pecho. Siento que por fin encajo con alguien que no forma parte de esta casa desdichada ni de mi desdichada familia. Pero es evidente que tú tenías otros motivos para asistir. Motivos que, al parecer, no tienen nada que ver conmigo. Las mujeres siguen hablando de sombreros y los largos de los vestidos y, de pronto, siento que no soporto tanta charlatanería ni otro trago de jerez. Me pongo de pie, digo que me duele la cabeza y me excuso.

Mi hermana me vuelve a fulminar con la mirada cuando me dirijo a la puerta. Me da igual; con los años me he acostumbrado a que desapruebe lo que hago. Y una parte de mí la culpa por cómo han salido las cosas esta noche, porque te haya llevado con ella para exhibirte.

Siempre he sido invisible para ella, demasiado joven para interesarle. Y no me importaba, porque mi madre me quería lo suficiente por todos, pero cuando falleció, su ausencia me dejó un vacío en el pecho. Así que me aferré a mi hermana, la seguía de un cuarto al otro, la observaba cuando leía o escribía cartas, le pedía que jugara conmigo o que me leyera un cuento. Necesitaba a alguien con quien hablar, alguien que recordara a mi madre y cómo eran las cosas antes de que enfermara. Pero mi hermana no soportaba que yo fuera tan dependiente.

Recuerdo una noche que me colé en su habitación y me metí en la cama con ella, en busca de consuelo después de una pesadilla terrible. En lugar de consolarme, me dio un codazo en las costillas y me mandó de regreso a mi cuarto. Al final, aceptó su papel como madre suplente, pero solo porque mi padre se lo pidió. Ella nunca le decía que no. Ni siquiera cuando la casó con el hijo conservador de uno de sus compinches de negocios. Pero por aquel entonces, Cee-Cee era tan ambiciosa como mi padre y estaba dispuesta a ayudar a la familia a salir a flote después de la crisis. En el mundo de mi padre, todo tiene un precio.

Unos cuantos años más tarde, viuda y con cuatro hijos, Cee-Cee se ha convertido en la matriarca de la familia, en el árbitro del buen gusto y el buen comportamiento. Y en una especie de carcelera en lo que a mí se refiere. Ella cree que su deber es obligarme a cumplir los deseos de mi padre, y suelo hacer lo que se espera de mí, porque es lo más fácil. Pero esta noche no.

Salgo al pasillo y me dirijo hacia las escaleras. No sé cuánto tiempo os entretendrá mi padre en el despacho, ni lo que pensarás cuando salgas y descubras que me he acostado y te he dejado para que te valgas por ti mismo. Has hecho muchas nuevas amistades. Deja que te acompañe alguna de estas a la puerta. O, a lo mejor, Cee-Cee puede hacer los honores. Parece encandilada contigo.

Cuando casi he llegado a las escaleras, oigo unos pasos amortiguados por detrás de mí. Me doy media vuelta y veo que te acercas, pero frenas en seco para separarnos por una distancia incómoda.

—Me voy —dices, sin más.

—¿Te vas? Pero ¿por qué?

—Digamos que ya he tenido suficiente por hoy.

Estás frío. Enfadado.

—¿Ha ocurrido algo? ¿Os habéis peleado?

Me ofreces una de tus sonrisas duras.

—Al contrario. Me han recibido en el grupo con los brazos abiertos. En un par de semanas conseguiré que me enseñen el saludo secreto.

Frunzo el ceño e intento comprender tus palabras, tu tono. Es la segunda vez que discutimos en un día y eso me asusta.

—No te entiendo. ¿No has venido por eso?

—He venido por ti, Belle. Porque me lo has pedido, ¿no te acuerdas? Me has dicho: «¿No te has parado a pensar que a lo mejor quiero que estés ahí?». Así que he venido.

—Pero en cuanto has cruzado la puerta, yo me he vuelto invisible.

Me observas durante lo que me parece una eternidad con las comisuras de los labios hacia abajo. Al final, das un paso hacia mí. Espero que me toques, que me des un beso, porque no hay nadie a nuestro alrededor. Sin embargo, niegas con la cabeza.

—Me has exhibido delante de tu padre y de tu hermana como si fuera un maldito trofeo, has fingido que apenas me conoces y, encima, te enfadas porque no me he pasado toda la velada añorándote desde el otro lado de la habitación.

—No pretendía que…

Levantas la mano y me interrumpes.

—Esto te parece un juego, Belle. Me ignoras durante días y luego tiras de la cadena que me ata. Y se supone que tengo que dejarlo todo cuando me llamas. No me importaba seguirte el juego… al principio. Pero las cosas han cambiado. No quiero seguir jugando.

Tus palabras son como guijarros y duelen cuando me alcanzan.

—¿Qué quiere decir eso?

—Que en el futuro deberías tener más cuidado con tus invitaciones.

Te giras y te alejas por el pasillo. Te veo marcharte hacia el salón con los hombros rígidos hasta que desapareces. Tus pasos resuenan sobre los azulejos de mármol del vestíbulo y oigo el golpe seco de la puerta delantera, firme y definitivo.

Muy definitivo.

⌁

El día siguiente, por la mañana, te llamo al piso de Goldie. Me responde un hombre, que no sé quién es, pero cuando le pido hablar contigo me dice que ya no vives allí, que justo esta mañana te has llevado tus pertinencias. La noticia me toma por sorpresa y siento un pánico repentino. Le pregunto si sabe por qué te has ido de forma tan repentina y si sabe a dónde, pero no me puede ayudar.

Me tiemblan las manos al marcar el número de teléfono del *Review*. Habíamos acordado que no te llamaría al trabajo y que tú no me llamarías a casa. La mujer que responde es escueta y eficiente. Por encima del ruido de la oficina me dice que todavía no has llegado y que nadie tiene noticias tuyas. Me sugiere que vuelva a llamar después de la comida y luego me pregunta si quiero dejarte un mensaje.

Por un instante, pienso en dictarle algún comentario quisquilloso sobre tu marcha repentina de anoche, atacarte del único modo del que dispongo. Pero ¿qué pasaría cuando lo leyeras? Me acabaría disculpando por estar tan irritable.

—No —le digo—. Nada. —Me dispongo a colgar cuando le suelto que me gustaría hablar con Goldie.

—Me temo que la señorita Spencer está ocupada en este momento. ¿Le gustaría dejarle un…?

Se interrumpe en seco y el ruido desaparece, como si una mano estuviera tapando el auricular. A continuación, la voz de Goldie dice al otro lado de la línea:

—¿Se puede saber qué quiere?

—Llamaba para…

—Ya sé para qué llama, querida. Pero es un poco pronto, incluso para usted. Pensaba que lo suyo eran más los amoríos de mediodía.

«Amorío». La palabra me deja atónita por su carácter efímero, transitorio. Aunque claro, eso es lo que tenemos, ¿no? ¿Es eso lo que nos une, un amorío? No en el sentido más amplio de la palabra (nunca nos hemos desvestido), pero sí en todos los sentidos que verdaderamente importan. Nos hemos escabullido para encontrarnos a escondidas. Hemos mentido sobre nuestro paradero. Hemos fingido que lo nuestro no era como lo que hacían los demás. Porque nosotros nos queremos.

Aunque nunca nos lo hemos dicho. Yo no te lo puedo decir. A ti, no. Y tú, porque… Bueno, supongo que eludir la verdad forma parte de nuestro trato. Darle un nombre a algo supone extrañarlo cuando tienes que despedirte de ello. Y creo que no podría soportar extrañarte. Ni despedirme de ti.

Aunque parece que eres tú quien se ha despedido.

El silencio sepulcral de la línea me recuerda que Goldie espera mi respuesta al otro lado. Considero negarlo, pero me doy cuenta de que sería una pérdida de tiempo. Lo único que explica que sepa lo de nuestros *rendez-vous* al mediodía es que se lo hayas contado, y parece que se lo has contado todo.

Cuelgo el teléfono, bajo por las escaleras traseras y salgo por la puerta de atrás. En el garaje, le digo a Banks, el hombre que se encarga de los coches, que me voy al pueblo a comprar y luego a comer con unos amigos. Mientras hablo, me doy cuenta de la facilidad con la que le miento y de que me he convertido en una embustera experta.

Espero casi dos horas en la acera frente a las oficinas del *Review*, vigilando la entrada y esperando a que aparezcas. Sé que es una locura. Una medida absurda, temeraria e impetuosa. Pero anoche ocurrió algo que, al parecer, crees que fue culpa mía, y pienso que, como mínimo, tengo el derecho de conocer la naturaleza de mi transgresión y si tiene algo que ver con tu mudanza repentina. ¿Te has peleado con Goldie? ¿Por mí? Y, en ese caso, ¿has perdido el trabajo, además del alojamiento?

La idea de que estés de camino a Inglaterra me come por dentro mientras veo cómo un taxi tras otro dejan en la acera a clientes que no son tú. Y luego, por fin, te veo.

Toco la bocina tres veces rápidas hasta que te giras hacia el coche. Al principio palideces, pero luego cruzas la calle con pasos largos y decididos. No dices nada al acercarte, abres la puerta del copiloto y subes.

—¿Qué haces aquí, Belle?

—He llamado… Me han dicho que no… Necesitaba verte.

—Pensaba que habíamos acordado…

—No me importa. Me han dicho que te has mudado esta mañana.

—¿Quién te lo ha dicho?

—Quién fuera que ha respondido al teléfono. ¿Qué ha ocurrido?

Te quitas el sombrero y te pasas la mano por el pelo. Por primera vez me doy cuenta de que pareces cansado, como si no hubieras dormido ni te hubieras duchado. Me examinas con los ojos entrecerrados.

—¿Cuánto tiempo llevas esperando? Tienes los labios morados.

Aparto la mirada, tengo un nudo en la garganta.

—No sé. Un par de horas. Tenemos que hablar de lo que pasó anoche, Hemi. Por favor.

—No podemos quedarnos en el coche. Arranca.

—¿A dónde vamos?

—A mi casa.

Mi lamento: Belle

(Páginas 55-65)

5 de noviembre de 1941
Nueva York, Nueva York

No dices nada mientras te abres camino entre el tráfico de la hora de la comida con el Chrysler de tu padre. Giras cuando te lo pido y aparcas donde te ordeno.

Echo unas monedas en el parquímetro y señalo hacia un edificio de seis pisos de ladrillo que se oculta entre sus vecinos más altos de la calle Treinta y Siete. Tras echar una mirada furtiva a ambos lados, me sigues hacia el interior del edificio y pasas junto a un panel de buzones de metal y varias sillas y mesas viejas. Me pregunto en qué piensas mientras subes las estrechas escaleras detrás de mí, con la mano por encima de la baranda pero sin agarrarte, como si no quisieras mancharte los guantes.

Me detengo delante del segundo B y busco la llave, que sigue suelta en el bolsillo. La puerta cruje cuando la abro, y me hago a un lado. Entras con indecisión, desconfías del interior sombrío y rancio. Me siento incómodo cuando enciendo la luz de la sala de estar y contemplas los pocos muebles que tengo en las habitaciones. No está mal, pero no es gran cosa. Es evidente que no tiene nada que ver con el despacho con paredes de caoba y sillones de cuero de tu padre.

Hay un sofá forrado con una tela sencilla y funcional, un sillón a juego y un par de mesillas auxiliares bajas. La cocina, compacta como la de un barco, está al fondo. Tiene unas cortinas rojas y blancas, y una mesa empotrada en la pared. Al otro lado del pasillo, se ve el dormitorio, amueblado de forma austera con un buró, un pequeño escritorio y una cama de matrimonio con una colcha de felpilla. Tengo las maletas en la entrada, junto con la máquina de escribir y unos cuantos libros maltratados.

Recorres la estancia con los ojos, te giras hacia mí y parpadeas.

—¿Vives… aquí?

—Desde las nueve y media de esta mañana. Goldie y yo estamos… pasando por un mal momento, así que he pensado que era hora de independizarme. No es un palacio, pero es un lugar para escribir y dormir, que es lo único que necesito.

Veo que se te llenan los ojos de lágrimas. Parpadeas para deshacerte de ellas, pero es demasiado tarde y te empiezan a caer por las mejillas. Me asustas cuando te desplomas sobre mí entre sollozos.

—Pensaba que te habías marchado… —susurras con voz ronca antes de echar la cabeza hacia atrás para mirarme—. Cuando me he enterado de que te habías ido de casa de Goldie, he pensado que volvías a Inglaterra.

—¿Por qué?

—Anoche, cuando te fuiste… —Apartas la mirada y agachas la cabeza—. ¿Por qué te has ido de casa de Goldie?

En ese momento me aparto; necesito poner algo de distancia entre nosotros, y me sorprendo al pensar que ojalá fumara. Así tendría una distracción, una táctica, algo con lo que mantener las manos ocupadas. En su lugar, me las guardo en los bolsillos.

—Nos hemos peleado —digo a regañadientes y con un tono entrecortado.

—¿Por mi culpa?

—Entre otras cosas.

—Sabe lo nuestro.

Percibo un ápice acusatorio en tu tono. Supongo que bien merecido.

—Sí.

Tu rostro se vuelve serio, las lágrimas han desaparecido.

—¿Cómo has podido? Con toda la gente que hay en el mundo, ¿por qué se lo has contado a ella? Me ha dicho unas cosas por teléfono…

—Lo siento. Tuvimos una discusión anoche cuando regresé a su casa. Y hemos seguido peleando esta mañana. Tiene buenas intenciones…

—No la defiendas.

—Cree que me he extralimitado contigo —contesto. Es una respuesta honesta, pero no es toda la verdad—. Que no veo las cosas con perspectiva.

—¿De qué límites estamos hablando? ¿De los suyos?

—No. De los míos, pero está en lo cierto. Y me di cuenta anoche, en la cena.

—¿Qué quiere decir eso?

Respiro hondo, como si me preparara para la cauterización de una herida, y añado:

—Quiere decir que tenemos que acabar con esto, Belle. Sea lo que sea, tiene que acabar. Ya.

Relajas la expresión.

—¿Por ella?

—Por nosotros. Por ti, por mí y por lo que pasaría si este…

—¿Amorío? —añades con una voz que apenas reconozco.

—Sí, como quieras. Llamemos a las cosas por su nombre. ¿Qué crees que pasaría si nos descubrieran? Eres la hija de uno de los hombres más ricos del país, estás prometida con uno de los jóvenes más prominentes de Nueva York. Y yo soy…

Levantas la barbilla.

—¿Qué es lo que eres?

—Un necio —respondo—. Por estar con una mujer que se va a casar con otro hombre. Uno cuyo único punto a favor es, además de unos hombros anchos y muchísimos trofeos de polo, ser el heredero de su padre. Y puedes quedarte ahí y fulminarme con la mirada, como si estuviera en el bando equivocado. ¿Es que no ves la ironía?

—Yo no elegí a Teddy. Nunca he querido casarme con él.

—Pero no rechazaste la propuesta de matrimonio, ¿verdad? Te pusiste el anillo que te regaló en el dedo y sonreíste cuando brindaron por la feliz pareja. Yo estaba ahí, ¿lo recuerdas?

—No… —te flaquea la voz y bajas la mirada al diamante que sigue brillando alrededor de tu dedo—. Por favor, no hables de esa noche.

He metido el dedo en la llaga, y me alegro. Me gusta poder llamar a tu prometido por su nombre, de tratarlo como a una persona de carne y hueso y no como a una sombra que fingimos no ver.

—¿Por qué no quieres que hable de ese día? Fue el punto álgido de la temporada. Creo que el *Times* dijo que había sido «una noche elegante e inolvidable».

—Pues a mí sí que me gustaría poder olvidarla. Cada segundo. —Te interrumpes de golpe y niegas con la cabeza—. No, no es cierto. No me gustaría olvidarla toda. En algún momento en medio de la velada estabas tú, estudiándome en tu traje alquilado, con esa sonrisita, como si me hubieras calado desde el primer momento.

—Pero no te calé del todo —corrijo—. Porque entonces no estarías aquí ahora. Habría sido más sensato y nos habríamos ahorrado muchos disgustos.

—¿Disgustos? —Me miras fijamente, afligida—. De todas las palabras que tienes en tu amplio repertorio de escritor, ¿has decidido usar esa en un momento como este?

Dejo caer las manos a ambos lados del cuerpo, niego con la cabeza. He pensado que esto me sería más sencillo si te hacía daño, pero no me resulta grato. Suavizo el tono, pero no intento consolarte. No me atrevo.

—Los dos sabíamos que esto terminaría, Belle. Nunca hablamos de ello, pero lo sabíamos.

Tragas con dificultad, pero consigues asentir y reconocer que en eso tengo razón.

—¿Pero por qué tiene que ser ahora si todavía tenemos tiempo?

—¿Cuándo pensabas que iba a terminar? ¿Acaso pensabas que estaríamos juntos hasta la noche de antes de la boda? ¿O incluso hasta después?

Te endureces ante el comentario.

—Claro que no.

—No. Claro que no. Pero asumiste que serías tú la que pondría fin a lo nuestro. Y, hasta ese momento, yo habría tenido que conformarme con verte a escondidas. Con juegos como el de anoche. Juegos peligrosos para los dos. Y puede que eso me haya parecido bien hasta cierto punto, pero ahora es todo mucho más complicado. Por muchos motivos.

—Siempre ha sido complicado, Hemi. Cada paseo, cada pícnic, cada beso ha sido complicado. Pero eso no importaba. Hasta ahora.

—Siempre ha importado, es solo que se me había olvidado.

Permaneces quieta, helada.

—Ya veo. Y ha sido precisamente Goldie la que te lo ha recordado. ¿Pero por qué te ha echado de su nidito de amor? Ha conseguido lo que quería: librarse de mí.

—No me ha echado. Me he ido yo. Por eso nos hemos peleado, porque le he dicho que me he buscado un piso. A ella le ha parecido una mala idea.

—No me digas.

—No por los motivos que imaginas. Goldie cree que he cometido un error al involucrarme contigo. Cree que todo ha sido un juego para ti. Y supongo que yo también me di cuenta anoche, por fin. Estoy intentando establecerme, hacer algo útil. Por eso he venido a Estados Unidos. Y por primera vez en mi vida estoy trabajando en algo importante. Pensaba que podría mantener los dos asuntos separados, pero no soy capaz. Y no me puedo distraer. No con este artículo.

—¿De qué trata?

—De tu padre.

Te quedas callada.

—De mi… ¿Sobre qué es?

—Sobre los… rumores.

—¿Los rumores que te ha contado Goldie?

—Goldie me ha contado algunos, pero no todos. Tú misma me dijiste que hace años que la gente cuchichea. Se dice que tu padre estuvo implicado en una estafa en los años veinte. Que importaba *whiskey* de Canadá y ron de las islas Bimini. Y que, por aquel entonces, se juntaba con gente bastante desagradable. Gente que te resulta útil cuando tienes negocios turbios.

Te has quedado pálida. No porque haya mencionado nada que no sospecharas, sino porque te lo he confirmado. No estás acostumbrada a que la gente te cuente la verdad, pero tienes que oírla. Porque puede que, en algún momento, tengas que elegir un bando y, para entonces, deberías estar al corriente de los hechos.

—Sobornos —continúo—. Extorsiones, incluso una desaparición sin resolver, aunque nunca se demostró que estuviera relacionada con tu padre. Siempre procuró mantenerse al margen. Y ahora ha restaurado su imagen y ha convertido todo ese dinero de origen ilícito en acciones y bonos, y ha fundado un imperio con todas las de la ley. Y ha conseguido aliados muy poderosos que lo sacan de apuros, aunque imagino que sigue manteniendo el contacto con alguno de sus antiguos socios. Por si acaso. Se esconde detrás de una fachada de hombre de negocios formal, pero en realidad es un mafioso con un armario lleno de trajes de sastre.

—No tuviste problema a la hora de codearte con sus amigos anoche. Si es tan malo y peligroso, ¿por qué bebiste su coñac y fumaste sus puros? ¿Por qué aceptaste mi invitación?

—La acepté por el mismo motivo que tú aceptaste el anillo de Teddy, porque me resultó ventajoso. Parece que tu padre ha quedado fascinado conmigo. Cree que le puedo resultar… útil.

Me observas con cautela.

—¿Cómo le puedes ser de utilidad?

—Quiere que escriba un artículo para el *Review*.

—¿Qué tipo de artículo?

—Uno promocional que lo ayude a limpiar su nombre.

—¿Y vas a escribirlo? ¿Vas a redactar un artículo… para limpiar su nombre?

—No.

—¿Pero sí vas a escribir algo?

—Sí.

—Pero no será… de su agrado.

—Voy a publicar la verdad y acarrearé con las consecuencias.

—Y ahora que has conseguido meter la cabeza, ya no te hago falta.

—No digas eso.

—¿Qué quieres que diga?

—Es mejor no hacer enfadar a tu padre. Tú misma me lo dijiste. ¿Qué crees que pasaría si se enterara de que tengo una aventura con su hija, que está públicamente prometida?

—Entiendo. —Te yergues y alzas la barbilla con los brazos a ambos lados del cuerpo—. Te preocupa que me entrometa en tu carrera periodística.

Imagino que vas a romper a llorar. Estoy preparado para ello, pero esta versión fría de ti hace peligrar mi fuerza de voluntad. Recuerdo lo que Goldie me ha dicho esta mañana que he perdido de vista lo importante, que esto me sobrepasa. No le faltaba razón.

—Estoy siendo sincero. Esto es lo que tiene que pasar. Por los dos. Antes de que alguien salga herido.

Cierras los ojos un instante, como si no quisieras escuchar mis palabras.

—¿Por qué haces esto?

Procuro no reaccionar a la pregunta y me preparo para lo que sé que viene a continuación. No permitiré que me hagas sentir culpable. Ni por lo nuestro ni por nada. Sobre todo, porque tú te vas a casar con otro hombre. Por lo menos, no me miras a la cara. No sé si conseguiría decirte esto si me observaras.

—No es necesario que sigamos con esto, Belle. Los dos sabíamos que este día llegaría. Lo que te molesta es que he sido yo el que ha elegido el momento y el sitio en lugar de dejártelo a ti, pero ha llegado el momento de pasar página, ¿no crees?

Me miras sorprendida.

—¿Pasar página?

Nos estamos acercando a la parte que tanto temía. La expresión de traición en tu rostro cuando por fin entiendes qué es lo que quería de ti y por qué. Pero tengo que sincerarme para poner fin a nuestra historia. Porque si no le pongo fin yo, lo acabarás haciendo tú. Quizá no hoy, pero pronto, y prefiero tomar el control de la situación.

—Hace cuatro meses yo era un extraño en tu mundo, un hombre con un atuendo inapropiado y un acento extraño que había venido a hacer algo. Pero necesitaba un modo de entrar, una invitación a las fiestas que dan tu padre y los suyos. Goldie me fue de ayuda, pero solo hasta cierto punto, necesitaba un contacto más… cercano. —Trago—. Y ahí estabas tú.

En tu expresión veo que rechazas la idea, como si no quisieras creer lo que sospechas que voy a decir a continuación.

—¿Qué quieres decir?

—Lo que quiero decir es que no nos conocimos por casualidad. Fui a tu fiesta de compromiso con un propósito. Vine a los Estados Unidos a escribir un artículo y tenía que entrar en tu mundo de algún modo.

—¿Un artículo para Goldie?

—El año pasado visitó a unos amigos en Londres y nos conocimos en una clase. Al acabar, fuimos a tomar algo y hablamos sobre corrupción, política y guerras. En un momento de la conversación, salió el nombre de tu padre. Ella ya sabía mucho sobre su pasado, pero quería saber a qué se dedicaba ahora. Qué planes tenía.

—Así que te contrató para que la ayudaras con eso.

—Sí.

—Y esa noche, en el St. Regis, y la semana siguiente cuando coqueteaste conmigo, el beso en el establo… ¿Todo fue por el artículo de mi padre?

—Sí.

Se te oscurecen los ojos, como si un viento amargo hubiera apagado una vela. Esperabas que lo desmintiera, o que, al menos, matizara la respuesta, pero me he prometido que te lo confesaría todo. Aunque, ahora que lo he hecho, siento que una parte de mí se ha roto.

Tu silencio será mi perdición y, por un momento, pienso en retractarme de todo y contarte la verdad, que eso era cierto al principio, pero ya no. Que la historia en la que estoy trabajando ha dado un giro que nunca imaginé, uno que preferiría no tener que investigar. Que me imagino renunciando al trabajo y llevándote conmigo a algún sitio muy lejos de aquí. Pero luego me acuerdo de lo que Goldie me dijo anoche y otra vez esta mañana: que tú has hecho tus planes y que yo no estoy en ellos.

Si no lo digo ahora, si no termino lo que he empezado, nunca lo haré. Puede que duela durante un tiempo, como una bofetada que no ves venir. Te he tomado el pelo y te he abandonado, pero Teddy hará que el golpe sea más llevadero y no tardarás en olvidarme.

Pensar en Teddy me ayuda. Me aclaro la garganta y me obligo a mirarte a los ojos.

—Lo nuestro, nuestra relación de estos últimos meses, ha sido provechosa para ambos.

Se te llenan los ojos de lágrimas.

—¿Por qué haces esto?

Pensaba que podría soportar lo que fuera que me dijeras, pero me equivocaba. De repente, necesito desesperadamente acabar con todo esto.

—Belle…

—¿Nada de esto ha significado nada para ti? ¿Todas estas semanas, todas las tardes que hemos pasado juntos? ¿Lo has hecho todo por ella? ¿Por Goldie? ¿Aun sabiendo que yo te amaba?

Amor.

La palabra me hiere como una puñalada. No la habíamos usado antes, y mucho menos yo. En su lugar, he vivido sabiendo que, de pronto, un día, lo nuestro terminaría. Habría sido inútil, por no decir temerario, permitir que mi corazón errara hacia ese terreno tan peligroso. Ahora, de repente, la ineludible realidad me golpea sin piedad. Te he amado desde la noche que nos conocimos, desde que te vi por primera vez, desde la primera mentira. Me he permitido creer que tenía los sentimientos bajo control, que los podía dominar e ignorar hasta que se desvanecieran. Pero ahora me doy cuenta de que esa ha sido la peor de las mentiras.

Dejo a un lado todo pretexto y, de repente, me siento perdido, como un barco a la deriva.

—He sido muy cuidadoso —consigo decir al final, de forma inesperada—. Pensaba que podría ignorar mis sentimientos… que podría acabar con esto antes de que lo hicieras tú.

—Y lo has conseguido. —Enfadada, te secas las lágrimas con la mano, como si te molestara que se te hubieran escapado—. ¿Cómo he podido ser tan necia? Y yo que pensaba… pensaba que sentías lo mismo que yo. —Se te quiebra la voz cuando intentas recoger el bolso.

Alargo un brazo hacia ti y te detengo.

—Claro que te quería. Te quiero. —Cuando por fin me miras, con los ojos llenos de lágrimas, abiertos de par en par y cargados de esperanza, siento que me hundo en ellos sin remedio. Me siento aturdido. Desatado. Perdido—. Claro que te quiero, Belle. Desde que me colé en tu fiesta de compromiso.

Entonces, te estrecho entre mis brazos y soy consciente de que estoy irrevocablemente perdido. Goldie tenía razón esta mañana cuando me ha lanzado esa palabras de despedida a mis espaldas. Esto me queda demasiado grande. Cuando me he ido de su casa, estaba dispuesto a dejarte marchar, tanto por mi bien como por el tuyo. Ahora, la idea me parece imposible. Eres la respuesta a una plegaria que no hice (y una amenaza para todos mis planes), pero no tengo la fuerza necesaria para renunciar a ti. Te deseo. Quiero tenerte de todas las maneras posibles durante todo el tiempo posible. A pesar de saber que es un error y que no resuelve nada. Aunque sé que un día nos volveremos a encontrar en esta situación y nos volveremos a decir adiós.

Para siempre y otras mentiras

(Páginas 45-49)

5 de noviembre de 1941
Nueva York, Nueva York

Apenas oigo el sonido que hace el bolso al caer al suelo cuando me estrechas contra ti. Me abrazas con tanta fuerza que apenas distingo dónde acaba mi cuerpo y empieza el tuyo. Aunque tampoco quiero. Porque me parece lo correcto. He sentido este anhelo por estar a tu lado, por ser tuya, desde la primera noche, y ahora sé que tú también lo has sentido.

Me quieres.

Después de eso, no decimos nada más. Tus labios febriles y desesperados encuentran los míos y expresan todo lo necesario. Y también todo lo que no podemos decir. La pregunta que no me puedes hacer, porque ya se la he respondido a otro. Esa promesa que por tantos motivos no tengo la libertad de romper. Y, a pesar de eso, en este momento de pasión y de mareo tan exquisito, sé que la quiero romper, como sea, y acarrear con las consecuencias.

Los dos nos quedamos sin aliento cuando te separas de mí y, por un instante, me da miedo que hayas cambiado de opinión. Entonces, nuestros ojos se encuentran y veo una pregunta silenciosa y necesaria en los tuyos. El ansia por acabar lo que hemos empezado, por consumar, por fin, todo lo que hemos fingido no sentir.

Te tomo de la mano y dejo que me guíes por el pasillo, pasamos junto a las maletas y la máquina de escribir hasta el dormitorio. Hay una ventana que da a un callejón y a una imponente hilera de edificios de ladrillo. La luz de la tarde entra sesgada por la ventana y parece fría e inhóspita, un recordatorio del mundo que hay ahí fuera.

Entonces, cierras las ventanas y, sin mediar palabra, empiezas a desabrocharme los botones de los guantes. La calidez de tus dedos cuidadosos mientras me quitas los guantes me provoca una sensación sorprendentemente íntima. De repente, me siento vulnerable y expuesta, como si te hubieras deshecho de mi piel.

Tiemblo y contengo la respiración, estoy asustada y no sé de qué. Pero en ningún momento pienso en detenerte mientras me desnudas lentamente y me tumbas sobre la colcha. Nos hemos acercado a este momento en muchas ocasiones, y siempre hemos sido cautelosos y nos hemos apartado en el último instante para preservar algo de decencia, pero ahora no vamos a quedarnos a medias tintas, a detenernos en la orilla. Al cuerno con la decencia.

Me tocas con urgencia. Por fin has dado rienda suelta al deseo acumulado. Por instinto, respondo a tu deseo con el mío, sin miedo y, para mi sorpresa, sin inhibiciones. El poder de esto, de lo nuestro, no se compara con nada que haya imaginado. Me siento poderosa e indefensa a la vez. Soy la conquistadora y la conquistada. Me siento plena en tus brazos como nunca había imaginado y, a la vez, me siento totalmente destrozada cuando nos lanzamos de cabeza y juntos hacia el precipicio. Y en ese momento, ya no hay vuelta atrás. Soy tuya para siempre. Irrevocable y eternamente.

❧

El sonido de tu respiración profunda y rítmica a mi lado me despierta. La luz ha cambiado y las sombras se alargan por la pared y la alfombra. Busco por la habitación, pero no encuentro ningún reloj. No tengo ni idea de qué hora es ni de cuánto tiempo llevamos durmiendo.

Me rodeas la cintura con el brazo y noto tu peso sobre las costillas. Esa sensación, el simple hecho de que me tengas agarrada, me provoca una oleada de júbilo. Así sería ser tu esposa. Despertar cada mañana entre sábanas descolocadas, con tu aliento en la nuca y tu pecho contra la curvatura de mi espalda. Imagino desayunos en la cama los fines de semana. Huevos y tostadas en una bandeja con tu periódico. Y café. Tendría que aprender a hacer café. O a lo mejor prefieres té. Nunca he pensado en preguntártelo.

La idea me devuelve de golpe a la realidad. Hay muchísimas cosas que no sé sobre ti. Ni tú sobre mí. Todas esas pequeñas cosas que se conocen con el tiempo y que unen a los enamorados para siempre, pero que no forman parte de nuestra relación. De hecho, en muchos sentidos, todavía somos unos desconocidos, dos personas que se han enamorado locamente, pero que nunca han imaginado un final feliz.

Le estoy dando vueltas al tema cuando tu respiración cambia. Me agarras la cintura con fuerza, me acercas a ti y me acaricias el hombro con la nariz. De repente, tengo miedo. Me aterroriza pensar que esta alegría tan feroz y joven se marchitará con el frío resplandor de la realidad.

Me giro hacia ti y te rodeo el rostro con las manos, memorizo tus facciones, aunque me resultaría imposible olvidarlas. La sutil hendidura que tienes en la barbilla; la arruga que se te forma entre las cejas y que nunca acaba de desaparecer, ni siquiera cuando ríes; la cicatriz con forma de medialuna que tienes en la comisura del ojo y que te hiciste de pequeño al caerte de un columpio. Lo tengo todo grabado en la memoria. Incluso después de tantos años, la herida todavía no se ha curado y me duele.

Pones la mano sobre la mía y se te marca la arruga de la frente.

—¿Qué? ¿Qué ocurre?

—Nada —respondo suavemente—. Solo quiero… memorizar tu rostro, por si acaso.

—¿Por si acaso qué?

Me encojo de hombros y me tapo con las sábanas hasta los hombros.

—Es que no me creo que esté aquí. Que estemos aquí, los dos. Me parece un sueño.

—Es un sueño —murmuras, con la voz todavía ronca de dormir—. Un sueño que he tenido infinidad de veces. Aunque hoy seguías aquí cuando he abierto los ojos.

Entonces me das un beso cargado de ternura y asombro. Pero para mí se convierte en algo diferente, en un beso feroz y temeroso. Me aferro a ti, desesperada por convencerme de que esto es real, de que lo nuestro es real.

Volvemos a hacer el amor, esta vez más despacio, y exploramos la topografía blanda que hemos ignorado en nuestro primer encuentro delirante. Nos veneramos, cada roce y bocado, cada murmullo. Nos susurramos promesas a medida que la tarde se convierte en noche. Decimos cosas como «eterno», «mañana» y «siempre». Y lo hacemos de corazón. Al menos, yo sí. Porque todavía no lo he pensado todo bien. En lo que esto significa. En lo que nos costará. En dónde puede acabar.

⁂

Los días siguientes, pasamos juntos todo el tiempo que podemos. Invento encuentros con amigas a las que hace meses que no veo, compro entradas para conciertos a los que no voy y salidas de compras que no necesito, ni quiero, para crear coartadas creíbles para mis partidas recurrentes de casa. Cuando Cee-Cee asume que he empezado a comprar cosas para mi ajuar, no la corrijo. Asiento, sonrío e intento buscar un modo de zafarme del compromiso. Porque me acabaré librando de él. En cuanto Teddy y su padre regresen de su viaje a donde quiera que compitan los caballos esta semana. Por ahora, disfruto de mi tiempo, y me resulta fácil posponer los planes y deleitarme con nuestros dulces momentos robados.

Siempre que puedo, intento estar en el piso cuando llegas del trabajo. Uso la llave que guardo en la polvera para entrar y finjo no ver las miradas que a veces me echa la vecina al otro lado del pasillo. Sus miradas dicen: «Sé lo que haces entrando y saliendo en pleno día». Imagino que lo sabe, pero me da igual. Es poco probable que pertenezca al círculo de amistades de mi padre.

Juego a las cocinitas y te preparo la comida de vez en cuando para sorprenderte, aunque no se me da demasiado bien. Es lo que pasa cuando siempre has tenido servicio para todo. Pero tú nunca te quejas. Comemos juntos en tu pequeña cocina, escuchamos las noticias en la radio, y seguimos con especial atención los sucesos en Europa y Gran Bretaña. Cuando terminamos, fregamos los platos, el uno al lado del otro, como unos recién casados. Pero no somos unos auténticos recién casados. No somos nada de verdad y, cuando hemos colocado los platos y las noticias se acaban, tengo que recoger mi sombrero y mis guantes, y darte un beso de despedida.

Y ensayar una nueva coartada de camino a casa.

Cada vez me resulta más difícil dejarte, volver a mi fría vida con mi fría familia. Todavía llevo el anillo de Teddy, el símbolo de mi promesa rota. Aunque todavía no la he incumplido, no oficialmente —bueno, ni extraoficialmente—, y Cee-Cee ha empezado a sermonearme con que tengo que elegir una fecha. Por otro lado, Teddy parece no tener prisa por casarse. Sus telegramas son poco frecuentes y, por suerte, breves, indiferentes y extrañamente cordiales.

Puede que haya otra mujer como yo, en algún lugar, que esconde una llave en su polvera y entra y sale de su vida cuando tiene la ocasión. Si ese fuera el caso, desde luego, no le guardaría rencor. Aunque tampoco es que haya sido particularmente discreto con ese tipo de asuntos. Pero, como es un hombre, no se le exige que lo sea.

Espero que sea él quien rompa el compromiso, que encuentre a alguien que le guste más o que, simplemente, se dé cuenta de que nunca seremos felices juntos. Pero ¿por qué motivo querría cancelar la boda? Él no pierde nada al casarse conmigo. Soy yo la que lo pierde todo. Por eso debo ser yo la que zanje el asunto. Y así lo haré.

La cuestión es cómo. Y cuándo.

Para siempre y otras mentiras

(Páginas 50-56)

20 de noviembre de 1941
Nueva York, Nueva York

Teddy ha regresado.

Nos hemos visto en dos ocasiones, y ambas han sido incómodas, ya que parecía que él tenía menos ganas de verme que yo a él. Me he dado cuenta de que, por suerte, no se resistirá cuando le diga que he cambiado de opinión. A lo que sí le temo es a la ira de mi padre. Necesito estar contigo como necesito respirar, pero la idea de desafiar a mi padre me aterroriza.

Así que no hago nada.

Tú te impacientas y empiezas a perder la fe en mí. No me lo dices con esas palabras, pero soy consciente de que los desacuerdos son cada vez más comunes, los comentarios entre dientes, los silencios huraños cuando no podemos evitar mencionar a Teddy. No entiendes mi reticencia y no te culpo. A mí también me cuesta comprenderla, pero tengo miedo.

Entonces, una tarde que seguro que todavía recuerdas, todo se desmorona. Hemos disfrutado de un rato especialmente apasionado juntos, pero me tengo que marchar. Tengo una cena, a la que mi padre también te ha invitado, y tengo que ir a casa a acicalarme. Teddy también vendrá, e irá de mi brazo. No será la primera vez que tengamos que enfrentarnos a una situación similar. Ya lo hemos hecho antes, pero llevas toda la tarde muy pensativo y, mientras recojo mis cosas y me empiezo a vestir, presiento que se avecina una tormenta.

Tú sigues en la cama, apoyado sobre un hombro, y me miras en el espejo con el ceño fruncido.

—Lo siento —le digo a tu reflejo—. Sé que va a ser una noche incómoda.

—¿Eso crees? ¿Que ver a la mujer a la que amo, y con la que acabo de hacer el amor, del brazo de otro hombre mientras responde preguntas sobre su futura boda es incómodo?

Le doy la espalda al espejo y te miro.

—Lo entiendo, Hemi. De verdad. Pero te prometo...

—No. —Apartas las sábanas y te sientas antes de recoger los pantalones—. No me prometas nada. Los dos sabemos que las palabras no significan nada. Pero esta noche será la última. Estoy harto del juego que te traes entre manos.

Tus palabras me hieren como dardos. Imaginaba que ocurriría algo, pero no esperaba esto.

—¿Crees que a mí me gusta tener que fingir que no te conozco en casa de mi padre? ¿Que me gusta tener que sonreír cordialmente y preguntarte si quieres otra bebida? Te recuerdo que me mentiste para acercarte a él. Y ahora que has conseguido lo que querías, resulta que es todo culpa mía.

—No me eches la culpa a mí, Belle. Eres muy consciente de que renunciaría a todo eso sin problemas.

—¿Y por qué no lo has hecho?

—¿Por qué tendría que hacerlo si no lo haces tú? Tú no has renunciado a nada por mí.

—No es tan sencillo, Hemi. Ya lo sabes.

—Sí que lo es. Le dices a tu padre que no te casarás con Teddy y te marchas. Nos iremos de Nueva York. Es más, nos iremos del país, si quieres. Solo tienes que hacerlo. Pero no lo harás. Porque cuando pones en una balanza todo aquello a lo que vas a renunciar y lo que vas a ganar, el desequilibrio es enorme. Yo salgo perdiendo.

—¿De verdad crees que eso es lo que me frena? ¿El dinero?

—No es solo el dinero, no. Pero estás acostumbrada a un estilo de vida que yo nunca podré ofrecerte, y cuanto más alargamos esto, más claro lo ves.

Te miro en el espejo y parpadeo, enfadada, aunque sé que no tengo derecho.

—¿Qué es lo que veo?

—Que nuestra aventura está llegando a su fin. Que era emocionante al principio, porque era algo nuevo, por el riesgo de que nos pillaran, pero que la emoción se está apagando y, cuando esta acabe, solo te quedará un triste piso y un hombre con un porvenir mediocre.

De repente, siento que mi ira está totalmente justificada.

—¿Crees que esto ha sido algún tipo de experimento? ¿Un juego?

—No he dicho eso.

—Sí que lo has hecho —respondo—. Es exactamente lo que has dicho.

Me doy media vuelta y sigo vistiéndome. Unos segundos después, oigo que te pones los pantalones y sales de la habitación. Los ojos se me llenan de lágrimas, pero me deshago de ellas, estoy demasiado dolida para dejar que las veas. Que me acuses de algo así me recuerda, una vez más, lo poco que me conoces y lo poco que te conozco yo.

Nunca te he contado cómo acabé en el salón de baile del hotel St. Regis la noche que nos conocimos, pero te lo explicaré ahora para que lo entiendas. Si hubiera prestado más atención, a lo mejor podría haber previsto lo que iba a ocurrir, aunque no sé qué podría haber hecho para remediarlo.

Todo comenzó como empezaban tantas cosas en nuestro mundo antes de que mi padre cayera en desgracia: con una cena y muchos planes. Una noche, sin previo aviso, bajé a la planta de abajo y vi a Teddy y a sus padres entre los invitados a la cena de mi padre. Teddy levantó la copa cuando me vio entrar y me ofreció una sonrisa casi pesarosa. Habíamos crecido en los mismos círculos, aunque a cierta distancia, pero habíamos asistido a unos cuantos bailes juntos y habíamos ido al cine un par o tres de veces durante las vacaciones del colegio. Hubo algunos besos, castos, de buenas noches, pero nada más. Teddy era guapo, pero demasiado descarado para mi gusto, y no era especialmente inteligente, como has comentado varias veces. Él tampoco había expresado nunca sentir un interés serio por mí. Quienes tenían muy buena relación eran nuestros padres. Eran socios en varios emprendimientos comerciales y miembros de las mismas sociedades.

Mi padre me vio cuando bajé por las escaleras y me hizo un gesto para que me acercara. Estaba muy sonriente cuando me presentó como su hija predilecta a la madre de Teddy, a quien, hasta aquella noche, nunca había invitado a casa. Yo asentí por educación y le estreché la mano a la mujer, a pesar del vacío que sentí en la boca del estómago al darme cuenta de lo que estaba ocurriendo. Pero yo no tenía intención de casarme con Teddy. En cuanto terminó la cena, dije que me dolía la cabeza y, para horror de mi hermana, me disculpé y me ausenté el resto de la noche.

A la mañana siguiente, pagué el precio de mi insensatez. Me regañaron con dureza por haber sido maleducada con mis invitados. A mi padre no le hizo ninguna gracia que le dijera que Teddy y sus padres eran sus invitados, no los míos. También le informé de que no tenía intención de casarme con nadie, que quería estudiar Arte o Educación. Doblé la servilleta, la dejé a un lado y me puse de pie. Mi padre también se levantó y me dio tal bofetada que caí sobre la silla.

Nunca me había abofeteado, y dio un paso hacia atrás, como si se hubiera sorprendido a sí mismo.

—Deberías andarte con más cuidado —me advirtió con un tono duro como el acero—. Siempre te has parecido mucho a tu madre. Eres demasiado tonta y sentimental. Te sugiero que, en el futuro, intentes ser un poco más dócil. A tu hermana le ha ayudado a ahorrarse muchos malos tragos.

—¿Te parece una tontería que quiera casarme con un hombre al que ame?

—Lo que tú quieras me es indiferente. Tienes un deber con tu familia y obedecerás mis órdenes si sabes lo que te conviene. Fin de la discusión.

Pero no fue el final. De repente, le pregunté aquello que hacía tanto tiempo que quería saber:

—¿Ese fue el único motivo por el que te casaste con mi madre? ¿El deber?

Sabía que estaba entrando en un terreno peligroso, pero pude evitarlo. Por un instante, su mirada se suavizó y se fue a la otra punta de la mesa, donde solía sentarse mi madre. Sin embargo, la ternura desapareció tan rápido como había llegado y la reemplazó algo amenazante y duro.

—No vuelvas a mencionar a tu madre, ¿te queda claro? Jamás. —Se sacudió las migas de la tostada del frontal del chaleco y se aclaró la garganta—. En cuanto al otro asunto, está decidido. Tus futuros suegros ya están organizando una cena para celebrar vuestro compromiso la semana que viene. Nada de jaquecas, ni de escenitas, ni melodramas. Serás atenta, encantadora y distraerás a la cabeza de chorlito de su madre mientras el padre y yo hacemos negocios. No quiero tener que persuadirte, pero lo haré si es necesario. ¿Ha quedado claro?

Lo miré fijamente, estupefacta. Mi vida y mi futuro solo eran eso para él. Negocios. Había muchísimas cosas que quería echarle en cara. En lugar de eso, asentí y aparté la mirada.

—Soy el señor de la casa —continuó con un tono más tranquilo, casi magnánimo. Era el tono de un hombre que sabía que había ganado—. Cada uno tenemos un papel en esta familia. El tuyo es el de casarte con el marido que yo elija para ti, y ese es Teddy. Está hecho de buena madera. Y tus hijos también lo estarán.

Quise protestar, pero Cee-Cee me miró y me advirtió en silencio. Furiosa, me mordí el labio y no dije nada, cuando mi padre se marchó de la habitación.

Cuando nos quedamos solas, Cee-Cee tomó la cafetera, se volvió a llenar la taza y se sirvió dos terrones de azúcar.

—¿Lo ves? —dijo, ausente, mientras removía el café—. No ha sido tan difícil, ¿verdad?

Contuve un gruñido, no soportaba su tono de superioridad.

—¿Nunca te cansas de ponerte de su lado?

—Es el único lado que hay en esta casa. Pensaba que ya te habría quedado claro a estas alturas.

—No acabaré como tú, yo no seré una marioneta que reacciona cada vez que padre mueve los hilos.

Cee-Cee le dio un trago al café con una indiferencia exasperante, luego dejó la taza sobre el platillo.

—Me temo que te vas a llevar una gran desilusión, hermanita. Terminarás exactamente igual que yo. Ya has oído lo que ha dicho. No le importa lo que quieras, lo que le interesa es lo que puedas hacer por él. Crees que entiendes lo que sucede, que es una cuestión de dinero y de propiedades, del imperio de papá, pero va mucho más allá. Y debes andarte con ojo.

—¿Pretendes asustarme?

Respondió a la pregunta encogiéndose de hombros y se untó mermelada en la tostada con total impasibilidad.

—Tiene toda la razón. Eres igualita que ella. Y terminarás del mismo modo si no tienes cuidado. ¿Por qué sigues sacando el tema si sabes que él no quiere oír hablar de eso?

—Porque es como si fingiera que ella nunca existió. Que intente borrar su recuerdo. ¿A ti no te molesta?

—¿Y qué esperas que haga? ¿Qué siga hablando de su mujer todos los días? ¿Qué finja que no humilló a nuestra familia con su histrionismo?

—¡Estaba enferma!

Cee-Cee puso los ojos en blanco y dejó los restos de la tostada en el plato.

—¿Cómo puedes ser tan crédula? El mundo real es como es. Puede que sea duro, pero cuando lo aceptas, todo resulta… más sencillo. Y a eso es a lo que se refería padre con la palabra «dócil». A aceptar el funcionamiento de las cosas.

—¿Qué cosas?

—En la vida hay un orden jerárquico. Los más fuertes van los primeros y los débiles deben apartarse. Helene era débil.

Su respuesta, tan fría e insensible, me revolvió el estómago.

—La llamas Helene, como si fuera una extraña que hubiera compartido casa con nosotros. Era nuestra madre.

Cee-Cee resopla y pone cara de exasperación.

—Sinceramente, parece que no aprendes. Las familias como la nuestra tienen un deber con las generaciones futuras, tenemos que preservar nuestro modo de vida, quiénes somos y lo que hemos construido. Padre tiene un plan para nosotras. Tiene un plan para todos.

—¿Y qué pasa si decido no formar parte de su plan?

—¿Es que no escuchas? Tú no decides nada. Tú y yo somos piezas en un tablero de ajedrez. Solo eso. Él nos moverá como quiera y no se detendrá hasta que tenga todas las piezas.

—Se apartó de la mesa y se puso de pie, se detuvo un momento y me fulminó con una mirada gélida—. También deberías saber que, a veces, algunas piezas desaparecen. Son piezas problemáticas que no le importan a nadie. No pienses ni por un momento que no te haría lo mismo a ti.

Se marchó de la estancia y me quedé sola, sopesando sus palabras.

Un mes después, te conocí en el St. Regis. Con esa sonrisa impecable y el esmoquin alquilado. Para entonces, ya me juzgabas y te preguntabas cómo había sido capaz de permitir aquello.

Yo me preguntaba lo mismo.

Nueve

Ashlyn

«Perderse en las páginas de un libro a menudo supone encontrarse a uno mismo.»

Ashlyn Greer, El cuidado y mantenimiento
de los libros antiguos

7 de octubre de 1984
Rye, Nuevo Hampshire

Ashlyn redujo la velocidad y giró hacia Harbor Road, un camino estrecho de grava y conchas molidas que llevaba hasta el puerto. Había un pequeño puente de madera y, al otro lado, varias casitas dispersas, donde Ethan Hillard vivía en una de ellas.

Cruzó el puente, pasó junto a unas bicicletas a juego y empezó a buscar el número de la casa. El camino se alargaba mucho más de lo que había imaginado y serpenteaba a lo largo de más de un kilómetro y medio por la orilla alineada con rocas. Las casas quedaban en el lado derecho y eran todas de medidas y estilos diferentes, aunque compartían las preciosas vistas al puerto.

Ashlyn intentó imaginar cómo debía ser despertarse con esas vistas cada mañana. El cielo azul, el mar plateado y el reflejo del sol en las alas blancas y resplandecientes de algún pájaro. El mundo debía de ser bastante diferente para la gente que despertaba así. Debía de ser agradable y limpio. Y fácil.

De repente, se sintió fuera de lugar, como una intrusa en esa idílica comunidad costera, y pensó en marcharse. No había tenido noticias de Ethan desde que le había dejado el mensaje hacía ya una semana. ¿Qué esperaba conseguir presentándose así en su casa? Aunque, por otro lado, ella no tenía nada que perder.

Justo al doblar una curva pronunciada, vio un buzón con el número 58 en el lateral. Quitó el pie del acelerador y dudó un instante antes de aparcar en la entrada.

La casa era grande y majestuosa, una construcción clásica de dos plantas con un tejado a cuatro aguas, un balcón mirador en el centro y una cúpula que daba al puerto. Parecía que la habían pintado hacía poco de unos tonos claros, grises y blancos, excepto por la puerta principal, que era de un extravagante color limón.

Había un garaje independiente de tres puertas a la izquierda de la entrada, pero no parecía haber ningún coche. Ashlyn sacó *Para siempre y otras mentiras* de la bolsa de tela y miró los marcadores adhesivos que sobresalían entre las páginas. Se había pasado varias horas esa mañana escribiendo todas las preguntas y luego pegándolas a la página correspondiente. Al terminar, había escrito una educada nota en la que le pedía ayuda una vez más y la había guardado en una funda protectora de plástico junto con el libro.

Lo único que tenía que hacer era entregarle el libro, y eso significaba renunciar a él temporalmente. Renunciar al libro, aunque fuera solo durante un tiempo, no había sido una decisión fácil de tomar, pero Ethan había dejado bien claro que no tenía interés en quedarse con ninguno de los dos. Ashlyn tendría que confiar en su palabra.

La confianza no era su punto fuerte. Pero no tenía otra opción si quería que Ethan la ayudara. Antes de tener la oportunidad de cambiar de opinión, subió por las escaleras de piedra y llamó al timbre. Llamó una segunda vez, y luego una tercera, pero no recibió respuesta, así que recurrió al plan B, que consistía en dejar el libro en el buzón.

Miró por encima del hombro y anduvo por el camino de la entrada, consciente de que era una extraña en esa pequeña comunidad adinerada y de que los vecinos pensarían que se traía algo entre manos si la veían toqueteando el buzón de Ethan Hillard.

Cuando estuvo segura de que nadie la observaba, abrió el buzón, pero vio que estaba lleno de propaganda y circulares. Al final parecía que no la había estado ignorando, puede que no hubiera estado en casa.

Volvió a echarle un vistazo a la casa y se fijó en la contrapuerta de cristal. Si estaba abierta, podría dejar el libro entre las dos puertas. Así, quedaría a resguardo del tiempo en la funda de plástico y no habría manera de que Ethan no lo encontrara al regresar, ya que tendría que pasar por encima para entrar en casa.

Se colocó el libro bajo el brazo y volvió a recorrer el camino hacia la entrada. Probó la contrapuerta con timidez y la encontró abierta. Le echó un vistazo al sitio por encima del hombro y, cuando se disponía a salir de allí, la puerta de la casa se abrió.

—¿Qué haces?

Ashlyn se asustó tanto con la aparición repentina del hombre que el libro casi se le cayó por los escalones.

—Yo solo quería… Pensaba que no estabas en casa. He llamado al timbre, pero no me ha abierto nadie.

—¿Y por eso has decidido entrar sin permiso?

—¡No! —Le mostró el libro a modo de excusa—. Solo quería dejarte esto al otro lado de la contrapuerta, llamarte y dejarte un mensaje al volver a la tienda. He intentado guardar el libro en el buzón, pero está lleno.

Ethan miró el libro y luego a ella con el ceño fruncido.

—Es ilegal mirar en los buzones de los demás.

Ashlyn lo miró, perpleja. «¿En serio?».

—No iba a robar nada, solo quería dejar el libro.

—¿Por qué?

Ashlyn le sonrió, nerviosa. Las cosas no estaban saliendo como esperaba.

—Es que tengo algunas preguntas. Y he descubierto más cosas desde la noche que viniste a la tienda. Te he dejado varios mensajes, pero no me has llamado.

—Así que has decidido presentarte en mi casa.

Sonó bastante mal cuando lo dijo. Invasivo y un poco siniestro.

—No era para verte a ti. Bueno, sí que tendría que verte, pero no pretendía molestar. He escrito las preguntas en unas notas adhesivas y las he pegado a las páginas, para que les eches un vistazo cuando tengas un minuto. Si hubiera sabido que estabas aquí, no habría… —Ashlyn dejó las palabras colgando en el aire. Ethan parecía cansado y molesto, como si lo hubiera pillado en medio de algo—. Lo siento. Parece que he venido en un mal momento.

Cuando iba a bajar los escalones, él la detuvo.

—No he recibido tus mensajes, por eso no te he llamado. Llevo unos días encerrado y con el teléfono desconectado. No sé cuántos han pasado, he perdido la cuenta. —Hizo una pausa y se pasó la mano por el pelo—. ¿Qué día es hoy?

—Domingo.

Asintió, cansado.

—¡Vaya! Llevo una semana.

De repente, Ashlyn se percató de la incipiente barba que le oscurecía la mandíbula y de que parecía que llevaba la misma ropa desde hacía unos días.

—¿Has estado escribiendo?

—Le prometí a mi editor que le mostraría los cinco primeros capítulos la semana que viene, pero no lo llevo muy bien. Parece que no consigo arrancar. —Se echó el pelo hacia atrás y se le quedó de punta—. Siento haber sido tan borde. No soy muy simpático cuando no duermo.

—Yo soy la que debería disculparse. Siento haberte molestado mientras trabajabas.

Ashlyn esperaba una respuesta, pero se dio cuenta de que la atención de Ethan estaba en otra parte. Se giró para seguir su mirada y vio a una mujer rolliza con un chándal lavanda que merodeaba al otro lado del camino con un *springer spaniel* igual de rollizo que ella. Parecía que la mujer tenía problemas con la correa del perro, pero, al fijarse, Ashlyn se dio cuenta de que los observaba a ellos.

—Esa es la señora Warren —comentó Ethan—. La única integrante del comité de vigilancia del barrio. —Forzó una sonrisa y saludó a la mujer con un gesto que resultó casi cómico—. De pequeño le robaba pepinillos del patio trasero. Me llevaba los tarros enteros de la mesa de pícnic. Le dijo a mi madre que acabaría en prisión. Me ha vigilado desde que he regresado, con la esperanza de que sufra un desliz. Será mejor que entres antes de que te acuse de ser mi cómplice. Estoy convencido de que ya ha memorizado tu matrícula.

A Ashlyn le sorprendió la invitación, pero la aceptó felizmente. Justo antes de entrar, se giró hacia la señora Warren y la saludó con la mano. Ethan rio por la nariz y cerró la puerta.

—Ya tiene tema de conversación para mañana.

—Lo siento. Me ponen de los nervios los entrometidos. Les encanta fisgonear entre las cortinas, pero ni se inmutarían si se te incendiara la casa.

Ethan alzó las cejas.

—¿Lo dices por experiencia?

—Más o menos.

Estaban en un recibidor grande, con el suelo de madera pulida y un espejo enorme en el que se reflejaba la luz de una lámpara de techo de bronce y cristal tallado. Al otro lado de un arco, Ashlyn vio un salón espacioso, decorado en tonos suaves de crema y gris.

—Qué habitación más bonita.

—¿Quieres que te enseñe el resto de la casa?

Asintió con timidez.

—Si tienes un minuto.

Ethan la llevó de un cuarto al otro sin decir gran cosa. De vez en cuando destacaba algún distintivo de las estancias pero, por lo demás, dejó que estas hablaran por sí mismas. La casa era un estudio en sofisticación y estilo, pero se apreciaba la cohesión general. Había papeles de pared elegantes, telas de tonos fríos y relajantes, y muebles elegidos por la comodidad y no por su aspecto.

—Es precioso —dijo ella cuando regresaron a la cocina—. Es como una de esas casas de las revistas, pero cálida y acogedora.

—Gracias. Fue cosa de mi madre. Cuando se enteró de que estaba enferma, decidió redecorar la casa de arriba abajo para que todo quedara en orden para mi padre. Y para mí cuando él falleció. Ella era así, siempre pensaba en los demás. Se volvió loca para que todo quedara perfecto. Le daba miedo no tener tiempo de acabarlo.

Ashlyn recordó las cajas en las que había rebuscado antes de encontrar *Mi lamento: Belle* y los ecos que había recibido sin querer. Pertenecían a una persona enferma que temía quedarse sin tiempo. En ese momento, se dio cuenta de que esos ecos habían pertenecido a la madre de Ethan.

—Lo siento mucho —susurró—. ¿Cómo se llamaba?

—Catherine.

—Parece que era una persona muy agradable.

Ethan sonrió, pero el gesto estaba cargado de tristeza.

—Sí que lo era. Y una luchadora incansable. Cuando la diagnosticaron, le dijeron que le quedaba un año, pero luchó durante tres.

—Y los pasó asegurándose de que todo os resultara más fácil cuando ella ya no estuviera.

—Así era ella. Hizo muchísimas listas: con los números de teléfono de los vecinos, con teléfonos útiles para diferentes ocasiones, con los sitios en los que guardaba los papeles importantes… Hasta le hizo jurar al ama de llaves que se quedaría y cuidaría de mi padre. Ahora cuida de mí. Bueno, lo intenta.

Ashlyn logró sonreír, aunque no pudo evitar comparar la decisión que había tomado su madre cuando la diagnosticaron con las de Catherine Hillard, que había hecho todo lo posible para asegurarse de que sus seres queridos tenían todo lo que necesitaban. Catherine había escogido quedarse. Había decidido luchar.

Entraron en la cocina e Ethan señaló los fogones, donde descansaba una gran olla.

—¿Te apetece un poco de crema de marisco?

—¿Has hecho crema de marisco?

—¿Tan increíble resulta?

—No, no lo digo por eso. Es que Daniel era un desastre en la cocina, creo que no sabía ni dónde estaban las cucharas, así que de cocinar ya ni hablamos.

—¿Daniel es tu ex?

—Casi —lo corrigió, incómoda—. Murió antes de que finalizáramos el divorcio.

—¿Tuvo un accidente?

Ashlyn apartó la mirada. Odiaba esa pregunta, sobre todo porque nunca sabía cómo responder.

—Lo atropelló un coche. Bueno, un camión, para ser exactos. Hace cuatro años.

—Vaya. Lo siento.

—Gracias.

El silencio se hizo cada vez más pesado. Ethan se acercó a los fogones, levantó la tapa de la olla y miró en el interior.

—Para que no haya confusiones, he de admitir que la crema no la he preparado yo. La ha traído Penny, el ama de llaves heredada, esta mañana. Está convencida de que si no me prepara algo dos veces a la semana me moriré de hambre, y yo ya he dejado de intentar convencerla de que no es así. Su crema de marisco es casi legendaria, y siempre me prepara la suficiente para alimentar a un ejército. —Hizo una pausa y alzó las cejas—. No me importa compartir.

—No, de verdad. No quiero molestar. —Ashlyn se sacó el libro de debajo del brazo y lo puso sobre la encimera de madera—. Si te parece bien, dejo esto y me voy. Si puedes, échales un vistazo a las páginas marcadas y a las preguntas que te he apuntado.

Ethan se fijó en las notas adhesivas amarillas del libro.

—¿Qué clase de preguntas son?

—La mayoría son sobre Goldie Spencer.

—¿Quién era Goldie?

—Es la mujer que te comenté la noche que viniste a la tienda, aunque, por aquel entonces, solo tenía el apodo. Se llamaba Geraldine Spencer. Heredó los periódicos de su padre a los veintiún años y los usó para denunciar la corrupción. Hemi trabajó para ella, aunque parece que su relación fue mucho más que eso. Y hay otro nombre que espero que te suene. Steven Schwab. Lo tienes todo apuntado en las notas, que están pegadas en las páginas en las que se menciona el tema. Y tienes unas fotocopias detrás del todo, fotos que he pensado que te podrían resultar familiares.

Ethan sacó el libro de la funda protectora y pasó el dedo por las notas adhesivas que sobresalían.

—Hay muchos papelitos.

—Ya. Y sé que no te interesa el libro, pero esperaba que me pudieras aclarar algunas de las cosas que he descubierto.

—De acuerdo —dijo Ethan a regañadientes—. Le echaré un ojo. Pero antes tenemos que comer, me muero de hambre. Si quieres, podemos charlar mientras cenamos. ¿Puedes hacer una ensalada? Tienes los ingredientes en el cajón de la nevera, aunque será mejor que te quites la chaqueta primero.

Ashlyn asintió y se quitó la chaqueta, luego se acercó a la nevera.

Ethan encendió el fogón y sacó una cuchara de madera de un cajón cercano.

—Me has dicho que tienes preguntas sobre algunas cosas nuevas que has descubierto. ¿De qué se trata?

Ashlyn repasó la lista mental de preguntas. Tenía tantas que no sabía por dónde comenzar.

—Marian menciona que escribía poesía cuando era una cría. Me preguntaba si todavía existen algunos de sus poemas. También he pensado que a lo mejor podrías conseguir un par de fotos.

Ethan se encogió de hombros.

—No sé nada de los poemas. No supe nada de Marian durante mi infancia, pero puede que haya fotos por algún sitio.

Aunque siento curiosidad por la heredera de los periódicos. Se llamaba Goldie, ¿no?

—Ese era su apodo. Al parecer era extraordinaria. Rompió todas las reglas y nunca se disculpó por nada. Creo que también fue el motivo por el que Belle y Hemi rompieron. Y eso nos lleva a Steven Schwab.

Ethan sacó un par de cuencos de un armario próximo y los dejó al lado de los fogones.

—¿Quién es ese?

—Creo que fue el hombre que le rompió el corazón a tu tía. Aunque no estoy segura. Es una larga historia.

—Pues entonces será mejor que abra una botella de vino. ¿Tinto o blanco?

—Me da igual. Lo que tú prefieras.

¿Qué estaba ocurriendo? Había ido a dejarle el libro, pero Ethan estaba abriendo una botella de Malbec mientras ella preparaba una ensalada. Era una sensación extrañamente agradable, casi cómoda, a pesar de que no conocía el lugar. Tal vez le gustaba tener algo con lo que distraerse. Fuera cual fuera el motivo, tenía intención de aprovechar el tiempo al máximo.

Diez

Ashlyn

«Como con todo lo que es poco común, los cuidados restaurativos regulares son esenciales. El descuido crónico puede debilitar, deformar o causar otros daños duraderos.»

Ashlyn Greer, El cuidado y mantenimiento de los libros antiguos

Comieron hombro con hombro en la encimera, con las cabezas agachadas sobre los artículos que Ruth había encontrado, entre los que estaba el que incluía la foto de Steven Schwab. Ashlyn compartió sus sospechas sobre la historia de amor entre Hemi y Goldie, además de los motivos por los que creía que Hemi y Steven Schwab eran la misma persona.

Ethan escuchó con atención e interrumpió de vez en cuando para preguntar alguna cosa. Su interés fue una grata sorpresa para Ashlyn, pero cuando pasó a los asuntos más escabrosos, se recordó a sí misma que tenía que ir con cuidado. Martin Manning formaba parte del pasado de Ethan, de su familia. Y la familia era la familia, por mucho que él le quitara importancia.

—No me gusta tener que preguntarte estas cosas, pero ¿recuerdas si tu padre mencionó en alguna ocasión que Martin podría haber estado involucrado en asuntos... —Se detuvo y buscó una forma delicada de decirlo— que no fueran del todo legítimos?

Ethan frunció el ceño.

—No, pero tampoco me sorprendería. ¿Te refieres a crímenes de guante blanco?

—Más bien al contrabando de alcohol durante los años de la ley seca. Hemi se lo comentó a Belle y me dio la impresión de que ella ya lo sabía. Creo que nunca lo arrestaron por eso, pero parece que tu bisabuelo tenía un pasado bastante turbio. También había otros asuntos relacionados con la guerra.

—¿Por ejemplo?

—Parece que apoyaba al bando incorrecto.

Ethan puso mala cara.

—Te aseguro que nunca oí nada sobre lo del contrabando. Aunque no me sorprendería. Sé que tuvo un escándalo bastante grande en algún momento de su vida y que eso lo arruinó. No sé de qué iba, porque mi padre nunca hablaba del tema. Mi madre sí que expresaba su opinión con mayor libertad. Una vez la oí decir que Martin era tan retorcido que lo tendrían que atornillar al suelo cuando falleciera.

—Parece que no se soportaban.

—Pues no. Y con razón. A Martin se le metió entre ceja y ceja que mis padres no debían casarse. Corinne se puso de su parte, como es evidente, y los dos se volvieron contra mi padre. Le dijeron que tenía que elegir entre mi madre y la familia. Así que lo hizo.

—Por eso sabes tan pocas cosas sobre ellos.

Asintió.

—Para cuando tuve edad para entenderlo todo, mi padre y Marian ya se habían peleado. Mi madre intentó que hicieran las paces. Le tenía cariño a mi tía y creo que el sentimiento era mutuo. De hecho, cuando mi padre le presentó a mi madre, Marian le dijo que se fugara con ella. —Negó con la cabeza y sonrió—. Mi madre aseguraba que lo había hecho para vengarse de Martin y Corinne.

—Puede que tuviera razón. Belle estuvo en una encrucijada parecida, aunque, en su caso, no estoy segura de que ella tuviera opción de decidir nada. Parece ser que Martin fue un abusón.

—Esa era la opinión general.

—También había un hijo. Ernest. ¿Lo sabías?

—El niño que se ahogó —contestó, tristemente—. Sí, lo sabía. Qué triste.

—Su madre, la madre de Marian, nunca superó la pérdida. Se culpaba por lo que había pasado y terminó en un psiquiátrico. Murió allí cuando Marian todavía era pequeña.

—Me lo comentaste, pero nunca oí a mis padres hablar de eso. Yo solo sabía que la madre había fallecido antes de que mi padre naciera. —Ethan hizo una pausa y se rascó la barbilla—. Es curioso. Habría jurado que no sabía nada de la historia de los Hillard ni los Manning, pero me estoy dando cuenta de que sé mucho más de lo que pensaba. De pequeño, crecí solo con mis padres. El resto de la familia eran… fantasmas. Odio admitirlo, pero siento curiosidad por descubrir cosas nuevas.

Ashlyn no pudo evitar sonreír. La curiosidad era buena.

—Entonces deberías leerte los libros. Por lo menos, el de Belle. Aunque me encantaría saber qué piensas del punto de vista de Hemi. Por tener una opinión masculina.

Ethan se puso de pie y recogió los cuencos.

—¿Es que el punto de vista masculino es diferente del femenino? ¿O es una cuestión de elegir bandos según el género?

—No me refiero a eso. —Ashlyn bajó del taburete y lo siguió hacia el fregadero con los cubiertos—. Lo que quiero decir es que me gustaría tener una opinión objetiva, alguien que me diga si estoy leyendo entre líneas. No soy muy objetiva en lo que respecta al romance. Se podría decir que tengo problemas de confianza.

Ethan cerró el grifo y tomó un trapo de cocina para secarse las manos.

—¿Tu ex te puso los cuernos?

Ashlyn asintió.

—La mía a mí también.

Nunca se le había ocurrido que podría haber tenido una esposa.

—¿Estuviste casado?

—No durante mucho tiempo, pero sí el suficiente.

—Lo siento.

Ethan se encogió de hombros y consiguió sonreír levemente.

—Un caso más de alguien que traiciona a alguien, como en la canción, ¿verdad? Y yo que pensaba que no teníamos nada en común.

Ashlyn sonrió, incómoda, pero vio el momento como una oportunidad para volver a presionarlo.

—¿Los leerás?

Ethan suspiró.

—No piensas rendirte, ¿verdad? De acuerdo. —Terminó de secarse las manos y tomó el ejemplar de *Para siempre y otras mentiras* con todos los papelitos amarillos que sobresalían—. Leeré el libro de Belle e intentaré responder tus dudas. ¿Hay algo de lo que no hayamos hablado todavía?

Ashlyn hizo memoria de su lista de preguntas. Ya habían comentado bastantes, pero todavía sentía curiosidad por algunos temas y no sabía si volvería a mostrarse tan complaciente con ella.

—Me gustaría saber más cosas sobre los hijos de Marian. Dónde están o qué hacen.

Ethan se sentó en el taburete y cogió la copa de vino.

—En eso no te puedo ayudar. Solo los vi una vez, cuando era pequeño. Marian tenía que ir a una conferencia en Boston y los niños pasaron el fin de semana en mi casa. No recuerdo cómo salió el tema, pero el chico —no recuerdo cómo se llamaba— empezó a hablar de su bar mitzvá y de todos los regalos que le habían hecho. Le dije a mi madre que yo también quería un bar mitzvá, pero ella me dijo que los católicos no lo celebran. Me indigné bastante.

Ashlyn lo escuchó, sorprendida.

—No tenía ni idea de que Marian es judía.

—No lo era, pero sus hijos sí, así que se convirtió. Sé que hablaron mucho de ello en los periódicos. —De repente, se quedó callado—. Ahora que lo pienso… —Se apartó de la encimera con brusquedad y se puso de pie—. Ven conmigo.

—¿A dónde vamos?

—Al estudio de mi padre.

Ashlyn lo siguió por la escalera enmoquetada hasta el segundo piso y luego por una galería abierta adornada con acuarelas en tonos suaves. La última puerta a la izquierda estaba abierta. Vaciló cuando Ethan entró, y decidió quedarse en el pasillo. Era una habitación muy masculina, con moqueta oscura, muebles sobrios y las estanterías repletas de libros. En medio de la habitación, de cara a la gran ventana mirador, había un escritorio con grabados decorativos, lleno de blocs de notas rayados y papeles arrugados. A un lado había una antigua IBM Selectric con un folio en blanco que languidecía por encima del teclado.

—¿Aquí es donde escribes?

—Donde intento escribir, sí. Mi padre siempre escribió aquí.

—¿Tu padre también era escritor? —«Como Hemi y su padre»—. Qué bien.

Ethan rebuscó en un armario del que sacó una serie de cajas para archivos blancas.

—En realidad, era profesor de universidad, pero tenía un don con las palabras. Se le daba muy bien arrojar luz sobre los asuntos en los que la gente no quería pensar. Como el hecho de que nuestro gobierno hubiera vendido su alma a cambio de dinero. O que la compasión se estuviera extinguiendo. O en los prejuicios prevalentes en los Estados Unidos modernos y la falta que hace protegerse de ellos.

—Creo que se habría hecho amigo de Goldie Spencer en un abrir y cerrar de ojos.

Ethan levantó la mirada de las cajas y asintió.

—Probablemente.

Ashlyn se atrevió a avanzar hacia el interior de la habitación.

—¿Qué buscas?

—Puede que no sea nada, pero a mi padre le gustaba guardarlo todo, por desgracia para mi madre. He tirado muchas de sus cosas, pero todavía no he tenido la ocasión de mirar en su armario. De hecho, le tengo mucho miedo, pero puede que eso nos venga bien.

—¿Por qué?

—Antes, cuando te he comentado lo del hijo de Marian, he recordado a mis padres, de pie en la cocina, hablando sobre un artículo que el niño les había enviado y de lo mal que le había sentado a Corinne enterarse por la prensa de que su hermana había adoptado a dos niños judíos.

A Ashlyn se le aceleró el pulso.

—¿Y crees que tienes el artículo original?

—No creo. —Le quitó la tapa a una de las cajas, la volvió a cerrar y la apartó—. Imagino que mi madre lo tiró durante la remodelación, porque se deshizo de muchísimas cosas, pero vale la pena intentarlo. Es evidente que dejó que mi padre se quedara con muchos de sus trastos.

Ashlyn observó el montón de cajas, dubitativa.

—¿Sabes qué es lo que buscas?

—Un libro de recortes. Solo lo vi en un par de ocasiones. Mis padres no eran muy nostálgicos en lo que a la familia de mi padre se refiere, pero recuerdo que lo usaban de vez en cuando. Era de cuero verde. O puede que azul. Tenía esas cosas de metal en las esquinas. Sería un milagro que estuviera aquí.

—¿Te ayudo?

—Saca una de las cajas y empieza a buscar. Aunque podríamos pasarnos aquí toda la noche.

A Ashlyn no le importaba. No tenía planes. Tomó una caja del montón, se arrodilló en el suelo y la abrió. En el interior, encontró una pila de libretas rayadas con las esquinas dobladas y varios libros de contabilidad rojos y negros, pero ni rastro del libro de recortes. Corrió la misma suerte con la siguiente caja. De pronto, cuando iba a por la tercera, Ethan gritó:

—¡Ajá!

—¿Lo has encontrado?

—Sí, señora. —Le mostró el libro de recortes, de un color verde oscuro con protectores de esquinas, justo como lo había descrito—. Si el artículo está en algún sitio, tiene que ser aquí.

Ashlyn contuvo el aliento cuando Ethan se colocó el libro sobre las rodillas y empezó a pasar las páginas. Cuando casi había llegado al final, se detuvo de golpe.

—Aquí está —dijo con un tono triunfante mientras señalaba un pequeño recorte de periódico al borde de la página. El artículo estaba arrugado por el centro, se había vuelto amarillo con el tiempo y la cinta adhesiva con la que estaba enganchado era ahora de color marrón.

Ethan leyó en voz alta:

—«Siete de febrero de 1950. La heredera de la familia Manning regresa a Estados Unidos con dos huérfanos de la guerra». —Señaló la fotografía y le entregó el libro de recortes a Ashlyn—. Es ella.

A Ashlyn se le aceleró el corazón cuando, por fin, se encontró cara a cara con Marian Manning. Era un retrato en blanco y negro, como los que hacen los fotógrafos profesionales. Salía en perfil de tres cuartos y se la veía hasta los hombros. Ashlyn había visto fotografías del estilo de la misma época. Eran retratos modestos, naturales. Con una postura casual. Aunque Marian Manning no era así. Miraba al objetivo de la cámara como si fueran unos ojos y les ofrecía una mirada desafiante, atrevida, fascinante.

No le sorprendía que Hemi se hubiera enamorado perdidamente de ella al conocerla en el St. Regis.

Ashlyn acarició la foto con los dedos y sintió una conexión instantánea. Era como si se hubieran conocido en otra vida (y, de algún modo, así era).

—Es como si la conociera.

Miró la foto una vez más. Belle... Marian... Por fin tenía un rostro. Y era sorprendentemente bonito. Además, ahora la historia tenía otro matiz, el de una madre y prosélita. Había tomado esas decisiones tras perder a Hemi, a lo mejor para llenar el vacío que le había dejado su pérdida. Se fijó en el artículo y leyó en voz alta:

7 de febrero de 1950, Nueva York. Esta semana, la señorita Manning ha sorprendido a la ciudad de Nueva York con el repentino regreso a su país, acompañada por los dos huérfanos de guerra a los que acaba de adoptar: dos hermanos, una niña y un niño, de unos siete y cinco años, cuyos nombres todavía se desconocen. Según una fuente que prefiere permanecer en el anonimato, la noticia también ha sorprendido a la familia, que desconocía por completo sus intenciones. La señorita Manning dejó los Estados Unidos después de la guerra y ha pasado los últimos tres años en Francia, donde se involucró activamente con los desplazados por toda Europa, muchos de los cuales han perdido a sus familias en los campos de exterminio nazis. Cuando le preguntaron sobre su decisión de adoptar a pesar de ser soltera, respondió que esperaba poner de manifiesto la cantidad de niños que esperan ser adoptados por todo el mundo, y que deseaba ser un ejemplo para las demás familias estadounidenses. Pide privacidad para que los niños se establezcan en el país y promete seguir trabajando para ayudar a los huérfanos de guerra de todo el mundo.

—Predicó con el ejemplo —comentó Ashlyn cuando terminó de leer—. Qué acto más bonito y generoso.

—Sin duda, aunque creo que eso fue lo que acabó con la paciencia de Martin. Imagino que la sorpresa no le haría ninguna gracia, aunque sospecho que Marian la disfrutó muchísimo. También supongo ese fue el motivo por el que la excluyeron de la herencia y le prohibieron la entrada en la casa. Pero ella tenía que saber que con ese gesto estaba quemando sus naves.

—Eso hace que sea todavía mejor. Los desafió aun sabiendo cuáles serían las consecuencias. Fue muy valiente.

—Creo que por eso hizo buenas migas con mi padre. Eran los únicos transgresores. —Ethan recuperó el libro y volvió a la primera página—. Vamos a ver qué más hay por aquí.

Había varias fotos sueltas entre las páginas porque la cinta adhesiva con la que las habían pegado ya no enganchaba. Ethan las inspeccionó una a una y las puso bocabajo cuando había terminado con ellas.

—No conozco a la gente de las imágenes —dijo al fin—. Supongo que son tías, tíos y primos. Mi padre tenía tres hermanos.

—¿Y alguno sigue vivo?

Ethan se encogió de hombros.

—Puede ser. Sé que Robert murió en Vietnam, le dispararon durante la ofensiva del Tet. Una de sus hermanas falleció hace un par de años. Lo sé porque un viejo amigo de la universidad le mandó una carta y le contó que había visto la noticia en el periódico. No sé nada más. Nunca formaron parte de nuestras vidas.

Colocó las fotos entre las páginas y prosiguió. Pasó un par de instantáneas y recortes de periódico que no significaban nada para él y, de repente, se detuvo y señaló una fotografía de una mujer seria, con un flequillo denso. A su lado había un hombre alto, con el rostro anguloso y pequeño, y los ojos oscuros. Él tampoco sonreía.

—Creo que estos son Corinne y su marido. Tampoco sé cómo se llamaba él. Falleció cuando mi padre era pequeño. Creo que sufrió un problema en los pulmones.

—George —añadió Ashlyn—. Se llamaba George.

Ethan la miró de reojo.

—Se me hace raro que sepas cosas que yo desconozco.

—Solo sé cómo se llamaba. Tampoco lo mencionan mucho en ninguno de los libros. ¿Qué me dices de Martin? ¿Cuándo falleció?

—Poco después de mi nacimiento. No sé de qué, solo sé que, tras su muerte, Corinne ascendió al trono.

Ashlyn observó la foto de Corinne o Cee-Cee, como ella la había conocido. No era tan guapa como su hermana, de hecho, apenas se parecían, pero no se podía decir que fuera una mujer fea. Tenía el rostro cuadrado, los ojos separados y los labios carnosos, aunque, de algún modo, mezquinos. Era un rostro marcado por la infelicidad.

—No se parece mucho a Marian —comentó Ashlyn.

—Es exactamente como la imaginaba —comentó Ethan, con el ceño fruncido, mientras pasaba a la última página—. Mira. Estos son los niños, los hijos de Marian. No tenía ni idea de que mis padres tenían esto. Supongo que se lo mandó ella. —Introdujo el pulgar por debajo de la foto y la levantó con cuidado antes de darle la vuelta—. «Zachary e Ilese en la playa. 11 de julio de 1952».

—¿Esos son sus hijos?

—Sí. Aquí eran más pequeños que cuando los conocí, pero son ellos, sin duda. Recuerdo que él era un bromista. Siempre se estaba riendo y nunca paraba quieto. Ella era todo lo contrario. Siempre tenía la nariz enterrada en algún libro. Creo que no dijo ni una palabra en todo el fin de semana.

Ashlyn sintió una oleada de empatía por la niña de la foto. Entendía la necesidad de esconderse tras los libros, de crear una barrera física que te separara del mundo. Llevaba años haciéndolo, buscando su refugio en las historias de los demás.

Observó a los niños con más detenimiento. La niña, Ilese, era pálida y de huesos pequeños, y parecía tener ocho o nueve años. Zachary era claramente mayor, alto y enseñaba los dientes. Ya se podía ver en él al rompecorazones en el que seguramente se habría convertido.

—Son muy diferentes, ¿no crees? Ella es pálida, parece frágil, mientras que el chico resulta encantador. Qué pena que perdierais el contacto.

—Creo que nunca llegamos a estar en contacto. Ambos eran mayores que yo. No recuerdo casi nada de ellos.

—¿Sabes dónde se mudó Marian cuando volvió a los Estados Unidos? ¿Regresó a Nueva York?

—No tengo ni idea, pero lo dudo. Imagino que querría estar lejos de Martin.

—¿No tuviste noticias de ella cuando tu padre falleció?

—No. Que yo sepa, ella también está muerta. Y si no fuera el caso, creo que es bastante probable que no sepa del fallecimiento de mi padre. —Se quedó callado, cerró el libro de recortes y lo dejó a un lado—. ¿Por qué lo preguntas?

—Por curiosidad.

Entrecerró los ojos ligeramente.

—Quieres buscarla, ¿verdad?

Ashlyn no ocultó la emoción que sentía.

—¿Crees que podría encontrarla?

Ethan la miró, evidentemente preocupado.

—Esa no es la cuestión, ¿no crees? Lo que realmente deberías preguntarte es si quiere que la encuentren. ¿A ti te gustaría que un par de desconocidos aparecieran de la nada para remover en tu pasado?

—Pero tú no eres un desconocido. Eres su sobrino.

—En realidad, soy el hijo de su sobrino, y nunca la he visto. Eso me convierte en un desconocido.

—De acuerdo, puede que tengas razón. Pero si está viva, no habrá olvidado a Hemi. Querrá que le devuelvan los libros.

—¿Cómo lo sabes?

Ashlyn apartó la mirada y, por un momento, estuvo tentada de contarle lo de los ecos, pero luego comprendió lo raro que sonaría. De lo rara que parecería ella. La palabra psicometría tenía la misma raíz que psicópata. No podía permitirse asustarlo, no ahora que había llegado tan lejos.

—Una mujer nunca olvida al hombre que le destrozó la vida, Ethan. Jamás.

—Otro motivo para no inmiscuirse. Ya expresó su opinión cuando escribió el libro. Deberíamos dejarlo estar.

Ashlyn observó a Ethan, que empezó a recoger las hojas y las libretas antes de guardarlas en la caja. Odiaba admitir que Ethan tenía razón. Leer los libros era una cosa, porque se los había encontrado por casualidad, pero localizar a Marian Manning como si fuera un sabueso era algo totalmente diferente. ¿Tenía derecho a fisgonear en el mal de amores de otra persona? ¿Le gustaría que se lo hicieran a ella?

Se puso de pie de mala gana, consciente de que la tarde estaba llegando a su fin.

—Supongo que tienes razón. Gracias por enseñarme las fotos. Al menos, así podré ponerles rostro a los nombres. ¿Quieres que te ayude a guardar todo esto en el armario?

Ethan echó un vistazo al cuarto y negó con la cabeza.

—No hace falta. Ya que lo he sacado todo, aprovecharé para poner orden, pero no esta noche. Estoy hecho polvo y tengo clase mañana por la mañana.

—¿Estás seguro?

—Sí. Ya va siendo hora de hacer limpieza. Te acompaño a la puerta.

En la planta baja, Ashlyn se puso la chaqueta y le dio las gracias por la cena mientras caminaban hacia la puerta.

—No pretendía molestarte, ni causar un escándalo entre los vecinos. Supongo que la señora Warren se habrá ido ya.

Ethan abrió la puerta y examinó la calle.

—No me sorprendería que estuviera escondida entre los arbustos para ver si tu coche sigue aquí. Yo de ti me andaría con cuidado cuando des marcha atrás. Te llevaré el libro de Belle a la tienda cuando lo haya leído.

—Si quieres puedo venir a recogerlo, para que no tengas que ir hasta Portsmouth. —Estaban de pie en la entrada, con el olor del mar presente en el aire húmedo de la noche. El momento fue un poco incómodo, como el final de una primera cita, aunque eso no había sido para nada una cita. Buscó las llaves en el bolsillo—. Te prometo que no seré pesada y no me pasaré aquí toda la tarde.

—En realidad, me ha gustado la distracción. Ha sido agradable comer con alguien para variar. El día que nos conocimos me porté como un capullo, y me ha gustado poder redimirme.

Ashlyn asintió con la cabeza y se rio.

—No te culpo. No me conocías de nada y todo parecía bastante improbable. Bueno, será mejor que me marche, quiero leer un rato.

—Deja que lo adivine, ¿el libro de Hemi?

—Lo dejé en una parte en la que parecía que estaban atravesando un bache. Espero que consigan arreglarlo.

—Aunque sabemos que no es así.

—Ya —reconoció la chica en tono triste—. Es cierto. Pues nada, buena suerte con el libro. —Estaba a medio camino cuando se dio media vuelta y le preguntó—: ¿De verdad es ilegal abrir un buzón ajeno?

—No tengo ni idea, pero sonaba convincente.

—¿Habrías llamado a la policía para que me arrestaran?

El sonido de la risa de Ethan bajó por el camino.

—No, pero no sé qué habría hecho la señora Warren.

Cuando Ashlyn se alejó de la casa y bajó por Harbor Road, ya tenía la mente puesta en Belle, Hemi y en la discusión que habían tenido porque ella no parecía capaz de plantarle cara a su padre. ¿Habría sido ese el principio del fin? ¿La primera pelea de su romance condenado al fracaso? ¿O habían hecho las paces para acabar separándose de todos modos? La única manera de descubrirlo era seguir leyendo, pero esta vez tendría un rostro que acompañaría a las palabras.

Mi lamento: Belle

(Páginas 66-72)

21 de noviembre de 1941
Nueva York, Nueva York

Justo cuando he terminado de preparar el café, oigo tu llave en la cerradura. Tomo otra taza, la dejo en la mesa, al lado del periódico de esta mañana, y espero.

Debo admitir que me sorprendió que me llamaras para decirme que ibas a venir. No pensaba que tuvieras las agallas de mirarme a los ojos. Pero a lo mejor esa había sido tu intención desde el principio, que me enterara sin tener que decírmelo. Quizá tenías miedo de que fuera a montar un numerito, que te implorara y perjurara que nunca renunciaría a ti. No tendrías que haberte preocupado. No iré detrás de ti. Si estás decidida a venderte a un hombre que no te merece, como parece ser el caso, adelante.

Cuando por fin entras a la cocina, tienes un aspecto prácticamente perfecto, estás hecha un figurín con ese traje elegante de *tweed* y tu sombrero nuevo. Ha nevado de forma interrumpida toda la mañana, y todavía tienes algunos copos de nieve en la solapa, que dejan una manchita oscura de humedad cuando se derriten. Como de costumbre, estás impecable.

Por un instante, me arrepiento de no haberme puesto una camisa y los zapatos. Imagino el aspecto que debo tener, ahí, de pie, con los pantalones y la camiseta interior y el pelo todavía húmedo de la ducha. Pero luego pienso: «No». Me sirve que me recuerdes así. De este modo, estarás convencida de que has tomado la decisión correcta.

Te detienes en la puerta y te quedas quieta, como si te sorprendiera que no te salude. He ensayado qué decirte durante más de una hora, pero, por algún motivo, no consigo soltarte lo que había preparado. He temido que este momento llegara desde que te besé por primera vez, y ahora que ya está aquí, no estoy listo.

—Di algo —consigo decir finalmente.

Frunces el ceño.

—¿Cómo dices?

—Supongo que has venido a decirme algo. Dímelo.

—Yo no… ¿Qué?

—De hecho, me lo podrías haber dicho por teléfono y te habrías ahorrado el dinero del parquímetro.

Me observas de arriba abajo, como si fuera un desconocido.

—Hemi, ¿qué te pasa?

Me acerco a la mesa y tomo el periódico de esta mañana. Tu foto (y la de Teddy) me miran desde la página, junto al titular: «La boda de la temporada será en junio». He memorizado todos los detalles. La iglesia de St. Paul y St. Andrew… el Waldorf Astoria… el vestido diseñado por el sastre angloamericano Charles James.

—Enhorabuena —digo, mientras te entrego el periódico—. Te casarás en verano. Y la ceremonia será en el Waldorf, qué afortunados.

Miras el periódico fijamente y luego a mí.

—Yo no he… Hemi, yo no tengo nada que ver con todo esto.

Tienes las mejillas sonrojadas en tonos rosados, aunque imagino que es por la vergüenza de que te haya pillado y no porque estés furiosa.

—¿O sea que el *New York Times* ha publicado un artículo sobre tu próxima boda sin tu permiso?

—¡Pues sí!

—¿Y se han inventado la fecha y el lugar?

Mueves la boca en silencio, en un intento por encontrar una respuesta, y te sonrojas cada vez más.

—Yo no he sido, Hemi. Te lo juro. —Vuelves a fijarte en el titular—. Esto lleva el nombre de Cee-Cee escrito por todas partes. Me ha atosigado durante semanas. Es evidente que ha pensado que si publicaban una fecha, no me echaría atrás. Se va a enterar.

Te miro, con los brazos cruzados, sin creerme tu enfado.

—¿Por qué debería importarle a tu hermana la fecha de tu boda?

—Sigues sin entenderlo. Nada de esto tiene que ver conmigo. Mi padre está intentado cerrar un trato con el padre de Teddy, pero creo que se está impacientando. Al parecer, en un par de ocasiones, han comentado que me estoy tomando mi tiempo.

—¿Y Teddy? ¿Él también se está impacientando?

—¿Teddy?

Pareces confundida por la pregunta, como si no supieras cómo encaja en todo esto.

—Tu prometido —te recuerdo con frialdad.

Cierras los ojos y suspiras, agotada.

—Apenas nos hemos visto desde que regresó con su padre. Es tanto su decisión como la mía. No me ha dicho nada, pero creo que tiene tanta prisa por contraer matrimonio como yo. Son nuestros padres los que se empeñan en casarnos.

—Y parece que se van a salir con la suya.

Miras una vez más el artículo y lanzas el periódico a la mesa.

—Ni hablar.

—Eso dices siempre.

—Hemi…

—¿Tienes idea de lo que he sentido al abrir el periódico esta mañana y leer el titular? ¿Al darme cuenta de que me has estado dando falsas esperanzas?

—Hemi, te prometo…

—No haces más que prometer cosas, Belle.

—Son promesas de verdad.

—Pues llama al periódico. Ahora mismo.

—¿Qué?

—Llama al *Times* y diles que se han equivocado. Haz que se retracten e impriman lo que tú les digas.

Me miras como si te hubiera pedido que caminaras por la Quinta Avenida totalmente desnuda.

—No puedo hacerlo. Todavía no. Necesito más tiempo.

—¿Tiempo para qué? —Las palabras se me escapan sin siquiera pensarlas y retumban por las paredes de la cocina—. ¿Cuánto tiempo necesitas? ¿Hasta que estés caminando hacia el altar?

—No es justo.

—¿Para quién no es justo? ¿Para Teddy? ¿Para tu padre? ¿Y yo qué, Belle? ¿Cuánto tiempo se supone que debo esperar? Estoy cansado de hacerme el tonto. He intentado apartarme, darte una salida, pero siempre vuelves a enrollar el sedal. ¿Cuántas veces tengo que dejarme engañar?

Se te llenan los ojos de lágrimas y apartas la mirada. Con una voz irregular, me preguntas:

—¿Qué quieres de mí?

Y entonces lo veo, soy consciente del precio que has tenido que pagar. Te has convertido en el premio de un tira y afloja emocional, y yo he estado demasiado preocupado por mi propio ego para darme cuenta de que estás empezando a consumirte.

Te agarro y te estrecho entre los brazos.

—Quiero que te cases conmigo. Quiero que lo dejes todo, que los dos lo dejemos todo atrás, y que vivamos en una tienda de campaña si hace falta y sobrevivamos a base de hamburguesas y huevos revueltos. Pero, por encima de todo, quiero que dejes de tener miedo.

Lloras en silencio y siento tu peso contra mi cuerpo.

—No es tan sencillo.

—Sí que lo es —te digo en voz baja—. Nos marcharemos. Mañana. Ahora. Solo tienes que decirme que sí.

Cuando levantas los ojos, veo el atisbo de una sonrisa, de esperanza.

—¿Y qué hay del artículo ese tan importante en el que estás trabajando?

—Al cuerno con el artículo. Goldie encontrará a otro que lo escriba. Para cuando se publique, nosotros ya estaremos muy lejos de aquí.

—¿Dónde?

—Quién sabe. No importa. Solo dime que sí.

—Sí —me respondes, y tu sonrisa hace que sienta que el pecho me va a estallar—. Sí, nos fugaremos y viviremos en una tienda de campaña.

ॐ

Una semana después, hemos empezado a orquestarlo todo. Hemos hecho que la fecha de nuestra fuga coincida con un viaje que tu padre ha organizado a Boston, así que tendremos un par de semanas para prepararlo. Yo ya he comprado los billetes para el vagón dormitorio del BRoadway Limited. Nos apearemos en Chicago, buscaremos a un juez de paz y pasaremos unos cuantos días en la ciudad, de luna de miel, antes de seguir hasta California.

Hablamos de viajar a Inglaterra cuando la guerra termine, al sitio en el que me crie, pero por el momento no es seguro. Ya tendremos tiempo para viajar más adelante, tendremos tiempo para todo. Por el momento, nos conformaremos con San Francisco, que es el punto más lejano al que te puedo llevar, por ahora, para separarte de tu padre.

Este secreto que escondemos es delicioso. Estamos resueltos a no revelar nada de nuestro plan, fingimos que nada ha cambiado, aunque creo que el corazón se me va a salir del pecho. Me siento como un colegial, incapaz de concentrar la atención en cualquier cosa durante más de diez minutos seguidos, sabiendo que pronto nos iremos, solos tú y yo, y empezaremos una nueva vida juntos.

No le he contado nada a Goldie. Se pondrá furiosa cuando me marche sin decirle nada, sin darle las gracias. Ha sido muy generosa conmigo al ofrecerme esta oportunidad para demostrar quién soy. Pero últimamente me ha empezado a preocupar que esté perdiendo la objetividad, y no sé si estoy preparado para lo que vendrá después. El artículo en el que he estado trabajando ha dado un giro inesperado estos últimos días, un giro alarmante. Aunque nuestras fuentes aseguran que es verídico. De todos modos, podría terminar siendo una treta elaborada, un rival de tu padre que quiere saldar algún asunto del pasado, puesto que, a lo largo de los años, tu padre se ha hecho con una gran cantidad de enemigos.

Todavía tengo unas cuantas semanas para decidir cómo contártelo, si es que decido confesártelo. Por ahora ya tienes demasiadas cosas en la cabeza y puede que al final no sea nada. Casi deseo que así sea.

Me cuesta distinguir dónde termina mi lealtad profesional y dónde empieza la personal. De esto, precisamente, es de lo que me advirtió Goldie la noche que discutimos, y también al día siguiente, cuando me fui de su piso. Me dijo que teníamos que ir con mucho cuidado para evitar que los asuntos personales se interpusieran en el camino de la verdad. Siempre tenemos que pensar en el bien mayor, me repetía. ¿Pero el bien mayor de quién?

Ahora mismo soy un hombre con un único propósito. Subirte a ese tren y librarte de las garras de tu padre. Sé lo difícil que es mantener todo esto en secreto. Yo soy embustero de profesión. Uso artificios, pretextos e incluso miento descaradamente cuando es necesario. Es parte de mi trabajo. Pero tú eres distinta. Durante toda tu vida te han repetido una y otra vez que debes lealtad a tu padre y a tu familia y, sin embargo, aquí estás, planeando la peor de las traiciones. Sin notas de despedida. Sin llamadas de teléfono ni ningún tipo de explicación. Desaparecerás sin más. Conmigo.

No soy tan ingenuo para pensar que tu determinación nunca flaquea. Soy más que consciente de lo poco que te puedo ofrecer y, de vez en cuando, debes preguntarte si tus acciones son sensatas, si es sabio renunciar a tanto. Pero me aseguras que lo harás. Así que yo sigo contando los días hasta que nos larguemos de esta ciudad de calles crudas y desprovistas de encanto, hasta que estemos solos tú y yo.

No te veo tan a menudo como me gustaría. Estás ocupada con los planes de tu boda de mentira. A veces pasan días sin que me llames, y luego apareces con una bolsa de objetos para el viaje. Has ido comprando todo lo que te hará falta con cuidado de no llamar la atención. Productos de perfumería, cosméticos, zapatos y ropa sencilla. Las cosas que necesitarás para la vida que tendremos en California. Esa que no incluirá asistir a la ópera, a fiestas nocturnas ni a nada que requiera un vestido de gala.

Me pregunto si extrañarás todo eso.

La cuestión me asalta tarde por la noche, cuando estoy tumbado en la cama, solo y en la oscuridad, mientras me pregunto dónde estás y con quién. Me pongo de pie y enciendo las luces para espantar las dudas. Me siento delante de la máquina de escribir y recuerdo que me has prometido que viviríamos en una tienda de campaña si fuera necesario.

⚘

Qué ingenuo fui al meter todas mis esperanzas en esa maleta. Recuerdas cómo era, ¿no? Grande, de cuero, comprada especialmente para el viaje. Hice que grabaran tus nuevas iniciales en dorado en la parte de arriba. Te echaste a llorar cuando la viste y trazaste las letras con los dedos. Hablamos de todos los lugares a los que iríamos y las aventuras que viviríamos cuando terminara la guerra. París, Roma y Barcelona. ¿Te acuerdas, Belle, de nuestros planes y promesas?

¿Te acuerdas de nosotros?

Mi lamento: Belle

(Páginas 73-86)

5 de diciembre de 1941
Nueva York, Nueva York

Bueno, por fin hemos llegado aquí, al final de nuestra historia, o casi al final. Supongo que siempre supimos que lo que habíamos construido durante esas breves semanas tan maravillosas se desenmarañaría, que llegaría el día en que te verías obligada a elegir entre la lealtad a tu familia y una vida conmigo. Aunque nunca imaginé que, tras tomar la decisión, te sería tan sencillo marcharte. Pero el tiempo juega con nuestra memoria, le da la vuelta a las cosas y las convierte en recuerdos convenientes y distorsionados. Así que te pondré en contexto, por si has olvidado los detalles.

Falta un día para que nos fuguemos y he tomado un taxi hasta el edificio del *Review* para hacer aquello que tanto temo. He discutido con mi conciencia durante un largo tiempo, pero tomé la decisión anoche. Estuve tentado de hacerlo por teléfono, pero siempre es mejor dar las malas noticias en persona, y lo que tengo que decir hoy es, sin duda, una mala noticia.

Goldie está sentada al otro lado del escritorio, donde examina la página de un ejemplar con un lápiz entre los dientes. Levanta la mirada y me ofrece una de sus amplias sonrisas.

—Vaya, si es mi reportero estrella. Dime que has venido para contarme que has terminado. Me muero de ganas de ver a ese desgraciado abandonado a su propia suerte. —Su sonrisa desaparece de repente y frunce el ceño al ver mi expresión seria—. Madre mía. No me digas que ha surgido algún problema con el artículo.

—El problema es conmigo, Goldie.

Parece confundida, pero también un poco aliviada.

—¿Por qué? ¿Qué ocurre?

—Dejo el periódico. Es más, me voy de Nueva York.

Me mira fijamente, perpleja.

—¿Cómo dices?

—No quiero hacer esto. De hecho, creo que nunca he querido hacerlo. Ojalá me hubiera dado cuenta antes, pero no lo he visto hasta ahora.

Se pone de pie con el rostro atormentado.

—No lo dices en serio.

—Me temo que sí. Me marcho mañana. A Chicago y luego a California.

Hay una pausa, un instante de silencio confuso mientras me mira.

—Si esto es una táctica de extorsión para que te suba el sueldo…

—No, Goldie, no te estoy extorsionando. Pero no quiero seguir.

—Vas a dar la noticia de la década. No puedes retirarte sin más. ¿Qué pasa con el artículo? ¿Está acabado?

—No. Y no pienso acabarlo.

—Dijiste que tus fuentes eran de fiar, que estaba todo comprobado. ¿Qué ha ocurrido?

—No ha ocurrido nada. Es solo que he decidido que no puedo seguir con esto. Incluso aunque pudiera demostrar con toda seguridad lo que me han contado, que probablemente no sería así, no me parecería bien publicarlo. Desenterrar la enfermedad de una pobre mujer y hacer que la familia vuelva a pasar un mal trago por algo que no sabemos con certeza si ocurrió hace más de una década. No es una noticia. Es una conjetura macabra para someter a un hombre y, por mucho que odie al hombre en cuestión, he decidido que no quiero formar parte de eso.

—Esto es por ella, ¿verdad? Por tu querida Belle. Te ha hecho ojitos y te has acobardado. Sabía que la chica te gustaba, pero nunca imaginé que eras de los que se guían por la bragueta. ¿Cómo puedes ser tan inocente cuando sabes lo que está en juego? Su padre es un hombre peligroso, una amenaza para lo que representa este país, y le tiene echado el ojo al asiento del congreso. Tu artículo podría frenar sus intenciones.

—No te lo niego, y comparto el odio que sientes, pero vas a tener que encontrar otro modo de construir un caso contra él, porque no puedo firmar el artículo que esperas publicar. Cuando me ofreciste trabajar para ti, te dije que no me interesaban los artículos sensacionalistas, y eso es precisamente en lo que se está convirtiendo esta historia. Por eso he decidido descartarla.

Me mira con desprecio, con las manos apoyadas sobre el papel secante.

—Pero bien que te interesaba cuando la conociste, ¿no? Te hiciste amigo de todos y los adulaste. ¿Dónde estaban tus escrúpulos entonces?

Sus palabras dan en el blanco y, por un momento, me quedo callado. Tiene algo de razón. Es cierto que te adulé. Me convencí de que lo hacía por defender la verdad, de que cumplía con mi obligación moral como periodista, pero todo se desmoronó cuando te besé.

—No me enorgullezco de nada —susurro—, pero cuando todo esto empezó, pensaba que querías un artículo legítimo que desenmascarara a un hombre de dudosa reputación con aspiraciones políticas. Sin embargo, se ha convertido en un artículo difamatorio, plagado de insinuaciones y detalles escabrosos que nunca se podrán demostrar.

Pone los ojos en blanco y se ríe por la nariz.

—¿Qué mosca te ha picado? No me digas que ahora te remuerde la conciencia. Espero por tu bien que no sea así, en nuestro oficio eso es algo letal. —De repente, entrecierra los ojos y me estudia con una mirada felina y brillante—. Ya sé lo que te ha picado ¿No habrá sido una criatura con piernas largas y un fideicomiso?

Ignoro el comentario, no quiero morder el anzuelo.

—Eso es asunto mío.

—Y el *Review* es mío. Esto no es un juzgado, es un periódico. Mi trabajo, y el tuyo, es el de publicar las noticias que encontramos. Lo que hagan los lectores y la policía al respecto no es asunto nuestro.

—Este ya no es mi trabajo. Eso es lo que he venido a decirte. Dimito.

Su expresión se vuelve seria.

—Bien, supongo que ya he descubierto para quién te estabas reservando. Aunque lo tuve claro desde el principio.

—Goldie…

—Lárgate. —De repente, tiene una expresión irritable, como la de una niña a la que le han prohibido jugar con un juguete que nunca ha sido suyo—. Recoge tus cosas del escritorio y vete. No me costará remplazarte. Y cuando encuentre a tu sustituto, cosa que me llevará unos cinco minutos, me encargaré de que sea alguien que entiende el oficio. Tú lárgate a California y escribe tu maldita novela. Más te vale que sea buena, porque te aseguro que no volverás a trabajar en un periódico.

De camino a mi escritorio, oigo mi nombre por encima del estruendo. Me doy la vuelta y la veo en la entrada de su despacho.

—Deja todos los apuntes sobre la historia. Todo lo que tengas. Los contactos y las fuentes. Hasta el último detalle.

—La historia es mía.

—Pero el periódico es mío. He pagado tus notas. He pagado la tinta con la que las has escrito y el papel, y sí, hasta he pagado por las palabras que has escrito. Lo he pagado todo.

La miro fijamente, indignado por el hecho de que siga considerando publicar el artículo después de todo lo que le acabo de decir. Antes la respetaba y respaldaba lo que creía que defendía, pero está tan obsesionada con la idea de acabar con un hombre que le da igual dañar a alguien más en el proceso. También soy consciente de que, si consigue sacar adelante la historia, tendrá mis huellas por todas partes. De pronto, me alegro de no haber comentado con nadie los detalles más crudos. No podré evitar que lo desentierre todo cuando me vaya, pero no se lo pondré fácil.

—Lo siento. Lo he hecho todo pedazos y lo he tirado a la basura.

Me giro y sigo caminando hacia el laberinto de mesas que es la oficina. Noto su mirada entre los hombros mientras me abro paso como puedo hacia mi escritorio, meto algunos objetos en una bolsa de papel y lanzo los otros a la basura con una fuerza innecesaria. Se los repartirán entre los compañeros en cuanto salga por la puerta. He durado más en el puesto que el empleado anterior, pero menos que quien lo precedió. Sé lo que pensaban de mí cuando empecé a trabajar aquí y sé lo que deben de estar pensando ahora, pero no me importa lo más mínimo.

Mañana empiezo de nuevo. Empiezo de cero. Contigo.

༄

No esperaba encontrarte en el piso cuando regreso, pero estás en el sofá y tienes un fajo de papeles en la mano. No dices nada. Estás sentada con una expresión seria en el rostro pálido. Tardo un momento en darme cuenta de lo que ha ocurrido. Has encontrado mis apuntes, los que le he dicho a Goldie que había tirado.

—¿Has escrito tú esta… —Te tiembla la mano cuando me enseñas las páginas arrugadas— esta porquería?

No hay nada que pueda decir, ninguna explicación para los papeles que tienes en las manos que no me haga quedar como un mentiroso.

—No tendrías que haberlo visto. Así no.

—De eso estoy segura.

Tienes los ojos tan cargados de veneno que me cuesta aguantarte la mirada. Pero si no lo hago, estaré reconociendo mi culpabilidad. Así que me quedo quieto y dejo que tus frágiles ojos de color ámbar me inmovilicen.

—Te lo iba a contar esta noche —digo, llanamente—. Iba a contártelo todo.

Te levantas del sofá y me arrojas los papeles, que vuelan en el aire como una nube de alas enfadadas antes de caer a mis pies.

—¿Te piensas que estoy enfadada por esto? ¿Por cómo lo he descubierto? Todo lo que te conté… Todas las veces que

224

hablamos de ella… ¡Estabas tomando nota de todo, me estabas sonsacando los detalles para tergiversarlos y convertirlos en algo sucio! ¿Cómo has podido escribir estas mentiras? ¿Por qué lo has hecho?

—No he tergiversado nada, Belle. He descubierto cosas… cosas que tú no sabías. No quería que te enteraras así, pero te prometo que no hay una sola mentira.

—¡No te creo!

¿Cómo podría culparte? Las palabras suenan torpes cuando las digo, son la excusa de un hombre al que han pillado mintiendo. De camino a casa, he ensayado cómo contártelo, las palabras que usaría y cómo sacaría el tema, pero ahora no recuerdo nada. No estoy preparado para la intensidad de tu ira.

—Deja que te lo explique —añado en tono débil—. Vamos a sentarnos…

—Aquí pone que mi madre era judía. Y que mi padre… que él…

—Sí que lo era —digo en voz baja—. Y él lo hizo. —Te has quedado callada, tienes los ojos muy abiertos y desenfocados, e intentas procesar lo que he dicho—. Sé que no es fácil oírlo, Belle, pero es lo que ocurrió. Tu padre internó a tu madre. No porque estuviera enferma, sino porque se avergonzaba de ella. Había entablado nuevas amistades, amistades políticas, y no quería que se enteraran de que estaba casado con una judía.

—No. —Niegas con la cabeza de forma repetida, como si mis palabras fueran un enjambre de abejas del que intentas protegerte—. Mi madre era francesa.

—Sí. Era francesa. Y judía. Su apellido de soltera era «Treves». Su padre, Julien, era el hijo mayor de un mercante de vinos adinerado de Bergerac. Su madre, Simone, era la hija de un rabino. También tenía una hermana, Agnes, que era tres años menor que Helene. ¿Nunca te habló de su familia?

Te quedas de piedra, ni parpadeas.

—¿Belle?

—Sí —respondes, aturdida—. Tenía fotografías. Tenía un álbum lleno de instantáneas. Pero nunca dijo nada. Nadie lo sabía.

—Tu padre sí.

Enfocas la vista.

—¿Cuánto tiempo hace que lo sabes?

—La historia se ha ido... desarrollando con el tiempo.

—¿Ya lo sabías cuando nos conocimos?

Sé lo que estás pensando, pero no te puedo mentir.

—Sí. Por lo menos, una parte.

—Entiendo.

—No, no lo entiendes. No es lo que parece, te lo prometo. No tenía ni idea de cómo terminaría la historia cuando me involucré.

—¿Y cómo te... involucraste?

—Todo empezó con una llamada de una amiga de tu madre.

—¿Quién?

—No te lo puedo decir.

—¿No puedes o no quieres?

—Ninguna.

—¿Y tengo que creerme lo que me digas sin más?

—Hay normas que impiden divulgar las fuentes. Pero te puedo asegurar que lo que nos dijo fueron palabras textuales de tu madre. Sobre cómo tu padre la obligó a poner fin a la relación con su familia, o que le prohibía hablar yidis e incluso francés, y las amenazas de lo que haría si alguna vez os contaba algo a ti o a tu hermana de su legado. Pero ella encontró un modo de hacerlo de todos modos. Las historias que te contaba, las palabras que no te parecían palabras reales. ¿Recuerdas lo que me dijiste de las canciones y las oraciones? Era hebreo, Belle. Eran plegarias en hebreo. Así fue como compartió su fe y su linaje contigo sin que tu padre se enterara.

Un par de lágrimas te mojan las mejillas. Cierras los ojos y absorbes el dolor. Intento encontrar algo que decirte, algo que te haga sentir mejor y me exonere, pero no hay palabras en nuestro idioma para una situación como esta.

—Lo siento mucho, Belle.

A ti no te interesa mi disculpa. Tu rostro se ha vuelto serio pero inexpresivo.

—Lo que dice del día que falleció mi madre y de cómo falleció… es imposible que su amiga lo supiera.

—No. Ella nunca visitó a tu madre en Craig House, pero tenía motivos para sospechar. Poco antes de su ataque nervioso, Helene le confió que había empezado a temer a tu padre. Por desgracia, sus afirmaciones se volvieron cada vez más atroces, hasta que un día le hizo prometer a su amiga que si le pasaba algo, iría a la policía y les contaría que había sido tu padre. La mujer empezó a dudar de ella. Lo que le había contado parecía el argumento de una película de Hitchcock. Unas semanas más tarde, Helene sufrió la crisis nerviosa y la internaron en Craig House. Al principio, la amiga se sintió aliviada, pensó que tu madre por fin recibiría la atención necesaria, pero después, casi un año más tarde, se enteró de que…

—Había tenido un accidente.

El tono con que lo dices, tan desinflado y vacío, me revuelve el estómago. Se te mueve la garganta con fuerza y apartas la cara. No quería decírtelo así, pero lo habrías descubierto de todos modos, y te lo iba a tener que contar yo. Aunque no quería que fuera así. Este nunca había sido el plan.

—Sí —digo con suavidad, como cuando uno tranquiliza a un niño que ha tenido una pesadilla—. Dijeron que había sido un accidente, pero tú misma me contaste que no era cierto. En el hospital alegaron que se había caído mientras sostenía un cuchillo y que cuando la encontraron ya era demasiado tarde, aunque eso no fue lo que sucedió. Sí que pasó algo con un cuchillo, pero tu madre no se cayó. Ya había intentado quitarse la vida en dos ocasiones. La primera vez se tiró por las escaleras y la segunda se cortó las venas con el cuchillo de la mantequilla del desayuno. La encontraron a tiempo y la cosieron, pero unas semanas más tarde lo volvió a intentar y lo consiguió. Porque tu padre pagó a un conserje para que se le cayera una navaja multiusos en su cuarto. Una de esas que usan para abrir las cajas. Tu padre quería asegurarse de que la próxima vez que intentara quitarse la vida, lo consiguiera. Porque sabía que volvería a probar.

Te dejas caer en el sofá y se te escapa un sollozo gutural. Doy un paso hacia ti, pero me detienes con un gesto de la mano. El silencio nos rodea, denso e insoportable. Finalmente, me miras.

—Si todo esto es cierto, ¿cómo es que lo has descubierto ahora?

—Porque, por fin, alguien ha empezado a hacer preguntas. La versión oficial del hospital siempre sonó sospechosa. Nadie se explicaba cómo había llegado una navaja a la habitación de una paciente. Y la gente hablaba del tema. Al parecer, tu padre había estado allí justo un día antes y había hablado con uno de los conserjes de la planta de tu madre. Pero nadie tenía el valor de decir lo que todos pensaban: que el supuesto accidente de Helene podía esconder algo más siniestro. Por desgracia, tu padre es muy influyente, por lo visto, tanto como para acallar los rumores. Y un psiquiátrico que cobra cientos de dólares al mes no quería la mala publicidad. Era mejor que fuera un accidente que un suicidio. O algo peor.

Me observas impasible, sin dar signos de haber oído lo que acabo de decir.

—Todavía no has respondido a mi pregunta. ¿Por qué esta supuesta amiga ha tardado trece años en hablar con alguien? ¿Y cómo es que ese «alguien» has acabado siendo tú?

—Su marido era un socio de tu padre. Cuando ella le contó sus sospechas, él le prohibió decir nada. El marido falleció hace unos años, así que por fin pudo hacer algo al respecto, aunque había pasado mucho tiempo y tu padre había reunido más poder todavía, por lo que pensó que todo quedaría en nada.

—¿Y, así de repente, cambió de opinión hace unos meses?

Sigues sin estar convencida, intentas encontrar incongruencias en mi historia. Pero, por lo menos, me haces preguntas. Si consigo que sigas hablando, que sigas escuchando, podré arreglarlo.

—Pues sí. Cuando Lindbergh fue a Iowa e hizo esas declaraciones, y ella leyó en el periódico sus comentarios en los que culpaba a los judíos de la posición intervencionista de Roosevelt, recordó algo que le había dicho su marido. Había comentado que tu padre hablaba de Hitler como si fuera un visionario y que había vaticinado que un día este país entendería lo que Alemania ya había comprendido: que el único judío bueno era el que estaba muerto. Ahí fue cuando se dio cuenta de que tenía que cumplir la promesa que le había hecho a tu madre. Pensó que la gente debía saber qué clase de hombre es tu padre.

—¿Y el conserje al que supuestamente pagó para que dejara la navaja en el cuarto de mi madre lo ha admitido?

Hemos llegado a la parte de la historia donde las cosas se complican, y admitirlo no me será de gran ayuda. Pero no pienso ocultarte nada. Tengo que contártelo todo.

—No puede admitir nada porque está muerto. Lo despidieron con discreción la semana después del fallecimiento de tu madre, aunque se vanaglorió antes de marcharse. Dos de los empleados que había por aquel entonces, un camillero y otro conserje, lo oyeron alardear de que había sacado una buena tajada con lo de la francesa.

Me fulminas con la mirada, estás horrorizada y estupefacta.

—¿Y tú estabas escribiendo un artículo en el que acusabas a mi padre de… no sé ni cómo llamarlo… basándote en lo que se supone que dijo un hombre que está muerto? ¿Y te enteraste de todo esto porque una mujer que afirma ser amiga de mi madre decidió coger el teléfono y llamarte a ti en vez de a la policía?

—No es que afirme ser amiga de tu madre, lo era de verdad. Lo he verificado. Y no me llamó a mí, sino a Goldie. Pensó que la policía no la tomaría en serio después de tanto tiempo y que, tal vez, el *Review* sí que lo haría. O que, por lo menos, investigaríamos un poco el tema.

—O puede que Goldie y tú os lo hayáis inventado todo para vender periódicos.

En boxeo, esto se llama golpe sorpresa, porque no se ve venir. El tuyo me impacta de lleno; es un golpe bajo que me paraliza.

—¿Eso es lo que piensas de mí, que soy un gacetillero sensacionalista?

—Creo que no es el mejor día para que me preguntes qué pienso de ti.

—Belle… por favor.

—No.

—He investigado el asunto y comprobado todos los hilos, porque hasta a mí me costó creer que fuera cierto. Pero eso fue lo que ocurrió. No me cabe la menor duda.

—Esto es lo que buscabas. La primera noche en el St. Regis viniste por tu historia.

—En parte, sí —digo en voz baja—. Por aquel entonces no conocía los detalles, pero Goldie ya había recibido la llamada de la amiga de tu madre y me había dicho dónde buscar. No tenía ni idea de en qué me estaba metiendo, y cuando lo entendí...

—Seguiste adelante.

—Pensé que era importante. Pero ahora... acabo de ir al despacho de Goldie. Le he dicho que no pensaba terminar el artículo, que había tirado los apuntes a la basura.

Bajas la mirada a las páginas sobre la moqueta.

—Otra mentira más, porque las he encontrado sobre el escritorio, al lado de la máquina de escribir.

—Las iba a romper en cuanto llegara a casa y luego te lo iba a contar. Todo. No sabía que llegarías antes que yo.

—Sigues sin entenderlo. No se trata de que hayas decidido poner fin al artículo. Ibas a usar la enfermedad de mi madre para ascender en tu carrera aun sabiendo lo mal que lo pasé al perderla. ¡Dices que me quieres, pero has traicionado mi confianza para vender periódicos!

—Ya sabías que estaba trabajando en una noticia sobre tu padre...

—¡Pensaba que era sobre sus negocios, no sobre mi madre!

—No podía ignorar los hechos, Belle. Y menos cuando se trata de un hombre tan poderoso como él. La gente tiene derecho a saber...

—Y a mí que me zurzan, ¿no?

—No quería decir...

De repente, te pones de pie y cierras los puños con fuerza.

—Si te preocupaba tanto la gente, ¿por qué no hiciste llegar tus apuntes a la policía? Yo te puedo responder a eso. Porque eso no vendería tantos periódicos como este... artículo horripilante. ¿Esto es lo que hacen los periódicos en Inglaterra? ¿Imprimen cualquier cosa, aunque no se pueda demostrar, y luego esperan a que los lectores pongan verde a la víctima?

Te miro fijamente, con el estómago revuelto. Cuando sufría al pensar en cómo iría esta conversación, nunca se me ocurrió prepararme para un escenario en el que te ponías de su parte y lo veías como una víctima.

—Entiendo que estés enfadada —digo en voz baja—, e incluso entiendo el por qué. Pero lo que no comprendo es cómo, después de todo lo que te acabo de contar, eres capaz de quedarte ahí y defender a tu padre.

—Esto no tiene nada que ver con mi padre. Es por nosotros. Porque no puedo confiar en ti ni en nada de lo que me has dicho desde que nos conocemos. Dices que me lo ibas a contar, pero ¿cuándo? ¿Cuando me hubiera escapado de casa de mi padre y me hubiera subido contigo a un tren a Chicago? ¿Tienes idea de lo que habría parecido? ¡Parecería que yo he estado involucrada! ¡Como si te hubiera contado cosas para acabar con la reputación de mi padre!

—¿Eso es lo que te molesta? ¿Lo que habría pensado la gente? Acabo de renunciar a una historia en la que llevo meses trabajando. Por ti. He roto mi palabra como periodista y he acabado con toda posibilidad de volver a trabajar en un periódico. Por ti. ¿Acaso eso no importa?

Me miras con los ojos vacíos.

—¿Qué quieres que te diga, que no me importa que uses a mi madre como carne de cañón para uno de tus artículos? ¿Que me da igual que me hayas tomado el pelo? ¿Que en tu desesperación por demostrar tu buena fe como periodista no lo has estropeado todo? Pues lo siento, pero no puedo. Porque lo has echado todo a perder.

—No lo dices en serio. No puede ser. En menos de veinticuatro horas, esta ciudad y todo lo que hay en su interior solo será un recuerdo para nosotros. En cuanto nos subamos al tren, tendremos la vida que hemos planeado y todo aquello de lo que tanto hemos hablado. El resto no importa.

Me miras como si hubiera dicho algo incomprensible.

—¿Cómo quieres que me suba a ese tren después de esto? Si no puedo dejar de pensar en qué otras mentiras me habrás contado y en cuándo volverás a hacerlo. Estaría renunciando a una familia en la que no puedo confiar por un hombre en el que no puedo confiar.

Por primera vez, entiendo que puedo perderte por eso.

—Belle, te lo juro…

Tu expresión es tan dura e inexpresiva que las palabras me forman un nudo en la garganta. Prefiero que me insultes, que te abalances sobre mí, que me golpees. Pero en su lugar, te quedas ahí, inmóvil y pálida, con una tranquilidad gélida.

—¿Es que no lo entiendes? —preguntas al fin—. Lo que me jures ahora ya no importa. Nunca importará porque no volveré a confiar en ti. Me dijiste que me querías, pero es eso no es posible, no si has sido capaz de traicionarme de esta manera. Pensaba que te conocía, pero no conozco al hombre que pretendía hacer lo que planeabas. Y no quiero conocerlo.

—¿Qué quieres decir?

—Que me he equivocado, Hemi. Somos demasiado diferentes. Hemos crecido en mundos distintos y lo que nos importa, nuestro sentido del bien y del mal, también son diferentes. Y fugarme contigo no lo cambiará. No tendría que haberte dejado entrar en mi vida. Una parte de mí siempre lo ha sabido. Eras consciente de que estaba prometida, pero eso no impidió que me tiraras los tejos, porque tenía algo que querías. Y lo has conseguido. Porque bajé la guardia. Ahora veo que no eres tan diferente a mi padre. Crees que el fin justifica los medios, que nada más importa, siempre que te salgas con la tuya.

—Eso no es justo.

—Estoy de acuerdo.

—Belle, por favor…

—Me tengo que marchar.

Coges el bolso del brazo del sofá y te diriges a la puerta. Te giras para mirarme y alargas la mano hacia el pomo. Contengo el aliento y espero a que digas algo, pero no lo haces, sino que te quedas ahí, mirándome.

—No te vayas así, Belle. Tenemos que solucionarlo.

—Tengo que marcharme —dices otra vez, como si no me hubieras oído.

—¿Te veo en la estación mañana?

Contengo el aliento y espero. Y entonces te vas.

Once

Ashlyn

«El descuido prolongado es bochornoso, lamentable y desembocará en una reducción del precio, pero no hay nada tan perturbador o imperdonable como el dolor que se inflige a propósito».

Ashlyn Greer, El cuidado y mantenimiento de los libros antiguos

14 de octubre de 1984
Rye, Nuevo Hampshire

Ashlyn llamó al timbre y miró por encima del hombro, como si esperara ver a la señora Warren y a su *spaniel* regordete acechando al final del camino. Nunca habría pensado que acabaría en casa de Ethan en una fría tarde de domingo, pero ahí estaba, en los escalones de la entrada, intentando no hacerse demasiadas ilusiones.

Estaba trabajando en el taller de encuadernación cuando Ethan la había llamado y la había invitado a comer chili con carne. La invitación había sido una grata sorpresa, pero lo que la intrigaba era que Ethan había insinuado que había descubierto algo. Además, le había pedido que llevara el ejemplar de *Mi lamento: Belle* para hacer el cambio. Quería leer la versión de los acontecimientos de Hemi. Al parecer, ella no era la única que había quedado absorta con la historia de los amantes.

233

Ethan abrió la puerta con una sonrisa, llevaba unos vaqueros y una sudadera de los Patriots de Nueva Inglaterra con el cuello desgastado. Sonrió al darse cuenta de a dónde miraba Ashlyn.

—Está prohibido meterse con mi sudadera de la suerte. La tengo desde que iba a la universidad.

Ashlyn lo miró con escepticismo.

—¿Estás seguro de que funciona? Me temo que los Patriots no han tenido muy buena suerte estos últimos años.

La sonrisa se convirtió en una mueca.

—Puede que tengas razón, pero ya verás. Uno de estos días, ficharán a un buen centro y, cuando lo hagan, ganarán tantos torneos de la Super Bowl que los odiará todo el país. —Abrió la puerta del todo y le hizo un gesto para que entrara—. Adelante, hace un frío que pela, como diría mi padre.

Una vez en la cocina, Ashlyn se quitó el abrigo y también la bufanda. Había una olla grande hirviendo a fuego lento sobre el fogón, y el aroma a ternera y especias reinaba en la estancia.

—¿Tienes hambre?

—Muchísima.

—Yo también. He puesto el partido en la otra habitación, así me enteraré de cómo van. ¿Te gusta el fútbol americano?

—Sé la diferencia entre un pase pantalla y una ruta *out,* si es a lo que te refieres.

Ethan alzó las cejas.

—Estoy impresionado. Kirsten detestaba el fútbol. Mi leve adicción a los deportes la ponía de los nervios. Tu ex era muy afortunado.

Nunca habría pensado en Daniel como alguien con suerte, pero prefirió ignorar el comentario.

—Bueno, a Daniel no le iban demasiado los deportes, pero leí mucho sobre fútbol americano de pequeña porque pensé que así me ganaría la atención de mi padre.

—¿Y funcionó?

—No.

—Mi padre era de los Patriots, aunque no le gustaba mucho el fútbol americano. Le encantaban el baloncesto y los Sox. Me llevaba a Fenway a menudo cuando era pequeño. Me gustaba mucho pasar las tardes así con él. Cuando lo diagnosticaron y nos dijeron… —Apartó la mirada un momento—. Quise asegurarme de regresar con él mientras pudiera seguir disfrutándolo.

—Me parece muy bonito que crearais esos recuerdos juntos.

—Sí. Disfrutamos mucho. ¿Tu padre sigue vivo?

Ashlyn cambió de postura, incómoda.

—Murió cuando yo tenía dieciséis años, al poco tiempo de que falleciera mi madre.

Ethan suavizó el rostro.

—Lo siento. Eras muy joven para perderlos a los dos. ¿Tienes más familia? ¿Hermanos, tías o tíos?

—No. Estoy sola con mis libros.

—Igual que yo.

El silencio se alargó, incómodo y difícil de llenar, y se quedaron mirándose el uno al otro, cada uno a un lado de la encimera. Al final, fue Ethan quien apartó la mirada. Se acercó a los fogones y removió el contenido de la olla.

—Lo recaliento y nos sentamos a comer. ¿Quieres una cerveza? ¿Una copa de vino? ¿Un refresco?

—Una cerveza, gracias. ¿Te puedo ayudar en algo?

—Échale un ojo al chili y asegúrate de que no se pegue.

Ashlyn levantó la tapa y salió una nube de vapor delicioso. Luego tomó la cuchara de madera.

—¿En serio lo has hecho tú? ¿Desde cero?

—Sí. Hasta he cortado la verdura y todo. Aunque las judías son de lata. No me he puesto a hacerlo hasta las diez, así que he tenido que hacer trampas.

—Huele de maravilla. Creo que hace que no como chili con carne… —Se quedó callada y soltó rápidamente la cuchara.

Ethan se asomó por detrás de la puerta de la nevera.

—¿Qué pasa? ¿Te has quemado?

—No. Solo… —Hizo una pausa y flexionó los dedos—. No es nada.

—Déjame ver —dijo, y se acercó para mirarle la mano

—No es nada, de verdad. Es que tengo una vieja cicatriz y a veces me duele. Es como un hormigueo.

Ethan le tomó la mano y le estiró los dedos con cuidado. Le miró la palma con el ceño fruncido.

—Menuda cicatriz. ¿Cómo te la hiciste?

Ashlyn se avergonzó bajo la mirada del chico. No quería hablar del tema. Ni del día que se la hizo. El recuerdo todavía le dolía mucho. Era demasiado reciente.

Tras haber ignorado sus llamadas de teléfono durante semanas, había decidido quedar con Daniel para tomar algo. Él había insistido en que salieran a cenar, pensando que así la reconquistaría y haría que reconsiderara el divorcio, pero Ashlyn había aceptado el encuentro con el objetivo de decidir quién se quedaba el sofá y de quién era cada álbum. No había ido muy bien, así que se había marchado.

Justo cuando cruzó la calle para regresar a la tienda, oyó su nombre y se giró. Daniel estaba de pie, al otro lado de la calle, con una expresión que decía: «Esto no se ha acabado todavía». El tiempo pareció ralentizarse cuando cruzó la calle. Vio una furgoneta blanca y oyó el derrape nauseabundo de unas ruedas, seguido de un golpe seco estremecedor. Después, el cuerpo de Daniel dio volteretas por el capó y volvió a aterrizar en el asfalto. De repente, el aire se llenó de cristales rotos y pequeños fragmentos que reflejaban la luz al caer al suelo.

Ella no se había percatado del corte, totalmente ajena a todo mientras observaba el charco de sangre oscura que se estaba formando bajo la cabeza de Daniel y los ángulos imposibles que formaban sus brazos y sus piernas. El informe del forense dijo que había fallecido en el acto. Eso la consolaba un poco, aunque el ruido del cristal al romperse la seguía despertando de vez en cuando, junto con las últimas palabras que Daniel le había dicho. Nunca le había repetido esas palabras a nadie, ni siquiera a su psicóloga.

—Me lo hice la noche que Daniel murió —respondió incómoda al darse cuenta de que Ethan todavía no le había soltado la mano—. Una furgoneta cargaba un cristal enorme. Cuando lo atropelló, el cristal salió volando por todas partes. En algún momento me corté, aunque no me di cuenta hasta que uno de los médicos vio que me sangraba la mano.

—Lo siento.

—No pasa nada. —Apartó la mano y la escondió—. Vamos a comer. Así podrás decirme hasta dónde has leído y yo te actualizaré sobre el de Hemi. Han ocurrido cosas bastante importantes desde la última vez que hablamos. Además, quiero advertirte de algunos comentarios que aparecen sobre tu familia, de Martin, para ser más exacta, antes de que lo leas. Son bastante… desagradables.

Ethan asintió sombríamente.

—La verdad es que me sorprendería que fueran buenos, pero creo que prefiero leerlo. No me he involucrado emocionalmente, para mí son unos desconocidos.

Ashlyn dudó. Una cosa era crecer sabiendo que tu bisabuelo era un abusón. Pero enterarte de que podría haber sido cómplice de la muerte de su esposa era algo totalmente distinto.

—¿Estás seguro? Es un tema bastante perturbador.

—Sí, seguro. Vamos a comer. Quiero enseñarte algo cuando terminemos.

Ashlyn se sintió como la mañana del día de Navidad mientras seguía a Ethan por las escaleras hacia la planta del estudio. Había hecho todo lo posible para no interrogarlo durante la comida para descubrir qué era lo que quería contarle, pero no le había resultado nada fácil. En su lugar, habían hablado de algunos detalles de la encuadernación y del plan de estudios que Ethan estaba preparando para una clase que esperaba impartir el año siguiente. Ahora, por fin, iba a recibir el premio a su paciencia.

Ethan encendió la luz cuando entraron.

—Siento que esté hecho un desastre. Pensaba que acabaría con todo en un par de horas, pero me distraje.

Ashlyn se quedó de pie en el centro de la estancia y examinó el caos. Había ocho cajas con varios tipos de documentos y trastos de oficina esparcidas en un semicírculo desorganizado, además de varias bolsas llenas de basura al lado.

—Veo que ibas en serio cuando dijiste que tu padre lo guardaba todo.

Ethan se agachó y recogió algo del suelo. Era un pisapapeles, una esfera de cristal transparente con una gota de color azul oscuro en el centro. La observó fijamente mientras la movía en la mano.

—Siempre se le ocurrían excusas para guardar lo que fuera. No importaba de qué se tratara, siempre lo justificaba de algún modo. Ponía a mi madre de los nervios, pero en este caso nos ha venido bien.

Le hizo un gesto para que se acercara al escritorio. La máquina de escribir seguía allí, con la misma hoja en blanco colgando por encima del carro, aunque los folios arrugados por todo el suelo habían desaparecido. Alargó un brazo por detrás de ella, abrió el cajón del medio y sacó un pequeño montón de papeles.

—He encontrado esto en una de las cajas. En la última, cómo no. Estaba todo atado con un lazo.

—¿Qué son?

—Cartas. Tarjetas. Fotos. De Marian a mi padre.

Ashlyn sintió un cosquilleo, se sentó en la silla que Ethan le ofreció y aceptó el montón de correspondencia. Por desgracia, parecía que no había ningún sobre, lo que significaba que no habría dirección del remitente. Cogió el primer objeto de la pila, una tarjeta de cumpleaños con un conjunto de palos de golf en la parte delantera. «Feliz cumpleaños, sobrino». Tenía fecha de 1956 y una firma simple: «Marian». También había una nota corta escrita en cursiva en el lado opuesto: «Os mando muchos recuerdos a ti y a Catherine. Los niños están bien. Un abrazo».

Había varias felicitaciones más. La mayoría eran de cumpleaños, aunque también había una azul y plateada de Janucá con una menorá. «Que la paz y la luz os iluminen». Cada tarjeta tenía una breve nota, que normalmente mencionaba a los niños, pero no había nada trascendental en ninguna.

Luego llegó el turno de las cartas, cargadas de información pero aburridas. Hablaban del tiempo, de los viajes que había hecho Marian recientemente, de su labor en representación de los niños desplazados en todo el mundo. En una de ellas había un par de fotos. Ashlyn miró los reversos. «Ilese, 11 años. Zachary, 13 años». Una vez más, Ilese tenía un aspecto pensativo y serio, mientras que Zachary sonreía con descaro a la cámara. Estaba muy guapo con un traje oscuro y una pajarita, y sostenía un violín y un arco en la mano, con el gesto de alguien que sujeta un gato muerto: por la cola y separándolo del cuerpo.

Ashlyn volvió a dejar las fotos en la carta doblada y miró a Ethan.

—¿Son todas así? ¿Cartas informativas con fotos del colegio? Esperaba algo más... útil.

—Sigue, ya casi has llegado.

A continuación, vino una carta con fecha de 1967:

Mi queridísimo Dickey:

Espero que estés bien. Hace tiempo que no te escribo. Los niños están bien, aunque no sé si debería seguir refiriéndome a ellos como «niños». Zachary está a punto de terminar el posgrado en la Berklee College of Music. Ilse sigue igual de brillante que siempre y está buscando programas de másteres. Espero que elija Yale o Princeton, aunque por ahora se decanta por la Universidad Bar Ilan, cerca de Tel Aviv, que es un centro excepcional, pero está muy lejos. Supongo que todas las madres sienten lo mismo cuando sus pollitos dejan el nido. Y, hablando de pollitos, me encantó la foto de mi sobrino nieto con su disfraz de Pascua. Está creciendo muy deprisa. Disfruta de él ahora que puedes.

Siento sonar tan lúgubre. Llevo una temporada un poco triste, ahora que la casa está vacía. No dejo de pensar en la familia. ¿No sabrás por casualidad qué le pasó a ese álbum que tu madre guardaba con todos los papeles? ¿Ese con las letras doradas en la cubierta? Era de tu abuela Helene y en él tenía recuerdos muy especiales para mí. Tu madre me dijo que lo había tirado, pero tengo motivos para creer que no es cierto. Creo que no debería quedárselo ella, pues no sentía ningún afecto por nuestra madre. Si hay algún modo de descubrir dónde está, te lo agradecería muchísimo.

A lo largo de los años, hemos tenido nuestros desacuerdos, sobre las decisiones que he tomado y sobre cómo he decidido vivir mi vida, pero espero que sepas el cariño que te tengo y lo mucho que me arrepiento por haber permitido que algunas palabras hirientes se hayan entrometido entre nosotros. Me despido ya. Tengo una comida. A lo mejor podemos encontrarnos cuando el tiempo mejore un poco. Catherine y tú podéis venir a verme cuando os apetezca, aunque sugiero esperar a que acabe la época de lluvias. Las carreteras de esta zona son horribles en primavera.

Con cariño,
Marian

Ashlyn miró a Ethan y la empezaron a asaltar las preguntas.

—Comenta que tuvieron algunos desacuerdos por las decisiones que Marian tomó. Imagino que se refiere a Teddy y a… Un momento, no habrás encontrado el álbum, ¿verdad?

—No.

Ashlyn miró a Ethan con el ceño fruncido y se desplomó en la silla.

—Es que esperaba alguna revelación importante, pero aquí no hay nada que nos acerque a Marian. Bueno, ni a ella ni a Hemi.

Ethan señaló al suelo, donde descansaba un folio de papel doblado que había caído del regazo de Ashlyn.

—A lo mejor deberías mirar en ese.

Ashlyn lo cogió y lo extendió sobre sus rodillas. Era el horario de un concierto, doblado en cuartos, con un círculo de rotulador rojo alrededor de un texto.

4 de agosto de 1969. El violinista Zachary Manning interpretará una selección de obras de cámara este fin de semana en su debut en Boston. La técnica impecable y el enfoque delicado de Manning han llamado la atención de algunos de los directores y las orquestas más importantes del momento. Es un artista pasional al que no dejan de alabar por sus interpretaciones innovadoras y su sensibilidad artística.

Ashlyn alzó la mirada, desconcertada.

—¿Me he perdido algo?

—El hijo de Marian se convirtió en violinista y, por lo que parece, es bastante conocido. He pensado que si conseguimos localizarlo, entonces, al menos, podremos descubrir si Marian sigue viva.

Ashlyn escaneó la página una vez más, con escepticismo.

—El artículo es de 1969. No sé si es probable que siga dando conciertos, ni que consigamos localizarlo aunque siga actuando.

A Ethan se le curvó la comisura del labio con el atisbo de una sonrisa.

—Ya lo he hecho.

—¿Qué? ¿Cómo?

—Me puse en contacto con un compañero de la Universidad de Nuevo Hampshire, un profesor de música con el que jugaba a sóftbol y le pedí que lo mirara.

—¿Y?

—Me ha llamado esta mañana. Zachary Manning vive en Chicago y forma parte de la Orquesta Sinfónica de la ciudad.

Ashlyn miró a Ethan. Para un hombre que no había mostrado ningún interés en la historia de su tía cuando se conocieron, estaba resultando ser muy ingenioso. No había modo de saber si Zachary Manning los podría o querría acercar a Belle, pero era un paso en la dirección correcta.

—Y lo has encontrado —dijo, y volvió a escanear el papel.

—Sí.

—¿Y ahora qué?

—Eso es lo que tenemos que decidir. No me parece muy buena idea llamarlo y decirle: «¿Qué pasa, primo, te acuerdas de mí? Oye, tu madre sigue viva o qué?».

Ashlyn lo miró de reojo.

—No, la verdad es que no.

—Entonces, ¿qué le digo? Solo nos hemos visto una vez, cuando él tenía quince años y yo cinco. ¿Cómo le explico por qué lo busco después de tanto tiempo?

—Tal vez podrías usar lo de la muerte de tu padre. Dile que has estado buscando entre sus cosas y que has encontrado unas cartas y fotos que quieres devolverle a su madre, a ver si así te dice cómo ponerte en contacto con ella.

—Oye, es buena idea. Además, no es mentira. Si resulta estar viva, es probable que quiera recuperar sus cosas. Pero ¿qué le digo a ella?

La intensidad de Ethan la pilló desprevenida.

—Pensaba que estabas en contra de localizarla.

Asintió, pensativo.

—Y lo estaba, pero luego empecé a leer el libro, y creo que tienes razón. No puede haber olvidado a Hemi. Y pienso que querrá recuperar los libros, aunque solo sea para asegurarse de que no acaben en manos de otro. La cuestión es ¿cómo lo conseguimos con un mínimo de tacto?

La chica intentó imaginarse qué sentiría si recibiera una llamada de un desconocido que sabía los detalles más íntimos de su pasado. No era una situación muy cómoda.

—Ya nos preocuparemos por eso cuando llegue el momento. Lo primero de todo es descubrir si está viva y luego ver si podemos conseguir su número de teléfono.

Mientras Ashlyn intentaba poner las felicitaciones y las cartas en orden, Ethan caminaba de un lado al otro de la habitación, probablemente pensando en cómo abordar a Zachary. Ella buscaba la carta de Marian sobre el álbum de fotos de Helene cuando vio una edición de tapa dura de *Un mundo feliz,* de Aldous Huxley, en el borde del escritorio.

No lo había visto la semana pasada (porque se habría acordado), pero en ese momento le llamó la atención. Ethan había reconocido que no leía ficción, o sea, que lo más probable era que el libro fuera de su padre. Acarició con el dedo la sobrecubierta gris con el hombre sin cabeza. De inmediato percibió los ecos del libro como una corriente marina.

No pudo resistirse. Agarró el ejemplar, inhaló, exhaló y volvió a inhalar. Esperó, pero los ecos no se decidían. Eran como un acorde disonante que la hizo estremecer. Desconfianza de uno mismo. Confusión interna. Un hombre que se había perdido e intentaba desesperadamente encontrar su camino otra vez. Un hombre que buscaba un propósito, que se buscaba a sí mismo.

Era el libro de Ethan. Eran sus ecos.

Ethan:
Sé valiente y trabaja. Pero hazlo a tu manera.
El mundo tiene que oír tu voz.
Papá

—Fue un regalo de mi padre.

Ashlyn se sobresaltó y se sintió culpable. No se había dado cuenta de que se había acercado, pero el chico estaba justo detrás de ella. Cerró el libro, lo volvió a dejar en el escritorio y recordó la dedicatoria que había leído en el ejemplar maltrecho de *Los restos del día.* En ese también se mencionaba el valor.

—«Sé valiente» —repitió—. Qué dedicatoria más bonita.

—El valor era algo muy importante para mi padre. Un principio rector. Yo estaba pasando por un mal momento cuando me lo regaló, estaba intentando descubrir qué quería hacer con mi vida, con mi trabajo.

—¿No tenías claro que querías ser escritor?

—Eso sí. Lo que no sabía era qué quería escribir. Tenía un amigo, un chico con el que fui al colegio, que había publicado un par de novelas, al que le pareció buena idea mandar uno de mis manuscritos a su editor sin que yo lo supiera. Un día, de la nada, recibí una llamada de un tío al que no conocía que me ofreció un contrato para tres libros después de haber leído el fragmento que le había mandado mi compañero. Era una serie de *thrillers* políticos, ¿qué te parece?

Ashlyn asimiló lo que le acababa de contar. Un contrato para tres libros. Así, de la nada. Eso no pasaba en la vida real, solo en las películas.

—Qué pasada. Pero pensaba que no escribías ficción.

—Así es. Mi amigo apostó conmigo que no podría escribir una novela de cuatrocientas páginas en un año, así que lo hice. No iba en serio, solo quería ganar la apuesta y cerrarle el pico. Nunca pensé que alguien lo acabaría leyendo.

—Todos los autores sueñan con eso, con que los descubran.

—Puede ser, aunque yo no quería que me descubrieran. Sé que suena elitista, pero no quería escribir ese tipo de libros. Sin embargo, sí que era lo que quería mi esposa. El adelanto por la novela era de seis cifras, y ella solo veía los símbolos del dólar y los derechos para las películas. Ya estaba pensando en qué se iba a poner para la alfombra roja cuando le dije que no iba a aceptar.

—Imagino que no se lo tomó muy bien.

—Se puso furiosa. Cuando nos casamos, intentó convencerme de que hiciera las paces con mi familia. Pensó que si me reconciliaba con Corinne, ella me incluiría en su testamento como por arte de magia. Se enfadó muchísimo cuando le dije que no, así que, tras lo ocurrido con el libro, estaba dispuesta a salirse con la suya.

—Pero no lo consiguió.

—No —respondió Ethan brevemente—. Así que se fue con Tony, su entrenador personal. Aunque no sin antes hacerme sufrir y sufrir por lo del contrato. Fue por aquel entonces cuando mi padre me regaló el libro. Y por eso escribió esa dedicatoria. Sabía que tenía cosas que contar y, que si le hacía caso a Kirsten, nunca lo haría.

—O sea, que rechazaste una oferta de seis cifras y un contrato para tres libros aun sabiendo que tu mujer se pondría hecha una furia.

—Sí.

Ashlyn le sonrió por encima del hombro.

—Fuiste muy valiente.

—O muy tonto.

—Ser valiente nunca es una tontería.

—Bueno, eso todavía está por decidir. Sigo sin tenerlo claro.

Ashlyn lo observó y vio, quizá por primera vez, la nube que parecía planearle sobre los hombros. No había dado su brazo a torcer con su mujer y había hecho que su padre se sintiera orgulloso, pero había algo en él que parecía irresuelto, algo que lo refrenaba.

—Yo nunca he hecho nada valiente en toda mi vida —le confesó ella en voz baja—. Siempre me resultó más sencillo someterme y ser lo que la gente esperaba de mí. Deberías estar orgulloso de no haber cedido.

Ethan se encogió de hombros sin entusiasmo a modo de respuesta y se sentó en un butacón de cuero desgastado.

—Esa es mi trágica historia. ¿Qué me cuentas de ti? ¿Qué te pasó con Daniel? Me dijiste que estabais en pleno proceso de divorcio cuando murió.

Ashlyn recorrió la estancia con los ojos, en busca de una distracción. No quería hablar de Daniel, pero le parecía de mala educación negarse cuando él le acababa de contar su historia.

En lugar de sentarse a su lado, se sentó al borde del escabel, frente a él. No hacía falta que se lo contara todo, pero sentía que le debía una parte por lo menos.

—Nos conocimos en la UNH. Yo estaba en una de sus clases y empezamos a salir en secreto. Cuando quise darme cuenta, ya estábamos casados. Todo descarriló rápidamente después de la boda, pero seguí con él. No fui valiente.

—¿Fue él quien se marchó?

—No, fui yo.

—¿Cuál fue la gota que colmó el vaso?

—Llegar a casa un día a las tres de la tarde y encontrarme a una tal Marybeth en mi cocina, con el batín de mi marido.

Ethan hizo un gesto de dolor.

—¡Au!

—Me fui esa misma noche. Me sentía como una idiota. Había oído rumores; todos en la facultad sabían a qué se dedicaba, pero yo estaba demasiado cautivada para hacerles caso. Era brillante, tenía mucho talento. Así que no vi cómo me manipulaba, hasta que por fin lo hice. E incluso entonces, seguí con él. Hasta lo de Marybeth. Ni siquiera yo podía ignorar eso.

—¿Era profesor de la Universidad de Nuevo Hampshire?

Ella asintió.

—Daba la clase de Escritura Creativa.

—¿Tu marido era... Daniel Strayer?

Ashlyn desearía no haber estado sentada justo enfrente de él.

—¿Lo conocías?

«Por favor, dime que no. Dime que no, por favor. Por favor».

—No, pero he oído hablar de él. Lo despidieron un mes antes de que yo empezara a trabajar allí. En teoría, lo echaron tras investigar sus actividades extracurriculares con una alumna. ¿Fue cosa tuya?

—No, qué va, pero él creía que sí. Siempre pensaba que todo era culpa mía. La noche que murió, habíamos quedado para tomar algo y decidir cómo repartir las cosas. No fue bien. Y cuando nos marchamos... —Cerró los ojos para protegerse de los recuerdos. Cuando los abrió, sintió la mano de Ethan.

—Te hiciste esto —susurró mientras le tomaba la mano y le ponía la palma hacia arriba.

Ashlyn tragó y se sintió desestabilizada.

—Sí.

—¿Todavía te duele?

La voz del chico sonaba perturbadoramente tierna, empezaba a hacer mucho calor en la habitación.

—No. Ya no.

—Me alegro.

¿Qué estaba ocurriendo? Ashlyn sintió que el corazón le bailaba claqué en el interior de las costillas y no conseguía que el aire le entrara en los pulmones. No había estado con nadie desde lo de Daniel. Y antes de él, tampoco. Lo que sabía a ciencia cierta era que no había estado con nadie que la hiciera sentir lo que sentía en ese momento.

—¿Estás bien?

Parpadeó rápidamente, consciente de que se había quedado un buen rato en silencio.

—Sí, es solo que…

De repente, Ethan le soltó la mano.

—Perdona. No quería incomodarte.

—No me has incomodado. Ha pasado mucho tiempo desde… la última vez. Supongo que he perdido la práctica. Aunque nunca he tenido mucha. Solo quería decir que…

«Madre mía, deja de hablar, Ashlyn. Te ha tocado la mano. No te ha invitado a su dormitorio».

La boca de Ethan se curvó ligeramente.

—Lo entiendo. Yo tampoco he… practicado mucho. El divorcio me destrozó. Y luego mi padre se puso enfermo. No he tenido tiempo libre para socializar. Y, si soy sincero, esta parte nunca se me ha dado muy bien. Me refiero a lo de ligar. No capto las señales ni las pautas sociales. Lo siento si me he pasado de la raya.

Entonces fue Ashlyn la que sonrió. Ethan era totalmente diferente a como lo había imaginado cuando lo conoció en la tienda aquella noche. Era encantador, gracioso y bueno.

—Vas muy bien —dijo con timidez—, con lo de ligar, quiero decir.

—Podemos ir poco a poco.

Ashlyn sintió un ligero aleteo en el estómago cuando sus ojos se encontraron.

—Me parece bien.

Doce

Ashlyn

«Los libros tienen nervios y lomo, sangre y tinta, contienen los sueños soñados y las vidas vividas. Una página, un día, un viaje».

Ashlyn Greer, El cuidado y mantenimiento
de los libros antiguos

17 de octubre de 1984
Portsmouth, Nuevo Hampshire

Ashlyn le echó un vistazo a la libreta rayada que tenía sobre las rodillas, satisfecha con lo que había escrito para el boletín informativo anual de Navidad. Estaba trabajando en la cama, escribía a mano con la pluma Conklin favorita de Frank Atwater. Luego lo pasaría a máquina para que el cajista pudiera leerlo, pero había algo deliciosamente anticuado en crear con una pluma y tinta, como si hubiera una línea directa que fuera de la cabeza a la mano.

Por lo general, a estas alturas ya habría terminado y lo habría mandado a imprenta, pero entre el tiempo que había dedicado a los libros de Nancy Drew de Gertrude y las distracciones que habían supuesto los libros de Hemi y Belle, se le había olvidado por completo. De hecho, iba a tener que apresurarse si quería cumplir el plazo de entrega de la imprenta, escribir las direcciones y mandarlos por correo postal.

Justo había dejado la pluma y estaba debatiendo si hacerse una taza de té cuando sonó el teléfono. Miró el reloj. ¿Quién narices llamaba a las diez de la noche?

—¿Hola?

—¿Es muy tarde?

—¿Ethan?

Oír su voz la sorprendió y alegró a la vez. La había llamado el lunes para decirle que había hablado con el ayudante de Zachary. Ninguno de los dos había comentado el incómodo momento de la noche anterior, aunque Ashlyn había pensado en él varias veces a lo largo del día, y el recuerdo siempre había ido acompañado de una desconcertante sensación de calor.

—Sí, soy yo. No te he despertado, ¿verdad?

—No, estaba escribiendo el boletín informativo de la tienda. Dime que me llamas para decirme que acabas de hablar con Zachary.

—No, aún no me ha contestado.

—Bueno, solo han pasado unos días.

—Supongo.

Parecía distraído, distante.

—Te noto raro. ¿Qué te pasa?

—He estado leyendo.

—Ah. ¿Hasta dónde has llegado?

—Hasta lo de Helene en el psiquiátrico. Santo cielo.

—Lo sé. ¿Estás bien?

—Sí. Es solo que lo estoy… procesando. —Hizo una pausa, tomó aire y lo echó de forma sonora—. Mi bisabuela judía se casó con un simpatizante de los nazis que la encerró para esconderla de sus amigos adoradores de nazis. ¿Cómo puede ser que no supiera nada de eso? Somos judíos, por lo menos, en parte, y nadie me ha comentado nada. ¿Mi padre lo sabía? Y en caso de que así fuera, ¿por qué querrían mantenerlo en secreto? Y que Marian se enterara de esa manera… Madre mía.

Parecía realmente desconcertado. Y un poco enfadado.

—¿Seguro que estás bien?

—Sí, pero es raro, ¿sabes? Nunca pensé que los Manning fueran una familia estadounidense perfecta, pero esto es peor de lo que habría imaginado.

Ashlyn pensó en sus padres. En la madre que no se había molestado en salvarse. En el padre que había subido al ático y se había volado la cabeza porque quería retar a Dios.

—La familia estadounidense perfecta no existe. Es un mito.

—Supongo que sí. ¿Has terminado de leer *Para siempre y otras mentiras?*

—Casi, aunque tampoco pinta muy bien.

—Por eso he dejado de leer. Necesitaba un descanso. —Suspiró, cansado o asqueado, o puede que ambas—. Aunque en cierta manera, sabemos qué viene a continuación y quién tuvo la culpa de todo.

Ashlyn consideró sus palabras un momento. Ella había pensado lo mismo al principio, pero ya no estaba tan convencida. No podía ignorar los ecos que había experimentado al tocar los libros por primera vez, la fusión escalofriante de rencor y duelo. La gente mentía. Los ecos no. Tanto Belle como Hemi creían que el otro lo había traicionado, lo que parecía sugerir que no conocían toda la historia. Y puede que nunca llegaran a conocerla del todo, pero no podía contarle nada de eso a Ethan.

—A lo mejor creemos saber lo que pasó pero nos equivocamos.

—¿Crees que la historia todavía no ha terminado?

—Solo digo que tengo la sensación de que eso no fue todo. Él quería a Belle, Ethan. La quería lo suficiente para renunciar a un artículo del que se creía hasta la última palabra. Puede que me equivoque. Puede que eso bastara para que Belle se marchara, es evidente que estaba furiosa, pero algo me dice que eso no fue todo.

—¿Por qué lo dices?

Ashlyn dudó y sopesó la respuesta.

—¿Crees en la intuición femenina?

—Supongo que sí.

—Pues diremos que es eso.

—Sinceramente, creo que ya tengo suficiente información.

Ashlyn oyó la rotundidad en su tono, y una parte de ella lo entendió. Ethan ni siquiera había querido involucrarse en el tema, y había acabado descubriendo cosas de su familia que desalentarían a cualquiera de seguir leyendo.

—Lo entiendo. Yo también he pensado lo mismo. Sé que no habrá un final feliz; los dos lo dejan claro desde el principio, pero lo voy posponiendo por miedo a lo que pasará. Bueno, ya sé qué es lo que pasa... Me preocupa el cómo. ¿Quién le hizo qué al otro y qué ocurrió después? Pero lo leeré. Lo terminaré porque no puedo quedarme con la duda. Y menos llegados a este punto.

Ethan gruñó.

—Supongo que, al menos, debería terminar el libro de Belle.

—O los podríamos leer juntos —sugirió, sin pensarlo.

—¿Juntos? ¿Cómo lo haríamos?

—Bueno, a ver, juntos, lo que se dice juntos, no. Pero lo podemos hacer por teléfono. Los dos estamos a punto de terminar los libros. Podríamos turnarnos, yo leo *Para siempre y otras mentiras* y tú *Mi lamento: Belle*. Podríamos organizar un par de citas para leer. Bueno, citas no, pero ya sabes, podríamos quedar a una hora en concreto. Una hora, a lo mejor. O menos, si lo prefieres. A no ser que no tengas tiempo. Que imagino que no tienes, porque estás liado con el libro. Bueno, déjalo, es una tontería.

—No —respondió Ethan cuando Ashlyn por fin se calló—. Me parece bien.

—¿Lo dices en serio?

—Si cuenta como una cita, sí.

«Una cita».

La palabra hizo saltar todas las alarmas en la mente de Ashlyn. ¿Debería aclararlo y decirle que no se refería a ese tipo de cita? ¿Acaso importaba? Estarían hablando por teléfono, ¿qué podría pasar?

—De acuerdo. Una cita para leer. ¿Te va bien mañana por la noche?

—He pensado que podríamos empezar ahora. ¿Te importa? Es que no quiero colgar todavía.

—No, no pasa nada. Nos irá bien para relajarnos.

—Como cuando te cuentan un cuento para dormir —añadió Ethan—, aunque a mí eso nunca me funcionó. Mi madre me leía historias cuando era niño, pero yo siempre evitaba dormirme para que siguiera leyendo.

A Ashlyn le gustó oír la sonrisa en su voz. Dejó la libreta y el lápiz, y descansó la espalda sobre las almohadas.

—¿Crees que tu madre leyó los libros de Hemi y Belle?

—No lo sé, pero me cuesta creer que no lo hiciera, porque seguro que mi padre se los mostró. Hablaban de todo, no tenían secretos.

—«No tenían secretos» —repitió Ashlyn en tono melancólico—. ¿Cómo debe ser compartirlo todo? A mis padres no les gustaba mucho hablar. A no ser que gritarse el uno al otro cuente. Y luego con Daniel… digamos que él era el que llevaba la voz cantante en nuestra relación. Era el inteligente, y esperaba que yo hiciera todo lo que me ordenara. Lo más triste es que lo hice durante años. —Se calló de repente—. Lo siento. Son detalles demasiado personales.

—No, no pasa nada. Me gusta que te sientas cómoda para contármelos. Y sé a qué te refieres. Yo todavía intento entender cómo terminé con Kirsten. Es como ver un accidente de tren a cámara lenta, pero tú eres el tren. Mis padres lo supieron en cuanto la conocieron. Vieron en ella lo que yo no pude, o no quise ver.

—Lo siento.

—¿No dicen que sabe más el diablo por viejo que por diablo? Pero es fácil temerle a algo cuando te has quemado varias veces, es difícil confiar en tu juicio. Los amigos siempre intentan buscarme pareja, pero… —Hubo una pausa, un instante de silencio—. ¿Tú no has estado con nadie después de lo de Daniel?

—No.

—¿No ha habido nadie en estos últimos cuatro años?

—Ya te lo he dicho, no soy valiente.

Ethan soltó una risita.

—¿Hace falta valor para dejar que alguien te invite a cenar?

—Para mí, sí.

—En cambio, leer por teléfono no da tanto miedo, ¿verdad? ¿Es más seguro?

Entonces fue Ashlyn la que se rio. ¿Estaban coqueteando? No estaba segura. Le parecía una situación un poco peligrosa, pero también agradable.

—Creo que sí.

—Muy bien. Pues te dejo empezar, si no te importa. Creo que hoy me apetece más escuchar.

Ashlyn volvió a percibir el cansancio en sus palabras. Estaba inquieto, puede que incluso un poco desilusionado a pesar del desinterés fingido que mostraba por sus ancestros.

—Me parece bien.

Agarró el ejemplar de *Para siempre y otras mentiras* de la mesilla de noche, lo abrió por la página que había marcado con un trozo de lazo azul, se acostó sobre las almohadas y empezó a leer.

Para siempre y otras mentiras

(Páginas 57-69)

5 de diciembre de 1941
Nueva York, Nueva York

Cuando llego a casa, estoy que echo humo. Que me hayas ocultado algo así, sabiendo perfectamente que ibas a publicar cada palabra, ha hecho añicos lo que creía que había entre nosotros. Sin embargo, los hechos que afirmas haber descubierto sobre mi padre han eclipsado temporalmente el dolor que me ha provocado tu traición.

En el trayecto de vuelta, he intentado convencerme de que todas esas cosas crueles que has escrito eran mentira, que te las has inventado sin más para contentar a Goldie, pero no lo he conseguido. Entonces he recordado la advertencia de Cee-Cee sobre mi padre, cuando dijo que para él todos éramos piezas de un tablero de ajedrez y que, a veces, las piezas problemáticas desaparecían, y me he dado cuenta de que se refería a mi madre. Su enfermedad y su judaísmo se convirtieron en problemas, así que él la hizo desaparecer, y no se conformó con internarla en Craig House, sino que la hizo desaparecer para siempre.

Voy de un cuarto al otro en busca de mi hermana para que me dé explicaciones. La encuentro en el despacho de mi padre, mirando el correo. Parece pequeña detrás de ese escritorio, el respaldo ancho de la silla la hace más menuda. Levanta la mirada cuando entro en la estancia y vuelve a concentrarse en el montón de correspondencia sobre el protector de escritorio.

Mi padre está en Boston, preparándose para uno de sus actos electorales de la comisión, pero su presencia está por toda la casa. El olor de los puros, del tónico de lima para el pelo, el coñac caro que le ofrece a sus amigos… Todo está en el aire, palpable y ligeramente inquietante.

De repente, se me seca la boca. He ensayado qué decir mientras volvía, pero ahora que mi hermana me mira, las palabras se me atragantan. Al fin, consiguen salir.

—¿Desde cuándo sabes que nuestra madre era judía?

Cee-Cee levanta la cabeza y deja de mover las manos.

—¿Qué?

—Judía —enfatizo la palabra—. ¿Desde cuándo sabes que nuestra madre era judía?

Echa un vistazo rápido a la puerta, que está abierta.

—¡Haz el favor de bajar la voz!

El pánico que reflejan sus ojos responde a todas mis dudas.

—Te he hecho una pregunta.

Toma una carta del montón con una calma fingida y usa un abrecartas de plata para abrir el sobre con un movimiento limpio. Saca el contenido del interior y lo examina, sin ninguna prisa aparente. Después, deja la hoja a un lado y levanta la mirada.

—¿Con quién has hablado?

—Eso no es una respuesta.

—No. No lo es. Pero te lo voy a preguntar una vez más. ¿Con quién has hablado?

—Eso no tiene importancia.

—Pues yo creo que sí que la tiene. ¿Quieres que lo adivine? —pregunta con el atisbo de una sonrisa. El efecto es ligeramente espeluznante—. No será tu amigo de *The Weekly Review*, ¿verdad? ¿Ese con el que te has estado acurrucando últimamente?

Está intentando desviar la conversación para que me ponga a la defensiva.

—¿Entonces ni siquiera lo vas a negar?

Sacude la cabeza, como si estuviera en lo cierto.

—Y parece ser que tú tampoco.

—¿Sabías que ese fue el motivo por el que papá la internó? ¿Porque se avergonzaba de su… condición de judía? —Suena extraño y horrible cuando lo digo, pero los hechos de los que acusan a mi padre también son terribles.

Cee-Cee pone una mano sobre la otra y las descansa en el protector de escritorio.

—Se avergonzaba de ella porque lo dejó en ridículo delante de sus amigos.

—Estaba enferma.

—¡Era una pusilánime!

Ahí tengo la confirmación, si es que todavía me hacía falta.

—Una vez me dijiste que papá hacía que las piezas del ajedrez desaparecieran. Te referías a esto. A ella. Mamá era la pieza fastidiosa del tablero.

Cee-Cee toma aire y yergue la espalda.

—Ya sabes cómo era. Estuviste ahí la noche que pasó. Viste y oíste lo mismo que yo y que todos los demás. Lloraba y vociferaba como una loca. ¿Cuánto tiempo más querías que soportara sus pataletas? Hizo lo que tuvo que hacer.

—Y el accidente —la presiono—. Su muerte.

—¿Qué pasa?

—Hay gente que cree que no fue un accidente —dudo, porque no estoy segura de poder pronunciar el resto en voz alta. Una vez lo diga, no podré retirarlo. Pero tengo que hacerlo, porque quiero ver su expresión cuando lo oiga—. Dicen que pagaron a alguien para que se le cayera una navaja en su habitación, que padre pagó a alguien para que le dejara una navaja en su cuarto.

Me mira horrorizada.

—No seas ridícula.

La expresión de horror me alivia, por extraño que parezca.

—No lo sabías.

—¿Saber el qué? Es un disparate.

—Ah, ¿sí? —La miro de arriba abajo: la expresión agitada, la postura rígida—. Pues yo no estoy tan segura. Y creo que lo sabes. No murió como nos dijeron, Cee-Cee. No fue un accidente.

Veo que quiere negarlo, que quiere descartar la teoría, y casi me compadezco de ella. La idea de que su héroe, el padre al que siempre ha venerado y al que se ha esmerado en complacer, sería capaz de algo tan despiadado y cruel la ha dejado totalmente consternada.

—Claro que no fue un accidente, no seas necia. Todos sabemos lo que hizo madre y por qué. Tú misma lo has dicho. Estaba enferma. Pero nadie saldría ganando si se conocía la verdad, y mucho menos si la gente descubría que ya lo había intentado en dos ocasiones anteriores. «Suicidio» es una palabra muy desagradable. Claro que lo quisieron maquillar como pudieron.

La miro boquiabierta, incrédula. Nunca habían mencionado esa palabra delante de mí, pero es evidente que ella sí que la había oído antes.

—¿Sabías que lo había intentado en otras ocasiones?

—Al principio no, pero... la gente del seguro empezó a investigar y a preguntar cosas. Y papá creyó que era mejor que lo supiera.

—Pero yo no.

—Eras una cría —me suelta, antes de bajar la voz y proseguir—: No te haces una idea de la gravedad del asunto, de la gravedad de su condición. —Veo una súplica en sus ojos, la necesidad de que me pase a su bando, al de mi padre—. La prensa se habría dado un buen banquete con una de sus escenitas. Todo resultaba tan sórdido, tan... desagradable.

—Lo dices como si ella hubiera tenido la culpa. Como si se mereciera lo que le pasó.

—¿Y qué quieres que diga? Fue algo trágico, horrible. Pero también inevitable. Es por ese motivo que padre la mandó allí para empezar. No sabía qué más hacer con ella. Estaba fuera de control y cada vez iba a peor. Era cuestión de tiempo.

Escucho cómo lo justifica, lo racionaliza y le echa la culpa a mi madre, y soy consciente de que ya ha absuelto a mi padre.

—Te da igual, ¿verdad? No te importa si lo que afirman que hizo es cierto o no. Te da igual.

—¡Por el amor de Dios! ¿Te estás escuchando? Lo que sugieres es absurdo. —Me tasa con los ojos, que se vuelven duros de repente—. Y, por si se te ocurre alguna tontería, sería muy mala idea comentar esto con alguien.

Está muy claro lo que quiere decir. Siento repugnancia al darme cuenta de que es igual que mi padre, de que me está intentando intimidar con sus amenazas encubiertas.

—¿Me ha llegado el turno? ¿Soy la siguiente pieza de aje-drez de la que deshacerse? ¿Quién sabe? Puede que yo también tenga un accidente.

Me mira con una expresión triste, como si estuviera lidian-do con un crío imposible.

—Yo en tu lugar me andaría con ojo. —Toma el montón de cartas del escritorio y se lo coloca bajo el brazo para marcar el fin de nuestra conversación—. Y no te equivoques. El asunto de Ted-dy ya está zanjado. Te casarás con él como habíamos planeado. Y hasta que llegue ese momento, permanecerás cerca de casa.

—No puedes intimidarme para que me case con alguien con quien no me quiero casar.

Me mira como si lo que le acabo de decir le hiciera gracia.

—Claro que sí podemos. Para muestra, un botón. ¿Acaso crees que yo me quería casar con George y tener tantos hijos? ¿Que lo único a lo que aspiraba era a convertirme en la esposa de alguien? No es así. Pero ya me ves, cambié de parecer por el bien de la familia. Y pronto te tocará a ti.

Alzo la barbilla e intento no pestañear.

—¿Y si tengo otros planes?

Me mira fijamente, con una calma que me enfurece, como un tramposo que sabe que tiene la mano ganadora.

—Estos planes que tienes, ¿imagino que no serán con cierto reportero de un periódico? ¿Uno con un piso de mala muerte en la calle Treinta y Siete? —Sonríe, orgullosa de sí misma, cuando ve que abro la boca—. ¿De verdad creías que no lo descubriría? Parece que no eres tan lista como piensas.

Aparto la mirada y siento que se me ruborizan las mejillas. Sin dejar de mirarme, continúa:

—Sé que coges el coche a menudo, a donde vas y el tiempo que pasas allí. Sé lo de la comida, el vino y lo de tus cenas, que sospecho que son muy íntimas. Lo sé todo.

—¿Has hecho que me sigan?

—Sospeché que os traíais algo entre manos la noche que lo conocí. Vi cómo lo mirabas y cómo te miraba él. Como si fue-rais un par de gatos hambrientos. Pero me daba igual, siempre que siguieras adelante con lo de Teddy. Un amigo en la prensa puede resultar muy útil. —Hace una pausa y me ofrece una sonrisa feroz—. Y algo me dice que es muy bueno. Un tanto brusco, a lo mejor, pero eso puede ser una ventaja. Dicen que acostarse con alguien de menor categoría es muy entretenido. ¿Tú qué crees?

El sonido de la bofetada que le doy en la mejilla resuena por el despacho antes de que me pueda contener. Cee-Cee hace un gesto de dolor, pero su sonrisa nunca desaparece. A pesar de eso, estoy muy satisfecha con la marca que le he dejado en la mejilla.

—Ya veo —dice, y asiente con frialdad—. Es tal y como lo imaginaba.

—Supongo que padre lo sabe.

—No. Bueno, por lo menos, no por mí. Decidí ignorarlo, siempre que fueras discreta. Aunque asumí que a estas alturas ya te habrías cansado de él. Pero no, en lugar de eso, estás pensando en rechazar a Teddy por el chico de los periódicos.

—Hemi es diez veces mejor que Teddy.

—Dios santo… Te has enamorado de él. Te has enamorado de un miserable reportero que se gana la vida inventándose historias escabrosas sobre tu propia familia. Y, por favor, no intentes convencerme de que no te lo ha contado él. Pareces una colegiala boba. Bueno, debo admitir que ha tenido buen ojo para elegir a su objetivo.

El comentario me duele, probablemente porque se acerca mucho a la verdad. Sí que has escogido bien. Y, sin embargo, siento que tengo que defenderte, que soy demasiado orgullosa para admitir que tiene razón. Titubeo, pretendo justificar lo que has hecho (o tus motivos, como mínimo). Pero sería igual que mi hermana si estuviera dispuesta a ignorar una traición por el simple hecho de no poder soportar la verdad. Sin embargo, no voy a concederle ese triunfo.

—Te equivocas —digo con un tono uniforme—. Te has equivocado con él desde el principio. Nunca iba a ponerse de tu parte. Pensaste que podrías comprarlo y usarlo para convertir la historia de papá en la de un héroe, pero no lo habría hecho. Él no se vende.

—¿Que no se vende, dices? —Ríe de verdad y suelta una carcajada aguda y burlona—. Qué bobalicona. Nunca lo viste venir. Eres una futura heredera prometida con el hombre casadero más prominente del estado, pero eso no le impide intentar conquistarte. Te enamora con su cara bonita y su acento anticuado. Y luego, cuando te ha cazado, te sonsaca información. Quiere saberlo todo de ti, dónde creciste y cómo era ser la hija de un hombre tan importante. Prepara un nidito de enamorados para que podáis estar a solas, alejados de este mundo tan grande y cruel, y jugáis a las casitas juntos. Todo esto, claro, cuando ya ha conseguido que lo invites a casa y se ha introducido en el círculo íntimo de papá. ¿Nunca se te ha ocurrido preguntarte qué gana él con tanto romance? ¿O qué pasaría una vez consiga lo que quiere?

Cuando lo explica de ese modo, suena todo muy obvio: es el plan perfecto. Y fue así como ocurrió, desde la primera invitación a la cena hasta la discusión que tuvimos después. Esa noche estabas como pez en el agua. Sonreías y asentías mientras mi hermana te guiaba por la sala y te presentaba a gente que, de otro modo, nunca habrías conocido. Pero esto no es nada nuevo para mí, claro. Lo has admitido. Aunque saber que ella también lo sabe (y que ve lo inocente que he sido), es duro de aceptar.

Se me llenan los ojos de lágrimas. Parpadeo para librarme de ellas, pero Cee-Cee se da cuenta y resopla con impaciencia.

—Qué insensata. Ese hombre no tiene ni un centavo a su nombre y estabas dispuesta a renunciar a todo por él, para vivir del amor, supongo. Y mientras tanto, ¿qué le has dado tú a cambio? —Me escruta despacio con ojos astutos—. Apuesto que nada que puedas recuperar.

—No le he dado ni un centavo.

Me roza al pasar por mi lado y, sin mirarme, responde:

—No me refiero al dinero.

༄

Horas después, sigo sin saber qué pasará a continuación. He estado escribiendo una carta, dos, de hecho, aunque no estoy convencida de poder terminar ninguna. No consigo dejar de llorar. Pero tengo que tomar una decisión. Me he estado peleando con las palabras, con la resolución imposible de elegir entre mi corazón y mi cabeza. Pero ¿cómo voy a escoger? Es como si fuera a la deriva y no hubiera ningún modo de regresar a ti. De volver a nada. Sin embargo, tengo que decidirme y debo hacerlo pronto.

También me pregunto cómo entregar las cartas una vez estén terminadas. Puede que lo mejor fuera que llamara por teléfono. La discreción ya no sirve de nada ahora que nuestro secreto ha salido a la luz, pero la realidad es que lo estoy escribiendo todo en un papel porque sé que nunca tendré el valor de decir lo que estoy casi convencida que tengo que decir cuando oiga tu voz. Y, sin embargo, debo hacerlo, ¿no?

Adiós.

Cee-Cee tenía razón. He sido una ingenua con muchas cosas. He vivido en un mundo de fantasía en el que la princesa del cuento y el atractivo mendigo cabalgan hacia la puesta de sol y no vuelven a oír hablar nunca más del malvado rey. Pero la vida no es así. El mendigo no es lo que parece y el rey es omnipotente. No hay atardecer y la princesa es una boba.

Sigo escribiendo sobre el escritorio cuando Cee-Cee entra sin llamar. Me sobresalta su presencia repentina y me molesta que se crea que puede entrar sin permiso. No quiero que me vea así.

Me pongo recta en la silla y ella entra con cautela, mira por encima de mi hombro y se fija en el folio azul que tengo delante.

—¿Estás escribiendo una carta?

Lo pregunta con indiferencia, como si no acabáramos de tener una discusión horrible. Pongo el diario encima del folio a medio escribir y apoyo las manos encima.

—Un poema —miento—. Llevo trabajando en él varias semanas.

—No sabía que habías empezado a escribir otra vez. —Intenta sonreír, pero desiste cuando ve que no estoy de humor—. ¿Puedo leerlo?

—Nunca te han gustado los poemas. Y mucho menos los míos. De hecho, recuerdo que una vez le llevaste uno de mis cuadernos a papá y me causaste bastantes problemas.

Suspira, sin energía.

—¿Me vas a echar en cara todos mis pecados?

—Si quieres, sí.

Me levanto y me aparto del escritorio, preparada para otra discusión. Cee-Cee me sorprende al entregarme un pañuelo recién planchado que tiene en el bolsillo. Lo acepto con recelo y me seco los ojos. Ella se acerca a la cama y se deja caer en ella.

—No deberíamos pelearnos.

No respondo. No me interesa su rama de olivo.

—Oye, siento lo que he dicho antes. No era consciente de que teníais una relación tan formal, y me ha cogido por sorpresa. Siempre has sido mi hermana pequeña y, cuando veo que te vas a meter en problemas, siento la necesidad de protegerte.

Me cuesta creer lo que oigo.

—¿Cuándo me has protegido?

Aparta la mirada.

—Sé que no tenemos muy buena relación, pero eso no quiere decir que no te tenga cariño. Somos familia.

La observo; me fijo en sus ojos grandes y sumisos y en su mueca triste, y me pregunto quién es esa desconocida que descansa en mi cama. No conozco a esa persona. Parece cansada, incluso un poco conmovida. Me siento rígidamente a su lado, en silencio.

—Crees que soy dura —dice en voz baja—. Y supongo que lo soy. A veces por necesidad y otras, por costumbre. Pero he tenido muchas responsabilidades desde… que mamá murió. Y siempre nos ha separado la diferencia de edad. Nunca he sabido cómo estar contigo, cómo compaginar los papeles de madre y hermana. Ahora ya eres mayor. Eres una mujer, no una niña. Deberíamos ser amigas.

Amigas.

Bajo la mirada a su pañuelo, que hace un instante estaba perfectamente planchado y ahora es una bola húmeda. Si nunca nos hemos comportado como hermanas, ¿cómo vamos a ser amigas? Las amigas se tienen confianza, pero yo ya no confío en nadie.

Acerca el rostro al mío y me ofrece una sonrisa tímida.

—¿Crees que podremos? ¿Crees que podremos limar nuestras asperezas? —Alarga la mano hacia la mía y me acaricia los nudillos con el pulgar—. ¿Por favor?

Ese momento de ternura, tan inesperado, extraño, hace que se me llenen los ojos de lágrimas. Intento contenerlas, pero no me sirve de nada. Me desplomo sobre ella y rompo a llorar.

—Pobrecita mía —canturrea, y me da unas palmaditas en la espalda—. No puede ser para tanto.

Me relajo sobre ella. Como un niño que se ha caído, me muestro sobresaltada e insegura, y busco desesperadamente algo a lo que aferrarme. Y, de repente, estoy exhausta.

—Tú y yo somos muy diferentes —dice con un tono suave, casi maternal—. Puede que tengamos distintos roles que interpretar, pero somos familia, y siempre lo seremos. Es posible que te haya descuidado, que incluso te haya alejado de mí, pero era porque no sabía cuidar de ti como es debido. De niña siempre fuiste muy distinta a mí y tan parecida a… Helene.

Le tiembla la voz, como si mencionar el nombre de nuestra madre le doliera.

—Nunca tuve una relación tan íntima con ella como la que tenías tú. Siempre fuiste su favorita, y supongo que yo estaba celosa. Entonces enfermó y solo nos quedó papá. Yo estaba desesperada por obtener su aprobación, así que dije e hice lo que él quiso, pero te hice daño en el proceso. ¿Me perdonas?

He anhelado el afecto de mi hermana desde que tengo memoria. Cuando mi madre se fue y yo me quedé sola en esta casa fría y enorme, anhelé el cariño que me ofrece ahora. Pero, después de todo lo que he descubierto hoy, ¿cómo voy siquiera a considerar perdonarla? Y, sin embargo, siento el impulso, la tentación de relajar los puños y aceptar lo que me pide. Aunque estoy demasiado agotada para pensar en ello ahora, demasiado afectada, demasiado vacía.

Me da una palmadita en la mano, como si ya estuviera todo decidido.

—Ahora estás confundida y dolida. Crees que no puedes vivir sin ese hombre, que es tu noche y tu día, tu mundo entero. Pero en realidad, casi ni lo conoces. Solo sabes lo que él te ha contado, lo que quiere que creas. Un hombre que intenta ponerte en contra de tu familia nunca te hará feliz. No entiende nuestro estilo de vida. Te mereces un hombre al que le importen las mismas cosas que a ti, que te pueda ofrecer la vida a la que estás acostumbrada. Y a tus hijos. Tienes que pensar en tus hijos y en el mundo en el que crecerán.

Asiento, aunque apenas escucho lo que dice. Solo quiero estar sola, pensar en todo lo que ha ocurrido, todo lo que me han contado y lo que no. Mis ojos van hacia la hoja de papel azul, apenas visible debajo de mi diario, a la carta a medio escribir que espera que la terminen, y recuerdo tu expresión cuando has entrado y te has dado cuenta de que había encontrado tus apuntes. La culpa y el pánico. La prisa por justificarte. Cuando me marchaba, me has preguntado si iría a la estación mañana. No te he respondido porque no lo sabía. Sigo sin saberlo.

—Gracias —digo, y le devuelvo el pañuelo a Cee-Cee—. Me gustaría estar sola un rato. Tengo una jaqueca horrible.

—Normal. Deberías echarte un rato y descansar. Ve primero a humedecer un trapo para los ojos. Y de paso tómate unos polvos para el dolor de cabeza. O si quieres, puedo mandar a alguien a la botica a comprar algo más fuerte que te ayude a dormir. Ya verás que, una vez hayas dormido un poco, las cosas parecerán menos importantes. Venga, ve. Te abriré la cama mientras vas a por el trapo.

En el cuarto de baño, preparo los polvos, me los tomo en dos largos tragos y tengo arcadas cuando me lo termino. Me quedo de pie delante del lavabo y mi propio reflejo me alarma. Por un instante, es mi madre quien me devuelve la mirada desde el espejo. Tengo un aspecto salvaje, los ojos enrojecidos, el pelo oscuro hecho un desastre y pálida, y las mejillas húmedas por las lágrimas. Exactamente como ella la última vez que la vi.

Me limpio con agua lo que me queda de maquillaje y me llevo el paño a la habitación. Me sorprende ver que Cee-Cee sigue ahí. Está abriendo la cama y reuniendo los pañuelos arrugados.

—Así me gusta —dice con una sonrisa indulgente—. Mucho mejor. Prométeme que hoy no escribirás más poemas. Pobrecita. Tienes un aspecto espantoso. Intenta descansar, si puedes, y dentro de un rato haré que te suban un té. Ya hablaremos cuando te encuentres mejor.

Espero hasta que se ha ido y echo el pestillo antes de volver a mis cartas sin terminar.

Mi lamento: Belle

(Páginas 87-92)

6 de diciembre de 1952
Londres, Inglaterra

Han pasado once años, pero todavía parece que fue ayer. La herida sigue abierta, sigue supurando. El día que desapareciste de mi vida, ¿quieres que te cuente cómo fue? ¿Lo que sentí? Sí, creo que lo haré, porque no debería ser el único que lo recuerde.

El sol se cuela puntualmente por la cortina de la habitación. Me levanto de la cama, todavía vestido. He esperado toda la noche a que suene el teléfono, a oír el ruido de tu llave en la cerradura. He esperado en vano. Pero me convenzo de que es una buena señal. Si no tuvieras pensado ir a la estación, estoy seguro de que tendrías la decencia de llamarme, como mínimo. No me dejarías plantado en el andén. Así que, para cuando el sol ha salido, ya tengo la maleta hecha, el buró desocupado y el armario del lavabo totalmente vacío.

Llego a Penn Station con dos horas de antelación. Tengo los pasajes en el bolsillo del abrigo, cargo un par de maletas en una mano y la máquina de escribir de mi padre en la otra. Entro por la Séptima Avenida, cruzo la galería comercial de tiendecitas lujosas de sombreros, bufandas y perfumes, y me dirijo hacia el comedor, que es nuestro punto de encuentro.

De inmediato, el ruido del pasillo me envuelve por completo. Es un espacio gigantesco, con una red intricada de arcos de hierro forjado y el techo de cristal. Los enormes relojes a ambos lados me recuerdan que todavía me queda una larga espera.

Al final decido ir a la sala de espera, un cuarto cavernoso con columnas de piedra, un techo alto y abovedado e hileras de bancos de madera, como los de una iglesia. Aquí hay menos gente, menos ruido. El sitio me recuerda a una catedral, pero puede que se deba a que no he dejado de rezar desde que he cruzado las puertas.

Encuentro un lugar libre al lado de una mujer con un sombrero estrafalario de plumas y suficiente equipaje para un crucero transoceánico. Me echa una mirada fría y me saluda con la cabeza. Yo le devuelvo el gesto y me acomodo para esperar sentado la siguiente hora. Busco en los rostros de la gente que pasa por allí. Es poco probable que alguno de ellos seas tú (porque es demasiado pronto), pero busco de todos modos, por si tú también llegas antes.

Se me acelera el pulso cada vez que veo a una mujer de pelo oscuro con un sombrero elegante y zapatos de tacón. Me levanto varias veces, convencido de haberte encontrado entre la multitud. A continuación me vuelvo a sentar en el banco, totalmente consciente de que la mujer a mi lado está cada vez más molesta. Me da igual. Estoy cansado e inquieto, miro el reloj de pulsera cada tres minutos y les pido a las manecillas que se apresuren y acaben con mi miseria. Por fin, llega la hora. Vuelvo al comedor con nuestro equipaje y espero cerca de la puerta.

Para las 14:45 sé que no vas a venir.

A pesar de eso, bajo las escaleras hasta nuestro andén, por si has llegado tarde y has decidido ir directamente al tren. Dejo las maletas y camino de un lado al otro, alargando el cuello, intentando desesperadamente encontrarte entre el enjambre de viajantes.

A las 15:04 concretamente, el tren deja la estación. Yo me quedo allí, mirándolo, buscando a través de las ventanas a su paso, deseando que haya habido un malentendido sobre dónde nos encontraríamos. Pero luego recuerdo que tengo los dos pasajes, y entiendo que el BRoadway Limited llegará mañana a Chicago con uno de los vagones dormitorio vacío.

Debería haberlo sabido; de hecho, lo sabía. Siempre respondías con excusas, con dudas, pero me convencí de que todo eso había quedado atrás. Me odiaba por dudar de ti, por pensar que solo querías una excusa para regresar con tu familia y el patético de tu prometido, pero, al final, eso ha sido exactamente lo que te he dado. De todos modos, me podrías haber ahorrado lo de la estación.

⁓

Cuando llego al apartamento, ya no siento nada. Introduzco la llave en la cerradura sabiendo que, cuando cruce la puerta, no te encontraré al otro lado. Dejo las maletas y me echo en el sofá, no me molesto en quitarme el sombrero ni el abrigo. Sigo ahí sentado cuando veo que algo entra por debajo de la puerta.

Tardo un momento en procesar lo que acabo de ver, un sobre con mi nombre escrito en tinta negra. Me levanto de un bote, corro hacia la puerta, me tropiezo con las maletas y casi me caigo en el vestíbulo.

—¡Belle!

Tu nombre resuena en el estrecho pasillo. Pero no te veo, solo hay un niño delgaducho con una gorra de *tweed* y un abrigo verde que corre hacia las escaleras. Se da media vuelta con los ojos muy abiertos y se queda quieto. Su rostro me resulta familiar. Es el hijo de tu hermana. El chico tímido al que llamas Dickey. Abre la boca, pero no dice nada.

—¿Dónde está tu tía? —pregunto, con toda la calma que consigo—. ¿Está contigo?

Cierra la boca y niega con la cabeza.

—¿Has venido solo?

Asiente sin mediar palabra. Sin dejar de mirarlo, me agacho para recoger el sobre del suelo.

—¿Cómo has venido?

—En bicicleta. Me tengo que marchar. Se supone que no debería hablar con usted.

—¿Te lo ha dicho ella?

—Solo tenía que meter la carta por debajo de la puerta y volver a casa.

—¿Le puedes dar un mensaje de mi parte?

Pone los ojos como platos y niega con la cabeza.

—Se supone que no debo hablar con usted.

Entonces se da media vuelta y baja las escaleras a toda prisa. Yo me siento en el sofá y saco el contenido del sobre: una sola hoja de papel azul. Observo el folio y la caligrafía con bucles y un trazo elegante. Palabras bonitas que pretenden absolverte, pero no deberías haberte molestado. Esto no cambia nada.

He oído a la gente decir que, en los peores momentos de sus vidas, sintieron como si el suelo bajo sus pies desapareciera bajo ellos. Siempre pensé que era una frase hiperbólica, pero ahora lo entiendo. En el andén, cuando el tren se marchó y me quedé con las maletas, ahí plantado, me sentí como si me hubieran soltado en un abismo sin fondo, como si mi futuro fuera negro y estuviera vacío. Un momento así no se olvida. Y no se perdona. Nuestra muerte se anunció aquel día a las tres de la tarde. Cuando el tren se fue de allí sin nosotros.

Arrugo el papel, lo lanzo; luego voy a la cocina y recupero la botella de ginebra que he dejado en la basura antes de marcharme. Me sirvo un vaso y me bebo la mitad de un trago; agradezco la calidez que me produce al bajar poco a poco y el golpe breve pero embriagador que siento cuando me llega al estómago.

Me acabo de rellenar el vaso cuando suena el teléfono. Lo miro fijamente mientras el corazón me golpea las costillas. No podría soportar volver a oír tu voz. Mucho menos, si me vas a repetir lo que pone en la carta o, aún peor, me vas a decir que lo sientes. Dejo que el teléfono suene y suene.

Pero ¿y si has cambiado de opinión? Tomo el auricular y me aclaro la garganta.

—¿Hola?

—¡Me cuesta creer que no me hayas llamado, desgraciado! Tú no, Goldie.

Siento una especie de vacío en el pecho, es el golpe decisivo. Mi mente me ordena que cuelgue, pero no consigo que el brazo la obedezca. En lugar de eso, me quedo ahí, con el vaso de ginebra mientras ella grita.

—Estaba convencida de que ibas a volver arrastrándote cuando te dieras cuenta de que habías sido un idiota. Has rechazado el reportaje con el que sueñan todos los periodistas, una bomba de verdad, ¿y todo porque has quedado prendado de una niña rica? Nunca pensé que fueras tan necio, pero me equivocaba. Así que parece que voy a tener que ser la que lleve los pantalones. Y si estuviera en tu lugar, lo pensaría detenidamente.

Marca las consonantes con fuerza, con emoción, como cuando ha estado bebiendo, pero prosigue:

—Te voy a dar una segunda oportunidad para convertirte en una estrella, mandril británico. Aunque no la mereces. Y para demostrarte que voy en serio, te dejo que le pongas tú el precio. ¡Diablos! Hasta te dejaré elegir el titular. Esta oferta tiene fecha de caducidad. Tienes veinticuatro horas para cambiar de opinión y volver a tu puesto de trabajo si no quieres que convierta a otro en estrella.

Me bebo el resto de la ginebra de un trago y dejo el vaso con un golpe seco.

—No me hacen falta veinticuatro horas.

Para siempre y otras mentiras

(Páginas 70-76)

7 de diciembre de 1941
Nueva York, Nueva York

Me escapo de casa antes del desayuno con nada más que el bolso, salgo por la puerta trasera, atravieso el pasillo de servicio y me dirijo al garaje. Banks todavía no ha llegado, porque mi padre está de viaje, así que no hay nadie en el aparcamiento. Cojo las llaves del Chrysler del tablero de la pared y me siento detrás del volante. Tengo una sensación vertiginosa cuando el motor se enciende. Te imagino esperándome al otro lado de la ciudad, caminando de un lado a otro con la mirada fija en el reloj, tan emocionado como yo por comenzar nuestra nueva vida.

Los pasajes, los que compraste para el BRoadway Limited de ayer, ya no sirven. Desearía haber tomado la decisión antes y haber llegado a tiempo al tren. Ahora ya estaríamos en Chicago, puede que de camino al Registro Civil. Pero compraremos unos nuevos cuando lleguemos a la estación, y por fin nos iremos de Nueva York. Puede que sea un día después de lo que planeamos, pero ¿qué es un día si lo comparas con toda una vida?

Me parece un gesto temerario volver a confiar en ti después de lo que descubrí, pero, tras haber llorado y haberlo sopesado, me he dado cuenta de que no soportaría perderte. Sin embargo, con Cee-Cee controlando cada uno de mis movimientos, no me he atrevido a llamarte por teléfono. Así que le pagué un dólar a Dickey para que te llevara mi carta de camino a la botica. Cuando le pedí que me jurara que sería nuestro secreto, me miró con recelo, así que no estaba convencida de que se fuera a atrever. Sin embargo, al cabo de un rato, llamó a mi puerta y me dijo que ya estaba hecho. Apenas podía mirarme a los ojos, el pobre. No ha nacido para la intriga.

No le he dejado ninguna nota a Cee-Cee; de todos modos, pronto descubrirá dónde estoy, aunque para entonces ya habré escapado de esa red para siempre y no volveré a casa de mi padre nunca más. Conduzco con la vista fija en el retrovisor y recuerdo la confesión alegre de Cee-Cee al reconocer que me había estado vigilando. No lo soportaré si algo sale mal a estas alturas.

Aparco a una manzana y media de tu bloque y subo las estrechas escaleras hasta el segundo piso. Cuando llego a tu rellano, estoy un poco mareada. Espero encontrarte pasando la aspiradora con la puerta abierta, pero no es así. Me sorprende todavía más cuando intento girar la maneta, pero está cerrada con llave. Saco la llave y casi me caigo al tropezar con mi maleta, justo al otro lado de la puerta.

Miro por todas las habitaciones, primero con despreocupación y luego más frenéticamente. Te busco. Busco tu maleta. En la habitación, el buró está vacío, la cama sigue hecha. En el armario del lavabo tampoco hay nada. «Es normal», me digo a mí misma para intentar deshacerme de una inquietud cada vez más grande. «Nos marchamos, por eso lo has recogido todo». Por eso está todo tan vacío y hay un silencio tan perturbador.

Busco alguna nota, sin éxito. No hay nada, solo una botella de ginebra vacía en el fregadero. Todo rastro de ti ha desaparecido. El cuarto se tambalea y balancea. Cierro los ojos y espero a que se detenga. Cuando los vuelvo a abrir, veo el sobre en el suelo, al lado del sofá, azul con tu nombre en el anverso. Está abierto, pero no hay nada en el interior.

Sigo mirando el sobre cuando un hombre con una camisa arrugada y un jersey manchado entra por la puerta abierta.

—No puede estar aquí.

—Busco al arrendatario del piso.

—Aquí no vive nadie —dice, un poco molesto—. El arrendatario ahuecó el ala anoche.

Parpadeo rápidamente y asimilo la noticia.

—¿Cómo que ahuecó el ala?

—Así es, señorita. Llamó a mi puerta anoche a la hora de cenar y me dijo que se marchaba. Que había terminado su proyecto aquí y que se iba a cubrir la guerra. No sabía que uno podía ir hasta allí, pero puede que tenga contactos. Los de su calaña suelen tenerlos.

De repente, siento que la habitación se ha quedado sin aire y que me voy a caer al suelo. Me agarro del brazo del sofá, consciente de la expresión de alarma del arrendador.

—Oiga, ¿está enferma? —Entrecierra los ojos y me mira de arriba abajo—. Ahora la recuerdo. Siempre venía a horas extrañas y nunca se quedaba mucho tiempo.

El cambio en su expresión hace que me ardan las mejillas. Pienso en negarlo, decirle que se confunde, pero ya no tiene importancia. Me pongo derecha y me paso una mano por el pelo.

—¿Le ha dado alguna dirección para el correo?

—No. Nada de nada. —Entonces presiona los labios, como si acabara de comprender las situación—. La ha dejado de la noche a la mañana, ¿no?

Aparto la mirada.

—Eso parece.

—Es muy duro. Pero puede que sea para bien. Un hombre que la abandona para ir a la guerra tiene que hacerse mirar la cabeza.

Lo observo fijamente, tengo un nudo en la garganta y no puedo responder.

—Bueno, pues si necesita usted un piso, este está disponible. Y puedo ofrecerle un buen precio, muñeca, porque su amigo ha pagado todo el mes.

La idea de vivir en ese piso es ridícula, pero de repente me doy cuenta de que no tengo un plan alternativo. No había pensado que te habrías marchado o que podría haberme equivocado tanto. Ahora mismo, no soporto la idea de volver a casa de mi padre y que mi hermana me reciba con su sonrisa de satisfacción.

—¿Está bien? No tiene muy buena cara.

Niego con la cabeza y voy hacia la puerta.

Él da un paso hacia mí, como si quisiera bloquearme el paso, y señala la maleta, que está aparcada detrás de la puerta de cualquier modo.

—¿Es suya?

Miro la maleta y recuerdo las semanas que he pasado preparándola con cuidado. Te burlaste y dijiste que era «mi ajuar».

—Sí, es mía.

—¿Y no se la va a llevar?

—No.

Consigo bajar las escaleras y regresar al coche antes de derrumbarme. Apoyo la cabeza sobre el volante helado, las ventanas amortiguan el ruido del tráfico y, finalmente, me desplomo. ¿Cómo has podido hacerme esto, Hemi? ¿Cómo, cuando sabías que iba a venir?

Apenas recuerdo el trayecto de regreso a casa de mi padre, ni siquiera cuando aparco el coche en el garaje. Cee-Cee está en el vestíbulo cuando entro, poniendo unas flores en un jarrón. Me ve quitarme el abrigo desde detrás de estas y se fija en mi cara. Tengo los ojos hinchados y ásperos, ya que he pasado la tarde en un cuarto lleno de humo.

Espero que me pregunte dónde he estado y con quién. Pero en lugar de eso, me examina brevemente y vuelve a centrarse en sus gladiolos. Siento un alivio tan grande que podría llorar. No creo que pudiera soportar otra escenita de las suyas ahora mismo. Me dirijo a las escaleras y consigo llegar a la primera planta. De repente estoy agotada, y total y completamente vacía.

Consigo llegar a mi habitación y me cierro con llave. Tras lavarme la cara y tomarme los polvos para dormir que Dickey me trajo de la botica, me dejo caer en la cama; solo quiero olvidarlo todo. Mañana pensaré en qué hacer. Mañana haré planes.

❧

No tengo ni idea de qué hora es ni del tiempo que llevo durmiendo cuando oigo a Cee-Cee al otro lado de la puerta, dando golpes y sacudiendo el picaporte.

—¡Abre la puerta, por el amor de Dios! ¡Ha ocurrido algo!

Sigo un poco aletargada de dormir pero, al final, comprendo lo que dice. «Ha ocurrido algo». Se me pasan por la cabeza diferentes escenarios mientras me intento sentar. Que has cambiado de opinión y has decidido volver. Que mi padre se ha enterado de nuestros planes y ha regresado del viaje para ocuparse de mí. O puede que ya se haya ocupado de ti. Esa idea hace que me estremezca. Me pongo de pie a toda prisa y corro a abrir la puerta.

Cee-Cee se abre paso y entra con una expresión triste y sin aliento.

—Japón ha bombardeado la base naval de Pearl Harbor. Lo acaba de anunciar en la radio un reportero que está allí. Se oían las bombas de fondo, las explosiones. Parece muy grave.

Tardo un momento en cambiar de tema. No tiene que ver contigo. Ni con mi padre. Sino con Japón.

—¿Cómo es posible?

—Dicen que ha sido un ataque sorpresa. Han abatido los aviones. Los barcos están en llamas. Se desconoce el número de fallecidos. Creo que también han atacado Manila. Ahora Roosevelt tendrá su guerra. Seguro que están celebrando con champán mientras nosotras hablamos.

La miro, horrorizada. Eso es lo que le preocupa. No siente ira por las vidas que se han perdido, ni pena por las pobres viudas y los huérfanos. Lo único que le molesta es que la querida causa de mi padre (ofrecerle a Hitler unos Estados Unidos neutrales) se haya ido al garete.

—¿El presidente ha comparecido?

—No, pero lo hará. Lleva tiempo rezando para que esto suceda.

—¿Crees que el presidente de los Estados Unidos ha estado rezando para que nos atacaran y mataran a cientos de personas?

—Veo que sigues sin entender quién mueve los hilos y por qué. Esto no ha sido un ataque aleatorio. Lo han orquestado para arrastrarnos a su guerra. Los judíos y los comunistas quieren usar nuestro dinero y nuestros recursos para que luchemos su guerra por ellos. Pero ¿por qué deberíamos hacerlo? Ellos son quienes deben formar su propio ejército y defenderse.

Las palabras de Cee-Cee me dejan estupefacta.

—Esa gente de la que hablas… nuestra madre era uno de ellos. Su sangre, su sangre judía, corre por tus venas y por las mías. Esos de los que hablas… somos nosotros.

—No vuelvas a decir eso nunca más. Ni en esta casa ni en ningún sitio.

Los ojos le brillan con frialdad cuando me mira y me transportan a la noche en la que mi madre tuvo el ataque. Regreso al momento en las escaleras, recuerdo su extraña sonrisa y sus palabras sin sentido. «Ahora veremos». Y en cómo ocupó el lugar de mi madre y la hizo desaparecer sistemáticamente de nuestras vidas.

—Esto te lo ha hecho él —digo, y por fin lo veo con claridad—. Te ha envenenado contra ella, poco a poco, y te ha premiado por ello. Ha hecho que te avergüences de ella, de ti misma. Porque eres como ella. Las dos lo somos.

—¡Yo no soy como ella! —grita Cee-Cee—. Soy estadounidense. Una estadounidense de los pies a la cabeza. Y mis hijos también. Tengo el deber de proteger nuestro nombre, nuestro estilo de vida, debo evitar que se mancillen.

De repente, es mi padre quien me devuelve la mirada. Su rigidez, su odio, su superioridad mordaz. Lo veo todo en ella.

—Hemi estaba en lo cierto sobre ti. Sobre los dos. Os caló desde el principio.

—Ah, sí, el chico de los periódicos. —Me ofrece una sonrisa glacial—. Ahora que lo pienso, ¿qué haces que no estás con él, comiendo en su diminuto piso? —La sonrisa se endurece—. No me digas que te has vuelto a equivocar con él.

Sus palabras son como un jarro de agua fría. Quiero negarlo, pero ¿cómo podría cuando he sido tan necia?

Ladea la cabeza y hace un puchero.

—Pobrecita. ¿Ha roto contigo? Yo en tu lugar me alegraría de haber escapado sin más que un arañazo. —Alza las cejas ligeramente—. Si es que lo has conseguido, claro.

—Lárgate.

Se da media vuelta y gira el cuello para mirarme.

—No sé cuándo volverá papá, pero no creo que tarde demasiado, y lo más probable es que no esté de muy buen humor. Yo me lo pensaría antes de comentar nada de Helene. O del chico de los periódicos. Te aseguro que no acabaría bien.

Para siempre y otras mentiras

(Páginas 77-80)

10 de diciembre de 1941
Nueva York, Nueva York

Llevo tres días en una especie de crepúsculo. Tres días creyendo que el dolor que siento es el peor que podría sentir. Pero me equivoco. Esto todavía no se ha acabado.

¿Quieres que sea yo la que te cuente qué pasó? ¿Lo que sentí? Creo que sería lo justo.

Sigo evitando a mi hermana, me quedo en mi cuarto cuando sé que ella está en casa. No tengo nada que decirle, aunque sospecho que, llegado cierto punto, tanto ella como mi padre tendrán mucho que decirme a mí. Sobre ti. Sobre Teddy. Sobre mi deber con la familia. Porque, a fin de cuentas, todo es una cuestión de deber. No tienen ni idea de a qué he renunciado, del escándalo que les ha ahorrado mi sacrificio.

Odio a Cee-Cee por haber estado en lo cierto con respecto a ti, y a mí misma por haberme dejado engañar de ese modo. A veces hago memoria de cada segundo que hemos pasado juntos, de cada palabra, cada beso, cada roce, e intento encontrar alguna pista que se me hubiera pasado por alto. Aunque puede que ella tenga razón. Quizá me haya librado de una buena. Y puede que en unos años (unos cien más o menos) lo crea de verdad. Pero en este momento no lo siento así.

Cada día, espero a que llegue el correo con la esperanza de que me hayas mandado algo. Una carta en la que me digas dónde estás y me pidas que vaya contigo. O, por lo menos, una que explique por qué hiciste lo que hiciste. Pero no he recibido nada, claro. Ni lo haré. Hay una parte de mí que lo sabe.

Sin embargo, sí que ha llegado un telegrama de mi padre. Cee-Cee se ha asegurado de que estuviera en la bandeja del desayuno de esta mañana. Parece que han cancelado el acto electoral de Boston, aunque él planea quedarse allí una semana más. Desde el ataque de Pearl Harbor, la comisión «Los Estados Unidos Primero» de Lindbergh se ha empezado a desmoronar, y mi padre y sus amigos están intentado evitarlo. En la última línea, hace referencia a mí: ordena que me mantengan vigilada hasta que él regrese y pueda encargarse de mí como es debido.

Mi hermana se divierte usando el regreso de mi padre como una amenaza. A mí me da igual. Me niego a que me amedrante o a quedarme en esta casa tan llena de odio y secretos. Mi padre me repudiará y me dejará sin un centavo, pero tengo mi propio dinero, del fideicomiso que me dejó mi madre cuando falleció. Para mi padre eso no es mucho, pero para cualquier otra persona es suficiente para llevar una vida sencilla.

Ya he decidido que me voy a marchar de aquí. Lo que no tengo claro todavía es a dónde iré. Había puesto todas mis esperanzas en California, pero íbamos a ir juntos y creo que no podría soportar ir allí ahora. Debería odiarte. De hecho, te odio. Pero no puedo evitar preguntarme dónde estás, qué haces y si piensas en mí. No me tendría que importar lo más mínimo. No mereces mis lágrimas. Pero, evidentemente, me importas. Ya lo sabías cuando te largaste.

Ahora sí que ha empezado la guerra. De momento solo es Japón, pero es una cuestión de tiempo hasta que Roosevelt también le declare la guerra a Alemania. Pienso en ti, en tus discursos apasionados sobre la responsabilidad moral de unirnos a los europeos para luchar contra los nazis. Estabas en lo cierto —tenías razón en todo—, pero no puedo dejar de pensar en los horrores de la guerra pasada, en la sangre, la muerte y la violencia, y en ti, en medio de todo eso, escribiendo por el bien de la historia.

Tu partida me ha dejado en una especie de extraño crepúsculo, en un limbo de días somnolientos y noches en vela.

No consigo volver a la normalidad, y el tiempo se está acabando. Tengo que planear algo, pero aquí no puedo pensar, estas paredes me asfixian.

Me quito el batín y me pongo lo primero que encuentro en el armario. Salgo al pasillo conteniendo el aliento, un poco a la espera de que alguien me aborde y me haga volver a mi habitación. Pero no veo a Cee-Cee al bajar las escaleras.

En el exterior, el aire es frío y cortante, aunque agradezco la sensación de camino a Park Avenue. No tengo ni idea de a dónde voy, pero está claro que no voy a ir a ningún sitio donde me puedan reconocer. Lo último que quiero es cruzarme con un conocido y tener que sonreír y entablar una conversación.

Mantengo la cabeza gacha y camino varias manzanas a paso rápido. El entorno cambia gradualmente: las casas señoriales se convierten en casas de ladrillo marrón y luego en bloques de apartamentos de ladrillo con negocios en las plantas bajas y las ventanas decoradas para las fiestas. Una farmacia, un zapatero, una tienda de música con clarinetes y violines de segunda mano en el escaparate. Observo la procesión de rostros decididos con los que me cruzo, todos demasiado ocupados para prestarme atención. Me resulta agradable ser una persona anónima, mirar a los rostros de la gente sin miedo a que me reconozcan. Y luego, me doy cuenta de lo que hago. Te estoy buscando a ti —tu rostro, tus hombros, tus pasos largos— en ese río de personas con prisa.

Es una idea ridícula. Tan absurda que las lágrimas me forman un nudo en la garganta. Cambio de sentido rápido y estoy a punto de chocar con una mujer que carga varios paquetes en los brazos. Hay algo en ella que me resulta familiar, los labios finos y la nariz aguileña. Lisa. Recuerdo su nombre. No, se llama Lissa, es una de las costureras de una de las tiendas de vestidos que frecuento.

La evito y me escondo detrás de un quiosco. Finjo que busco entre los expositores de revistas, periódicos y diarios sensacionalistas. Y entonces la veo: una copia granulosa de la foto de boda de mis padres me mira desde la portada del *New York Weekly Review* con el estridente titular: «Una horripilante muerte en un psiquiátrico en el punto de mira años después».

Siento que me flaquean las piernas y, por un momento, creo que voy a vomitar en la calle. Espero a que se me pase y tomo un ejemplar del expositor. Me tiembla todo el cuerpo y las palabras bailan y se emborronan cuando las leo, aunque la historia me resulta demasiado familiar.

Varios intentos de suicidio, una navaja que aparece de la nada, la sugerencia velada de que lo que se había clasificado como un suicidio podría no haberlo sido. Hay más en la segunda página, una lista interminable de grupos antisemitas y pronazis con los que se ha relacionado a mi padre. Es una lista más larga de lo que esperaba y, finalmente, la turbia insinuación de que mi padre habría hecho los actos más atroces para esconder el legado judío de su esposa. Al final de la segunda página hay dos fotografías más: una mía y otra de Cee-Cee, con nuestros nombres.

No te has dejado nada en el tintero. Ni siquiera sobre mí.

—Cómprelo o déjelo, señorita. Esto no es una biblioteca.

Levanto la mirada y veo a un hombre con las mejillas rojas por el frío y barba de un día. Cierro el periódico y lo dejo. Estoy tan confundida en ese momento que ni siquiera siento alivio cuando el tendero no me reconoce. Mañana sí que sabrá quién soy.

Mañana lo sabrá todo el mundo.

Para siempre y otras mentiras

(Páginas 81-83)

18 de diciembre de 1941
Nueva York, Nueva York

No habrá boda en junio.

Los padres de Teddy lo han anunciado y se han mostrado consternados y estupefactos tras leer el reciente artículo sobre mi padre en el *Weekly Review*. Imagino que no tardarán en concertar otro matrimonio. Después de todo, deben salvar las apariencias y qué mejor manera de cubrir el compromiso corto aunque desafortunado de Teddy que casándolo con una novia nueva e inmaculada, y preferiblemente de ascendencia pura y gentil.

Yo no saldré tan bien parada.

Yo soy a la que han dejado plantada, la indigna después del escándalo que ha mancillado a mi familia, aunque supongo que es justo después de mis actos. Me alivia haber dejado de ser un activo, algo con lo que negociar o hacer intercambios, aunque eso me ha dotado de una extraña invisibilidad. Mi padre apenas me ha dirigido la palabra desde que regresó de Boston. Ahora mismo está ocupado intentando salvar sus negocios, que parecen estar cayendo en picado. Supongo que la atención que ha adquirido recientemente le impide hacer lo primero que se le pase por la cabeza que, probablemente sería mandarme a un lugar dejado de la mano de Dios, como hizo con mi madre.

Al menos, tu artículo me ha protegido en ese sentido.

Tardaron un par de días, pero, al final, los detalles más escabrosos se abrieron paso entre las noticias de la guerra. Además, los otros periódicos también se han hecho eco de la noticia, como sabías que pasaría. Debes de estar muy orgulloso de lo que has conseguido.

Los enemigos de mi padre estarán de celebración y bebiendo champán. Él amenaza con poner una demanda por difamación, pero sus abogados le han advertido de que un juicio solo lo alargará todo y que se vería obligado a responder preguntas incómodas en público y bajo juramento. Dicen que es más sabio desmentir las acusaciones y dejar que el asunto muera con el tiempo.

Así que estamos todos en modo escándalo. El teléfono no deja de sonar y los periodistas han acampado en nuestra calle, delante de casa, para abordar a quien sea que entre o salga, así que casi somos prisioneros. A mí todo el asunto me da igual, pero Cee-Cee pasa del duelo a la ira cada vez que alguno de sus amigos encuentra alguna razón para cancelar sus encuentros para comer, tomar el té o jugar a las cartas. Las invitaciones que recibía para las fiestas de Navidad no han llegado todavía, y le han pedido que renuncie en varias de sus asociaciones de mujeres. Me gustaría poder fingir empatía, pero me resulta imposible. Hay una expresión sobre sembrar vientos y cosechar tempestades que no consigo quitarme de la cabeza.

Pero sí me sabe mal por sus hijos, a los que han sacado del colegio y ahora estudian tres días a la semana con una brigada de tutores que entran a casa por la puerta de la cocina. Parece que le he complicado la vida a todo el mundo, es como si hubiera introducido una víbora en nuestro seno familiar.

El pobre Dickey es el que peor lo lleva. Me evita la mirada cuando nos cruzamos por el pasillo o las escaleras. Supongo que está resentido porque le pedí que llevara la carta aquella noche y que sentirá que, sin quererlo, ha formado parte de la destrucción de su familia. Desearía poder contarle que nada de lo que había en la carta tiene que ver con lo que está pasando, que ese daño ya estaba hecho, y que tú eres el culpable. Pero Cee-Cee me ha prohibido hablar con los niños. No es para tanto, pues excepto Dickey, ninguno me hacía caso. Aunque sí me arrepiento de haber perdido su cariño. A diferencia del resto de nosotros, él es un niño dulce e ingenuo.

Por ahora, esperaré y pondré mis cosas en orden. Debo marcharme a algún sitio, establecerme y empezar una vida nueva. No tengo ni idea de cómo será, nunca hice planes más allá de los nuestros. Nunca imaginé que debería, pero me equivoqué.

De vez en cuando me pregunto si piensas en mí. Si ves mi rostro cuando cierras los ojos, si oyes mi voz o sientes mis manos, o si he pasado a formar parte de tu pasado. Si no soy más que una sombra que se cruzó un instante en tu camino, una forma nebulosa y deformada.

Me pregunto cuándo tiempo tardaré hasta librarme de ti y qué sentiré cuando lo consiga. No imagino mirar en mi interior y que no estés. Sería como si me hubieran arrancado un trocito de mí misma, que supongo que es lo que ha pasado.

A lo mejor debería considerarme afortunada, sentirme aliviada por haber descubierto quién eras antes de que la cosa fuera a más. Pero no, creo que no te absolveré tan pronto.

Mi lamento: Belle

(Páginas 93-95)

31 de diciembre de 1953
Londres, Inglaterra

Parece ser que otro año ha llegado a su fin, todo se habrá acabado en una hora aproximadamente.

Me parece un buen momento para escribir nuestro epílogo y terminar con este triste ejercicio. Esperaba algún tipo de catarsis cuando lo comencé, puede que «exorcismo» sea un término más apropiado para lo que quería conseguir. Deseaba expiar mis pecados, y los tuyos.

Me dije que escribiría unas cuantas páginas y que todo terminaría de una vez. Que me desangraría hasta que me hubiera deshecho de ti. Fui un necio al pensar que todo podría ser tan sencillo, aunque todavía me quedan por decir un par de cosas.

Empezaré por el artículo que publicó el *Review* al poco tiempo de que me fuera de los Estados Unidos, artículo de cuya publicación, debo añadir, yo me enteré de casualidad, casi dos años después. Que el reportaje incluyera información que solo yo conocía te habrá hecho pensar que tuve algo que ver con él, pero es de dominio público que el nombre que lo firmaba no era el mío. Aquel día en el piso, que resultó ser la última vez que vi, te di mi palabra, así que no lo voy a repetir. Si no me conoces lo suficiente después de todo lo que hemos compartido, es inútil que intente exonerarme.

Y ahora, para que no haya dudas, detallaré algunas de las incongruencias más evidentes en mi historia y en este sucedáneo de vida que llevo desde que te perdí.

Me casé una vez. Se llamaba Laura. Era una mujer con pelo oscuro y ojos de color ámbar. Se parecía a ti, pero no eras tú y nunca se lo perdoné. Merecía más de lo que yo le podía ofrecer, y así se lo hice saber la noche que se marchó. Merecía ser feliz y hacer feliz a alguien, pero ese alguien nunca iba a ser yo.

Ya te encargaste tú de eso.

Has ocupado mi mente desde la primera noche en el St. Regis y no has dejado espacio para nadie más. A pesar del océano que nos separaba, te sentía conmigo, como un miembro fantasma. Durante un tiempo, la guerra y el trabajo me sirvieron de distracción. Había historias por contar, atrocidades que denunciar con independencia de si el mundo las quería ver o no. Hambruna. Cámaras de gas. Hornos. Humanos reducidos a cenizas. Y luego las liberaciones de los campos de concentración. Alguien tenía que cubrir eso también, para que todo el mundo supiera lo que había ocurrido y no se repitiera nunca más. Pero después de la guerra, todo quedó sumido en un silencio ensordecedor, y el vacío se llenó de heridas que nada tenían que ver con las balas ni el campo de batalla.

Y, de repente, allí estaba Laura, sentada delante de mí un día en una cena, como un fantasma que me prometía una segunda oportunidad. A las cuatro semanas ya estábamos casados. Quise salir adelante, cauterizar las heridas supurantes que me habías infligido, pero cada vez que la miraba, sentía que el cuchillo que tenía clavado giraba un poco más y volvía a sangrar. Ella nunca supo por qué lo nuestro no funcionó. Nunca supo tu nombre, ni conoció tu existencia, pero siempre te interpusiste entre nosotros. Fuiste la otra mujer.

La única mujer.

En un momento de locura en el que probablemente bebí más ginebra de la que me convenía, estuve a punto de ir a buscarte. Pensé que si veía tu rostro una vez más, podría empezar de cero. Que guardaría todos mis recuerdos en una caja fuerte y conseguiría volver a tener una vida. A la mañana siguiente recapacité, claro. O puede que fuera que me quedé sin ginebra, no me acuerdo.

Así que me senté delante de la máquina de escribir y redacté un par de libros sobre la guerra. Todos fueron bien recibidos y ganaron varios premios prestigiosos, pero eran fríos, desapegados, autopsias académicas y sosas. Los detestaba. Estaba aburrido de la guerra, de sus tácticas, mecánicas y políticas. Quería escribir algo que tuviera vida, algo que tuviera pulso, pero no lo conseguía. Empecé mil veces, pero deseché todos los manuscritos. Tenía papeleras llenas de papeles arrugados que se burlaron de mí durante semanas. Y entonces, un día, me desperté en plena noche y tú estabas ahí, como un miembro fantasma que dolía a rabiar. Fuiste el pulso que tanto había buscado.

Las palabras brotaron de mí como un veneno; nuestra historia. Ay, querida Belle, es un cuento sin final feliz; de hecho, es un cuento sin final más allá de estas últimas frases amargas. Y con el fin de un año y el comienzo del otro daré por zanjada nuestra historia. Creo que haré que la encuadernen y te la regalaré. Como un recuerdo, o un trofeo, eso dejo que lo decidas tú.

Por cierto, puede que te sorprenda saber que, de vez en cuando, pienso en tu maleta y me pregunto si alguien la usó o si está en el ático o sótano de algún piso, con tus cosas todavía dentro. No importa, ¿cómo va a hacerlo después de tantos años?

Pero a veces me lo pregunto.

H.

Trece

Ashlyn

«Sentimos un cariño especial por nuestros libros favoritos, por su tacto, por cómo huelen y suenan, por los recuerdos que nos traen, hasta que se convierten para nosotros en criaturas que viven y respiran».

Ashlyn Greer, El cuidado y mantenimiento
de los libros antiguos

21 de octubre de 1984
Rye, Nuevo Hampshire

Ashlyn se rodeó el cuerpo fuertemente con los brazos para resguardarse de la brisa que provenía del puerto. No pudo evitar sentirse decepcionada cuando Ethan cerró el ejemplar de *Mi lamento: Belle* y lo dejó en la mesa que había entre las sillas donde se sentaban. Fue como el final de una película, cuando aparecen los créditos y te das cuenta de que los personajes no cabalgarán hacia la puesta de sol. Por supuesto, ya lo sabía desde el principio pero, por algún motivo le seguía pareciendo mal, inacabado.

—No me creo que se haya terminado.

—Bueno, por lo menos para Hemi —respondió Ethan—. Todavía nos queda por leer el final del libro de Belle, si te apetece.

Ashlyn negó con la cabeza.

—No. Ahora mismo no. Además, ya sabemos cómo termina también.

Ethan frunció el ceño.

—Pareces triste.

—Lo estoy, un poco. Supongo que es porque estoy acostumbrada a los libros en los que todos los cabos sueltos acaban hechos un bonito lazo. Sabía que este no tendría un final perfecto, pero tengo la sensación de que falta algo, no sé por qué. Después de todo, él nunca dejó de amarla.

—O de odiarla, por lo que parece.

—Él no la odiaba, Ethan.

—¿Cómo llamarías tú a lo que siente?

—Desesperanza —respondió Ashlyn en voz baja—. Tenía el corazón roto. Lamentaba la pérdida de un ser querido. Belle sentía lo mismo. Pero fingían que se odiaban, porque era un sentimiento más seguro, más fuerte.

Ethan se encogió de hombros.

—Puede que tengas razón, pero que ella le diera plantón y no le dijera nada fue bastante duro. Podría haberlo avisado de que no iba a ir y prefirió dejarlo tirado sin más.

La respuesta debería haber sorprendido a Ashlyn, pero no lo hizo. Ya se había percatado varias veces esa semana de la fricción, apenas perceptible pero palpable, que se había interpuesto en sus conversaciones, como si cada uno hubiera adoptado de forma inconsciente uno de los papeles del libro y hubiera asumido el rol de su respectivo género. Sin querer, habían elegido un bando.

—No lo dejó plantado. Le mandó una carta, presuntamente para decirle que iría. En todo caso, el que se echó atrás fue él. Imagina qué debió sentir Belle al entrar al piso y encontrarlo totalmente vacío.

—Pues lo mismo que al quedarte solo en el andén de la estación, supongo. Además, no sabemos qué ponía en la carta, solo lo que Belle insinúa. Lo que sí sabemos con certeza es la reacción de Hemi al leerla. Fue directo a por la botella de ginebra, y es evidente que no lo hizo para celebrar nada. Creo que no lo culpo por haberse marchado. Ella se había mostrado reticente durante semanas. ¿Cuántas veces tiene que darle el beneficio de la duda? Al final llega un momento en el que tienes que dejarlo, ¿no crees?

—Supongo, pero hay algo que no cuadra. Tú mismo lo has dicho, no sabemos qué decía la carta. Por la reacción de Hemi, has asumido que era una carta de ruptura, pero entonces, ¿por qué iba a presentarse Belle en su apartamento si le había dado calabazas? Ella pensaba que él la estaría esperando.

—Lo mismo te digo. Si Hemi realmente hubiera pensado que ella iba a ir y que todo estaba perdonado, ¿por qué iba a marcharse? La única explicación lógica es que fuera una carta educada de rechazo.

—¿Y él decidió publicar el artículo para desquitarse?

Ethan suspiró.

—No digo que estuviera bien lo que hizo, pero, llegados a ese punto, no tenía nada que perder.

—Y él niega rotundamente haber estado implicado en el asunto.

Ethan asiente, aunque sin estar convencido.

—Sí, pero las dos versiones no pueden ser ciertas, ¿no? La gente reescribe la historia, Ashlyn. Intentan disimular sus errores, normalmente echándole la culpa a otro. Estoy convencido de que los libros son eso. Dos personas que intentan maquillar una mala ruptura.

Ashlyn echó la cabeza hacia atrás y se fijó en las nubes del cielo, desmenuzadas por el viento. A lo mejor Ethan tenía razón. Quizá ambos intentaban culpar al otro y exonerarse a ellos mismos con sus relatos. Lo más probable era que, con el paso del tiempo, cada uno se creyera su versión de los acontecimientos. Cuando una mentira se repite lo suficiente, al final se acaba convirtiendo en la verdad. Eso se lo había enseñado Daniel. Pero no podía quitarse de la cabeza las discrepancias entre las dos versiones.

Miró fijamente a Ethan, pues no estaba preparada para darle la razón.

—¿A ti te parece que Hemi era de los que romperían su palabra por rencor?

Ethan apoyó los codos en la barandilla y miró hacia el puerto.

—No en circunstancias normales. Pero Goldie le ofreció un montón de dinero en el momento indicado y parece ser que Hemi, o Steven Schwab, aceptó la oferta.

Aunque a Ashlyn le costara admitirlo, era cierto. Hemi tenía tanto un medio como un motivo, y las pruebas parecían apuntar a que él y Steven Schwab eran la misma persona.

—Hace unos días llamé a Ruth y le pedí que buscara el artículo del periódico. Por desgracia, es difícil encontrar cosas del *Review*. El periódico cerró en 1946, aunque puede que haya algún artículo en *microfilm* por alguna parte.

—¿Y después qué? Imagina que encontramos el artículo. ¿Qué demostraríamos? Y, en cualquier caso, ¿por qué tenemos que demostrar nada? La realidad es que nunca sabremos a ciencia cierta quién le hizo qué a quién, y no importa. Nada cambiará aunque descubramos la verdad. Sé que no quieres oírlo, pero creo que es hora de admitir que hemos llegado a un callejón sin salida.

Ashlyn asintió a regañadientes.

—Es solo que no puedo dejar de pensar que nos hemos perdido algo. Se querían. Se querían lo suficiente para renunciar a todo lo demás para estar juntos. Y luego pasó algo. Algo que no debería haber ocurrido. ¿No te parece raro que los dos estén tan enfadados y convencidos de que ellos son la víctima?

Ethan puso los ojos en blanco.

—¿Acaso has conocido a alguna persona que no se haya sentido como la víctima después de una ruptura sentimental? Yo creo que es un lavado de imagen por parte de los dos.

—Pues yo no —respondió ella—. No pienso que estuvieran intentando crear una versión alternativa de la historia. Ambos creían cada palabra de lo que escribieron.

—Querer que algo sea cierto no lo convierte en cierto, Ashlyn.

—Es que lo sé.

—Ah, ¿sí?

—Sí, pero no es solo que quiera que sea cierto. Es que lo es. Lo sé sin ningún tipo de dudas.

Ethan la miró de reojo.

—¿Cómo lo sabes?

Ashlyn se mordió el labio para controlar el impulso de decirle que sí, que lo sabía. Y para evitar contarle por qué. Él no lo entendía, pero claro, ¿cómo iba a comprenderlo si ella no se lo contaba todo?

Ethan la observaba, a la espera de una respuesta.

—¿Ashlyn?

Ella tomó la cerveza y le dio un trago largo. ¿De verdad se planteaba contarle el secreto que nunca había compartido con Daniel porque no se había sentido segura solo para demostrar que tenía razón, sabiendo que eso pondría en peligro lo que estaba surgiendo entre ellos?

—¿Puedo contarte una cosa? —preguntó en voz baja—. Es algo que va a sonar un poco raro. Bueno, rarísimo.

Ethan se enderezó en la silla, como si notara que el tono de la conversación iba a cambiar.

—Claro.

—Tengo una cosa. Un… don. Tiene nombre: psicometría. La mayoría de las personas creen que es un invento, pero es real. Por lo menos, en mi caso. —Se calló para dar otro trago a la cerveza y prosiguió—: Yo puedo… sentir las cosas. Sus ecos.

Tenía el ceño fruncido, completamente perplejo.

—¿Ecos?

—Es lo que queda de nosotros en un objeto cuando lo tocamos. Tú. Yo. Todos tenemos ecos. Y quedan impregnados en lo que tocamos, como si fuera un rastro. Cuanto más fuertes son nuestros sentimientos al hacerlo, más fuertes son los ecos. Y soy capaz de leerlos, con las manos, con todo el cuerpo, supongo. O esa es la sensación que tengo.

Entonces se quedó callada, contuvo el aliento e intentó descifrar la expresión del chico. Veía que intentaba entenderlo, cómo contrastaba lo que acababa de oír con su naturaleza académica. Finalmente, arrugó las cejas.

—¿Me estás diciendo que todo lo que tocas desprende esos... ecos?

Ashlyn dejó de contener la respiración. Era bueno que preguntara.

—No, todo no. Por lo menos, no en mi caso. Yo solo percibo los ecos de los libros.

—De los libros.

—Sí.

La miró fijamente, con el rostro inexpresivo, como si intentara digerir la información.

—Y resulta que eres la propietaria de una librería.

—Qué casualidad, ¿verdad?

—¿Y cómo... cuándo...? —Hizo una pausa y negó con la cabeza— Ni siquiera sé qué preguntarte. ¿Qué se siente al estar todo el día, cada día, rodeada de libros que te hablan? ¿Cómo logras pensar?

Ashlyn no pudo evitar sonreír al oír su descripción.

—No es así. No me dicen nada. Lo que siento son emociones, sentimientos que me llegan como pequeñas vibraciones. Pero solo me ocurre cuando toco un libro. Entonces noto lo que el propietario sintió al leerlo o, en este caso, cuando los autores los escribieron. Por eso estoy convencida de que ocurrió algo más entre Hemi y Belle. Porque lo siento cuando toco los libros. Siento la misma traición y pérdida por ambas partes. La misma certeza de que el otro los había traicionado.

Ethan movió la cabeza de un lado al otro, le costaba comprenderlo.

—Disculpa. Es que estoy intentando entenderlo. Lo que quieres decir es que puedes leer los sentimientos de Belle, y Hemi, con los dedos. Después de todos estos años. ¿Cómo puede ser?

Ashlyn se encogió de hombros.

—No lo sé, pero así es. Aunque estos libros son diferentes a todos los demás con los que me he cruzado. Los sentimientos por ambas partes son muy fuertes y muy parecidos, pero en el sentido opuesto, como el reflejo de un espejo. Sé que parece una locura, y puede que le esté dando demasiadas vueltas, pero no es porque quiera darme el gusto con una historia romántica. Es que lo siento en los huesos. Hay una razón por la que los dos pensaron que el otro lo había traicionado. Lo sentí la primera vez que toqué los libros y lo sigo sintiendo.

Ashlyn se sintió aliviada al ver que Ethan no mostraba signos de incredulidad, aunque le llevó unos segundos procesarlo todo.

—¿Y siempre has tenido este don? —preguntó finalmente.

—Desde los doce años. Al principio pensé que era algo que todo el mundo podía hacer. Luego leí sobre el asunto. —Bajó la mirada al botellín de cerveza que sujetaba y levantó la etiqueta húmeda con la uña del pulgar—. Al parecer soy un bicho raro.

—O puede que sientas las cosas con más intensidad que los demás.

Entrecerró un ojo y lo miró.

—¿No te parece raro?

—Creo que es rarísimo, pero también me parece una pasada.

A Ashlyn se le hizo un nudo en la garganta por las lágrimas.

—Gracias.

—¿Por haberte llamado rara?

—Por tomarme en serio. —Pestañeó con fuerza y apartó la mirada—. No hablo mucho del tema. Bueno, no hablo del tema en absoluto. Cuando se lo conté a mi madre, me hizo jurar que no se lo diría a nadie, y mucho menos a mi padre, porque me diría que era algo diabólico. La única persona a la que se lo confesé fue a Frank Atwater, el antiguo propietario de la tienda... y a ti ahora.

Ethan se puso de pie a su lado y, por un momento, quedaron codo con codo mientras miraban a un par de gaviotas que volaban por encima de la superficie plateada del puerto. La marea estaba bajando. En unas cuantas horas, el agua se habría retirado por completo para dejar a la vista el barro gris apagado que haría de bufé a las gaviotas hambrientas.

—¿Nunca se lo contaste a Daniel? —preguntó él al final.

—Nunca podría haberle confiado algo así, le habría dado un arma que usar contra mí.

Ethan me estudió un momento con expresión pensativa.

—¿Pero a mí sí?

—Sí.

—No me malinterpretes, me alegro de que me lo hayas contado. Pero ¿por qué?

Ashlyn agachó la cabeza, con una timidez repentina.

—La primera noche me contaste que no te interesaba la historia de tu familia, pero has sido muy generoso al ayudarme con mis dudas. Y paciente con todas mis preguntas. Supongo que quería que entendieras por qué me lo tomo como algo tan personal.

Ethan se miró las manos sobre la barandilla, y se quedó en silencio mientras la brisa le apartaba el pelo de la frente.

—Oye… —dijo, finalmente, con incomodidad—. No pretendía menospreciar tus sentimientos. Ahora entiendo por qué estás tan metida en esto. Aunque para mí es diferente. Ni siquiera sé cómo acabé involucrado en todo este asunto. Debería estar en el despacho, escribiendo, o, como mínimo, preparando los exámenes finales. Pero aquí estoy, liado a más no poder con esta historia de misterio romántico y no sé cómo ha ocurrido… más allá de que me ha servido de excusa para seguir viéndote.

El último comentario tomó a Ashlyn totalmente desprevenida.

—¿Creías que necesitabas una excusa?

—¿No me hacía falta?

La pregunta hizo que se ruborizara.

—Puede que a lo mejor al principio.

Él alargó el brazo para apartarle un mechón de pelo de los ojos.

—¿Y ahora?

Le resultó lo más natural del mundo inclinarse hacia él, fundirse en sus brazos y rendirse cuando sus labios se posaron sobre los suyos. Le pareció natural pero aterrador al mismo tiempo. Había pasado mucho tiempo desde la última vez que había sucumbido a algo, desde la última vez que había sentido algo. Pero cuando él la tocó, volvió a notar todas esas emociones que había rechazado, como si se tratara de los pasos de un baile que hubiera dejado a medias. Las manos del chico en su pelo, el sonido de su respiración sobre la mejilla, la conciencia embriagadora de las barreras que se desmoronaban.

«Así es como comienza. Justo así».

Ashlyn se tensó cuando oyó la sirena de alarma. Al recordar otro primer beso y todo lo que lo había seguido. Se había dejado llevar por la pasión, tenía tantas ganas de que alguien la quisiera que había olvidado protegerse. Y ahí estaba otra vez, a punto de volver a cometer el mismo error.

Ethan percibió su recelo repentino, se apartó despacio y retrocedió. Parecía inseguro y desconcertado.

—Creo recordar que habíamos mencionado algo de ir poco a poco. ¿Debería disculparme?

Ashlyn, también desconcertada, se sintió culpable y aliviada a la vez cuando lo miró.

—¿Te arrepientes?

—No, pero tampoco quiero que te arrepientas tú.

Ashlyn se tocó los labios y recordó la cálida sensación de la boca de Ethan sobre la suya. Ella no se arrepentía, pero no tenía claro que lo que acababa de pasar les conviniera a ninguno de los dos.

—Ethan…

Él la soltó y retrocedió.

—Lo sé.

Estuvo a punto de agarrarlo, pero le pareció que le estaría mandando mensajes contradictorios.

—No siento lo que acaba de ocurrir. De hecho, una parte de mí se pregunta por qué hemos tardado tanto, pero no estoy segura de…

Él levantó la mano y dijo:

—Está bien. Lo entiendo.

—No, no lo entiendes. Yo siento lo mismo que tú, pero no he estado con nadie después de lo de Daniel por un motivo. Bueno, por muchos motivos, de hecho. Es mejor que esté sola.

—Eso no lo sabes. Si no has estado con nadie, no lo puedes saber.

—Pero lo sé. Tengo demasiado bagaje emocional para involucrarme en una relación. Y cuando digo «bagaje» me refiero a baúles llenos. Mereces algo mejor.

Ethan bajó la mirada hacia la barandilla, con los hombros contraídos.

—No te estoy pidiendo que te cases conmigo, Ashlyn. Solo que no cierres la puerta, y que me dejes ayudarte a cargar tus baúles de vez en cuando. Sin presión. Sin compromisos. —Le tomó la mano—. Ni siquiera hace falta que me respondas. Pero quédate el tiempo necesario para que pueda intentarlo.

El sonido amortiguado del teléfono interrumpió el silencio. Ethan le soltó la mano con un gruñido.

—Tengo que responder. Uno de mis compañeros está esperando que su mujer se ponga de parto y le dije que lo sustituiría si le hacía falta. Me dijo que llamaría esta noche.

—Ve —dijo Ashlyn, aliviada por no tener que contestarle—. Ahora entro.

—No te escaparás por el jardín y te marcharás mientras estoy dentro, ¿verdad? ¿Seguirás aquí cuando termine?

Ashlyn lo miró con una sonrisa.

—En un minuto entro. Responde el teléfono.

Vio que el chico desaparecía por la puerta de la terraza y, a continuación, se encendió la luz de la cocina. Ella recogió tranquilamente las botellas vacías y colocó bien las sillas. Quería tener unos minutos antes de entrar, para digerir lo que acababa de pasar.

¿Estaba preparada para dejar que Ethan entrara en su vida? ¿Para arriesgarse a querer a alguien y a perderlo otra vez? Se mentiría si se dijera que no se lo había planteado. Lo había imaginado desde aquel primer momento incómodo en su despacho, desde que, por primera vez, tuvo la sensación de que había algo entre ellos. Pero aquello no había acabado en nada. Después de eso habían forjado una especie de alianza, de colaboración más que de noviazgo, y ella se había convencido de que era lo mejor.

Ahora, de repente, todo se había intensificado. Ella había abierto la puerta y lo había dejado entrar, había compartido con él algo que ni siquiera había compartido con su marido. Porque confiaba en él. Pero la confianza era un asunto peligroso. Como el amor. Y en eso iba a terminar todo si ella no le ponía remedio. ¿Estaba dispuesta a volver a dar ese salto tan grande? ¿A darle a alguien el poder de hacer añicos la vida que se había forjado, aunque fuera pequeña y prudente?

Y había que tener en cuenta otra cosa más. La posibilidad de que lo que sentían solo fuera el resultado de su involucración con los libros. ¿Y si se habían dejado llevar por las historias de Belle y Hemi, y lo que sentían se apagaba tan rápido como se había encendido?

No sabía las respuestas. El sol estaba a punto de ponerse, la temperatura estaba bajando y notó el viento frío del puerto en las mejillas. Justo se acababa de separar de la barandilla cuando oyó que se abría la puerta de la terraza. Se giró y vio la silueta de Ethan. No dijo nada, a la espera de que él anunciara algo, pero él permaneció inmóvil, con el rostro escondido en la sombra.

—¿Ha sido niño o niña?

—Ninguno de los dos. Era Zachary.

El corazón le dio un vuelco al oír el nombre.

—¿Y?

—Marian sigue vivita y coleando y, casualmente, vive en Massachusetts.

Catorce

Ashlyn

«En los momentos más felices de mi vida, siempre he recurrido a los libros. En los más tristes, los libros han acudido a mí».

Ashlyn Greer, El cuidado y mantenimiento de los libros antiguos

25 de octubre de 1984
Rye, Nuevo Hampshire

Ethan abrió los dos botellines de cerveza mientras Ashlyn sacaba los bocadillos de langosta y las patatas fritas que habían comprado de camino. A ella la había sorprendido mucho que la llamara y la invitara a cenar. Habían hablado dos veces durante la semana. El bebé del compañero de trabajo de Ethan ya había nacido, o sea, que él había tenido que impartir el doble de clases. Y cuando no estaba dando clase, estaba pegado al escritorio, perfeccionando los capítulos que le tenía que mandar al editor.

O puede ser que, después de la conversación del domingo, él hubiera decidido darle algo de espacio. Por suerte para ella, el tema del beso no había surgido en ninguna de las conversaciones telefónicas. En lugar de eso, habían hablado de que ya hacía días que Zachary había accedido a llamar a Marian para darle el mensaje de su sobrino nieto.

Habían pasado cuatro días.

No era una buena señal. Al parecer, Marian no tenía el mínimo interés en devolverles la llamada. Zachary ya les había dicho que era poco probable que los llamara, pues su madre era una persona extremadamente privada. Pero Ashlyn había pensado que, quizá, el afecto de Marian por Richard Hillard inclinaba la balanza a su favor. Era evidente que se había pasado de optimista. Habían acordado esperar una semana para intentarlo una última vez antes de tirar la toalla. Después, aparte de acosar a la mujer, no tenían más opciones.

Ethan le ofreció una cerveza y esquivó el cuerpo de la chica para tomar una patata frita de uno de los recipientes de comida.

—¿Qué tal llevas el boletín informativo?

Ella levantó la cerveza en un gesto triunfante.

—Ya lo he terminado. Y lo he llevado a la imprenta esta mañana. He tenido que suplicar un poco, pero he conseguido que lo tengan para antes de Acción de Gracias. ¿Tú qué tal llevas las clases nuevas? ¿Es raro empezar cuando el semestre ya está en marcha?

Ethan tomó otra patata y luego un aro de cebolla.

—Un poco, sí. Pensaba que los universitarios ya habrían superado lo de no trabajar cuando viene el sustituto, pero resulta que me equivocaba. —Hizo una pausa y se fijó en los bocadillos de langosta que Ashlyn acababa de sacar de la bolsa—. Qué buena pinta. He encendido la chimenea de la sala de estar grande. O si quieres nos los podemos comer aquí en la encimera.

—La chimenea suena muy bien.

—Vale. Toma las cervezas y unas cuantas servilletas. Yo llevo la comida.

Estaba recogiendo los contenedores de poliestireno de la cocina cuando sonó el teléfono. Se quedaron en silencio, echaron un vistazo al teléfono y luego volvieron a mirarse. Ashlyn contuvo el aliento cuando Ethan levantó el auricular y esperó alguna señal que indicara que llegaba la llamada de quien esperaban.

—Sí. Gracias. Soy Ethan.

Se quedó un momento en silencio, escuchando, luego miró a la chica a los ojos y asintió. Después, pulsó el botón del altavoz y dejó el auricular en la encimera. Ashlyn se cubrió la boca con ambas manos para ocultar un grito ahogado cuando la voz de una mujer llenó la cocina. Era una voz grave y misteriosa, justo como Hemi la había descrito.

—Mi hijo me ha dicho que tienes varias cartas y felicitaciones mías. De las que le mandé a tu padre a lo largo de los años.

—Sí —respondió Ethan—. Y también he encontrado algunas fotos mientras hacía limpieza en su despacho. He pensado que te gustaría recuperarlas.

—Sí —dijo ella, sin dudar—. Sí que me gustaría, sí. Me sabe muy mal no haber podido ir a ver a tu padre antes de que… de que falleciera. Le tenía mucho cariño. —Hubo un momento de silencio y prosiguió—: ¿Has encontrado algo más?

Ethan y Ashlyn se miraron.

—¿Te refieres a los libros?

—Sí.

Por algún motivo, esa única palabra, después de una pausa tan larga, pareció una confesión. Reticente. Culpable.

—Sí —respondió Ethan—. También estaban en el despacho de mi padre.

—¿Los dos?

—Sí.

—E imagino que los has… ¿leído?

Ethan dudó un instante y volvió a mirar a Ashlyn. Ella asintió. Parecía inútil mentirle.

—Sí que los hemos leído, sí. No sabíamos qué eran.

—¿Por qué hablas en plural? —preguntó Marian con un tono extrañamente receloso—. ¿Te refieres a tu mujer?

—No. No tengo mujer. Es… una amiga mía. En realidad, fue ella quien encontró los libros. Los hemos leído juntos.

—Bueno. Pues será mejor que subáis.

—¿Que subamos?

—Que vengáis a Marblehead. Supongo que tendréis preguntas. ¿Podríais venir el sábado, tú y tu… amiga?

Ethan miró a Ashlyn con las cejas alzadas.

Ella asintió enérgicamente. La tienda tendría que permanecer cerrada durante media jornada, pero no dejaría pasar una oportunidad como esa.

—Por la tarde —susurró.

—Sí —respondió Ethan—. Podemos ir. Por la tarde.

—Venid a las tres y traed las cartas. Vivo en el número once de Hathaway Road. Está en los confines de la tierra, así que más vale que traigáis un mapa decente y salgáis con tiempo.

Se oyó un «clic» y todo se quedó en silencio. Ethan colgó el auricular y se miraron un momento.

—¡Joder! —comentó él al final—. Nos ha llamado. Zachary me había convencido de que no lo haría.

—Suena… aterradora.

Él asintió serio.

—Sí, pero no la culpo. Supongo que nunca imaginó que tendría que lidiar con este tema cuarenta años después.

—Ya, tienes razón. No te ha dicho que lleves los libros. Te ha pedido que lleves las cartas, pero no ha mencionado los libros.

—Puede que después de tantos años ya no le interesen. Creo que a mí ya me darían un poco igual.

—Pero se los llevaremos —dijo Ashlyn—. Son suyos.

Ethan asintió y se dirigió a la nevera a por otra cerveza.

—¿De verdad vas a venir el sábado? ¿Y la tienda qué?

—Cerraré a la una y pondré un cartel en la puerta. Creo que mis clientes sobrevivirán medio día.

—De acuerdo. Pues nos vamos de excursión pasado mañana. Sabes lo que eso significa, ¿no?

—¿Que vamos a tener que llevar un buen mapa?

—Bueno, eso también. Pero me refiero a los libros. Si los vamos a devolver el sábado, esta es la última oportunidad que tenemos de terminar el libro de Belle. ¿Qué me dices? ¿Te apetece leer un poco después de cenar?

Para siempre y otras mentiras

(Páginas 84-85)

19 de diciembre de 1941
Nueva York, Nueva York

Ya he trazado un plan. Nadie sabe en qué consiste todavía, pero dudo que alguien intentara disuadirme aunque lo supieran. Ahora soy una paria, la causante de la desgracia de mi familia y un ejemplo evidente de lo que sucede cuando una mujer se deja guiar por la pasión y no sigue las normas.

Al final he escogido California, un pequeño pueblo costero de la costa norte que se llama Half Moon Bay. Nadie ha oído hablar del lugar, pero, durante la ley seca, la costa neblinosa y escarpada lo convirtió en uno de los lugares predilectos de los contrabandistas canadienses. Debo admitir que me hace gracia la ironía. Está lo más lejos posible de mi familia, por ahora, y es tan buen lugar como los demás para esperar a que termine la guerra. Me marcharé pasado mañana. Nadie me extrañará. Y yo tampoco echaré de menos a nadie. Excepto a ti. Aunque claro, tú solo fuiste un producto de mi imaginación.

Pero, a pesar de eso, te debo una. Si no hubiera sido por ti y tu querida Goldie, nunca habría conocido el legado de mi madre, mi legado. Así que te estoy agradecida, aunque solo sea por eso.

He ido a Craig House, en Beacon, para ver el lugar donde falleció. No pude entrar. Quería hacerlo, pero al final no pude. Aun así, conseguí verlo con mis propios ojos, caminar por el recinto y sentir que ella estaba conmigo. Era exactamente como salía en la fotografía del *Review*, un lugar sombrío a pesar de la majestuosidad pasada de moda. He decidido que no la quiero recordar en ese sitio, prefiero aferrarme a los recuerdos que tengo con ella en su cuarto, donde pasamos tantas tardes cantando y contando historias.

He intentado encontrar su álbum de fotos, el que usaba para contarme sus historias. Al menos, me gustaría tener algo suyo que llevarme conmigo, pero Cee-Cee jura que se deshizo de él. Puede que sea mejor que no me lleve demasiadas cosas. No hay mucho que quiera recordar de esta parte de mi vida.

También he estado en Rose Hollow. No sé a qué fui. Está cerrado temporalmente, y los caballos y los adiestradores están en Saratoga. Tanto la casa como los establos permanecerán cerrados hasta que llegue la primavera. Abrí la cuadra y entré, me quedé de pie donde me besaste por primera vez e intenté recordar lo que dijiste o hiciste para deslumbrarme de esa manera. Aunque no es probable que vuelva a ser tan necia. Me has enseñado mucho.

Los artículos sobre nosotros son cada vez menos comunes, y los periodistas por fin se han marchado de nuestra casa y se han ido a acechar a otra familia. Esto hará que mi deserción resulte más fácil porque ya no hay reporteros por las aceras, ni preguntas incómodas que me detengan. El tiempo es oro ahora mismo.

Tengo que labrarme un futuro, forjarme una vida sin ti. No será la vida que imaginé que tendría, pero, de un modo u otro, será la que habré elegido.

Para siempre y otras mentiras

(Páginas 86-99)

14 de junio de 1955
Marblehead, Massachusetts

Por fin me he decidido a escribir este capítulo final. Admito que he tenido que obligarme a sentarme en la silla. Sentía la imperiosa necesidad de abandonar la tarea. Cuando la empecé, me parecía inútil remover el pasado asentado, jugar con los huesos de unos fantasmas a los que no deberíamos molestar. Sin embargo, aquí estoy, sentada, mientras el sol entra por la ventana, y dispuesta a enterrar este asunto de algún modo.

No he disfrutado con esto, las palabras son cosa tuya, no mía, pero siento la obligación de corregir las abundantes imprecisiones de tu versión de nuestro desafortunado enredo. Espero que perdones los errores técnicos. Hacía mucho tiempo que no expresaba mis sentimientos por escrito, pero me he esforzado mucho, y te lo mandaré (a través de nuestro mensajero de siempre) en cuanto lo haya encuadernado a juego con tu libro. También te devolveré la versión tristemente retorcida que me has enviado tú, porque, desde luego, que yo no la quiero.

De verdad espero que este sea el último favor que le tengamos que pedir a mi sobrino. Pobre Dickey. Apenas supo qué hacer con el misterioso paquete cuando se lo mandaste. De hecho, estuvo a punto de tirarlo a la basura.

Me encantaría que lo hubiera hecho. Hasta que lo recibí, yo me había olvidado de ti. O, por lo menos, me conformaba con pensar que lo había hecho.

Y ahora, por fin, yo también terminaré este asunto pendiente. Aunque no es que te merezcas ni una de mis palabras, pero estoy convencida de que te satisfará saber que he conseguido forjarme una vida yo sola. Una buena vida, en su mayoría, después de remendarme.

Al principio, fue horrible cuando te fuiste. Perderte de ese modo, sin una despedida de verdad, me resultó insoportable. Por un momento pensé en buscarte, en montarte una escena horrible hasta que me suplicaras que te perdonara. Sin embargo, cuando el artículo vio la luz del día, el perdón ya no era una opción.

Pasaron unos días (Alemania e Italia le acababan de declarar la guerra a los Estados Unidos y a Europa, y no se hablaba de otra cosa), pero al final, los demás periódicos se hicieron eco de la noticia y todo estalló. En cuestión de dos semanas, el mundo de mi padre se desmoronó. Prácticamente lo acosaron para que dejara los negocios, y luego perdió el resto de su fortuna intentando salvar lo que le quedaba. También lo echaron de su asociación, y los hombres con los que se había codeado durante años empezaron a rehuirle. Si esa era tu intención, te superaste con creces.

Supongo que debería haberme sentido algo culpable por el papel que jugué en la destrucción de la casa Manning, pero no fue así. En su lugar, me subí a un tren y me fui hacia el oeste en una búsqueda desesperada del anonimato. Y vaya si lo encontré, usando el apellido de soltera de mi madre. Por aquel entonces, podías hacer algo así, marcharte a otro lugar y reinventarte. Nadie te pedía que demostraras nada en esos tiempos. Les dabas un nombre y te convertías en esa persona.

Viví tranquilamente allí y entablé amistades. Una de ellas muy especial, con una mujer a la que la guerra se lo había robado todo. Fue muy buena conmigo cuando yo había dejado de creer en la bondad de la gente y me bendijo con un regalo que he intentado devolverle desde ese momento. Pero eso son temas privados, recuerdos que no mereces, así que me los saltaré.

Por primera vez en mi vida, la idea de tener una familia, una familia de verdad, me empezó a importar mucho. Cuando terminó la guerra, empecé a escribir cartas para intentar localizar a la familia de mi madre. No encontré a ninguno de los hombres; o bien habían fallecido o se habían desperdigado por la guerra, pero conseguí encontrar a la hermana de mi madre, Agnes, y a varias primas que habían huido de la ocupación a Suiza. Tras la liberación de Francia, regresaron a sus viñedos. Mi tía y yo nos empezamos a comunicar por carta, aunque las suyas tardaban mucho en llegar y, a veces, eran prácticamente ilegibles. Habían perdido muchas cosas. El país estaba hecho una ruina y la casa desguarnecida, pero se habían propuesto resucitar la viña y supe que debía ayudarlos.

Necesitaba sentir que formaba parte de la familia, de su historia, y lo conseguí en un santiamén. Estar allí, en la casa donde mi madre creció, rodeada de la gente a la que quería, fue como recuperar un pedacito de ella. Aprendí las oraciones que le prohibieron rezar y los nombres que le hicieron olvidar. Sus tradiciones, las que se vio obligada a rechazar, se convirtieron en las mías también. Su idioma se transformó en el mío. Su fe en la mía. Ahora, años después, honro a la mujer cuya memoria mancillaste con tu artículo y mantengo vivo su recuerdo.

En Francia, conocí la labor de la OSE (La Oeuvre de Secours aux Enfants) para encontrar hogares a los niños desplazados. Había muchísimos niños que no tenían nada ni a nadie. Era una situación desgarradora. Y un recordatorio de que había problemas más graves que el desamor. Y así fue como comenzó el proyecto de mi vida.

Una vez me dijiste algo que nunca olvidaré. Dijiste que la gente como yo nunca hace nada de provecho porque no nos hace falta. Lo único que la gente espera de nosotros es que nos pongamos nuestras mejores galas y demos fiestas lujosas. Cuando lo dijiste me dolió, porque sabía que solo bromeabas hasta cierto punto. Bueno, pues he hecho algo significativo. Y no lo hice porque debía, sino porque así lo decidí. Y cuando mi tía falleció y regresé a los Estados Unidos, continué con mi labor.

En cuanto al matrimonio, no estaba predestinado para mí, aunque eso no quiere decir que me haya sentido sola. Al contrario. He tenido una vida muy plena y gratificante. Nunca me planteé buscarte, por lo menos, no de verdad. La parte de mí que creía en esas cosas, en héroes, puestas de sol y finales felices, pereció el día que publicaste el artículo en ese periodicucho.

Creerás que estoy resentida, y lo estuve durante una época, durante un periodo muy largo. Pensaba que yo había pagado un precio más alto que tú por nuestra osadía, como siempre pasa con las mujeres, y quise castigarte. Pero llevar la cuenta de esas cosas nunca sirve para nada. Los dos hemos hecho nuestra vida y hemos contado nuestras victorias y derrotas. Sin duda, has cometido errores. Y yo también he cometido los míos. Tú fuiste el primero de todos ellos, pero ha habido otros. He conseguido perdonarme por algunos. Y sigo expiando el resto. Pero he aprendido una cosa: que en cada herida hay un presente, incluso en las que nosotros mismos nos infligimos.

Me rompiste en mil pedazos cuando te marchaste, quedé con el corazón destrozado, pero el azar me armó como un rompecabezas. Aprendí que podía vivir con el recuerdo de tu rostro. Nunca me libraré de ti del todo. Nunca olvidaré tu voz, tu sonrisa, o incluso el hoyuelo que tienes en la barbilla. Esa será mi cruz y mi consuelo. Por lo menos puedo decir que no me marché con las manos vacías.

En cuanto a la maleta, no tengo ni idea de qué ocurrió con ella. Puede que tu casero la vendiera o le diera el contenido a su mujer. Nunca he pensado en ello. Puede que porque lo que había dentro nunca fue realmente mío. Era de otra mujer, de Belle, la mujer a la que plantaste. Pero esa mujer ya no existe. Ese día se convirtió en otra persona y siguió con su vida.

M.

Quince

Ashlyn

«Lo único que limita las vidas que podemos llegar a vivir es el número de libros que decidimos leer».

Ashlyn Greer, El cuidado y mantenimiento de los libros antiguos

27 de octubre de 1984
Marblehead, Massachusetts

Hacía un día precioso para dar un paseo en coche: fresco, despejado y con el sol brillante del otoño resplandeciendo entre los árboles de hojas doradas. Ashlyn había cerrado la tienda a la una y se había comido un bocadillo en el coche de camino a casa de Ethan. Habían decidido ir con el Audi de él, y ella no tenía inconveniente en que él condujera.

Marian había estado en lo cierto al decir que les haría falta un buen mapa. Les llevó un poco más de una hora llegar a Marblehead pero, una vez allí, les costó orientarse por el revoltijo de carreteras estrechas y calles secundarias. Tampoco ayudaba que la vegetación tapara muchos de los carteles, que no se pudieran leer de lo erosionados que estaban o que a veces, simplemente, no hubiera ninguno. Pero finalmente consiguieron encontrar Hathaway Road, una calle que llevaba a una cala pedregosa con forma de medialuna y ofrecía unas vistas impresionantes del mar plateado.

La casa, situada en un peñasco alto de granito, era de estilo Cape Cod, de tres plantas de piedra gris y blanca envejecida; tenía un porche con columnas, varias chimeneas de ladrillo rojo y un par de ventanas con forma de semicírculo que hacían que la casa pareciera un rostro.

Ashlyn abrazó el bolso con fuerza cuando Ethan aparcó delante de la casa. Dentro, los libros descansaban cuidadosamente guardados en fundas de plástico transparentes. Ashlyn iba a renunciar a ellos y la idea la entristecía, pero eran de Marian, si es que ella los quería. Y, de algún modo, le parecía lo correcto, era como si los libros regresaran a su casa.

Ethan apagó el coche y, cuando abrió la puerta, la brisa trajo con ella el sonido del mar, el distante ir y venir de las olas contra las rocas de la orilla.

—¿Estás preparada?

—Sí.

Marian abrió casi inmediatamente después de que llamaran al timbre, había estado esperando cerca de la entrada. Cuando la puerta se abrió, Ashlyn ofreció una sonrisa que no le fue correspondida y eso le recordó que, aunque los había invitado a su casa, no le hacía gracia que se hubieran entrometido en sus asuntos.

Era sorprendentemente alta y esbelta, y vestía un entallado traje de pantalón de seda gris oscura. Llevaba una blusa del color de los narcisos y un pañuelo anudado de forma ingeniosa al cuello que le daba un aspecto fresco y refinado. Llevaba un mínimo de maquillaje, unos pendientes de perlas de botón y el pelo recogido en un moño castaño que completaba su conjunto sencillo, pero elegante. Su atuendo la hacía parecer una persona adinerada. O, al menos, así es como Ashlyn había imaginado siempre a las personas ricas. Se veía refinada y guapa y, por algún motivo, parecía que el paso del tiempo no la había afectado, a pesar de que tenía más de sesenta años.

Marian dio un paso atrás en la entrada y asintió, aparentemente resignada.

—Bueno, no os quedéis ahí. Quitaos las chaquetas. Me temo que os vais a quedar un buen rato.

El olor de aceite de limón y cera de abejas les dio la bienvenida cuando entraron en la casa. El vestíbulo era alargado, tenía vigas en el techo y las paredes cubiertas de paneles oscuros. Había una escalera amplia de pasamanos gruesos que llevaba a la primera planta, y la pared que subía estaba llena de obras de arte que otorgaban al espacio un aspecto similar al de un museo.

Marian colgó sus abrigos y los guio a través de un salón amueblado con una impresionante colección de antigüedades del siglo dieciocho, todas limpias como una patena. Era una estancia muy bonita, espaciosa y sorprendentemente clara, a pesar de que la mayoría de los muebles eran oscuros, pero la verdadera joya de la corona era un piano de cola que ocupaba una esquina del cuarto.

Ashlyn amusgó los ojos para leer la escritura dorada encima de las teclas. «Sauter». El nombre no le resultaba familiar, pero era evidente que el instrumento valía mucho dinero.

—Qué piano más bonito.

—Es de Zachary —respondió Marian con una expresión ligeramente más amable—. Lo compré cuando él tenía diez años. Al año siguiente descubrió el violín y, desde entonces, no hace más que acumular polvo, aunque no consigo deshacerme de él. Siempre me digo que aprenderé a tocarlo algún día, pero nunca hago nada al respecto. Aun así, me resulta útil para exhibir algunas fotos. —Señaló hacia la pequeña colección de marcos que se reflejaban en la superficie negra y brillante del instrumento—. El de la foto con el marco negro es él. Es de hace tres años.

Ashlyn estudió el rostro en la instantánea, era un hombre esbelto e innegablemente atractivo. Tenía los ojos azules y perspicaces, una nariz afilada y recta, y el pelo grueso y ondulado peinado hacia atrás. Sin embargo, lo que le llamó la atención fue su boca, con labios carnosos y ligeramente sensuales. Puede que fuera por la sonrisa que parecía contener. Le recordaba a las fotos que había visto de él cuando era niño. Para aquel entonces, el chico ya tenía una sonrisa contagiosa.

—Es muy guapo —comentó Ashlyn—. Tiene unos ojos preciosos.

—Siempre ha sido encantador. La de la fotografía con el marco rojo es Ilese, su hermana.

La foto se parecía a las que había visto de Ilese de niña. Tenía los mismos ojos claros, la misma melena de un tono rubio rojizo y la misma expresión serena. Inclinaba la cabeza hacia un lado, pero sus ojos miraban hacia la cámara con seguridad, sin reservas, casi con descaro.

—Es muy seria —dijo Marian, con cariño—. Pero tiene un corazón resuelto.

—Ya imagino —contestó Ashlyn con una sonrisa.

Marian cruzó la puerta y los invitó a seguirla con un gesto de la mano.

—Iba a preparar té cuando habéis llegado. He pensado que podríamos charlar en el porche.

Pasaron por un comedor formal con paredes rojas oscuras, una mesa alargada con diez sillas y un aparador clásico lleno de platos y jarras coloridos. Parecía salido de una revista, todo estaba impecable y perfectamente colocado.

La cocina era grande y estaba muy bien iluminada gracias a unos ventanales que daban a una playa pedregosa y a una caleta muy agradable. Al otro lado de la cala, el mar, de un color azul grisáceo, se extendía hacia el horizonte, plácido y brillante bajo el sol del otoño. Delante de las ventanas había una mesa rústica de madera de pino natural adornada con un simple florero con girasoles. En la pared opuesta, había un aparador lleno de jarrones de cerámica que otorgaba a la estancia un aspecto de campiña francesa y contrastaba claramente con la sala de estar y el comedor formales.

—Así que tú eres Ethan —dijo Marian, que lo miró de arriba abajo con una intensidad peculiar en esos ojos del color del ámbar.

—Pues sí.

—Te pareces a tu padre. Siempre fue muy guapo. Aunque tú eres más alto. Zachary me ha dicho que eres profesor en la universidad de Nuevo Hampshire y que has escrito varios libros. Estoy convencida de que Dickey estaba muy orgulloso de ti y de que siguieras sus pasos. Eres profesor y, además, escritor.

Ethan frunció el ceño.

—No recuerdo haber mencionado de qué trabajaba.

—No lo hiciste, no. Pero Zachary buscó información después de hablar contigo para asegurarse de que eras... de fiar. Dijo que eras «un chico bastante básico». Treinta y dos años. Profesor de universidad. Escritor. Divorciado y sin hijos.

—¿Y no te ha dado también mi historial de crédito?

Marian sonrió ligeramente.

—No te enfades. Lo hace para protegerme. Y me parece justo, ya que vosotros sabéis todos mis secretos y yo no sé nada de vosotros. Digamos que es para estar en igualdad de condiciones. —Entonces miró a Ashlyn y la evaluó con frialdad—. Y tú eres la amiga, la que encontró los libros.

—La misma —respondió con torpeza—. Soy Ashlyn. Ashlyn Greer. —De repente recordó los libros, los buscó a tientas en el bolso y los sacó.

Marian los miró con cautela, sin mover las manos de sus costados, como si le diera miedo tocarlos.

—Déjalos ahí —ordenó al fin—. En el aparador.

Ashlyn obedeció y puso los libros al lado de un cuenco salpicado de color azul y blanco; luego, sacó el montón de cartas y tarjetas de felicitación, y lo colocó encima. Intercambió una mirada incómoda con Ethan cuando Marian procedió a preparar el té y colocó tazas, platillos y un plato de galletas de azúcar en una bandeja laqueada. La tensión era palpable con el paso de los minutos y lo único que se oía era el tic tac rítmico del reloj que había encima de la cocina.

Cuando el té estuvo listo, Marian levantó la bandeja y señaló con la cabeza hacia unas puertas de cristal.

—¿Puede alguien abrir la puerta? Hace demasiado frío para salir a la terraza, pero la vista es casi igual de agradable desde el porche y está más resguardado.

El porche estaba acristalado, como si fuera un invernadero, y era casi tan alargado como la casa. Ashlyn se quedó de piedra al contemplar el paisaje: una vista preciosa del mar y el cielo. Cuando vio que la parte trasera de la casa estaba suspendida por encima del agua, tuvo una ligera sensación de vértigo.

—Es como estar en el fin del mundo —dijo sin disimular su asombro—. Es impresionante.

El rostro de Marian se suavizó con algo parecido a una sonrisa.

—Por eso compré la casa. Acristalé el porche para poder disfrutar de él todo el año.

Se sentaron a una mesa blanca de mimbre cuyas sillas tenían un estampado floral. Marian sirvió el té en las bonitas tazas de cerámica y les ofreció una a cada uno.

—Servíos la leche y el azúcar vosotros mismos. Las galletas están recién hechas. Las he comprado en una panadería del centro.

Hubo otro silencio incómodo, resaltado por el sonido de las cucharillas al prepararse el té. Ashlyn alargó el brazo hacia las galletas cuando Marian dejó la cucharilla y miró fijamente a Ethan.

—Siento no haber ido a los funerales de tus padres. Para cuando tu madre enfermó, Dickey y yo ya habíamos discutido, pero habría ido a apoyarlo de haberlo sabido. Y luego fue él quien enfermó. Cuando falleció, yo no estaba en Estados Unidos y no me enteré hasta que regresé y un amigo me comentó que lo había leído en el periódico. Si no hubiera sido tan testaruda… No te conocía de nada, pero me supo muy mal. Debería haberte llamado, como mínimo.

—En parte también fue culpa mía —comentó Ethan—. Sinceramente, nunca se me ocurrió ponerme en contacto contigo. Durante mi infancia, solo fuiste un nombre, pero sabía que habías tenido buena relación con mi padre durante un tiempo.

—Sí. —Suspiró, como si el recuerdo le doliera—. Teníamos una relación muy estrecha. Siempre fue mejor que todos los demás. Incluso cuando era un crío. Y era de fiar. Fue por eso por lo que, cuando regresé de Francia, recuperé el contacto con él. Necesitaba un favor, así que lo busqué.

—¿Qué clase de favor?

—En el comedor de mi casa había un retrato de mi madre. Salía con un vestido azul marino, un ramillete de lirios sobre el hombro y el pelo repeinado. Desapareció al poco tiempo, cuando mi padre la internó en Craig House. Mi hermana afirmaba desconocer qué había pasado con él, pero yo no la creía. Me ponía de los nervios pensar que lo había escondido en algún lugar, así que le pedí a tu padre que fisgoneara un poco por mí. Nunca lo encontró, pero pasadas unas semanas me llamó y me pidió un favor él a mí. Iba a graduarse en la universidad, había quedado prendado de una chica y mi hermana no la aprobaba.

—Mi madre —dijo Ethan, en voz baja.

—Sí, Catherine. Estaba coladito por ella, el pobre, pero su madre quería que se casara con otra persona. Con una mujer más... adecuada. Él sabía que yo era la única que se había enfrentado a la familia y pensó que podría aconsejarle sobre cómo manejar la situación.

—¿Y lo hiciste?

—Le dije que se marchara, que huyera si hacía falta. Que se alejara de ellos, del dinero, de lo que fuera que usaran para controlarlo. Le dije que mandara a los Manning a la mierda, con perdón, y que siguiera su corazón, ya que, al parecer, era el único de la familia que tenía uno. Me alegro mucho de que encontrara su felicidad. No fuimos muchos los que lo logramos.

Ashlyn se había quedado en silencio, satisfecha con relajarse y observar, pero el comentario de Marian le resultó incongruente. Richard no había sido el único de la familia Manning con corazón. Ashlyn todavía sentía los latidos de los ecos de Belle en los dedos, sentía el arco eléctrico que se había formado cuando había tocado *Para siempre y otras mentiras* por primera vez, el dolor tan profundo que hacía que el libro resultara casi imposible de sostener. Pero no era quién para hablar.

Ethan no parecía estar a gusto con la taza en una mano y el platillo delante de él, sino incómodo y fuera de lugar. Sin embargo, su sonrisa sí que parecía cómoda, y sincera.

—Gracias. Tanto él como mi padre siempre hablaban muy bien de ti, aunque nunca supe toda la historia.

Marian tomó una galleta del plato, la partió y se sacudió las migas de los dedos.

—Unas semanas después vino a presentarme a Catherine. Era encantadora y se notaba que ella también estaba prendadita de él. Le dije que no se comportara como un idiota, que cuando encontrabas a esa persona especial, la encontrabas y no debías esperar por nada. Ni dejar que nadie se interpusiera en la relación.

—A mi madre le sentó muy mal que os pelearais, pero nunca supe qué ocurrió.

Marian apartó la mirada y una sombra le cruzó el rostro.

—Rompió una promesa y yo perdí los papeles. Ahora me arrepiento. Me arrepiento muchísimo. A ver, ¿qué más queréis saber?

Ethan dejó la taza y el platillo sobre la mesa y se reclinó en la silla.

—Quiero saber cosas sobre los libros. ¿Cómo acabaron en el despacho de mi padre? ¿Por qué terminó en medio de todo?

—El pobre siempre estaba en medio de todo. Se vio obligado a hacerlo.

—No sé qué quieres decir.

—Pues que él estaba haciendo sus cosas un día y le llegó un paquete desde Londres, un libro envuelto en papel marrón acompañado de una nota en la que le pedían que me lo hiciera llegar tal y como estaba. Estuvo a punto de tirarlo. No confiaba en Hemi, y era normal, después de lo que le había hecho a mi familia, pero al final me lo envió.

—¿Por qué se lo mandó a mi padre y no a ti directamente?

—Porque Hemi no tenía ni idea de dónde vivía. Por aquel entonces, casi nadie conocía mi paradero. Los escándalos hacen que la privacidad se convierta en algo muy valioso. Imagino que fue más fácil localizar a Dickey porque había publicado libros. Además, él ya me había ayudado con anterioridad.

—Te refieres a la carta que entregó de tu parte.

Un destello de emoción amenazó con alterar la cuidada compostura de Marian, y en su rostro se advirtió un breve atisbo de sorpresa e incomodidad.

—Sí. Exacto.

—Fue bastante presuntuoso al asumir que mi padre haría lo que le pedía.

—Hemi era muy presuntuoso. —Se le nublaron los ojos y, por un momento, pareció perder el hilo de la conversación. Cuando volvió a alzar la mirada, tenía los ojos nítidos pero cargados del dolor de los recuerdos—. Creía que el fin siempre justifica los medios, incluso conmigo. Si no, ¿cómo iba a tener el descaro de mandarme ese libro plagado de mentiras? ¿Imagino que ya lo habéis leído entero, los dos?

—Sí —respondió Ethan con un tono uniforme.

—Me llamaba «Belle», pero esa persona no existía. Por lo menos, no la Belle sobre la que escribió en sus libros. Ella no era más que un producto de su imaginación. Una invención.

—Así que escribiste el libro para aclarar las cosas —dijo Ashlyn en voz baja.

Marian tenía la mirada fija en algún punto distante al otro lado de la ventana, tenía los ojos bien abiertos, pero vacíos.

—Las cosas que escribió… —dijo, finalmente—, lo tergiversó y cambió todo… No iba a permitir que recordara las cosas así. Él me echa la culpa, pero lo sabe. Los dos lo sabemos.

Ashlyn buscó la mirada de Ethan y le dijo con los ojos: «Lo sabía». Eso era exactamente lo que ella le había intentado explicar cuando le había dicho que las cosas no cuadraban. Cuanta más información tenía, más convencida estaba de que ninguno de los dos sabía la verdad.

Ethan fruncía el ceño y se cogía el labio inferior con los dedos, sumido en sus pensamientos.

—Sigo sin entender por qué acabaron los dos libros, el de Hemi y el tuyo, en el despacho de mi padre.

—No te adelantes —respondió Marian con firmeza. Levantó la taza, bebió con delicadeza y volvió a dejarla sobre el platillo—. Cuando terminé *Para siempre y otras mentiras,* lo mandé a uno de esos sitios en los que encuadernan libros, y también les envié el de Hemi, porque quería que fueran iguales. Y no me salió nada barato. En cuanto los recibí, se los mandé a Dickey y le pedí que se los hiciera llegar a él, como si fueran un conjunto. No sé por qué. Supongo que quería que supiera que le podía pagar con la misma moneda.

Ashlyn intentó imaginar la reacción del hombre al abrir el paquete con ambos libros.

—¿Y qué respondió?

Marian la miró, inexpresiva.

—No me respondió.

—¿Nada de nada?

Se encogió de hombros.

—Él se había desahogado y yo había hecho lo mismo. ¿Qué quedaba por decir?

Ethan parecía confundido.

—Y si mi padre hizo lo que le pediste y se los mandó a Hemi, ¿qué hacían en su despacho?

Marian cambió de postura en la silla y su expresión se ensombreció.

—Al cabo de unos años, Hemi llamó a Dickey de la nada y le preguntó si podían verse para tomar algo. Tu padre debería haber sido más sensato, pero accedió. Como es natural, hablaron de mí, y Hemi le dijo que habíamos planeado escaparnos, pero que yo me acobardé porque era demasiado orgullosa para casarme con un hombre que no tenía nada. Por supuesto, no era cierto, y Dickey debería haberlo sabido mejor que nadie. Sabía a la perfección lo que había supuesto para mí perder a Hemi. —Hizo una pausa y negó, tristemente, con la cabeza—. En el fondo, tenía buenas intenciones. Dickey era así.

—¿Pero?

Se encogió de hombros y dijo:

—Pero rompió su promesa.

Ethan seguía confundido.

—¿Qué promesa?

—Tú padre y yo llegamos a un acuerdo el día después de nuestra discusión. Él había insistido en preguntarme cosas sobre el pasado, sobre cómo había terminado mi relación con Hemi. Creía que yo había sido muy dura. Dijo que estaba siendo poco racional y cruel. Me llamó cruel, a mí. —Hizo una pausa y movió la cabeza de un lado al otro, como si estuviera desconcertada—. Después de todo, seguía creyendo que podíamos retroceder y solucionar las cosas. Yo no quería su opinión sobre el tema y le dije que si íbamos a ser amigos, tenía que prometerme que nunca volvería a mencionar el nombre de Hemi. Por desgracia, la promesa no decía nada sobre hablar con Hemi de mí.

»Cuando Hemi lo llamó, a tu padre se le escapó que yo iba a participar en una conferencia en Boston al día siguiente y que, al acabar, íbamos a ir juntos a comer. Bueno, él dice que se le escapó. En cualquier caso, Hemi insistió para que lo invitara. Dickey accedió y prometió retirarse en cuanto yo llegara. Supongo que imaginó que beberíamos champán, nos miraríamos fijamente a los ojos y viviríamos felices para siempre. Era un romántico empedernido. Y es que, cuando estás enamorado, crees que todo el mundo debería estarlo. Por suerte, hubo algunas dificultades técnicas, porque si no, habríamos montado una buena escena.

—¿Qué pasó?

—Pues tuvieron problemas con el proyector del hotel y empezamos más tarde de lo previsto. Yo llamé al restaurante para avisar a Dickey de que me retrasaría y cuando le pregunté a la recepcionista del restaurante si Richard Hillard ya había llegado, me dijo que sí, que ya habían llegado los dos. Cuando le pregunté, me dijo que el acompañante de Dickey era alto, atractivo e inglés… Y lo supe.

»Le pedí que pusiera a tu padre al teléfono y ni siquiera se molestó en negarlo. De hecho, intentó convencerme de que me reuniera con ellos de todos modos. Yo estaba hecha una furia. Nunca habría imaginado que me haría algo tan rastrero cuando sabía… —Marian calló de repente, como si hubiera hablado más de la cuenta.

Empezó a juguetear con el anillo de granate que tenía en la mano derecha. Lo hizo girar poco a poco, de forma mecánica.

—Él sabía lo mal que lo pasé cuando Hemi se marchó —prosiguió con una voz grave y cargada de dolor—. Lo sabía… todo. Y por eso me sorprendió tanto que me traicionara de ese modo. Siempre estaba tanteando el terreno, pero nunca pensé que actuaría a mis espaldas de ese modo. Por lo menos, conseguí escapar del restaurante.

—¿No fuiste? —preguntó Ashlyn.

La pregunta pareció sorprenderle.

—¿Por qué narices iba a ir? Le dije que esperaba que se atragantaran con la sopa y colgué. Dickey me llamó por la noche e intentó hacer las paces conmigo. Creo que lo habría perdonado si no hubiera insistido, si no me hubiera pedido que hablara con Hemi. No dejaba el tema en paz. Así que nos volvimos a pelear. Una semana después, me llamó para decirme que Hemi había regresado a Inglaterra, pero que le había dejado los libros y le había pedido que me los devolviera. Le dije que por mí como si los quemaba, y colgué. Esa fue la última vez que hablamos.

Ethan parecía aturdido.

—¿Y por eso os dejasteis de hablar? ¿Por los libros?

—No fue por los libros, Ethan. Fue una cuestión de lealtad. Tu padre me tendió una emboscada.

Ethan dobló la servilleta con cuidado y la dejó en la mesa.

—Era una comida en un lugar público, no en un callejón de la parte chunga de la ciudad. Dudo que a él le pareciera una emboscada.

—Tú no lo entiendes. —La taza de Marian empezó a traquetear sobre el platillo. La dejó en la mesa con cuidado y bajó la mirada a su regazo—. Después de tantas mentiras y engaños, se me hacía imposible… —Su voz se convirtió en un suspiro— mirarlo a los ojos.

—Por lo del artículo —añadió Ashlyn en voz baja.

Marian la miró y parpadeó una vez, dos.

—Sí. Por lo del artículo. Claro. —Cerró los ojos, como si recordar aquello le causara un dolor físico—. Me juró que nunca lo publicaría, pero ahí estaba. Con la foto de mi madre. Con la mía y la de todos nosotros. Y con ese titular tan horrible en primera página. Me resultaba increíble que lo hubiera hecho.

—Pero él afirma que no fue cosa suya —señaló Ashlyn con cautela—. Lo dice en el libro.

Marian alzó un poco la barbilla.

—Dice muchas cosas en el libro, pero en el artículo había información que solo le conté a él. Asuntos privados míos. —Hizo una pausa y cerró los ojos un momento—. Pensó que podría esconderse detrás de un alias, que no me daría cuenta. Pero sabía que era él. Solo podía haber sido él.

Ashlyn la miró, sorprendida.

—¿Un alias?

—Steven Schwab —dijo Marian, con un tono monótono—. Otra de sus convenientes invenciones.

Ashlyn miró a Ethan y se preguntó si él también estaba atando cabos. Marian creía que Schwab era un sobrenombre... Marian no conocía a Steven Schwab... Hemi no era Steven Schwab.

—No es cierto —soltó Ashlyn—. Quiero decir que no era una invención. Steven Schwab trabajó para Goldie, e incluso hay fotos en las que aparecen juntos. Al parecer, vivían en la misma casa cuando ella falleció. Y se dice que le dejó una buena parte de su patrimonio en herencia.

Marian se quedó paralizada un momento al oír la información. Parecía que estuviera imaginando la posibilidad de que hubiera errado al acusar a Hemi durante años. Finalmente, la miró a los ojos y le preguntó:

—¿Cómo es que tienes tanta información sobre el tema?

Ashlyn bajó la mirada a la taza de té, apoyada en la rodilla, y sintió que se le enrojecían las mejillas.

319

—Porque estaba convencida de que Hemi era Steven Schwab. Había muchas coincidencias. Los dos trabajaron en Spencer Publishing. Los dos querían ser escritores. Los dos estuvieron involucrados con Goldie. Me pareció una conclusión razonable.

—No tengo ni la más remota idea de quién es ese tal Schwab y me da igual que firmara el artículo. Solo una persona podría haber escrito sobre esas cosas, porque solo se las conté a una persona, y esa persona era… es… Hugh Garret.

Ashlyn se quedó inmóvil al oír el nombre y recordó algunos fragmentos del libro. Los giros, el estilo literario, las palabras que utilizaba. Hugh. Garret. No era posible. Y, sin embargo, estaba totalmente convencida de que sí era él. Claro que sí.

—Te refieres a Hugh Garret… ¿el escritor?

—El mismo.

Ethan las observaba, evidentemente perdido.

—Escribe novelas —explicó Ashlyn—. Es un escritor de éxito que ha publicado más de veinte libros, y casi todos han sido éxitos superventas. —Volvió a dirigirse a Marian—. ¿Estabas enamorada de Hugh Garret?

—Por aquel entonces él no era famoso.

—Bueno, pues ahora es famosísimo. Publicó una novela el mes pasado y fue directamente al número uno en ventas, como siempre. ¿Has leído alguno de sus libros?

Marian le sostuvo la mirada más rato del que resultaba cómodo.

—Solo… uno.

—Sí, claro. Es que me preguntaba…

—Sé lo que te preguntabas. Y la respuesta es no. Nunca he sentido curiosidad. Sé todo lo que quiero saber. No tengo ni idea de quién era el tal Schwab y me da igual que el artículo estuviera firmado por él. Solo lo pudo escribir una persona.

La respuesta habría sonado disparatada si la hubiera dado cualquier otra persona. Sin embargo, Marian Manning había hecho prometer a su sobrino que nunca mencionaría el nombre de Hemi. No resultaba difícil imaginar que se protegería de cualquier cosa que le recordara a él.

En ese momento observaba a Ashlyn con los ojos entrece-rrados, como si pensara.

—Creo que ahora me toca a mí preguntar. ¿Por qué te importa tanto todo este asunto? ¿Qué más te da mi vida amorosa?

Ethan se inclinó hacia delante en la silla, al parecer creía que debía intervenir.

—Ella encontró los libros. Buscó en unas cajas que llevé a una tienda de segunda mano y encontró *Mi lamento: Belle*. Tu libro apareció una semana más tarde en otra caja.

Marian lo miró fijamente.

—¿Regalaste los libros?

—No sabía qué eran. Quise hacer espacio en las estanterías, así que metí en cajas todos los libros que parecían de ficción. Y luego, de repente, recibí una llamada sobre unos libros en los que no aparecía el nombre del autor. No tenía ni idea de qué me estaba hablando.

Marian asintió y pareció aceptar la respuesta, luego volvió a dirigirse a Ashlyn:

—¿Qué interés tienes en todo esto, señorita Greer? ¿Por qué te has tomado tantas molestias?

Ashlyn quedó inmovilizada por aquellos ojos grandes y se-parados, y se sintió extrañamente expuesta. ¿Cómo podía res-ponder con sinceridad sin mencionar los ecos?

—Me parecieron preciosos —respondió con franqueza—. Y desgarradores. No hacía más que desear que el final fuera diferente. Era como si faltara un trozo de la historia, como si se hubiera omitido algo.

—¿Qué?

A Marian se le escapó la palabra como si tuviera hipo; fue una respuesta involuntaria y abrupta. Ashlyn le dio un trago al té, y luego otro más. ¿Era solo impresión suya o la mujer se había sobresaltado y tenía los hombros imperceptiblemente tensos? Sin quererlo, se había excedido.

—Yo solo quería decir que nos habría encantado que todo hubiera acabado de otra manera.

—A mí también me habría encantado, pero eso ya no tiene importancia. —De repente sonrió ampliamente, casi beatíficamente, y Ashlyn no pudo evitar ponerse nerviosa—. Has hablado en plural. Asumo que te refieres a Ethan y a ti. ¿Tenéis un idilio, como decíamos en mi época? No acabo de entender qué relación tenéis.

De repente, Ashlyn entendió por qué había sonreído. Le había devuelto la jugada y había hecho una pregunta personal en un momento de descuido. Había sido una táctica inteligente, además de efectiva, porque Ashlyn no tenía ni idea de cómo responder.

—Nosotros tampoco lo tenemos claro todavía —dijo Ethan para llenar el silencio—. Nos conocimos hace solo unas semanas.

La sonrisa de Marian se desvaneció.

—¿Por los libros?

—Sí.

—Me alegro —dijo en voz baja, y apartó la mirada hacia la ventana—. Me alegro de que tanto dolor haya servido para algo bueno. —Se puso de pie, encendió un par de lámparas al otro lado del porche y dijo—: Ahora se hace de noche muy pronto. ¿Os quedáis a cenar? No tengo nada muy elaborado, he preparado estofado esta mañana. Pero tengo un vino de Borgoña muy bueno para acompañar y también pan de hoy de la panadería.

Ethan miró a Ashlyn.

—¿Tienes que volver?

—Por favor, no os vayáis tan pronto —les pidió Marian con una sonrisa esperanzada—. Deja que disfrute un poco más de tu compañía. Me recuerdas mucho a Dickey, y me resulta muy agradable. Prometo que os responderé a todas las preguntas que tengáis si os quedáis. Bueno, o a la mayoría.

Dieciséis

Ashlyn

*«Hay varios tipos de enemigos, pero todos afectan tan-
to a la longevidad como al bienestar. Hay que ir con
cuidado con los invasores, tanto con los que se ven
como con los que no».*

Ashlyn Greer, El cuidado y mantenimiento
de los libros antiguos

Marian no había mentido con respecto al vino de Borgoña.
Al parecer, había entrenado bastante su paladar durante su estancia en Francia y tenía una buena colección en la bodega.
Cuando iban por la mitad del estofado, Ethan abrió una segunda botella. En ese momento, seguían sentados a la mesa de
la cocina amplia y alegre de Marian, bebiendo de copas de ba-
lón enormes mientras la anfitriona hablaba de la organización
benéfica que había fundado hacía casi treinta años y de la labor
que seguían haciendo por todo el mundo.

Al final, y puede que de forma predecible, empezó a hablar de sus hijos y a presumir de sus muchos logros. Zachary
se había convertido en uno de los violinistas más solicitados,
actuaba para jefes de Estado de todo el mundo y se había re-
incorporado a la Sinfónica de Chicago después de una gira de
cinco meses por Europa. Tenía pensado casarse con su prometida la próxima primavera. Ilese impartía clases en la carrera de

Estudios de la Mujer en la Universidad Yeshiva de Nueva York y había tenido tres hijas preciosas.

A Ashlyn la alegraba saber que, después de tanto sufrimiento, Marian tenía una vida plena y feliz.

—Por la abuela orgullosa —propuso un brindis por la anfitriona—. ¿Cuántos años tienen tus nietas?

—Linda tiene seis años; Dalia, ocho, y Mila, a la que llamo «mi niña grande», tiene once. Me encantaría que vivieran más cerca. Las echo de menos desde que se mudaron, pero Ilese las trae para que me vean siempre que puede. Y las veré la semana que viene, en Boston.

—¿Vas a Boston?

—Voy a una entrega de premios. Me van a otorgar un reconocimiento por toda mi trayectoria. Por mi trabajo en la fundación. —Hizo una pausa para dar un sorbo al vino y puso una mueca—. Así es como uno se da cuenta de que se está haciendo viejo, cuando le empiezan a dar premios por su trayectoria. Es un detalle muy bonito, pero, sinceramente, preferiría que me lo mandaran por correo. No frecuento las ciudades últimamente, pero Ilese y las niñas también vienen al banquete, así que será agradable. Se han comprado vestidos para la ocasión y están todas muy emocionadas.

Ethan alargó un brazo hacia la mesa para rellenarles las copas antes de hacer lo mismo con la suya.

—No has mencionado a tu hermana.

La sonrisa de Marian se evaporó.

—¿Te refieres a tu abuela?

—A Corinne, sí. ¿Sigue viva?

—Asumo que sí, porque no me han dicho lo contrario, aunque dudo que me avisaran. No he vuelto a hablar con ella desde que regresé a Estados Unidos con los niños. De eso hace casi treinta y cinco años.

—¿Y qué hay de sus otros hijos? Sé que abatieron el avión de Robert y que una de las niñas falleció hace unos años, pero no tengo ni idea de qué ha ocurrido con el resto.

—Anne y Christine. —Se encogió de hombros—. No tengo ni idea de donde están. Me alegro de decir que quemé esas naves. Zachary e Ilese son mi única familia. Y la familia de mi madre en Francia. Los niños se encariñaron mucho de sus primos cuando los visitamos. Me alegra saber que siguen en contacto.

«¿Los visitaron?». La elección de palabras sorprendió a Ashlyn.

—Pensaba que habías adoptado a Ilese y a Zachary cuando estabas en Francia. Como no los mencionas en el libro…

Marian fulminó a Ashlyn con una mirada incómoda.

—No me pareció necesario mencionarlos. No tienen nada que ver con lo que ocurrió, ni con él.

—Solo lo digo porque no me quedó claro cuándo los adoptaste. Pensaba que había sido a través de tu colaboración con la OSE.

La expresión de Marian se suavizó, como era el caso cuando hablaba de sus hijos.

—En realidad, fue al revés. Mi colaboración con la OSE cuando estuve en el extranjero fue gracias a los niños. Vi el precio que pagaban las familias a causa de la guerra antes de siquiera pisar Francia. Los refugiados europeos, los que vinieron antes de que los empezáramos a rechazar, contaban historias terribles sobre lo que ocurría en sus países. Cuando viví en California me hice amiga de una refugiada, una mujer austríaca que había escapado de los nazis. Se llamaba Johanna Meitner. Dame un momento… tengo una foto suya.

Se fue un momento de la cocina y volvió con una fotografía en un marco sencillo de plata. Se lo entregó a Ashlyn.

—Esa es Johanna.

Ashlyn estudió el rostro que le devolvía la mirada desde detrás del pequeño cristal rectangular. Tenía la cara angular, los ojos tristes y pálidos, y un denso flequillo del color de la paja. Era evidente que había sido una mujer hermosa, pero algo (probablemente la guerra) había hecho que su belleza se apagara y le había otorgado una expresión turbada. En la foto aparecía con el abdomen levemente redondeado.

—¿Estaba embarazada cuando le hicieron la foto?

Marian recuperó el marco y lo abrazó.

—Así es. —Se le humedecieron los ojos y continuó hablando con un tono inexpresivo, casi robótico, como si estuviera recuperando la historia de algún rincón oscuro de su memoria—. Su marido, Janusz, era un violinista con contactos influyentes. Cuando se enteró de que Johanna estaba embarazada, hizo uso de sus conexiones para sacar a su mujer y al hijo que tenían en común de Austria para traerlos a los Estados Unidos. En teoría, él los seguiría al cabo de unas semanas, pero lo pillaron con documentos falsificados y lo arrestaron. Falleció al poco tiempo en uno de los campos. Johanna nunca supo en cuál, pero eso no importaba. Él se había ido y ella estaba sola, en un país desconocido y con un bebé en camino.

—Y con otro niño al que cuidar —añadió Ashlyn, con tristeza.

—Sí —comentó Marian—. También.

—¿Cómo os hicisteis amigas?

—Vivía en la casa de al lado. Estaba perdidísima, totalmente destrozada después de lo que había ocurrido. No estaba en condiciones de tener un bebé, pero los bebés llegan cuando ellos lo deciden. Ella necesitaba a alguien que la cuidara, que le cocinara, le limpiara la casa y la distrajera. Pasé más tiempo en su casa que en la mía. Nos hicimos muy amigas, casi hermanas. Me enseñó a prepararme para el Sabbat, a organizar la comida y la oración. Los tres nos convertimos en una familia. Y luego llegó Ilese.

A Ashlyn se le hizo un nudo en la garganta.

—¿Era la madre de Ilese?

Marian parpadeó para deshacerse de las lágrimas.

—Sí.

—Y Zachary...

—Es su hermano. —A Marian se le quebró la voz y apartó la mirada—. Johanna murió unos días después del nacimiento de Ilese. Había perdido mucha sangre en el parto, lo había perdido... todo. El doctor sabía que no sobreviviría. Y ella también. No le quedaban fuerzas para luchar. Me pidió un bolígrafo y un papel, y me dijo que llamara al rabino para que fuera testigo de lo que había escrito.

Los ojos le brillaban por las lágrimas.

—Quería que me quedara a Ilese… que la criara como si fuera mi hija. Nunca se me pasó por la cabeza negarme. No tenía a nadie más. Además, ella sabía que yo la querría, que los querría a los dos como a mis propios hijos. Ya éramos una familia. Y lo seguimos siendo. Le hizo prometer al rabino que sería su testigo y que se aseguraría de que se cumplía su voluntad. Cuando el rabino accedió, Johanna cerró los ojos y se marchó.

Marian dejó la foto y se secó los ojos con la servilleta.

—Siento llorar a lágrima viva. Incluso después de tantos años, se me hace muy difícil pensar en ella.

Ashlyn se contuvo para no estrecharle la mano.

—No me imagino lo que debe haber sido acoger a dos niños como mujer soltera. ¿Te resultó difícil? Me refiero al proceso de adopción formal.

Negó con la cabeza.

—Antes era diferente, no había diez familias peleándose por un crío. Los orfanatos estaban a rebosar y todo el mundo estaba en guerra. Los hombres se habían marchado y las mujeres se habían tenido que poner a trabajar. Nadie buscaba adoptar a una familia, solo yo. El peor obstáculo era que no estaba casada, pero el rabino Lamm respondió por mí y encontré un buen abogado que me ayudó a navegar el tema legal.

—¿Cuántos años tenía Zachary por aquel entonces?

Marian dobló cuidadosamente la servilleta y la dejó a un lado.

—Acababa de cumplir dos años.

Ashlyn sacudió la cabeza.

—Un niño de dos años y un bebé. ¿Cómo conseguiste salir adelante?

—No fue tan difícil como imaginas. Se armó mucho revuelo cuando regresamos a Estados Unidos, claro. Cometí el error de volver a Nueva York. En California nadie sabía quién era, pero cuando regresé a la ciudad, la prensa no tardó en averiguar mi identidad. En cuanto se enteraron de que había vuelto de Francia con dos niños, asumieron que estaba casada. Luego descubrieron que no era el caso y que los niños eran adoptados, y se inventaron que me había ido a Francia expresamente para rescatar a un par de niños judíos. Los artículos eran de lo más ridículos. Afirmaban que me había arrastrado por el barro con una bayoneta entre los dientes y que los había salvado en Drancy. Como no podía ser de otro modo, había cometido ese acto altruista y heroico por el artículo del *Review*, porque había descubierto que mi madre era judía. Menudo circo. Y todo era una sarta de mentiras, pero cuesta detener un tren cuando ha tomado velocidad.

—Imagino que tu padre debía de estar entusiasmado —observó Ethan en tono frío.

Marian le ofreció una sonrisa sutil.

—No le hizo mucha gracia, no. Como es natural, Corinne también se puso hecha un basilisco. Los rumores sobre la muerte de mi madre habían empezado a apagarse y ahí estaba yo, otra vez en la prensa con mis pobres huérfanos judíos, resucitando el escándalo. Zachary e Ilese no entendían a qué venía tanto alboroto. —Otra sonrisa, esta más tierna—. En los periódicos afirmaban que yo los había salvado a ellos, pero la realidad es que fueron ellos los que me salvaron a mí. Estuve totalmente perdida después de todo lo de Hemi. Johanna y los niños me ofrecieron algo que me importaba, algo en lo que concentrarme más allá de mis males y la guerra.

—Y luego, cuando acabó la guerra, ¿te llevaste a los niños a Francia? —preguntó Ashlyn, que intentaba atar cabos.

Marian la miró con ojos mordaces.

—Eres un pozo sin fondo de preguntas. Sí, fuimos a Francia, a Bergerac. Mi tía estaba cada vez más enferma y quería regresar antes de que fuera demasiado tarde. A los niños les encantó. Aprendieron francés, un poco de yidis y todo sobre el cultivo de la uva. Les hizo bien. Nos hizo bien a todos. Y, claro, también estaba mi labor con la OSE. Una labor muy dura, pero gratificante.

—¿Y ellos saben que son adoptados?

Marian tensó los hombros, como si la pregunta la hubiera mosqueado.

—Pues claro que sí. Se lo dije en cuanto pensé que tenían edad para entenderlo. Se lo he contado… todo.

Ashlyn volvió a tomar la fotografía de Johanna Meitner y la observó.

—Veo mucho de Ilese en ella. Tiene el mismo tono de piel y el mismo rostro anguloso.

Marian entrecerró los ojos.

—No sabía que conocías a mi hija.

—No la conozco, pero Ethan me enseñó algunas fotos que sus padres tenían de los niños. Te las hemos traído con las cartas y tarjetas de felicitación.

Marian pareció relajarse.

—Ya, claro. Es que todo este tema me pone un poco nerviosa. Unas personas a la que no había visto hasta hoy saben los detalles más íntimos de mi vida. Es como si alguien hubiera leído mi diario a escondidas, que supongo que es lo que habéis hecho en cierto modo. Cuando escribí todo eso, era para que lo leyera Hemi. Nunca imaginé que los libros acabarían en manos de otras personas, y mucho menos que tendría que rendir cuentas al respecto.

—Lo sé —respondió Ashlyn—. Si sirve de algo, nunca imaginamos que te conoceríamos en persona. Conseguimos localizar a Zachary cuando Ethan encontró un antiguo panfleto de un concierto.

—Me lo comentó. Creo que era de Boston. Me encantaría que siguiera allí, pero ha tenido éxito y es feliz. Es lo único que puede pedir una madre.

—Y me parece genial que siga el ejemplo de su padre. ¿Crees que lo recuerda, aunque sea un poco?

Marian la miró sorprendida.

—¿Cómo… dices?

—Has dicho que Janusz era violinista y me preguntaba si es por eso por lo que Zachary decidió tocar el mismo instrumento, porque recordaba a su padre ensayando.

—No. No se acuerda. —Entonces levantó la copa y se acabó el vino que le quedaba—. Zachary era demasiado pequeño y Janusz nunca estaba en casa. Aunque sí recuerda a su madre, o eso le parece. Siempre les contaba historias sobre ella cuando se iban a la cama. Quería que la conocieran, que supieran que tenían dos madres.

—Pero ningún padre —comentó Ethan—. ¿En algún momento pensaste en casarte?

Marian hizo un gesto de desestimación con la mano.

—No tenía tiempo para un marido. Estaba demasiado ocupada. Además, tampoco me hacía falta. Entre los niños y el trabajo, tenía todo lo necesario. —Se apartó de la mesa y bajó la mirada al reloj—. Nos hemos pasado toda la tarde hablando. Ya son más de las diez.

Ashlyn se levantó y empezó a recoger las copas vacías.

—Sentimos haberte entretenido tanto tiempo. Te ayudaremos a recoger y nos marcharemos enseguida.

—No, no. Dejádmelo a mí. No es mucha cosa y la niebla está espesando. Me horrorizaría que acabarais en una cuneta. Id a por los abrigos, nos vemos en el vestíbulo.

Ya se habían abotonado los abrigos y estaban listos para marcharse cuando Marian reapareció con una botella de vino en la mano. Se la entregó a Ethan y le dio un beso en la mejilla.

—*La Famille Treves Sancerre*. Para que la compartáis. Está deliciosa con queso y fruta.

Ethan examinó la etiqueta.

—Es de los viñedos de tu familia.

—Y de la tuya —le recordó—. A lo mejor podéis visitarlos algún día juntos. A tus primos franceses les encantará conocerte, no me cabe duda.

Ethan le sonrió a Ashlyn de forma burlona.

—Tendremos que empezar a practicar francés.

—No lo dejéis pasar —los amonestó Marian con un ápice de solemnidad—. El tiempo es muy puñetero y siempre se escapa. Sucede algo y, cuando te das cuenta, has perdido la oportunidad.

—De acuerdo. Nos daremos prisa.

La mujer alargó la mano para tocarle la mejilla y la dejó ahí unos segundos.

—Tus primos son buena gente. Deberías conocerlos. Y a Zachary y a Ilese. Y a las chicas. Dime que volverás, por favor, los dos, y que os quedaréis algunos días. No quiero que sigamos siendo unos desconocidos.

Ethan sonrió con nerviosismo y se puso la botella bajo el brazo.

—Siento el tiempo que hemos perdido. Te prometo que me esforzaré más.

Marian le devolvió la sonrisa con los ojos llenos de lágrimas sin derramar.

—Yo también. Ahora, marchaos. Y, por favor, id con cuidado con el coche. Estoy deseando volver a ver al hijo de Dickey y a su... amiga.

Diecisiete

Ashlyn

«El estado exterior no siempre indica lo que encontraremos en el interior. Haz una tasación exhaustiva y, sobre todo, valora cuándo contactar con un profesional».

Ashlyn Greer, El cuidado y mantenimiento
de los libros antiguos

Ashlyn se acomodó en el asiento de cuero cuando dejaron atrás las calles tortuosas de Marblehead. La niebla se había asentado al caer la noche y había cubierto las calles de una bruma fría, como de algodón; Ashlyn se sentía amodorrada por el vino.

A su lado, Ethan estaba extrañamente callado, con los ojos fijos en la carretera, presuntamente digiriendo los sucesos del día. El momento en el vestíbulo había sido bonito, cuando se disponían a marcharse y Marian le había tocado la mejilla y le había dicho que no quería que siguieran siendo unos desconocidos. También habían vivido un momento incómodo cuando Ethan había decidido que irían juntos a Francia. Lo más probable era que lo hubiera dicho para poner paz en la situación, aunque, en aquel momento, había parecido realmente conmovido. A lo mejor él sí iría a conocer a sus primos de Francia en algún momento. Ashlyn deseaba que lo hiciera.

Se giró hacia él para mirarlo. Tenía el perfil iluminado por el escalofriante color verde azulado de las luces del salpicadero. Parecía sumido en sus pensamientos y un poco hundido.

—¿Estás bien?

—Sí. ¿Por qué lo preguntas?

—No sé. Es que ha sido un día muy ajetreado y estás muy callado. He pensado que, tal vez, hablar de tus padres te había afectado.

—No. La verdad es que ha sido agradable. Me ha gustado oír que a Marian le resultó evidente que mi madre estaba colada por mi padre. Me gusta imaginarlos así, como una pareja joven. Nunca imaginamos a nuestros padres de ese modo, como personas con sueños y pasiones. Para nosotros, solo son padres.

Ashlyn prefería no pensar en sus padres en absoluto, así que ignoró el comentario.

—Lo que está claro es que ahora tenemos una percepción más clara de todo. De cómo los libros terminaron en manos de tu padre. De por qué perdió el contacto con Belle. Es una pena, porque ella parecía tenerle mucho cariño. Y creo que le ha hecho mucha ilusión conocerte.

—Bueno, puede que al cabo de un rato sí, pero al principio parecía recelosa. Como si pensara que íbamos a interrogarla. Me ha sorprendido que al final se abriera. De hecho, me han sorprendido muchas cosas. No es como esperaba.

—¿Qué esperabas?

—Supongo que a una mujer mayor. Más corpulenta. Lo que está claro es que no esperaba a la mujer que nos ha abierto la puerta. Ya sabía que era atractiva, mi madre siempre lo decía, pero no imaginaba que siguiera siendo tan guapa.

—Es preciosa, ¿verdad? Y, además, es maravillosa. Adoptó a un par de huérfanos de la guerra, los crio y los convirtió en dos adultos impresionantes ella solita. Me da igual el dinero que uno tenga, me parece una hazaña importante. Luego fundó la organización benéfica para ayudar a los huérfanos de todo el mundo. Y, para colmo, hace estofado. No me extraña que quisiera que Hemi supiera que ha tenido una vida plena y feliz.

—Ha dicho que no tenía tiempo para maridos.

—Bueno, está claro que estaba ocupada, pero me apostaría mi último dólar a que ese no fue el motivo por el que nunca se casó. Creo que fue por cómo terminó lo suyo con Hemi. Nunca se olvida el dolor que se siente cuando alguien a quien quieres te destroza, y menos sabiendo que ha sido a propósito.

—¿Seguimos hablando de Marian?

Ashlyn notó que la miraba y apartó el rostro hacia la ventanilla.

—Sí.

—¿Estás segura?

—Sí.

Ethan la siguió mirando y esperó a que dijera algo más. Cuando no lo hizo, dejó el tema.

—Por lo menos ahora sabemos su nombre: Hugh Garret.

Ashlyn se relajó.

—Casi me caigo de la silla cuando lo ha dicho. Ya sabíamos que era escritor, él mismo había comentado que había escrito un par de libros sobre la guerra, pero nunca habría imaginado que resultaría ser un autor de éxito, y mucho menos uno tan prolífico. Marian debió de pasarlo muy mal al pensar que, algún día, su historia acabaría en el escaparate de una librería.

Ethan se rascó la barbilla y frunció el ceño.

—Me pregunto por qué nunca escribió esa historia.

—Puede que sí que lo hiciera —soltó Ashlyn, sorprendida de que la idea no se le hubiera ocurrido de inmediato—. Solo tendría que cambiar un par de nombres, ponerle un título nuevo y ¡tachán!, un éxito de ventas prefabricado. Solo Marian reconocería la historia, y ha admitido que no se ha leído sus novelas. Yo he leído algunas, pero no todas. Se especializa en el desamor. Son novelas de llorar a moco tendido. Podría haberlo hecho perfectamente y no nos habríamos enterado.

Ethan detuvo el coche en el semáforo y se giró hacia ella.

—Piensas comprarte todos sus libros para leerlos, ¿verdad?

—Puede que comprarlos todos no, pero sí que pienso leer todas las sinopsis para ver si alguna me suena familiar. De hecho, si no fueran casi las doce de la noche, te haría llevarme a la librería más cercana ahora mismo. Además, me interesa ver qué aspecto tiene. Estoy convencida de que tiene una foto de autor típica en los guardas, nunca me he fijado. Y, ahora que lo pienso, me parece recordar que había algunos de sus libros en las cajas que le llevaste a Kevin.

El semáforo se puso en verde. Ethan activó el limpiaparabrisas para despejar la luna delantera y pisó el acelerador.

—Serían de mi madre. Le encantaban las historias tristes.

—¿Crees que ella sabía que Hemi y Hugh Garret eran la misma persona?

—No lo sé. Mi padre sí que lo sabía, y no creo que se lo ocultara a mi madre. Como ya te he dicho, no tenían secretos.

Ashlyn se quedó callada un momento, mientras recordaba algunos fragmentos de las conversaciones que habían tenido. Por fin habían resuelto muchas dudas, aunque no podía evitar pensar que Marian no se lo había contado todo. Había respondido a las preguntas con una cautela evidente, había analizado y diseccionado las palabras con precisión. Había perfeccionado la habilidad con el paso de los años, sabía qué decir y qué omitir cuando respondía a preguntas incómodas.

—Antes —dijo Ethan, que alejó a Ashlyn de sus pensamientos—, estabas en lo cierto cuando has dicho que estaba muy callado. Ha sido un día muy raro. Durante muchos años oí a mis padres mencionar a esa mujer a la que yo no conocía, pero esta tarde he estado sentado en su porche con ella, hablando de ellos. Creo que mi padre se alegraría de que nos hayamos conocido, aunque se hubieran peleado.

—Es una pena que no hicieran las paces antes de que falleciera, pero entiendo que ella se enfadara tanto con él. Estoy segura de que tenía buenas intenciones cuando organizó la comida, pero para Marian fue una traición más, y de la única persona de la familia en la que creía que podía confiar.

—No sé qué pasó ni por qué, pero conozco a mi padre y sé que nunca habría hecho nada para traicionarla a propósito. Es evidente que creía que Marian y Hemi tenían que hablar de algo.

Ashlyn reflexionó un momento. Aunque no había llegado a conocer a Richard Hillard, sabía lo suficiente de él para confiar en la palabra de Ethan en cuanto a sus intenciones. Marian había mencionado varias veces que Hemi había sido un motivo recurrente de disputa entre ellos y que no hacía más que insistir con que lo viera, pero no había mencionado el porqué. ¿Podría ser que Dickey conociera el verdadero motivo de la separación de los amantes? Eso explicaría que estuviera tan empecinado en reunirlos. Aunque, en ese caso, ¿por qué se mostraría Marian tan inflexible?

—¿Has notado algo raro hoy mientras Marian hablaba? ¿Has tenido la sensación de que algo no cuadraba?

—¿A qué te refieres?

—No lo sé exactamente, pero ha habido algunos momentos en los que parecía que estuviera casi a la defensiva. Cuando le preguntaba algo, ella cambiaba de tema o me preguntaba algo a mí para desviar la conversación. Era como si se hubiera marcado un límite y cada vez que nos acercábamos, se cerrara en banda.

—No me parece algo raro. Hemos estado hablando de recuerdos bastante duros. Por no mencionar que la han interrogado dos personas a las que no conocía de nada. Yo actuaría del mismo modo. Francamente, me sorprende que nos haya contado tantas cosas.

—Supongo que tienes razón.

Ashlyn seguía sin estar convencida, pero habían tenido un día muy largo y debían procesar mucha información. Descansó la cabeza en el reposacabezas y se relajó en el asiento de cuero. Desearía no haber dejado su coche en casa de Ethan. No le apetecía ni lo más mínimo tener que conducir hasta casa.

—Todavía nos queda una hora de trayecto —comentó Ethan, como si le hubiera leído la mente—. ¿Por qué no duermes un poco? Te despertaré cuando hayamos llegado.

—La niebla no hace más que empeorar. Debería quedarme despierta por si necesitas un par de ojos extra.

—No te preocupes. Duérmete.

Cuando el crujido exterior de los neumáticos sobre la gravilla la despertó, Ashlyn no tenía ni idea de cuánto rato llevaba durmiendo. Se enderezó en el asiento, pestañeó al mirar a través de la luna delantera y vio la densa pared de niebla que desaparecía ante la luz de los focos.

—Ostras. —Giró el cuello hacia la izquierda y luego hacia la derecha para deshacerse de la rigidez—. Me he quedado frita, lo siento.

—No te preocupes, ya casi hemos llegado.

Miró por el parabrisas con los ojos entrecerrados cuando doblaron la curva, para intentar orientarse. No veía nada con tanta niebla.

—Odio conducir en estas condiciones. Tengo la sensación de que me voy a caer por un precipicio todo el rato. Dime, por favor, que ves dónde estamos.

—Estamos a unos minutos de casa. Podría hacer este trayecto con los ojos vendados.

Ashlyn gruñó.

—Eso no me ayuda mucho.

—Puedes quedarte en mi casa.

Ashlyn giró la cabeza más rápido de lo que le habría gustado.

—¿Qué?

—No hace falta que cojas el coche. Puedes quedarte a dormir en mi casa.

—No. Estaré bien. Gracias.

Cuando aparcaron en el acceso de la casa, Ashlyn ya había cogido la bolsa de tela y se disponía a abrir la puerta, preparada para escapar a toda prisa del coche.

—Gracias por conducir hoy. Lo he pasado bien.

Ethan apagó el coche y la miró.

—Oye, quédate, lo digo en serio.

—No hace falta, de verdad. Tardo diez minutos como mucho.

—Creo que no es buena idea que conduzcas. Es tarde y estás cansada. Como diría mi tía Marian: «Me horrorizaría que acabaras en una cuneta».

Ashlyn no pudo evitar sonreír.

—Prometo que me mantendré alejada de las cunetas. —Salió del coche hacia la niebla y se colgó la bolsa de tela del hombro—. Ay, casi me olvido del vino.

Seguía rebuscando la botella de Sancerre cuando Ethan rodeó el coche y se puso delante de ella.

—Quédate —ofreció con un tono grave, extrañamente amortiguado en el silencio aislado de la niebla—. No te estoy pidiendo que duermas conmigo. Es solo que, cuando te despiertes, estaré ahí, bajo el mismo techo. ¿Te parece raro?

Ashlyn negó con la cabeza. La verdad es que sonaba muy bien.

—No, no me parece raro, pero me da un poco de miedo.

El chico respondió con una sonrisa en la voz.

—Puedes elegir entre cinco dormitorios, dos de los cuales tienen vistas al puerto, y todos ellos tienen pestillo. Me temo que no te puedo ofrecer un batín con tus iniciales bordadas, pero estoy seguro de que encontraré alguna camiseta vieja que puedas usar a modo de pijama. Además, también te puedo ofrecer un buen desayuno continental, si eso ayuda a convencerte.

—El tema de los pestillos no me preocupa, Ethan. No es que no confíe en ti.

—Entonces, ¿de qué se trata?

Cerró los ojos para deshacerse de la pregunta. Era la conversación que tanto había estado evitando, la verdad que había estado bordeando durante semanas.

—Supongo que no confío en mí misma.

—¿Para dormir en la habitación de invitados?

Al decirlo así, sonaba ridículo. Parecía que le preocupara no poder controlarse estando en la habitación contigua. Pero ya se había encontrado antes en ese precipicio, y decir que había acabado mal sería quedarse muy corta. Había saltado demasiado pronto, se había enamorado con todo su ser y se había expuesto a todo lo que había venido después. No podía arriesgarse a cometer el mismo error; no sería capaz de volver a recomponerse. Se había construido una vida propia después de la muerte de Daniel. Era algo sencillo. Prudente. Seguro. Pero con eso le bastaría.

—Ethan…

—Quédate —volvió a decir el chico, esta vez con un tono más suave, pero que, de algún modo, sonó más insistente—. Entiendo que estés asustada. No sé por qué, pero lo entiendo. No tienes que darme explicaciones, no me debes nada, pero, si te apetece hablar conmigo, se me da muy bien escuchar. O, si lo prefieres, podemos acurrucarnos en el sofá y pasarnos la noche mirando pelis sin que me tengas que contar nada. Sin ningún compromiso.

—¿Pero eso no nos confundirá más?

—¿Confundirnos? —repitió Ethan, como si la pregunta le hubiera resultado ridícula—. Ashlyn, desde que te conocí, todo me confunde. Esto es lo primero de lo que estoy convencido. Cuando Marian nos ha preguntado hoy si éramos pareja, te has quedado helada. No sabías cómo responder. Pero yo sí. Sabía lo que quería decir a la perfección. Quería decirle: «Sí, Marian, estamos juntos». Y después me ha recordado que han sido los libros los que nos han unido. Ahora que se ha resuelto el misterio y ya no tenemos los libros, me da miedo que esto termine cuando te marches esta noche. Que no tengas ningún motivo para volver a verme.

—¿Crees que desapareceré, así, sin más?

—No sé lo que creo. Lo único que sé es que no quiero que esto se acabe, y tengo la sensación de que ha terminado. Lo he dicho antes, pero lo repetiré por si no lo he dejado claro: quiero ver cómo somos cuando estamos juntos. Ver si hay algo entre nosotros, sin Hemi y sin Belle.

Ashlyn lo examinó. Las líneas de expresión del rostro se le difuminaban en la niebla, pero no le hacía falta verle la cara. Tenía los hombros tensos y la postura rígida, como si se preparara para un golpe. Ella no era la única que se la estaba jugando.

—Bueno, vale.

—Vale, ¿qué?

—Pasaré la noche aquí.

—Si quieres, podemos hacer huevos revueltos.

Ashlyn lo miró con el ceño fruncido.

—¿Tienes hambre?

—No, pero en las pelis las parejas siempre hacen huevos revueltos por la noche. Además, parece algo inofensivo y quiero que te sientas segura.

—Me conformo con un té calentito con un poco de miel, si tienes. Hace mucho frío.

Ethan encendió la chimenea en el interior de la casa mientras Ashlyn buscaba una caja de Earl Grey y se encargaba del té. Cuando terminó de prepararlo, se sentaron en el sofá a bebérselo. Estuvieron un tiempo así, callados, escuchando el crepitar de las llamas en la parrilla de la chimenea. Al final, el silencio se hizo muy pesado.

—¿Y ahora qué? —preguntó Ashlyn, consciente de que él estaba esperando a que dijera algo.

—Pues podemos contarnos cuentos de fantasmas, como hacíamos en el campamento. Creo que tengo una linterna por algún lado, para darle efecto. O... podemos hablar. Te he abierto mi corazón en la entrada, algo que, para que conste, no suelo hacer. Ahora te toca a ti. Me has contado algunas cosas, sobre tu padre y tu divorcio, pero creo que no me lo has contado todo.

—¿A qué te refieres?

—Al motivo por el que tienes tanto miedo, por ejemplo. Miedo de mí. De nosotros. —Dejó la taza, le tomó la mano, entrelazó los dedos con los suyos y cerró el puño—. Asumo que tiene que ver con Daniel. Me dijiste que te puso los cuernos, pero pasó algo más, ¿verdad? ¿Algo peor?

Ashlyn bajó la mirada a sus manos unidas, cálidas y cómodas. Pero en el interior del puño sentía cómo le escocían los viejos recuerdos. Los del cristal roto y el chirrido de los neumáticos.

«Sí. Eso no fue todo. Ocurrió algo mucho peor».

Abrió la boca, la volvió a cerrar y sacudió la cabeza.

—No sé cómo hablar del tema con alguien a quien no le pago por hora.

Ethan le estrechó los dedos.

—A lo mejor puedes empezar por el principio.

«Sí. El principio».

—De acuerdo. —Cerró los ojos y tomó aire—. Te dije que mi madre rechazó el tratamiento cuando el cáncer volvió, que eligió morir, pero omití que mi padre subió al ático al cabo de unos meses, mientras celebrábamos mi decimosexto cumpleaños, y se pegó un tiro.

—Madre mía, Ashlyn…

La chica apartó el rostro, por miedo a no ser capaz de terminar si lo seguía mirando.

—Después de eso, me mudé con mi abuela. Me cambié de instituto y pasé los jueves alternos en el sofá del psicólogo. Un experto en traumas familiares. Aprendí a lidiar con la presión y a llevar un duelo saludable, o así lo llamaron. Con el tiempo, me adapté. O aprendí a fingir que me había adaptado. No soportaba seguir hablando del tema, así que fingí que estaba bien. Terminé el instituto y me aceptaron en la UNH. Y entonces conocí a Daniel.

Se libró de la mano de Ethan y se puso de pie, quería poner distancia entre ellos. Empezó a caminar de un lado al otro, con los brazos tensos a ambos lados del cuerpo.

—No lo vi venir. Siempre iba con mucho cuidado a la hora de escoger a sus víctimas y era un actor consumado. Me lo tragué todo. Se lo conté todo y le presenté a todos mis fantasmas. Le di el poder de hacerme daño, y eso fue lo que hizo.

—¿Te refieres a la alumna que te encontraste con tu bata?

—Marybeth —respondió ella en voz baja—. Ni siquiera fue la primera. Aunque sí fue el catalizador para que me marchara. Pedí el divorcio al día siguiente. Él pensó que no

341

sería capaz. Cuando le dije que no iba a volver, empezó a presentarse en la tienda y a vigilarme desde el otro lado de la acera. Me llamaba a todas horas. Primero me suplicaba que lo perdonara y luego me llamaba puta. Seguía sin haber conseguido vender la novela y estaban a punto de despedirlo de la universidad. Su vida se estaba desmoronando y era por mi culpa, evidentemente.

—Por favor, dime que llamaste a la policía.

Ashlyn se avergonzó. No había llamado, pero no había pasado un día de los últimos tres años en el que no se hubiera preguntado si las cosas habrían acabado de otro modo si lo hubiera hecho.

—No. Él ya tenía suficientes problemas y no quise empeorar las cosas. Pero no podía volver con él, me daba igual lo mal que le fueran las cosas. Una tarde lo llamé y le propuse quedar para tomar algo. Él se creyó que quería arreglar las cosas. Sin embargo, le entregué una lista de cómo creía que deberíamos repartirnos nuestras pertenencias. Fue la gota que colmó el vaso.

Ethan la observaba con atención mientras se preparaba para lo que venía.

—¿Qué quieres decir que fue la gota que colmó el vaso?

Ashlyn se acercó a la chimenea y le dio la espalda al chico.

—Empezó a montar una escena, así que me levanté y me fui. Para cuando él salió del bar, yo ya había cruzado la calle. Oí mi nombre y me di media vuelta. Estaba de pie, en el bordillo, y me miró fijamente a los ojos con una expresión siniestra. Una furgoneta se acercaba por el otro lado de la calle, una de esas que transportan paneles de cristal enormes. Él vio que se acercaba… y cruzó la calle.

Oyó que Ethan tomaba aire con dificultad y lo soltaba poco a poco.

—Virgen santa…

La expresión del chico cuando Ashlyn se giró a mirarlo era de un horror total. Tensó los hombros y se preparó para terminar la historia.

—Justo antes de bajar del bordillo, tuvo un segundo… Me miró, sonrió y me dijo: «Saluda al doctor Sullivan de mi parte».

—¿Quién es el doctor…?

—Mi psicólogo. Al que estuve yendo una vez cada dos semanas cuando mi padre se suicidó.

El rostro de Ethan se volvió inexpresivo.

—Me estás diciendo que…

—Que sabía exactamente lo que hacía, y era consciente de que yo también. De lo que me estaba haciendo, de que me estaba… destrozando.

—A eso te referías en el coche —comentó—. Cuando has dicho que dolía cuando alguien a quien quieres te hace daño a propósito.

—Sí.

—Lo siento muchísimo, Ashlyn. Pero, al menos, ese cabrón no se salió con la suya. Estás aquí.

—Sí que se salió con la suya. Bueno, estuvo a punto. —Era algo incómodo de contar, admitir que Daniel casi había conseguido acabar con ella. Pero quería que Ethan lo supiera todo, que entendiera por qué estar con ella era una mala idea. Por qué ella era una mala idea—. Tres personas —dijo con una voz grave—. Tres personas que se suponía que me querían, y todas me hicieron lo mismo, a propósito. Con un historial así, cuesta no pensar que la culpa es tuya, que tienes algo… que no eres suficiente. Acabé en el sofá de otro psicólogo. Esta vez iba los martes en lugar de los jueves. Estuve yendo durante más de un año.

Ethan se quedó callado durante lo que pareció un tiempo muy largo. Finalmente, se pasó una mano por el pelo y dijo:

—Ahora lo entiendo. Lo comprendo y no sé qué decir, además de que lo siento. Que te hiciera algo así… sabiendo por todo lo que habías pasado… Me parece inimaginable.

—Hubo una época en la que me intenté convencer de que lo había imaginado.

—Pero no es el caso.

—No. —Cuando lo miró a los ojos, el rostro de Ethan estaba distorsionado por las lágrimas que llevaba tanto tiempo conteniendo y que, por fin, había dejado libres—. No fue un accidente y tampoco un acto de desesperación. Lo hizo para tener la última palabra.

—Joder —susurró él, y le secó las lágrimas con el dorso de la mano—. Me cago en ese hijo de puta y en mí mismo por hacerte hablar del tema.

Ashlyn negó con la cabeza y dos lágrimas más le mojaron las mejillas.

—No pasa nada —lo decía de verdad. Era como si se hubiera quitado un enorme peso de encima, como si las palabras hubieran perdido poder al pronunciarlas delante de alguien que no fuera el psicólogo, alguien a quien apreciaba y que la apreciaba a ella.

Entonces, el resto brotó de la nada, todo lo que nunca le había contado a nadie, cosas oscuras que le provocaron un mar de lágrimas. Pero eran de alivio, de liberación y de claridad. De repente, en ese momento, se dio cuenta de que podía perdonar a Daniel, no solo por su último acto de brutalidad, sino por todo. Por la manipulación, la infidelidad, los cientos de diminutas crueldades en las que se había basado su matrimonio. Pero, tal vez, lo que la sorprendió todavía más fue comprender que podía perdonarse a sí misma. Por haberle dado tanto poder sobre ella, por haberse dado cuenta tan tarde de cómo era y por haberse quedado con él una vez lo supo.

Ethan le tomó las manos mientras ella hablaba y se quedó en silencio cuando Ashlyn lo soltó todo. El silencio se alargó y solo se oía el chisporroteo del fuego entre ellos. Ashlyn lo miró y consiguió ofrecerle una sonrisa temblorosa.

—Has dicho que se te daba bien escuchar, y tenías razón. Gracias.

—Me alegra que sientas que puedes confiar en mí.

—Un día me preguntaste si era cierto que no había estado con nadie desde lo de Daniel. Ahora ya sabes por qué. Porque juré que nunca volvería a confiar en nadie.

—Pero sí que puedes confiar en mí, Ashlyn… Si quieres estar conmigo.

«¿Quería estar con él?».

Le puso la palma de la mano sobre la mejilla. En su interior, ya conocía la respuesta, hacia semanas que lo sabía. Como siempre, era una cuestión de confianza. No en él, sino en ella misma.

—Creo que sí —dijo con un tono suave, tanto para ella como para Ethan. Esperó un instante antes de posar sus labios sobre los del chico. Esperó para disfrutar del tamborileo vertiginoso de su corazón. Un momento para cerciorarse, pero estaba convencida.

Ethan se quedó sin aliento cuando ella le dio un beso, inhaló rápido y con fuerza, y pareció que eso la acercaba todavía más a él. Oyó el gruñido sorprendido del chico, que la estrechó con los brazos y la besó con dulzura y un cariño sorprendente. Había pillado al chico desprevenido y se había sorprendido a sí misma, lo que le produjo una corriente primitiva y deliciosa por todo el cuerpo.

Cuando el beso se volvió más intenso, tuvo una leve sensación de alarma, un atisbo de incertidumbre en el que todavía podría haberse retractado. Iban directos hacia algo irrevocable, después de lo que resultaría complicado y doloroso dar marcha atrás. Pero ella no quería retroceder, quería estar con él y lo que fuera que viniera a continuación.

Ethan pareció entender su decisión en ese momento. Se apartó y la miró, jadeante.

—A riesgo de estropear el momento, quiero saber qué significa esto. No quiero que lo malinterpretemos.

—Esto significa que quiero estar aquí cuando te despiertes mañana. Y puede que pasado mañana también. Si todavía me aceptas, a mí y a toda mi carga emocional.

Se le curvaron los labios lenta y deliciosamente.

—Supongo que eso significa que tenemos un idilio.

—Supongo que sí.

Entonces ella tiró de él para besarlo a modo de promesa y de súplica. Todavía no sabía cómo de grande iba a ser el salto que iba a dar, pero se había obligado a mirar abajo para medir la altura de la caída. Era un comienzo. Y, a lo mejor, esta vez no caería sola.

Dieciocho

Ashlyn

«Mantén la distancia con los peligros conocidos».

Ashlyn Greer, El cuidado y mantenimiento
de los libros antiguos

28 de octubre de 1984
Rye, Nuevo Hampshire

Ashlyn abrió los ojos a un cielo azul deslumbrante mientras el sol se colaba entre las cortinas desconocidas. Tardó un momento en orientarse, en recordar dónde estaba y qué hacía ahí. Ethan.

El otro lado de la cama estaba vacío, pero las sábanas seguían estando calientes. No hacía mucho que se había levantado. Se quedó un rato más debajo de las sábanas y disfrutó del momento. Hacía años desde la última vez que se había despertado en una cama que no era suya, desde la última vez que había dejado que la tocaran, abrazaran y quisieran. El recuerdo de Ethan haciéndole el amor se le había quedado grabado tanto en la memoria como en el cuerpo. Como los ecos de un libro que nunca se borrarían.

Esperó sentir una oleada de arrepentimiento inevitable, darse cuenta de que había sido un error dejar que Ethan se inmiscuyera en su vida (y en su corazón, porque también se había hecho un hueco en él), pero no fue así. En lugar de eso, sintió una agradable y deliciosa languidez, y dolor en los músculos de todo el cuerpo.

Cuando por fin se libró de las sábanas, le sorprendió encontrar su ropa esparcida por la moqueta, junto a la de Ethan, donde se la habían quitado ansiosamente la noche anterior. La dejó ahí y decidió ponerse un albornoz grueso que había a los pies de la cama. Se lo puso, inhaló el aroma del hombre y se acercó a las puertas correderas de cristal que daban a una pequeña terraza y al puerto, más allá. ¿La vista era siempre tan bonita o era porque los acontecimientos de la noche anterior hacían que todo pareciera fresco y alegre?

Siguió el aroma del café y bajó por las escaleras hacia la cocina. Ethan blandía una espátula delante de los fogones. Cuando la oyó entrar, se giró y le sonrió avergonzado.

—¿Café?

—Sí, por favor.

Le sirvió una taza y se la entregó, junto con una cuchara, y luego señaló la leche y el azúcar. Ella se preparó el café a su gusto y le dio un sorbo.

—Qué bueno —dijo, sin mirarlo a los ojos. No tenía mucha práctica con las conversaciones de la mañana siguiente.

—Gracias. —Ethan le dio un trago a su café y la miró por encima del filo de la taza—. ¿Va todo bien? Quiero decir entre nosotros. Después de lo de… anoche.

Ashlyn sonrió, cautivada por su timidez. Al parecer, las conversaciones del día siguiente se le daban igual de bien que a ella.

—Todo va muy bien.

—¿No te arrepientes?

—En absoluto.

Se le relajaron los hombros y volvió a girarse hacia la cocina.

—A lo mejor cambias de opinión después de desayunar. Estoy haciendo tortitas, bueno, lo estoy intentando, y todavía no hay nada seguro. ¿Por qué no sacas los cubiertos?

Ashlyn colocó los manteles individuales mientras Ethan preparaba un montón de tortitas y una bandeja de salchichas tostadas y perfectas. En ocho años de matrimonio, Daniel nunca había preparado ni una tostada. Sin pensarlo, se puso detrás de Ethan y le dio un beso en el hombro.

Él se volvió hacia ella, sorprendido, pero con una sonrisa.

—¿Y eso?

—Por todo.

—¿Qué quieres que hagamos hoy? —preguntó Ethan cuando se sentaron a desayunar—. Si no tienes que trabajar, claro.

La pregunta la pilló desprevenida. No había pensado en nada más allá del desayuno.

—No tengo que trabajar, no. Es domingo. Pero ¿no deberías escribir un poco ahora que hemos resuelto el misterio de Belle y Hemi? El editor espera que le mandes algo.

—Debería, pero prefiero pasar el día contigo. Además, he conseguido avanzar bastante, así que me merezco un descanso. Podríamos ir a Hilcrest Farm a comer unos dónuts de sidra y disfrutar de la música. ¿Y a lo mejor ver una peli?

—O… podemos ir a una librería.

—Ah. No recordaba que lo habíamos comentado anoche.

—Es que creo que merece la pena ir a ver si Hugh Garret usó su relación con Belle de inspiración para alguna de sus novelas. Y luego podemos ir a Hilcrest Farm. Nunca le digo que no a unos dónuts de sidra.

El teléfono sonó antes de que Ethan pudiera decir nada. Dejó el bote de sirope en la mesa y levantó las manos.

—¿Puedes responder tú? Tengo las manos pegajosas.

Ashlyn obedeció, aunque se le hizo extraño responder al teléfono del chico.

—¿Hola?

—¿Ashlyn, eres tú? Soy Marian.

—Sí, soy yo.

—¿Se puede saber qué haces en casa de mi sobrino a esta hora? —Soltó una carcajada que dejó claro que había sido una pregunta retórica—. Me alegro de que hayáis aclarado las cosas.

A Ashlyn le ardieron las mejillas.

—Ethan está aquí, te lo paso.

—No, no. No hace falta. Oye, he tenido una idea. ¿Por qué no venís a Boston el jueves que viene? Ilese vendrá con las niñas y me encantaría que os conocieran. Podríais pasar la noche y venir a la maldita entrega de premios del viernes, e incluso aprovechar para pasar el fin de semana. Ir a ver un espectáculo o visitar alguno de los museos.

—Eres muy amable, pero será mejor que se ponga Ethan. —Cubrió el micrófono y le pasó el auricular—. Es Marian. Quiere que vayamos a cenar el jueves a Boston y que nos quedemos hasta el viernes para la ceremonia de premios. Yo tengo que trabajar, pero tú deberías ir. Ilese estará ahí. Sería bonito que os conocierais.

Ethan se limpió las manos y tomó el teléfono, escuchó y asintió mientras Marian repetía la oferta.

—Nos encantaría —dijo, finalmente—, pero me ofrecí para sustituir a un amigo y Ashlyn tiene que abrir la tienda. Aunque tal vez podemos ir a cenar el jueves por la tarde. —Miró a Ashlyn con las cejas alzadas—. ¿Puede que sobre las ocho?

Ashlyn asintió, contenta al pensar que volvería a ver a Marian. Podrían salir en cuanto cerrara la tienda y luego volver en coche.

Ethan terminó la llamada y volvió a centrarse en el desayuno.

—El jueves a las ocho —le dijo por encima del borde de la taza—. Ha dicho que nos diría algo en cuanto hubiera hecho la reserva. —Tomó los cubiertos con una sonrisa y cortó una de las salchichas—. Es hora de conocer al resto de la familia.

༄

Cuando acabaron de desayunar, fueron a Portsmouth, a la cadena de librerías Waldenbooks. Ashlyn respiró hondo cuando entraron a la tienda e inhaló el aroma del papel mezclado con el de la tinta fresca. Siempre le había parecido un olor medicinal, meloso y ligeramente antiséptico, como el del iodo. No era un olor desagradable, pero era muy diferente al de la madera y el fuego con un toque dulce que asociaba con su tienda.

Tener tantos libros nuevos delante se le hacía raro. Había infinitas estanterías llenas de volúmenes sin pasados, sin ecos. Eran páginas en blanco, pero, en algún momento, ellos también tendrían sus propias historias totalmente ajenas a las que guardaban entre las cubiertas.

La promesa de tantas historias por escribir alegró a Ashlyn mientras se abrían paso hacia la sección de Ficción y Literatura.

Ethan silbó suavemente cuando ella le enseñó el estante con los títulos de Hugh Garret.

—Ya veo que lo decías en serio, lo de que es un autor prolífico. Aquí hay, por lo menos… —hizo una pausa y pasó un dedo por los lomos mientras contaba— dieciséis libros.

—Y no están todos.

Agarró un ejemplar de tapa dura de la estantería, al parecer una de sus obras más recientes, ya que había tres copias y todas estaban colocadas de modo que se vieran las cubiertas. *Una ventana desde la que mirar.* En la portada, una mujer de pelo oscuro miraba desde el otro lado de una ventana mojada por la lluvia, tenía el rostro desenfocado y oscurecido por las gotas.

—Mira. —Ashlyn le enseñó el libro y señaló a la mujer— Podría ser ella.

Ethan lo miró con escepticismo.

—Podría ser cualquiera.

Tenía razón, claro. Pero había algo en la imagen de la cubierta que resultaba inquietante, algo que tenía que ver con el hecho de que hubieran desenfocado deliberadamente el rostro de la mujer. Giró el libro y echó un vistazo a la sinopsis que había en la solapa. La historia no se parecía en nada a la de Belle y Hemi. Sacó otra de las novelas y leyó la sinopsis, luego hizo lo mismo con la tercera. Nada le resultaba ni remotamente familiar. Sin embargo, en todas las cubiertas aparecía la misma mujer o, por lo menos, el mismo tipo de mujer. Una que recordaba a Belle.

Había acabado con el octavo libro e iba a devolverlo a la estantería cuando se le resbaló y cayó al suelo. Se agachó para recogerlo y se quedó helada cuando la foto del autor le devolvió la mirada. Tenía unos ojos penetrantes y azules, la cabeza llena de pelo grueso y negro, y una boca sorprendentemente sensual. Tenía un aspecto distinguido, atractivo y familiar de un modo que no supo explicar. Era como si se hubiera cruzado antes con él. Entonces se dio cuenta. Sí que lo había visto antes.

El día anterior.

—Ethan. —Recogió el libro del suelo y se lo mostró—. Es él.

Ethan frunció el ceño.

—Claro que es él. Lo pone aquí.

—No. Mira. Es… él.

Ethan amusgó los ojos para mirar la foto. Entonces lo vio.

—Tiene que ser una broma.

—Es Zachary —dijo ella—. Hugh Garret es el padre de Zachary.

—Vaya. —Ethan se peinó el pelo con la mano sin despegar los ojos de la foto—. ¿Podríamos estar equivocados?

Ashlyn volvió a fijarse en la foto y recordó algo que Belle había escrito en *Para siempre y otras mentiras*: «Nunca podré olvidar tu voz, tu sonrisa, o incluso el hoyuelo que tienes en la barbilla. Esa será mi cruz y mi consuelo». Al leerlo, Ashlyn había asumido que hablaba de los recuerdos, de esos que nunca te abandonan. Pero en aquel momento entendió que se refería a algo muy diferente.

—No —contestó—. Tiene la cara de Zachary. Fíjate en los ojos, en la boca, en la forma de la mandíbula. Son igualitos. Es una versión de él cuarenta años mayor. Y eso explica que Marian fuera tan evasiva, que desviara el tema todo el rato. Seguro que estaba embarazada cuando se fue de Nueva York y dijo que era el hijo de Johanna para esconderlo. Y eso también explicaría que Zachary e Ilese sean tan diferentes. No comparten padres biológicos.

—Supongo que Hemi no sabe que tiene un hijo.

—Lo dudo, porque no se menciona a ninguno de los niños en *Para siempre y otras mentiras*. Escribió sobre su trabajo, sobre la familia de Francia, pero no le dijo nada de los niños. Una mujer no olvida a sus hijos, y mucho menos una mujer como Marian, que es evidente que es la madre más orgullosa del planeta. Lo omitió a propósito.

—Eso no lo podemos saber.

—Pues yo creo que sí. Al final del libro, ella le dijo a Hemi que no tenía derecho a conocer algunas partes de su vida. Se refería a esto. A Zachary.

—Madre mía. Y se supone que tenemos que ir a cenar con ella el jueves. Con ella y con Ilese. Qué situación más incómoda.

—No podemos parecer incómodos, Ethan. Ella no puede saber que lo sabemos. Ha guardado el secreto durante cuarenta y tres años. Tendremos que guardar el secreto, si es lo que ella quiere.

Diecinueve

Ashlyn

«Los autores me gustan todavía más cuando ellos
también son amantes de los libros».

Henry Wadsworth Longfellow

1 de noviembre de 1984
Boston, Massachusetts

Ashlyn no pudo evitar asombrarse cuando entró con Ethan al
vestíbulo del hotel Parker House. Había estado allí antes, pero
no como huésped, sino como turista que esperaba absorber un
poco del aire exclusivo del lugar. Pasar por el vestíbulo, con
techos artesonados y lámparas de araña relucientes, era como
retroceder en el tiempo, pero lo que más le gustaba del edificio
era su historia.

Construido en 1855, el Parker House había sido el hogar
del Saturday Club, en el que se habían reunido personajes
conocidos como Nathaniel Hawthorne, Henry Wadsworth
Longfellow y Oliver Wendell Holmes. Y entre sus invitados
notables habían estado Charles Dickens, que vivió en el hotel
durante cinco meses en 1867, y el malvado John Wilkes Booth
dos años antes que él.

Corría el rumor de que el hotel estaba embrujado, más particularmente la décima planta. El hotel aceptaba encantado esa
parte de su historia y se decía que tenían un Registro de todos

los presuntos encuentros espectrales para los huéspedes interesados. A Ashlyn le parecía una idea fascinante. Si los libros tenían ecos, ¿por qué no los iban a tener los edificios, las sillas, las mesas o las lámparas?

Se deleitaba pensando que, a lo mejor, Dickens y Wadsworth estaban charlando en algún lugar tranquilo del hotel, discutiendo sobre alguna minucia literaria incierta. O tomándose una copa de oporto en el bar, que en el pasado había sido una biblioteca en la que se decía que había habido más de tres mil libros. Pero aquella noche, Ashlyn e Ethan iban a cenar con la última galardonada por su labor como defensora del bienestar infantil.

La recepcionista del restaurante los informó de que el resto de los invitados ya habían llegado y les ofreció acompañarlos a la mesa donde los esperaban. Ashlyn vio a Marian de inmediato; estaba sentada con una mujer alta y rubia, y tres niñas que jugueteaban.

—Mila, Dalia y Lida —le susurró Ashlyn a Ethan—. Estoy casi segura de que Mila es la mayor.

Ethan le estrechó la mano.

—De acuerdo. Gracias.

El rostro de Marian se iluminó cuando los vio acercarse. Se inclinó hacia Mila para susurrarle algo y luego la niña hizo lo mismo con sus hermanas, que dejaron de moverse y se irguieron en las sillas. Ashlyn se sintió un poco nerviosa cuando por fin llegaron a la mesa, como si estuviera en una entrevista de trabajo.

—Ethan, Ashlyn —los saludó Marian cuando se sentaron en las dos sillas vacías—. Me hace mucha ilusión que hayáis podido venir. Esta es mi hija, Ilese. Chicas, este es el hijo de mi sobrino y vuestro primo, Ethan, y ella es Ashlyn, su novia.

Ashlyn agachó la cabeza con timidez. No había pensado en cómo la iban a presentar, pero se dio cuenta de que le gustaba que se refirieran a ella como la novia de Ethan. Saludó a las niñas con la cabeza y ellas la miraron con los ojos bien abiertos y llenos de curiosidad.

—Tenía muchísimas ganas de conoceros. Vuestra abuela me ha hablado mucho de vosotras.

—Pero solo les he contado las cosas buenas —susurró Marian, lo que hizo que las niñas se echaran a reír.

Ilese los tasaba con sus ojos pálidos y grises, y Ashlyn recordó una foto que Ethan le había mostrado de una cría muy seria con el rostro afilado y una expresión atrevida. Había cambiado muy poco desde que se había tomado la foto. Seguía teniendo la cara afilada y triangular, y una mirada cautelosa. ¿Y por qué no iba a ser así? Habían aparecido de la nada y se habían inmiscuido en la familia acogedora y bien educada de Marian. Era comprensible que se mostrara un poco precavida.

—Mi madre me ha comentado que tienes una tienda de libros antiguos en Portsmouth —le dijo a Ashlyn—. Y que Ethan y tú os habéis conocido gracias a unos libros viejos que él encontró en las estanterías de su padre.

Ashlyn vio por el rabillo del ojo que los hombros de Marian se tensaban. Al parecer, Ilese no sabía lo de los libros.

—Pues sí —respondió ella con soltura—. Ethan encontró unos ejemplares poco conocidos mientras hacía limpieza de los libros de su padre y terminaron en mis manos.

—Me fascinan los libros antiguos. ¿Eran ejemplares interesantes?

—Solo para los autores —respondió Ashlyn, que vio que la postura de Marian se relajaba.

—Qué pena. Habría sido muy divertido topar con alguna obra perdida de un escritor famoso. De Tolstói o Trollope, o alguien por el estilo. A veces oyes casos así. —Entonces se giró hacia Ethan—. Has tenido un detalle muy bonito al localizar a mi madre para devolverle sus viejas cartas. Zachary me llamó cuando te pusiste en contacto con él. Al principio no estaba convencido de que fueras de fiar. Pero luego recordó aquella vez que nos quedamos con tus padres y decidió que no pasaba nada. Mi madre le tenía mucho cariño a Dickey. Me ha dicho que imparte clases en la UNH como tu padre y que ya has escrito dos libros. Es impresionante para alguien de tu edad.

Ethan sonrió con timidez.

—No es tan impresionante como suena, pero gracias.

Una vez roto el hielo, la conversación fluyó con una naturalidad sorprendente y hablaron de una gran variedad de temas, desde el proyecto del momento de Ethan, la eterna cruzada de Ilese por conseguir ser profesora numeraria o las excelentes reseñas que había recibido Zachary por su gira europea.

Cuando el camarero les sirvió el café y el mundialmente famoso pastel de crema de Boston de la casa, Ilese presumía de la organización benéfica de su madre y de su trabajo incesante en la defensa de los huérfanos de guerra.

Era evidente que a Marian la avergonzaban las alabanzas de su hija.

—Déjalo ya, por favor. Los vas a matar del aburrimiento.

—Al contrario —la corrigió Ashlyn, y lo decía de verdad. Cuanto más sabía de Marian, más impresionada quedaba—. No me extraña que te den el galardón esta noche. Tienes mucho de lo que enorgullecerte.

—He tenido mucha suerte en la vida —comentó Marian, que observó a su hija y a sus nietas con una sonrisa de oreja a oreja—. Nací en una familia con unos privilegios que la mayoría de gente no tendrá en su vida. Renuncié a la mayoría, pero no a todos. Cuando mi madre falleció, nos dejó algo de dinero que mi padre no podía tocar. Eso me dio ciertas… libertades. Pude dedicarme a aquello que me importaba y darles a mis hijos la clase de vida que quería que tuvieran. Pero, sobre todo, he tenido la suerte de criar a unos hijos maravillosos. Son los dos muy inteligentes y tienen mucho talento. Y fueron muy buenos de pequeños. Fuimos de un lado para el otro. Los separé de sus amigos de California y los llevé a vivir a un viñedo viejo en Bergerac. Tuvieron que aprender francés para ir al colegio. Y entonces, cuando por fin se habían adaptado a la vida en la granja y se habían encariñado de sus primos, volvimos a los Estados Unidos.

—¡Ay, sí! —la interrumpió Ilese entre risas—. Nos trajiste a Marblehead, a esa casa tan grande y con tanta corriente. El primer invierno pensamos que íbamos a morir de frío. Pero cuando llegó el verano y aprendimos a nadar, a navegar y a buscar conchas, supimos que ese era nuestro hogar. A las niñas también les encanta. Se mueren de ganas de volver este verano. Irán a la boda del tío Zachary y están eufóricas, ¿verdad, chicas?

Las niñas apenas hicieron caso a la pregunta de su madre. Se podía apreciar que hacía rato que deberían haberse acostado. A Lida le pesaban los párpados y tenía los ojos taciturnos, y Dalia y Mila se peleaban por el último bocado del postre.

—Ojalá hubiera podido venir Zachary —dijo Marian mientras firmaba la cuenta y volvía a cerrar la carpeta de piel—. No me refiero a la ceremonia de premios, sino a la cena. Me habría gustado que os conociera en persona, pero acaba de regresar de la gira y no puede tomarse más tiempo libre. Me encantaría que viviera más cerca. Esperaba que se acabara mudando aquí, a Boston. —Sonrió con tristeza—. Lo echo mucho de menos.

Ashlyn e Ethan intercambiaron una mirada rápida.

—Nunca se sabe —añadió Ilese, que rodeó a la adormilada Lida y la acercó a ella—. Todavía está a tiempo. A las niñas les encantaría que viviera más cerca. Y a mí también, aunque no se lo pienso decir al muy imbécil.

Ashlyn no pudo evitar sonreír. Aunque intentara fingir lo contrario, era fácil ver que Ilese adoraba a su hermano.

—¿Teníais buena relación de pequeños?

—Cuando éramos críos, éramos inseparables. Nos mudábamos a menudo, así que nos convertimos en mejores amigos, pero cuando crecimos un poco, entablamos nuevas amistades y descubrimos intereses propios. Mi pobre madre. De adolescentes nos llevábamos como el perro y el gato. A mí me encantaban los libros y me lo tomaba todo muy en serio, y mi hermano no se ha tomado nada en serio en su vida, a excepción de la música, claro, así que chocábamos mucho. Pero siempre nos hemos apoyado el uno al otro. Eso no ha cambiado ni cambiará nunca.

Ashlyn miró a Ethan con complicidad y se dio cuenta demasiado tarde de que Marian los había visto. La mujer le sostuvo la mirada a Ashlyn durante unos segundos, a modo de admisión silenciosa y súplica de silencio tácita.

—Bueno —dijo Ilese, ajena a la mirada que habían intercambiado Ashlyn y su madre—. Odio ser yo la que ponga punto final a la reunión, pero debo acostar a las niñas y le he prometido a Jeffrey que lo llamaría antes de las once. He pasado una velada maravillosa. Espero veros a los dos en casa de mi madre este verano. Y me encargaré de que recibáis una invitación a la boda. Y podéis venir con nosotros de vacaciones. Os enseñaremos a jugar con el *dreidel.** Aunque, os advierto que estas tres son despiadadas. —Apartó la silla de la mesa con una sonrisa—. Y con esa advertencia, me despido.

Dalia y Mila se levantaron con pereza de las sillas, claramente aliviadas de que se estuviera acabando la velada, pero Lida ya se había quedado dormida y la cabeza pálida le colgaba hacia el lado. Ilese se colgó un bolso enorme del hombro —donde llevaba todas las cosas de las niñas— y se agachó para cargar a una Lida dormida con los brazos. La niña gimoteó y se resistió un momento antes de volver a caer rendida.

Ilese se peleó con el bolso cuando intentó levantar a la pequeña por segunda vez, pero era un peso muerto y no estaba en condiciones de cooperar. Al final, la mujer se dirigió a Ethan.

—A riesgo de sonar presuntuosa, ¿crees que podría aprovecharme de que recientemente has adquirido el rol de primo para pedirte que subas a la pequeña a mi habitación mientras me encargo de que estas vayan al ascensor? Antes podía con las tres, pero Lida está enorme. Ya me cuesta lidiar con ellas cuando están despiertas.

Ethan se levantó y extendió los brazos.

—Si crees que no le va a importar, dámela.

—Llegados a este punto ya no le importa nada. Muchas gracias.

* Peonza de cuatro caras con la que se juega en Janucá *(N. de la T.)*.

Ashlyn no pudo evitar sonreír cuando Ethan agarró a Lida, que cayó contra el cuerpo del hombre, suspiró de modo soñoliento, enterró el rostro en su cuello y enredó las piernas de forma automática alrededor de sus caderas. Abrió los ojos un momento, los párpados le pesaban y, confundida, buscó a su madre con la mirada.

Ilese le pasó una mano por el pelo.

—Ethan te va a llevar a la habitación para que mamá pueda encargarse de tus hermanas —explicó en tono suave—. Luego llamaré a papá y, si sigues despierta, podrás hablar un ratito con él. ¿Qué te parece?

Lida inclinó hacia atrás la cabeza el tiempo justo para ver el rostro de Ethan antes de volver a apoyarla sobre su hombro.

—Tengo sueño.

—Duerme, cariño. Ahora mismo te acuesto y ya hablarás con papá mañana.

Marian le dio las gracias a Ethan de forma silenciosa con los labios y le lanzó un beso de buenas noches a su hija y a sus nietas.

—Hablamos mañana por la mañana, cariño. Saluda a Jeffrey de mi parte y dile que me habría encantado que viniera.

—De acuerdo. Me ha encantado conocerte, Ashlyn. Venga, chicas, nos vamos.

Ashlyn observó a Ilese e Ethan alejarse con las niñas. Ethan sería el tipo de primo al que las niñas adorarían con facilidad; en realidad, sería más como un tío. Ilese parecía no tener reparos a la hora de aceptarlo en la familia. Era una pena que no vivieran más cerca.

Marian los miró hasta que desaparecieron, luego se recostó en la silla y miró a Ashlyn sin rodeos.

—¿Desde cuándo lo sabéis?

Ashlyn apartó la mirada. La franqueza de Marian la había pillado por sorpresa, pero no serviría de nada fingir que no entendía la pregunta.

—Desde hace unos días.

—¿Cómo os habéis enterado?

—El día que estuvimos en tu casa nos mostraste una foto de tu hijo. El día siguiente, estábamos en una librería y vimos una foto de Hugh Garret… de Hemi. Zachary es la viva imagen de su padre.

Marian asintió con una sonrisa agridulce.

—¿Verdad que sí?

—La historia de Johanna…

—La mayoría es cierta. Menos lo de que Zachary era su hijo. —Marian dio un sorbo de agua. Cuando dejó la copa sobre la mesa, le temblaban las manos—. Sospechaba que estaba embarazada cuando me fui de Nueva York. Para cuando llegué a California ya lo sabía con certeza. Me compré una alianza de oro barata y me inventé un marido, un piloto de la Real Fuerza Aérea de Inglaterra al que habían derribado cuando cubría un convoy de provisiones. Se me daba tan bien contar la historia que hasta yo misma me la creía. Cuando Zachary nació, nadie se inmutó. Pero yo odiaba California. Había lugares que resultaban desagradables. No sabes por qué, pero es así. Puede que fuera porque Hemi no estaba allí. Pero no podía volver a Nueva York con un crío. Corinne habría descubierto la verdad en un instante y yo no confiaba en lo que haría mi padre. Estaba intentando decidir qué hacer cuando Johanna se mudó a la casa de al lado. Estaba sola y muy asustada. Había perdido a un hijo, a su marido y a sus padres, y tenía un bebé en camino. Así que me quedé. Y luego, cuando Ilese nació y Johanna supo que se iba a… —se interrumpió y sus palabras se cargaron de emoción—. Cuando me pidió que me la quedara…

—Viste un modo de legitimar a Zachary —terminó Ashlyn, con suavidad.

—No fui yo, fue ella. —Se le llenaron los ojos de lágrimas, se deshizo de ellas con un parpadeo y volvió a beber agua—. El día que volví a casa con Ilese, fui al cuarto de Johanna. Yo seguía aturdida. No me hacía a la idea de que ella ya no estuviera. Pero recordé que me había dicho que me dejó algo en su escritorio. Lo encontré en el primer cajón. Un sobre con mi nombre en el anverso. En su interior estaba el certificado de nacimiento de un niño de nombre Zachary, el pequeño al que había perdido antes de llegar a los Estados Unidos, y una nota.

Ashlyn no dijo nada, aunque estaba convencida de que sabía lo que vendría a continuación: un acto de generosidad, precioso y magistral.

—La carta decía: «Si estás leyendo esto, mi espíritu se ha ido con D-os. No llores mi muerte, pero si la criatura sobrevive, quiero que cuides de ella, que la quieras y la trates como si fuera tuya. También te entrego el nombre de mi querido Zachary. Este es tu pasaje de vuelta a casa, Marian. Tu nuevo comienzo. Por supuesto, tendrás que cambiarle el nombre, pero ahora tendrá una hermana. Que D-os os mantenga sanos y salvos, y que te bendiga por tu bondad, *achot*».

Ashlyn frunció el ceño.

—No conozco la última palabra. *Achot,* ¿qué quiere decir?

—Es hebreo. Significa «hermana».

Ashlyn se llevó una mano a la boca, sobrecogida ante la idea de que una madre joven tuviera que escribir una carta de ese tipo, al imaginar el dolor que sintió al saber que no sobreviviría al parto, y la confianza que debía haber sentido al entregarle su bebé a una mujer que solo cinco meses antes había sido una desconocida. No era de extrañar que Marian hubiera memorizado hasta la última palabra.

—Tuvo mucha suerte de tenerte —dijo Ashlyn, en voz baja—. No me puedo imaginar cómo debe de ser tomar una decisión así o tener que escribir una carta como esa.

—No sé cuándo la escribió, pero ella sabía que no regresaría a casa del hospital. Creo que se había cansado de luchar. Todavía me sorprende que pensara en mí en una situación como esa.

—¿Pero tú sabías lo que sugería en la carta?

—Sí, claro. Yo hablaba a menudo de volver a casa algún día. Pero ella sabía que no podía, y también el motivo. Así que me regaló el nombre de su hijo fallecido. Para que empezara de cero. Al convertir a Zachary en el hermano mayor de Ilese en lugar de en mi hijo biológico, los dos nos libraríamos del estigma de la ilegitimidad. El certificado era del 9 de octubre de 1941, nueve meses antes de que Thomas naciera, pero sabía que me las arreglaría. Y lo hice. Nunca regresé a Nueva York. Bueno, no para vivir allí. Seguía temiendo a mi padre. Tenía la oportunidad de mudarme a donde quisiera y empezar una vida nueva, y eso hice. Eso hicimos.

—En Marblehead.

—Sí. —Sonrió con timidez—. En la casa al fin del mundo.

—Cuando Ethan y yo nos enteramos, decidimos no contar nada. Sinceramente, no íbamos a sacar el tema esta noche. Bueno, nunca.

—Gracias, pero he visto cómo os habéis mirado cuando Ilese hablaba de su hermano y he sido consciente de que lo sabíais. Supongo que ya da igual. Zachary ya es un adulto y ya no necesita mi protección. En cualquier caso, ahora es él quien me protege a mí, y eso hace que lo quiera todavía más. Por cierto, él ya lo sabe. Lo saben los dos.

—¿Todo?

Marian apartó la mirada, incómoda.

—No les he dado ningún nombre, si eso es a lo que te refieres. Pero un día los senté y les conté que no eran hermanos biológicos. Zachary tenía catorce años e Ilese doce. Quise esperar a que fueran un poco más mayores, pero Ilese empezó a preguntar por qué no se parecía en nada a su hermano. Uno de los compañeros de clase le había hecho un comentario y ella no dejaba de darle vueltas al asunto, así que se lo conté.

—¿Cómo se lo tomaron?

—Zachary se encogió de hombros y me preguntó si podía comer algo. A Ilese le llevó algo más de tiempo. No le importaba que hubiera tenido un bebé fuera del matrimonio; de hecho, creo que esa parte le pareció valiente, pero le dolió mucho que le hubiera mentido sobre Zachary. Siempre ha sido así. Es rápida a la hora de sancionar a aquellos que no cumplen su criterio. Me daba miedo que el asunto se interpusiera entre ellos. Pero los unió todavía más. Eso también es muy típico de ella. Tiene un corazón enorme, aunque lo esconde detrás de tanta bravura. Después, cuando Zachary y yo nos quedamos solos, le pregunté si quería saber quién era su padre. Le dije que, si quería, a lo mejor podría conseguir que lo conociera.

—¿Y dijo que no?

—Dijo que no creía que fuera justo para su hermana que él tuviera un padre cuando ella no lo había tenido. Dijo que nunca había tenido uno y que, por tanto, no le hacía falta. Pensó que ya nos iba bien a los tres juntos.

Ashlyn no pudo remediar sentirse impresionada.

—Me parece increíble que lo interpretara de ese modo.

Marian sonrió.

—Él es así. Deja que las cosas fluyan. Además, éramos felices, aunque a veces me pregunto si se negó porque pensó que era lo que yo quería. Siempre supo que yo necesitaba mi privacidad, incluso aunque no entendiera por qué. O puede que, simplemente, no quisiera desequilibrar la balanza. La situación habría abierto una brecha entre él e Ilese, y él siempre se anduvo con mucho ojo con esas cosas, siempre priorizó la relación con su hermana, incluso después de saber la verdad. Si Hemi hubiera aparecido de repente habría resultado... incómodo.

Ashlyn lo entendió.

—Por cómo Ilese habla de su hermano, es evidente que tienen muy buena relación. A lo mejor, que el padre de Zachary apareciera y que Ilese no tuviera uno habría hecho mella entre ellos. —Pero ¿qué pasaba con Hemi? ¿Acaso no tenía derecho a saber que tenía un hijo?—. ¿Alguna vez pensaste en contárselo a Hemi?

—Cada día. —El rostro de Marian parecía estar a punto de desmoronarse. Suspiró y cerró los ojos un instante—. Y lo habría hecho... por el bien de mi hijo. De hecho, ya me había resignado, pero cuando Zachary me dijo que no quería, me sentí aliviada. Decírselo significaría abrir una puerta que no estaba preparada para abrir. Por lo que a mí respectaba, esa puerta se había cerrado el día que él rompió su promesa y publicó el artículo. No podía redimirse después de eso. Ninguno de los dos podíamos.

Ashlyn asintió.

—Supongo que lo entiendo. Es que pensaba que si él lo supiera…

Marian la miró enfadada.

—Ya sé lo que pensabas. Que se habría casado conmigo por el bien de nuestro hijo y que habríamos sido felices para siempre. Pareces Dickey.

Ashlyn se recostó en la silla y reflexionó sobre lo que le había dicho Marian.

—¿Él sabía lo de Zachary?

—No olvides que mi sobrino conocía a Hemi. Le llevó cinco minutos resolver el misterio de la paternidad de mi hijo, y empezó a sermonearme sobre lo equivocada que estaba al ocultarle la verdad al padre. No solo por el bien de Zachary, ni por el de Hemi, sino por el mío. Después de tantos años, él seguía pensando que podríamos solucionar las cosas, pero yo no quería a Hemi de ese modo. Y, al parecer, él no me quería en absoluto.

—¿Cómo puedes decir eso? Quería casarse contigo.

—Puede que hubiera un momento en el que sí me quiso, pero nunca vino a buscarme. Nunca me llamó ni me escribió ni una sola carta.

—Te escribió un libro —enfatizó Ashlyn.

Marian asintió, cansada.

—Sí. Recuerdo el día que me llegó. Cuando leí la dedicatoria pensé que se había enterado de lo de Zachary, que me preguntaba cómo le podía haber escondido que tenía un hijo. Luego empecé a leer y me di cuenta de que solo era otra de sus tretas para hacerse la víctima. No le importaba la verdad. Ni yo. Pensé que lo hacía para exculparse y eso me demostró que no merecía saberlo. Estoy convencida de que, desde fuera, debe parecer algo horrible. Un gesto despiadado y egoísta. Y puede que lo fuera. Pero Zachary era feliz y eso era lo único que me importaba. Yo lo quería por los dos y eso no cambiará nunca. Lo demás ya no me importa.

—No sé si te creo —respondió Ashlyn, con un tono suave—. No sé ni si tú misma te crees.

Marian la examinó mientras tamborileaba con los dedos de manicura perfecta en el mantel blanco.

—Ya te lo pregunté, pero volveré a hacerlo: ¿por qué te importa tanto?

—No lo sé. Soy consciente de que no es asunto mío, pero no puedo evitar sentir que Hemi y tú estabais destinados a estar juntos y que lo que sucedió no fue más que un terrible malentendido.

Marian mostró una sonrisa triste.

—Eres muy joven e inocente al creer que el amor lo puede todo. Yo también lo pensaba, hace un millón de años, pero he aprendido que no es así. —Hizo una pausa y sacudió la cabeza apenada—. A veces sí que vence el amor. Pero, por lo general, no es así.

Ashlyn consideró detenidamente la respuesta. El dolor que sentía Marian era obvio, por mucho que se esforzara en esconderlo.

—No soy tan inocente como crees —respondió con la voz cargada de empatía—. Soy muy consciente de lo que significa que el amor no triunfe. Sé lo mucho que duele cuando alguien a quien amas te traiciona. Y que lo único que quieres es esconderte del mundo porque te sientes tonta al haber cometido un error tan colosal y al haber confiado en alguien que no merecía tu corazón. Lo sé, porque yo también he cometido ese error. Le abrí mi corazón a alguien que nunca me quiso. Pero tu caso fue diferente. Hemi sí te quería, Marian. Y sospecho que nunca ha dejado de quererte, del mismo modo que creo que tú nunca has dejado de quererlo a él.

Marian se quedó de piedra y se negó a afirmar o desmentir la sospecha de Ashlyn.

—Podrías encontrarlo, Marian, no te resultaría difícil, y contarle la verdad. Toda, como me la acabas de contar a mí. No por Hemi ni por Zachary, sino por ti misma. Dickey tenía razón en eso. No importa lo que ocurriera en el pasado ni a partir de ahora, los dos merecéis poner un punto final a esta historia.

La expresión pétrea de Marian no cambió.

—Lo dices como si creyeras que podemos volver a estar juntos, que las palabras pueden arreglar lo que ocurrió hace más de cuarenta años, pero nunca hubo un final feliz para nosotros. Ni por aquel entonces ni mucho menos ahora.

—No se trata de que tengáis un final feliz —respondió Ashlyn sin alterarse—. Se trata de decidir pasar página y deshaceros de tanta culpa e ira, de dejarlas en el pasado. Se trata de perdonar.

—Perdonar —repitió Marian, sin terminar de mirarla a los ojos—. Esa palabra es muy fácil de decir, pero perdonar no es tan sencillo. Perdonarlo significaría que la culpa y la ira desaparecerían de mis recuerdos, como bien dices, pero creo que entonces no los soportaría.

Ashlyn la entendía. Le resultaba muy familiar la necesidad de manchar los recuerdos de ira, de aislarse con el rencor y la culpa. Sin embargo, también recordaba la sensación casi inmediata de libertad que había notado cuando se había dado cuenta de que podía perdonar a Daniel. Él llevaba muerto casi cuatro años y nunca lo sabría, pero ella sí. Después de todo, había decidido dejar de castigarse. Marian podía tomar la misma decisión.

—Nadie puede cambiar el pasado —anunció con delicadeza—. Por mucho que deseáramos que así fuera. Lo que sí podemos hacer es perdonar. Pero tenemos que querer hacerlo. Puedes perdonar a Hemi y te puedes perdonar a ti misma por haberle ocultado que tenía un hijo. Acepta que, en el pasado, tomaste la decisión que creías que era mejor para tu familia, aunque hoy habrías decidido algo totalmente distinto.

—¿E irme de rositas?

—No, no quiero decir…

Ethan reapareció antes de que Ashlyn pudiera explicarse.

—Lo siento, no pensaba que tardaría tanto. Lida se ha despertado justo cuando hemos llegado a la habitación y ha decidido que quería que la acostara yo; luego le he tenido que leer un cuento, aunque se ha quedado frita después de una página de *Buenas noches, Luna*. Es una monada.

Para sorpresa de Ashlyn, Marian se puso de pie e hizo un gesto hacia el comedor casi vacío.

—No me había dado cuenta de lo tarde que es. Creo que están esperando a que nos vayamos para limpiar y marcharse. Y vosotros todavía tenéis que conducir hasta casa, que imagino que Ethan trabaja mañana.

Ashlyn recogió el bolso y se puso de pie mientras deseaba haber tenido más tiempo para hablar. Había descubierto recientemente el poder del perdón y había entendido que tomar la decisión de perdonar era tan curativa como absolver a la otra persona de su culpa. Puede que incluso más. Deseaba tener más tiempo para persuadir a Marian.

Consiguió sonreír y dijo:

—Gracias por la cena, has sido muy amable al invitarme a mí también.

—Es una pena que la noche no termine con un tono más positivo. Y ahora que los dos conocéis todos mis secretos, imagino que preferiríais que no nos hubiéramos conocido nunca.

Ethan miró a Ashlyn confundido, pero sonrió y dijo.

—No digas eso. Hace seis semanas no tenía familia. Ahora tengo una tía, un montón de primos y una invitación para celebrar Janucá. Ya no te libras de mí.

Marian lo miró con una sonrisa radiante y le dio una palmadita en el brazo.

—Si las cosas cambian y conseguís venir mañana por la noche, estáis más que invitados. Será muy aburrido, pero la comida estará buena.

Salieron caminando juntos, se detuvieron en el vestíbulo y se rezagaron un poco más cuando llegó el momento de despedirse. Marian los sorprendió al envolverlos a ambos con un abrazo.

—Cuida de ella, Ethan. Tengo la impresión de que es un tesoro.

A Ashlyn le sorprendió la emoción que le produjeron las palabras de Marian. Le daba miedo haberse propasado con tanta franqueza, o impertinencia, sobre algo que no era de su incumbencia, pero deseó haberle dado a Marian algo en lo que pensar.

Ethan miró a Ashlyn con una mueca.

—Lo prometo.

—Lo digo en serio. —Le tomó el rostro entre las manos y lo miró fijamente a los ojos—. Te diré lo mismo que le dije a tu padre hace tantos años. No dejes que nada se interponga entre vosotros. —Entonces retrocedió y le guiñó el ojo a Ashlyn—. Me voy ya, que tengo que dormir para estar guapa en mi gran noche mañana. Cada día me resulta más difícil.

Ashlyn no pudo evitar maravillarse cuando Ethan entrelazó los dedos con los suyos mientras observaban a Marian cruzar el vestíbulo y dirigirse a los ascensores. A pesar de todo, después de tanto sufrimiento y pérdida, Marian Manning nunca había dejado de creer en el amor.

Veinte

Marian

«La lectura nos proporciona amigos desconocidos».

Honoré de Balzac

2 de noviembre de 1984
Boston, Massachusetts

Me paso la mano por el pelo, acaricio la cadena de perlas que llevo alrededor de la garganta y pienso que me gustaría sentirme más tranquila. La conversación de anoche con Ashlyn hizo que diera vueltas en la cama hasta altas horas de la madrugada. No es precisamente lo que uno necesita antes de un calvario como este. Parece ser que mi sobrino nieto ha elegido a una mujer con la cabeza en su sitio (y que parece haber sufrido bastante).

Después de cuarenta y tres años, mi secreto ha salido a la luz. He negado el amor de su hijo a un hombre al que quise en el pasado. Ashlyn me miró sin juzgarme ni un ápice mientras le contaba mi historia. Lo único que se reflejaba en su rostro era una empatía sincera. Un atributo muy poco común, pero lo que me pidió es imposible. Que perdone después de tantos años, que pase página. Por mi bien, me dijo. Pero ¿qué conseguiría perdonando? Después de tantos años aferrándome a mi dolor, creo que no podría vivir sin él. Sin embargo, sus palabras se me repiten en la mente, de forma muy inoportuna, cuando me siento junto a Ilese y las niñas a la mesa cerca del escenario.

Me está empezando a doler la cabeza. Hace muchísimo calor en la sala, el ambiente está cargado de alcohol, laca y perfumes de marca. O puede que lo que hace que esté tan tensa sea el zumbido incesante de las conversaciones que llenan el espacio. Parece el sonido de una colmena de abejas enfadadas, listas para atacar en tropel. Mi instinto me dice que debo huir de ahí, pero es demasiado tarde para eso.

Ya se han llevado los platos de la cena y han servido el postre, lo que significa que pronto empezarán los discursos. Encima del escenario hay un cartel que reza: «La Asociación por el Bienestar de los Niños rinde homenaje a Marian Manning». Tomo la copa de vino, pero lo pienso mejor y le doy un trago al agua. Debo estar concentrada cuando suba al escenario delante de todo el mundo.

Tengo las manos calientes y pegajosas. Odio estos eventos y tener que enfundarme en un vestido de noche para que me exhiban como si fuera una santa. Aunque la publicidad le irá bien a la organización, así que lo hago cuando es necesario.

Oigo que mi nombre resuena a través del micrófono. El público estalla en aplausos. Me pongo de pie y subo los escalones hasta el escenario. Gwendolyn Halliday, la presidenta de la asociación, espera detrás del podio ataviada con un lamé dorado. Sonríe y me entrega el premio.

El globo de cristal esmerilado que recuerda a la tierra es sorprendentemente pesado y tiene mi nombre escrito en un cuadro de mármol azul pulido. Veo las luces de los *flashes* y oigo los sonidos de los obturadores. La prensa. La prensa nunca falla.

Miro hacia el mar de rostros que esperan que diga algo profundo. Desearía haber preparado algunas tarjetas con un discurso, pero, cuando lo hago, nunca las sigo, o las desordeno, por eso he decidido no molestarme. Así que nada.

Ilese y las niñas sonríen con orgullo. Están preciosas en sus vestidos nuevos y con el pelo rizado y recogido con horquillas. Lida saluda hacia el escenario, emocionada. Le devuelvo el gesto y le tiro un beso.

—¡Hola, Lida!

El público se echa a reír. Me siento más tranquila y abro la boca para hablar. Odio el sonido de mi voz en la estancia de techos altos, pero sonrío y digo lo que tengo que decir. Les doy las gracias y sonríen de oreja a oreja. Hago un comentario sobre lo mal que se me da hablar en público y ellos ríen con nerviosismo. Hablo con sinceridad sobre la importancia de encontrar familias para los niños desplazados alrededor del mundo y el público asiente con ganas.

Entonces veo un rostro entre la multitud. Un hombre, apoyado en la pared del fondo. Es alto, tiene los rasgos angulados, el pelo oscuro. Él no asiente. No sonríe. Pero me mira fijamente. A pesar de los años, lo reconocería en cualquier lugar.

La sala empieza a balancearse y a estrecharse hasta que solo quedan sus ojos. Por un momento, pienso que me van a ceder las piernas y ya me imagino el titular en la sección de la prensa social del día siguiente: «La filántropa Marian Manning se cae en plena cena en su honor». Consigo aguantar de pie para acabar el agradecimiento. Oigo el ruido de los aplausos mientras bajo del escenario, pero es un ruido extrañamente amortiguado, como si lo escuchara debajo del agua.

Ilese frunce el ceño cuando me dejo caer en la silla y me seco con delicadeza el brillo de transpiración que tengo en el labio superior. Me pregunta si estoy bien, comenta que parezco sobresaltada. Asiento y me obligo a sonreír. Pero no puedo dejar de pensar: «Gracias a Dios que Zachary no ha venido».

«Gracias a Dios. Gracias a Dios».

Las niñas quieren ver el galardón. Se lo entrego a Mila y dejo que se lo pasen entre ellas hasta que Ilese les dice entre dientes que se sienten y se comporten. En ese momento, está hablando una mujer con un vestido amarillo con volantes que parece hecho de narcisos. Finjo escuchar, pero no entiendo nada, me resulta incomprensible.

Aplaudo cuando lo hacen los demás, asiento cuando lo hacen los demás y, de vez en cuando, miro de reojo hacia el fondo de la sala. Sigue ahí. Sigue observándome. Las niñas están nerviosas,

371

quieren marcharse ahora que Mimi (así es cómo me llaman) ya ha dado su discurso. Las mujeres están empezando a recoger los bolsos y fulares. Los hombres doblan las servilletas y miran hacia la puerta. La velada está llegando a su fin. Estoy aliviada. Y asustada.

Hay otra ola de aplausos y un gran grupo de gente que se dirige hacia mí. Me envuelven, me felicitan y me estrechan la mano. Ilese se inclina hacia mí, me da un beso en la mejilla y me dice que las niñas están hasta el moño y que las tiene que acostar. Que nos vemos en el desayuno el día siguiente. Y así, sin más, desaparece y me deja con la muchedumbre que ha venido a alabarme.

Consigo sonreír y responder como es debido, me muestro amable y agradecida, pero no consigo dejar de mirar por encima de las cabezas y entre los rostros, rezando por que el hombre se haya marchado. Miro hacia él tres veces y sigue ahí, esperándome mientras la multitud que me rodea se va reduciendo. Al final solo queda un puñado de parásitos. Los camareros han empezado a recoger las mesas. Lo único que puedo hacer es quitármelo de encima de una vez. Me coloco el bolso bajo el brazo, recojo el premio y me dirijo hacia la puerta.

Él se saca las manos de los bolsillos y se pone derecho cuando me acerco. Sigue siendo un hombre esbelto, pero tiene una renovada confianza en sí mismo, otorgada por el éxito más que por la soberbia. De repente, me siento insegura y me pregunto si el vestido de terciopelo azul que me he puesto me da un aspecto desaliñado. ¿Cómo es posible que no haya envejecido desde que lo vi en la sala de baile del St. Regis? Viste un traje oscuro de corte impecable y raya diplomática, como los que llevaban los amigos de mi padre de los que tanto se burlaba. Ahora tiene más de sesenta años, y sigue siendo extraordinariamente atractivo.

«Zachary será clavadito de mayor».

El pensamiento casi me deja sin aliento.

—Enhorabuena —dice cuando llego delante de él.

Su voz me devuelve al pasado, a la noche en la que lo conocí. El azul de sus ojos sigue siendo igual de intenso, aunque ahora tiene arrugas en las comisuras y el pelo canoso en las sienes.

La boca también le ha cambiado. Tiene una expresión más dura. Menos generosa. Creo que le cuesta más sonreír. Aunque en ese momento sí que sonríe, si es que eso se considera una sonrisa. La expresión no le llega a los ojos y eso hace que sus rasgos duros parezcan incluso más serios.

—Venga, no hace falta que seas modesta. He leído cosas sobre ti desde que vi que te iban a dar un premio en el *Globe*. Eres sensacional.

—¿Qué haces aquí? —pregunto cuando consigo encontrar la lengua.

—¿Cómo iba a dejar pasar la oportunidad de tomar una copa y hablar del pasado con una vieja amiga?

No sé qué pensar. Sus palabras no encajan con su sonrisa de piedra, es como si se guardara un as en la manga.

—Ya nos pusimos al día, ¿no te acuerdas? Me escribiste un libro.

—Y luego tú me escribiste uno a mí.

—Por eso creo que ya está todo dicho, ¿no?

—Eso creía… antes. Pero he tenido tiempo de pensar en todo desde entonces, he reflexionado y creo que omitiste un par de cosas en tu versión de los hechos. Digamos que se te olvidó mencionar algunos giros de la trama.

Lo miro fijamente, con el corazón en un puño. ¿Cómo se ha enterado? ¿Habrá visto a Zachary en uno de sus conciertos? Le bastaría con verlo una vez para descubrir el pastel. O puede que haya leído algo. Siempre sale en algún periódico. A lo mejor hace años que lo sabe. Pienso en las palabras de la dedicatoria de *Mi lamento: Belle*: «¿Cómo, Belle? Después de todo… ¿cómo pudiste hacerlo?». Tal vez ha venido a preguntarme eso, pero ahora en persona.

—Hay un bar en el vestíbulo —me dice con tacto—. ¿Qué te parece si nos tomamos algo?

—No quiero tomarme nada. Ha sido un día muy largo y quiero irme a mi habitación.

—La última vez que estuvimos en Boston me diste plantón.

—No te di ningún plantón. Dejé plantado a Dickey. No teníamos nada de qué hablar por aquel entonces, y tampoco tenemos de qué hablar ahora. —Doy un paso hacia mi izquierda e intento pasar por su lado.

Me bloquea el paso y me dice:

—Pues yo creo que sí. Pienso que ha llegado el momento de aclarar las cosas de una vez. Me lo debes, ¿no te parece? Cuarenta años es mucho tiempo para ocultar algo a alguien, independientemente de lo que creas que ha hecho.

Solo consigo asentir. Cuarenta años es muchísimo tiempo. El suficiente para convencerme de que mi mentira cuidadosamente creada es cierta, suficiente para pensar que le podría ocultar algo así y no sufrir las consecuencias.

—Entonces… podemos ir al bar —vuelve a sugerir.

Asiento, porque me temo que no podré librarme.

—Dame un minuto para que llame a la habitación de mi hija. No quiero que se preocupe.

—Trae —dice—, yo te lo aguanto. —Antes de que pueda protestar, me quita el galardón para cerciorarse de que voy a volver—. ¿Quieres que te pida algo?

—No me quedaré mucho rato.

Entonces, paso por su lado, salgo al pasillo y me dirijo al rincón donde está el teléfono. No tengo que llamar a Ilese, pero quiero un minuto para recomponerme y sé que el cuarto de baño de mujeres está ahí. Entro y me apoyo en la puerta cerrada. He temido este momento durante años, pero jamás he pensado en qué haría cuando llegara la ocasión, ni en la excusa que le pondría para justificar mis actos. Puede que porque no haya excusa posible para algo así.

Mientras espero de pie y tiemblo delante de una de las pilas de mármol negro, se me ocurre que, a lo mejor, Ashlyn está detrás de la aparición repentina de Hemi, que puede que haya decidido tomar cartas en el asunto para que negociemos una tregua, como ya hizo Dickey. Espero que no sea verdad, pero es sospechoso que aparezca justo ahora. Sobre todo, después del discurso emotivo de anoche sobre el perdón. Además, ella sabía perfectamente dónde me encontraría.

Otra emboscada. Aunque esta vez sí he caído en ella.

Me miro en el espejo de encima del lavabo. Voy vestida de punta en blanco e impecablemente acicalada para mi gran noche, llevo un peinado elegante y un maquillaje perfecto. Me pregunto qué ha pensado cuando ha entrado a la sala de baile y me ha visto. Me pregunto si ha pensado que los años han sido buenos o malos conmigo. Como si eso importara llegados a este punto. A pesar de eso, busco el pintalabios en mi bolso de noche y me lo retoco con manos temblorosas. A continuación me pongo un poco de polvos en la nariz. Me quedo de pie otro instante y observo mi obra.

«Así me recordará», pienso. Y a continuación: «No... no me recordará a mí. Recordará lo que hice. Y especialmente lo que no hice».

Cuando llego al bar, lo encuentro bebiendo una ginebra con tónica. A su lado, hay una copa de vino blanco en la barra de mármol negro, delante de un taburete vacío. Me subo al asiento de terciopelo gris y tomo la copa de inmediato. Miro a nuestro alrededor, desearía que hubiera más gente en el bar, y que hubiera música. Está horriblemente vacío y en silencio.

—Estás espectacular, Belle —dice con ese tono grave y casi felino que antes me aceleraba el pulso—. Sigues siendo preciosa.

«¡Ni se te ocurra!», quiero gritarle. «¡No juegues conmigo!».

—No me llames así —me limito a responder—. Hace mucho tiempo que no soy Belle. Y nunca fuiste tan encantador como pensabas.

—Si no recuerdo mal, sí que te resulté encantador. Aunque no durante mucho tiempo, es cierto, pero sí durante un rato. Dudo que lo hayas olvidado.

Siento que me arde el rostro. Doy otro trago al vino, con los ojos fijos en las botellas de alcohol alineadas como soldados de colores vivos detrás de la barra.

—Dime lo que sea que has venido a decirme.

—No he venido a decirte nada. He venido a escucharte. He pensado que, a lo mejor, querrías contarme o explicarme algo.

Me escondo detrás de la copa de vino y lo observo por el rabillo del ojo. No tengo ni idea de cómo confesar algo así, no sé qué palabras usar ni en qué orden. En su lugar, decido empezar por mi motivación.

—No podía confiar en ti. Después de lo que hiciste… no podría volver a confiar en ti nunca más. No me importaba estar sola. Hice lo que tuve que hacer y seguí con mi vida.

—¿Lo dices por lo del artículo?

—Por todo. Pero sí, principalmente por lo del artículo.

El hielo tintinea en el vaso cuando lo inclina. Deja el vaso vacío en la barra y le hace un gesto al camarero para que le sirva otro.

—Después de tantos años, me sigues culpando por eso.

—¿A quién quieres que culpe?

—Fui a la maldita estación con dos horas de antelación, cargué las dos maletas hasta allí y esperé a que aparecieras. ¿Sabes lo que sentí cuando el tren se alejó por el andén?

Lo miro fijamente, atónita al verlo ahí sentado y hablándome de dolor. Él a mí. ¿Acaso ha olvidado lo que hizo? ¿Ha olvidado que prometió algo que luego incumplió? ¿Que desapareció de mi vida sin mediar palabra?

—Imagino que fue una sensación parecida a la de entrar en tu piso al día siguiente y encontrarlo vacío.

—Fui a la estación, que era lo que habíamos acordado. Tú no estabas allí.

—Te mandé una carta.

—Una carta cristalina. Siento que se cancelara la boda, por cierto. Aunque pienso que te libraste de una buena. Teddy nunca estuvo a tu altura.

«¿Teddy?».

Llevaba años sin pensar en mi exprometido, y la mención de su nombre me toma por sorpresa.

—¿Por qué mencionas a Teddy?

Se encoge de hombros.

—Es una cuestión de orgullo, si tanto te interesa. Todavía me desconcierta que eligieras a ese bufón en lugar de a mí.

Sigo sin entender lo que me escribiste. O que pensaras que me aplacarías con esa sarta de bobadas.

Dejo la copa y lo miro sin rodeos. O bien he perdido el hilo de la conversación o lo ha perdido él.

—¿A qué te refieres concretamente? Nos escribimos muchas veces.

—Te hablo de la carta que le pediste a Dickey que me trajera.

La carta. Ahora entiendo de qué me habla. Siento un alivio instantáneo. Esto no tiene nada que ver con Zachary. Aunque lo que me está diciendo no tiene ni pies ni cabeza.

—No mencioné a Teddy en la carta.

El camarero aparece con otra ginebra con tónica y se lleva el vaso vacío. Hemi le da las gracias con un asentimiento y se vuelve a girar hacia mí.

—No, no lo mencionaste, pero no me hizo falta.

—¿A qué te refieres? ¿De qué me hablas?

Me observa un momento con esa mirada suya tan intensa y azul, y siento una especie de alivio cuando vuelve a hablar.

—¿Por qué me tomas el pelo? Los dos sabemos lo que ponía en la carta. ¿Y qué importa eso ahora?

—No te estoy tomando el pelo —respondo, molesta con lo que sea a lo que está jugando. El camarero nos mira, le lanzo una sonrisa incómoda y bajo la voz—. Sé perfectamente lo que escribí.

Hemi se mete una mano en el bolsillo. Asumo que va a sacar la cartera para pagar e irse. Sin embargo, saca un cuadradito de papel azul, lo desdobla con cuidado y lo deja delante de mí, sobre la barra.

—A lo mejor esto te refresca la memoria.

Miro la hoja, con las dobleces muy marcadas, como si la hubieran doblado y desdoblado muchas veces. En algún punto también la arrugaron, pero las arrugas se han alisado con el tiempo. Me doy cuenta de que la ha cuidado con mucha delicadeza. La tinta ha perdido intensidad, pero es mi letra.

¿Cómo escribe uno una carta de este tipo sabiendo el dolor que causará? Terminar tan repentinamente, después de hacer tantos planes, me resulta algo impensable. Pensarás que soy dura y egoísta. Puede que tengas razón. Sí, estoy segura de que la tienes. Pero nunca habríamos sido felices juntos. Al final, no. Te tengo mucho aprecio, siempre te querré a mi modo, pero lo nuestro nunca habría funcionado. No somos compatibles en las cosas que realmente importan y, por eso, debo poner fin a lo que nunca debería haber comenzado. Si lo miras sin rodeos, como he hecho yo, verás que es por nuestro bien. De hecho, creo que un día te alegrarás de que haya recapacitado. Por supuesto, la culpa es mía por haber alargado esto durante tanto tiempo, y supongo que también por permitir que ocurriera. Esto no es una manera valiente de terminar las cosas, con unas pocas palabras escritas en una hoja. Pero cuando tu orgullo se haya recuperado del dolor que causa esta nota, te darás cuenta de que nos he librado de una buena. La verdad es que me he prometido a otra persona y, a pesar de mi recelo, no tengo la fuerza suficiente para romper esa promesa. Me marcho, ya me habré ido cuando leas esta carta, soy demasiado cobarde para enfrentarme al embrollo que he creado. Por favor, no intentes ponerte en contacto conmigo. La decisión está tomada. Te suplico que perdones a mi corazón egoísta y voluble.

Marian

Lo miro, confundida. Él espera una respuesta y está bastante orgulloso de sí mismo, como si me hubiera pillado en una mentira. Pero esa no es la carta. Sí que me resulta familiar, pero está equivocada. ¿Cómo es posible…?

—¿Por qué tienes tú esa carta?

El atisbo de una sonrisa gélida le curva la comisura de los labios.

—Qué quieres que te diga. Soy un sentimental. Por favor, no me digas que vas a fingir que no la escribiste tú.

—No. Sí que la escribí. Para Teddy. ¿Por qué la tienes tú?

Su rostro se vuelve inexpresivo y la sonrisa desaparece.

—Me la mandaste tú. La trajo Dickey.

Miro la hoja parpadeando, no logro comprender qué está pasando.

—¿Esta fue la carta que te entregó aquella noche?

—Sabes perfectamente que sí.

—No —respondo, moviendo la cabeza negativamente—. Yo no te mandé esto. Escribí dos cartas. Una para Teddy, para explicarle por qué no me podía casar con él, y otra para ti. La tuya era breve. Tenía cinco palabras para ser exactos. Esta es la carta de Teddy.

Toma la bebida y se la lleva a los labios, luego la vuelve a dejar sin beber. Se queda callado un tiempo, mirando fijamente hacia delante mientras asimila lo que le acabo de decir.

—La carta que me escribiste —dice, finalmente, con una expresión ilegible—, ¿qué decía?

Aparto la mirada, recuerdo los bocetos que terminaron en la papelera, los intentos fallidos de despedirme de él, todos hechos pedazos. Porque, finalmente, me di cuenta de que no podía decirle adiós.

—Decía: «Ya voy. Espérame».

—Eso son tres palabras. ¿Qué más decía?

—Ya no tiene importancia.

—No, pero me gustaría saberlo de todos modos.

Entonces cometo el error de mirarlo. Nuestros ojos se encuentran y nos sostenemos la mirada, como un choque frío de voluntades.

—No me acuerdo —digo antes de coger la copa—. Lo que sí sé es que no decía nada de eso. No lo entiendo. En cuanto cerré la carta de Teddy, le puse un sello y le dije a Dickey que la metiera en el buzón. Es imposible que las confundiera.

—Cuando me la entregó, el sobre no tenía sello.

Una cuchilla fría y afilada me rebana cuando me doy cuenta de la verdad, terrible aunque ineludible.

—Las cambiaron. De algún modo, la carta de Teddy terminó en tu sobre.

Tiene una expresión escéptica.

—¿Me estás diciendo que Dickey abrió las cartas, las leyó, luego las cambió y las volvió a meter en los sobres?

—No lo sé, pero está claro que pasó algo. Mira. —Señalo mi nombre, el de verdad, al final de la página—. Firmé como Marian. —Hago una pausa y me deshago de las lágrimas—. Para ti siempre fui Belle. Si la carta fuera para ti, ¿por qué la iba a firmar con mi verdadero nombre?

Se fija en la firma, pero no muestra señales de haber cambiado de opinión.

—Lo que estás sugiriendo no tiene sentido. No imagino a Dickey jugándose el pellejo por echar una miradita a las cartas de su tía. El pobre estaba muerto de miedo. De hecho, cuando le pedí que te dijera algo de mi parte, me dijo que no podía hablar conmigo y se fue pitando.

—¿Recuerdas si el sobre estaba rasgado?

Me mira, atónito.

—¿Que si me acuerdo?

Bajo la mirada.

—Solo quería decir…

—No. El sobre no estaba rasgado.

—Es que no entiendo como… —Me detengo en medio de la frase al pensar en algo—. ¿Qué querías que me dijera Dickey?

Se hace un silencio largo. Cuando creo que va a contestarme, baja la mirada hacia la copa y mueve los cubitos de hielo.

—No me acuerdo.

«Me parece justo».

Vuelvo a tomar la carta y escaneo las líneas que escribí hace tanto tiempo, las frases imprecisas y las palabras cuidadosamente elegidas, palabras dirigidas a otro hombre. Por primera vez, imagino a Hemi leyéndolas. Siento un dolor en la garganta cuando me doy cuenta de lo fácil que habría resultado pensar que eran para él y del sufrimiento que debieron causarle. Intento entenderlo. ¿Cómo pudo ocurrir? Y entonces recuerdo que Corinne entró en mi habitación mientras yo estaba escribiendo las cartas y que seguía allí, ordenando, cuando regresé del cuarto de baño.

—Fue mi hermana —digo, y sé que es verdad—. Ella lo hizo.

Noto que me mira y que espera a que prosiga, pero no puedo hablar, tengo que procesar demasiadas emociones a la vez. Debería estar atónita, horrorizada ante la idea de que alguien de mi propia sangre hubiera sido capaz de tal traición, pero no es el caso. A mi hermana le pega mucho algo así. Sin embargo, me enfado conmigo misma por no haberme dado cuenta antes y por no haber sido más cuidadosa con las cartas.

Las repercusiones de la traición de mi hermana me duelen como un puñetazo. Lo que me ha robado. Nos lo ha robado a los dos. La vida que deberíamos haber compartido. Un hijo que deberíamos haber criado juntos. El dolor que siento es insoportable.

Las lágrimas me nublan la visión y tomo una servilleta para secarme los ojos. Soy totalmente consciente de que Hemi está esperando a que continue.

—Corinne entró en mi habitación mientras escribía las cartas. Imagino que estuvo husmeando mientras yo iba al cuarto de baño, y se dio cuenta de que iba a romper el compromiso con Teddy. No sé cómo lo hizo, pero tuvo que cambiarlas ella.

Se muestra precavido y me observa, distante, con apremio. Me rindo a su escrutinio y me pregunto qué es lo que ve y por qué debería importarme después de tantos años. Pero me importa. De repente, me importa demasiado. ¿Ha entendido las consecuencias de las acciones de mi hermana, o soy la única que se lamenta por lo que podríamos haber tenido?

—Di algo —consigo decir, finalmente.

Se mira las manos con las que se agarra al borde de la barra.

—¿Qué quieres que diga?

—Quiero que me digas que crees que Corinne cambió las cartas y que reconozcas lo que eso significa.

—De eso hace una eternidad, Marian. Creo que, llegados a este punto, ya no importa.

Me llama por mi nombre de pila (algo totalmente inaudito en él) y me cae como un jarro de agua fría, pero lo que realmente me duele es su respuesta tan caballerosa. Lo miro con incredulidad.

—Has venido expresamente hasta Boston, a una ceremonia de premios a la que no estabas invitado, porque querías una explicación ¿y ahora me dices que no importa?

—No he venido expresamente. Vivo aquí. Bueno, una parte del tiempo.

Eso no lo sabía. La noticia me inquieta.

—¿Vives aquí?

—Desde hace dos años. Paso la mitad del tiempo aquí y la otra mitad en Londres. Aunque últimamente estoy más aquí.

—Antes has comentado que leíste lo de la entrega de premios en el periódico. ¿Por eso sabías que estaría aquí?

—Sí.

—¿No ha sido Ashlyn?

Frunce el ceño.

—¿Quién es Ashlyn?

—Da igual. No importa.

Nos quedamos un tiempo en silencio. Hemi bebe de su combinado mientras yo contemplo mi reflejo en el espejo al otro lado de la barra. No debería haber aceptado venir. Pero ahora que estoy aquí, no puedo irme sin más.

—No te crees que Corinne cambiara las cartas —digo cuando el silencio me resulta insoportable—. Sigues creyendo que la carta era para ti.

—La cuestión no es que fuera para mí o no. Ya no. Maldita sea, puede que ese nunca fuera el problema. A ninguno de los dos nos costó creer lo peor del otro. Eso no habla muy bien de lo nuestro, ¿no crees? A lo mejor nos ahorramos muchísimo dolor.

—¿«Nos ahorramos muchísimo dolor»? —repito, sin acabar de creerme que haya dicho algo así y, mucho menos, que lo piense de verdad—. ¿Eso es lo que te has estado diciendo durante todos estos años? ¿Que el hecho de que desaparecieras de mi vida me ahorró muchísimo dolor? ¿Que simplemente... pasé página? ¿Que nunca me pregunté dónde estabas o si volvería a saber de ti? Dime que no lo dices en serio.

Aparta la mirada con una expresión tan seria que apenas lo reconozco.

—A veces es más fácil ver las cosas por el retrovisor, cuando te has alejado un poco de la situación.

No. Me da igual lo que pasara ese día, o en qué punto estemos ahora, no puedo permitir que nos recuerde así, como un par de amantes temerarios que escaparon de un desastre por los pelos porque yo me eché atrás y volví con Teddy.

—Acompáñame a hablar con Corinne. Iremos juntos. Mañana.

Arquea una ceja y parece levemente divertido.

—¿Crees que va a confesar sin más si te presentas en su casa después de cuarenta años?

—No la conoces. Le encantará atribuirse el mérito de haberse interpuesto entre nosotros, y seguro que me lo restriega por la cara. Estoy convencida de que lo verá como uno de sus mayores logros.

—Entonces, ¿por qué quieres conducir hasta Nueva York y darle esa satisfacción?

—Porque necesito que sepas que no miento. Y porque quiero que sepa que lo sé. Si salimos a las ocho, llegaremos para el mediodía.

Vacía el vaso y lo deja sobre la barra con firmeza.

—No.

Entonces, veo con claridad la película silícea que lo cubre y que no tenía cuando lo vi por última vez, una capa fría que lleva como si fuera una armadura.

—¿Prefieres continuar odiándome? ¿Es eso?

Se queda callado un rato, como si sopesara lo que va a decir a continuación. Cuando por fin responde, lo hace con un tono inexpresivo, como si estuviera agotado.

—Llevo muchos años amargado, Marian. Muchos, muchos años. Creo que no soportaría pensar que los cuarenta años que he pasado en el purgatorio han sido en vano.

—¿Prefieres recordar una versión incorrecta de los hechos?

—Prefiero no recordarlos en absoluto, gracias. Pero puedo soportar la ira. Me resulta muy familiar. Podríamos decir que es mi estado natural.

Parpadeo con incredulidad y siento una extraña sensación de *déjà vu*. ¿No le respondí algo parecido a Ashlyn anoche? Y, a pesar de eso, su respuesta tan fría me duele.

—Entonces yo soy la mala porque te resulta más sencillo así. Eso no es justo.

—No lo es, lo admito. Lo de hoy ha sido una equivocación. No debería haber venido.

Espero a que diga algo más, pero, por el gesto de su mandíbula, veo que ya ha dicho todo lo que quería.

—¿Y ya está? ¿Ya no hay nada más de qué hablar?

Asiente, con la mirada fija delante suyo.

—Eso es todo.

Le hago un gesto al camarero y abro el bolso para buscar algo de dinero. Me muero de ganas de alejarme de él, pero me niego a que me invite a la copa de vino. No llevo efectivo, solo un pintalabios, los polvos y la llave de la habitación.

—¿Podrías cargármelo a la habitación? —le pregunto al camarero cuando se acerca—. Marian Manning. Habitación 412.

Cuando me voy a bajar del taburete, Hemi me toca, me roza el dorso de la mano con los dedos.

—Para que conste, yo no tuve nada que ver con el artículo. Nunca le entregué mis notas a Goldie. Las tiré como dije que haría. Sin embargo, al vaciar con prisas el escritorio, me dejé una libreta. Ella la encontró y se la entregó a Schwab. Este lo admitió cuando me enfrenté a él. No puedo demostrarlo, porque ambos están muertos, pero es la verdad.

Lo miro fijamente y me pregunto si es cierto, deseo desesperadamente que lo sea. Pero entonces me doy cuenta de que Hemi tiene razón. Eso no cambia nada. Nuestras cartas se repartieron hace más de cuarenta años.

—Tienes razón —contesto, y me doy la vuelta—. Ya no tiene importancia.

Espero que me llame, que me detenga, pero no es hasta que comprendo que no lo va a hacer que soy consciente de lo mucho que lo deseo.

Veintiuno

Marian

«Siempre hay que tener en cuenta el entorno. Los libros, al igual que las personas, absorben lo que hay a su alrededor».

Ashlyn Greer, El cuidado y mantenimiento de los libros antiguos

3 de noviembre de 1984
Boston, Massachusetts

Son casi las ocho y ya lo tengo todo recogido. Sobre la cama descansan el maletín, una maleta pequeña y un portatrajes de nailon que esperan que el botones los lleve abajo. He llamado a Ilese para decirle que ha surgido algo y tengo que volver antes de lo previsto. A las niñas no les hará gracia, pero las veré de aquí a unas semanas por Acción de Gracias.

No he dormido mucho, y me horroriza pensar en el trayecto que tengo que hacer. No voy a casa, a Marblehead, sino a Nueva York a ver a Corinne. Después de cuarenta años, se me hace raro que, por algún motivo, lo de hoy me parezca inevitable. Es como si mi hermana y yo siempre hubiéramos estado destinadas a colisionar. A pesar de haber pasado la mayor parte de la noche despierta, confundida entre el duelo y la ira, todavía no he decidido qué le voy a decir, pero tendré tiempo de elegir las palabras en el coche.

Le doy el último trago al zumo de naranja y alguien llama a la puerta. Dejo el vaso vacío sobre la bandeja del desayuno y voy a abrirle la puerta al botones. Sin embargo, me encuentro a Hemi, de pie en el pasillo, con mi premio bajo el brazo.

—¿Qué haces aquí?

Me entrega el galardón.

—Buenos días a ti también. Te lo dejaste en el bar anoche.

Me quedo de pie, tensa en la puerta. No me apetece volver a pelear. Por lo menos, no con él.

—Justo iba a marcharme —digo en tono brusco—. De hecho, pensaba que eras el botones.

—El botones no va a venir. Le he dicho que me encargaría yo de bajarte las cosas.

—¿Qué? ¿Por qué?

—Porque te voy a llevar a Nueva York.

Me pongo rígida, su cambio de parecer me ha tomado por sorpresa.

—Tengo el coche aquí.

—Yo te traeré cuando regresemos. Si de verdad quieres hablar de esto con tu hermana, quiero estar delante para oírla.

❧

En el coche casi no hablamos. Puede que sea porque estoy pensando en lo que le diré a mi hermana cuando por fin la tenga delante de mí. Hace treinta y cinco años que no la veo, el mismo tiempo que hace que no pongo un pie en casa de mi padre. No he echado de menos a ninguno de los dos. Aparte de los recuerdos de mi madre, no hay nada de esa parte de mi vida que recuerde con cariño. Y, desde luego, no hay nada que quiera revivir hoy. Por suerte, lo que le tengo que decir no me llevará mucho tiempo.

El silencio es abrumador, está cargado de todo lo que no nos hemos dicho, así que podría decir que me siento aliviada cuando por fin veo la casa, más pequeña de lo que la recordaba a pesar de la imponente fachada de granito. Se me hace un nudo en el estómago cuando Hemi aparca en la estrecha calle trasera y apaga el motor. Salgo del coche y me dirijo a la parte delantera. Contengo el aliento al llamar al timbre.

No es Corinne quien finalmente abre la puerta, sino una mujer regordeta de mediana edad con un uniforme de enfermera blanco. Nos mira de arriba abajo, dispuesta a cerrarnos la puerta en la cara.

—Lo siento, no admitimos vendedores.

—No somos vendedores —explica Hemi, que emplea esa sonrisa especial que reserva para los miembros del sexo opuesto—. Es la hermana de la señora Hillard. Hemos venido desde Boston para darle una sorpresa.

Lo dice con tal convicción que una carcajada se me queda atrapada en la garganta. Imagino que a Corinne le sorprenderá muchísimo volver a verme.

La postura de la mujer sigue siendo rígida, pero parte del recelo le desaparece de los ojos.

—La señora Hillard no está bien. Está esperando al doctor y no se la debe molestar.

Acepto la noticia con cierta sorpresa. Que yo sepa, Corinne nunca ha tenido ni siquiera un resfriado. Siempre ha sido implacable. Siempre lo ha tenido todo bajo control.

—No nos llevará mucho tiempo —le aseguro—. Pero hay un asunto familiar urgente que creo que querrá resolver lo antes posible. Sobre todo, teniendo en cuenta su estado de salud, como comprenderá. —Noto que Hemi me mira y percibo algo parecido a la admiración—. Si le dice que Marian está aquí, estoy segura de que querrá verme.

La enfermera asiente a regañadientes y nos hace pasar al vestíbulo.

—Voy arriba un momento a comprobarlo. Esperen aquí, por favor.

La veo escabullirse con sus zapatos blancos de suela gruesa. Cuando desaparece de mi vista, camino hacia el salón. Hemi me sigue unos pasos por detrás, sin decir ni una palabra.

La casa es un eco triste de lo que fue. Una versión deprimente y desteñida, llena de reliquias anticuadas de una época en la que los Manning presumían de tener una de las casas más elegantes de Park Avenue. Pocas cosas me resultan familiares, aparte de unas pocas antigüedades y los cuadros de las paredes. Hasta los muebles nuevos —si es que se pueden considerar nuevos— han visto días mejores. Los sillones y divanes están gastados y desinflados. Las alfombras están tan viejas que se ve el yute en algunas partes, y los suelos, que en el pasado brillaban, están apagados por la falta de cuidado.

Siento una perversa sensación de placer al ver lo bajo que han caído los Manning, al ver lo inútiles que han resultado sus artimañas y al ver el imperio ilícito de mi padre totalmente destrozado. Miro a Hemi de reojo y veo la misma expresión en su rostro.

El roce rítmico de las medias blancas nos alerta del regreso de la enfermera. Vamos a la escalera a recibirla.

—Dice que pueden subir. Está en su dormitorio. La última puerta a la derecha.

—Sí, gracias. Ya sé dónde está.

Pasamos al lado de la enfermera y subimos las escaleras, luego recorremos el pasillo y tengo un breve recuerdo de la noche de la cena funesta, cuando Corinne y yo miramos desde la parte de arriba de las escaleras mientras mi padre pedía perdón por el comportamiento indecoroso de mi madre. Intento no pensar en eso cuando pasamos por delante de mi antiguo dormitorio, y luego por delante del de mi madre. Entonces, llegamos a la puerta del cuarto de Corinne. Está abierta. Busco a Hemi con los ojos y veo que está a unos pasos por detrás. Asiente para tranquilizarme y, por un momento, veo un atisbo del antiguo Hemi escondido detrás de esa sonrisa.

Se me revuelve el estómago cuando cruzo la puerta. Hace mucho calor en la habitación y huele a rancio, como a ropa y pelo sucios. Examino mi entorno rápidamente. Como el resto de la casa, esta estancia ha vivido tiempos mejores. El papel de pared de rosas repollo se ha marchitado y, a pesar de varios intentos por repararlo, se está descascarando en varios lugares. La tapicería también me resulta familiar, aunque el brocado, que una vez fue elegante, está ahora blando y enmohecido por el paso del tiempo.

Corinne está sentada en una silla de respaldo alto al lado de la cama, que está deshecha, con las sábanas apartadas, como si se acabara de levantar. Siempre ha sido una persona delgada, pero ahora está consumida, y el batín le cuelga por todos lados y deja a la vista un trozo de la pálida clavícula y de la piel cetrina y seca. Su pelo ha perdido densidad y color. Lo lleva recogido en un moño en la coronilla, como si fuera una corona enmarañada. De repente, recuerdo a Norma Desmond en *El crepúsculo de los dioses,* esa diva envejecida que sigue en su destartalada mansión. La idea me horroriza y despierta en mí algo que se parecería a la pena si le diera la oportunidad, pero no lo permitiré.

Sus ojos, pálidos y extrañamente apagados, me encuentran.

—Vaya, vaya. ¿A quién tenemos aquí? ¿Te sentías nostálgica, querida? —pregunta con un tono severo y apático, arrastrando un poco las palabras. Finge una mueca—. ¿Me has extrañado mucho?

—La enfermera me ha dicho que no estás bien —digo, e ignoro su sarcasmo—. ¿Es algo grave?

La mueca desaparece y, en su lugar, queda un semblante pálido y fatigado.

—Los tumores cerebrales suelen ser graves. Sea lo que sea lo que has venido a decirme, te sugiero que te apresures. El médico debe de estar a punto de llegar.

Un tumor cerebral. Asimilo la nueva y me pregunto dónde están sus hijos y por qué no están aquí, cuidando de ella. Puede que también los haya espantado y que no le quede nadie más que una enfermera a la que paga para que la cuide. Puede que me sienta mal por ella cuando haya tenido tiempo de procesarlo todo. Puede que no. Por ahora, debo centrarme en lo que me trae aquí.

—No me quedaré mucho rato.

Veo un destello apagado en sus ojos.

—No, claro que no. Estás demasiado ocupada, ¿no es así? Los premios y los elogios te están esperando. Parece ser que ese corazón sensiblero que tienes te ha resultado de gran utilidad, después de todo. Según los periódicos, aspiras a la beatificación.

Me sorprende descubrir que me ha estado siguiendo la pista, y siento una punzada de inquietud al pensar qué más debe saber sobre mí.

—Veo que lograste conservar la casa.

—Por los pelos —contesta, y recorre la habitación con los ojos despacio—. Sospecho que la demolerán en cuanto fallezca. No debe faltar mucho. Pero no lo permitiré mientras esté presente. —De repente, vuelve a mirarme a los ojos, alerta—. ¿Qué quieres? Espero que no vengas a por dinero, porque no queda nada.

—No. No he venido a por dinero. Vengo con una visita. Un viejo amigo de la familia.

Sus ojos corren hacia la puerta vacía, alarmados y recelosos.

—No quiero ver a nadie. Y mucho menos a uno de tus amigos.

—Pero también es amigo tuyo —digo, y miro al pasillo—. A ver si te acuerdas de él.

Como si hubiera estado esperando mi orden, Hemi entra por la puerta, en silencio, y espera.

Corinne tuerce el gesto y las cejas se le arrugan sobre los ojos pálidos. Entonces, en ese justo momento, veo el reconocimiento que tanto esperaba.

—Tú… —espeta con un tono grave y salvaje—. ¡Tú!

—Sí —responde él con una sonrisa lánguida—. Soy yo.

Corinne gira la cabeza hacia mí.

—¿Cómo osas traerlo a esta casa? ¡Largaos ahora mismo! ¡Los dos!

La miro fijamente, impasible.

—Tenemos algo de lo que hablar.

—¡Marchaos enseguida!

—Las cartas, Corinne. Dime, ¿qué hiciste con ellas?

Se le enturbia la mirada antes de apartarla.

—No sé de qué cartas me hablas.

—Las cambiaste. ¿Cómo lo hiciste?

Me mira fijamente, con el rostro cautelosamente inexpresivo. Es tan engreída e impertinente como la recordaba, sigue pensando que puede controlarlo todo y a todos. Pero se equivoca. Se equivocó en el pasado y se equivoca ahora.

—Hemos venido en busca de respuestas, Corinne, y no nos iremos hasta que las tengamos. Así que, a menos que estés dispuesta a echarnos personalmente, puede que lo mejor sea que nos cuentes lo que queremos saber.

Recorre a Hemi con la mirada y lo tasa lentamente.

—¿Así que «nos», eh? ¿Por fin has conseguido estar con el chico de los periódicos? ¿Y a qué habéis venido, a que os dé mi bendición?

—No hay ningún «nosotros» —respondo en tono frío—. Tú te encargaste de que así fuera. Lo que no logramos entender es cómo lo hiciste. Dime cómo conseguiste cambiar las cartas.

Corinne se inclina hacia delante en la silla para conseguir un aspecto amenazador. En lugar de eso, se ve lúgubre e infantil, incluso ligeramente alterada.

—Tienes mucho valor al entrar aquí como si nada y empezar a exigir cosas. Como si yo te debiera algo. No te debo nada. Ahora, marchaos, los dos, o llamaré a la policía.

—Llámalos. Y llama a los periódicos también, ya que estás. Estoy convencida de que les encantará enterarse de todo este asunto. Los neoyorquinos disfrutan mucho cuando los Manning aireamos los trapos sucios en público. Tengo toda la tarde libre.

Corinne se echa con cuidado hacia atrás en la silla y extiende los brazos a ambos lados, como una reina envejecida en su trono desgastado. Cierra los ojos e inhala despacio, con los labios pálidos.

—Déjame en paz.

Hemi da un paso hacia mí y niega con la cabeza.

—Olvídalo, Marian. No puede contarte nada porque no hay nada que contar. Aunque aplaudo tu empeño por sacarle una confesión a una mujer moribunda. Ni siquiera tu hermana podría haber conseguido lo que alegas.

Corinne se acomoda en la silla y se queda en silencio un largo rato, como si estuviera tasando a sus oponentes.

—¿Y se puede saber qué es exactamente lo que alega? ¿Qué es eso que no podría haber conseguido?

—Cree que te hiciste con las cartas que escribió antes de marcharse de Nueva York, con la mía y la de Teddy, y que obraste uno de tus trucos de magia para que la de Teddy acabara en mis manos y no en las del destinatario original. Ya le he dicho que ha visto demasiadas películas y que nadie era lo bastante inteligente para haber hecho algo así.

Corinne resopla por la nariz en un gesto de desestimación.

—¿Y ha dicho por qué cree que le haría algo tan cruel a mi propia hermana?

—Por celos —responde Hemi, sin rodeos.

—¿Celos? —La palabra parece sorprender a la mujer—. ¿Por qué iba yo a estar celosa de ella?

Entonces se ríe. Suelta una risotada estridente y aguda que hace que recuerde todas sus palabras desdeñosas. Que nunca quiso ser la esposa de nadie ni tener una casa llena de críos. Que estaba cansada de bailar al son de los demás. Que me había llegado la hora de cumplir con mi deber.

—Y tanto que lo estabas —le recuerdo, y siento que una extraña sensación de calma me recorre el cuerpo al comprender lo que debería haber entendido hace muchísimo tiempo—. Pensaba que siempre hacías lo que papá quería, que solo lo obedecías. Pero iba mucho más allá de eso. Estabas resentida porque yo no iba a quedarme callada y casarme con Teddy como hiciste tú con George. Me odiabas porque yo creía que merecía tomar mis propias decisiones. Tú querías que fuera tan infeliz como tú y sabías que lo sería con Teddy.

La expresión de Corinne se crispa y el rechazo que mostraba desaparece para ser sustituido por un júbilo casi venenoso.

—¿Y qué si es cierto? ¿Por qué no debería guardarte rencor cuando yo nunca tuve la oportunidad de decidir y solo se esperaba de mí que hiciera lo que querían los demás? Hablas de ser inteligente. ¿Qué sabéis ninguno de los dos de inteligencia?

—Nos fulmina con unos ojos cargados de emoción—. Empezaste a escaparte a un piso asqueroso y pensaste que nadie se iba a enterar de lo que hacías. Y tú, señor Garret, puede que consiguieras destrozarnos con ese artículo despreciable, pero eso no era lo que querías de verdad, ¿me equivoco? —Hace una pausa y me señala con el dedo—. Tú solo ibas detrás de ella. Mi bonita hermana. Pues yo me ocupé de todo, ¿no es así? —Nos ofrece una sonrisa triunfante de oreja a oreja y se gira a mirar a Hemi—. ¿Quién es más listo ahora, chico de los periódicos?

Hemi me busca con la mirada y sonríe ligeramente.

—Te pido disculpas, Corinne. Parece que te he infravalorado.

—Y tanto. —Entonces dirige su sonrisa empalagosa hacia mí—. Y tú fuiste tan tonta de ponérmelo en bandeja. —Inclina la cabeza hacia atrás y suelta otra carcajada—. Nunca deberías haberme dejado a solas con las cartas, querida. No tardé en darme cuenta de que planeabas fugarte con el inglés. Aunque antes, ese mismo día, habías tenido algunas complicaciones, ¿no? Habías faltado a vuestra cita. Por eso le escribiste la nota, para pedirle que esperara. Ignoraba cómo se la ibas a hacer llegar. Sabía que debías tener un plan, porque no la habrías escrito de no haber sido así, por lo que permanecí alerta. Y vi al soplón de mi hijo bajar las escaleras con la chaqueta bajo el brazo. Tuve mucha suerte de que eligieras a un espía tan inepto.

Entonces sonríe y es evidente que está orgullosa de sí misma.

—Lo seguí hasta la cocina y vi que se sacaba un par de sobres de debajo de la camisa y se los guardaba en el bolsillo. Qué chico más torpe. Le di un susto de muerte cuando aparecí por detrás de él. Lo regañé por haberse puesto los zapatos buenos, porque había llovido ese día y se había formado mucho barro. Le quité la chaqueta, le ordené que subiera a cambiarse los zapatos y que, ya de paso, se pusiera una bufanda. Tenía que cerciorarme de que me daría tiempo a abrir los sobres.

Cuenta la última parte con un desinterés casi ofensivo, como si hablara de cómo limpiar una mancha de vino de una blusa.

—¿Por qué sabes abrir los sobres?

Me mira sin disimular la diversión que siente.

—Menuda tontería de pregunta. Aunque, claro, nunca has estado casada, así que la pasaré por alto. Resulta muy sencillo cuando hace poco que se ha cerrado el sobre, que era el caso de los tuyos. Los pones unos segundos encima del hervidor de agua y, con mucho cuidado, usas un abrecartas —o un cuchillo para la mantequilla en este caso— y ya está. Al principio, solo pretendía leerlos para saber qué planeabas, pero cuando leí lo que le habías escrito a Teddy, se me ocurrió algo mejor. Supe cómo interpretaría la carta el chico de los periódicos. Pensaría que lo habías plantado. Así que cambié las cartas y volví a guardar los sobres en el bolsillo del abrigo de Dickey. *¡Voilà!*

Se enorgullece de su ingenio, como un ladrón de banco que presume del atraco perfecto. Me revuelve el estómago, pero hay más cosas que quiero saber.

—¿Qué hiciste con la otra carta?

—¿Te refieres a la que debería haber recibido él? —Mira a Hemi y se encoge de hombros—. La escondí entre las peladuras de patata de la cena y la tiré al cubo de fertilizante.

«Fertilizante». Me estremezco solo de pensarlo. Mis palabras, las palabras que le había escrito a Hemi, descomponiéndose, volviéndose líquidas, calando en la tierra oscura. Miro a Hemi y por fin me siento libre de culpa, aunque en esa situación no me siento aliviada ni absuelta. Solo tengo una grave sensación de pérdida y un recordatorio horrible de lo que me fue robado. Lo que nos fue robado.

—¿Y el sobre de Teddy? —pregunto, débilmente—. ¿Qué hiciste con ese?

—Lo volví a cerrar, vacío, y lo metí en el bolsillo del abrigo. Asumo que lo recibió, aunque no lo sé con certeza. A saber qué pensó al abrirlo. Y el pobre Dickey nunca supo nada de esto. —Vuelve a sonreír, y esta vez muestra una sonrisa ingeniosa y cruel—. ¿Contenta?

—¿Que si estoy contenta? —La miro fijamente, con incredulidad. Es como si una parte de ella, la que es de sangre caliente, hubiera desaparecido, y me pregunto cómo es posible que seamos familia—. Has vuelto a romperme el corazón, Corinne. Me has recordado lo cerca que estuve de tener la vida que tanto deseé, y lo mucho que sufrí al perderla, pero me alegro de que esto haya acabado, de haber terminado contigo y con esta casa, me alegro de oír que la derrumbarán en cuanto te marches. Me voy. Y no pienso volver.

Cuando Hemi y yo estamos a punto de llegar a la puerta, mi hermana me llama. Me giro hacia ella y me sorprende verla desplomada en la silla, como si se hubiera deshinchado.

—Ve al armario —dice, sin rodeos—. Hay una caja con algunas cosas. Llévatela.

Mi instinto me pide que siga caminando, que me aleje de ella tanto como me sea posible, y rápido. Sin embargo, percibo algo en su voz, una mezcla de resignación y derrota. Contra mi propia voluntad, siento una punzada de compasión por mi hermana, a quien sé que no volveré a ver nunca más, y la obedezco a regañadientes.

En el armario, al fondo, encuentro un sombrerero viejo. Lo abro ahí mismo y siento que se me corta la respiración cuando levanto la tapa. Son sus cosas. Las pertenencias de mi madre. El cepillo de plata que tenía sobre el tocador, un broche de perlas y diamantes, un collar de granates, un montón de cartas antiguas con matasellos de Francia y, al fondo del todo, un álbum de cuero marrón con las iniciales de mi madre grabadas en dorado.

El cuero está seco y arañado, el lomo se ha partido y se han usado un par de gomas elásticas para contener las páginas que se han ido soltando con los años. Al verlo, me embriagan los recuerdos, unos bonitos y otros agridulces, y, por un instante, estoy convencida de que la oigo, la huelo y la siento conmigo. *Maman.*

Me alegro muchísimo, aunque también estoy enfadada. Miro a Corinne.

—Cuando te pedí el álbum, me dijiste que lo habías tirado. Me dijiste que lo habías tirado todo. Y durante todo este tiempo... me has estado escondiendo todas estas cosas. Y sabías que ella habría querido que las tuviera yo. ¿Por qué lo hiciste?

—Tú misma acabas de responder a tu propia pregunta —responde con un tono estoico.

—¿Lo hiciste solo para fastidiar a una mujer fallecida?

—No. Lo hice para fastidiarte a ti.

Sus palabras me dejan sin respiración. Yo solo era una niña cuando nuestra madre murió. Estaba sola. Perdida. Y ella me ocultó a propósito las cosas que me podrían haber servido de consuelo.

—¿Qué te he hecho? Por favor, ayúdame a entender por qué me odias tanto.

No media palabra durante un momento, frunce el ceño y se examina los dorsos de la mano como si fueran los de otra persona. Finalmente, descansa las manos en el regazo y me mira.

—No habías nacido cuando Ernest falleció. Estuve yo sola. Ella lo pasó muy mal. Se pasaba los días encerrada, pero cuando tenía un buen día, me invitaba a su habitación, me peinaba el pelo y me cantaba. Era su ojito derecho. Cuando tú naciste, yo me volví insignificante. Y luego, cuando papá la internó, tuve que cuidar de ti, tuve que cuidar de la hermana a la que no podía ni ver. Tenía dieciséis años, estaba a punto de tener mi propia vida. O eso pensé. Pero hice lo que se esperaba de mí. Siempre he hecho lo que se esperaba de mí. Hasta me casé con George Hillard, que hacía que se me pusiera el vello de punta. Pero tú no. Tú eras demasiado buena para casarte con el hombre que papá había elegido para ti. Tú querías al chico de los periódicos.

—Sí —digo en voz baja, sin atreverme a mirar a Hemi—. Es cierto.

—Y era lo único que te importaba. Lo que tú quisieras. Tenías que aprender cuál era tu lugar. Tenías que cumplir con tu deber como me habían obligado a hacerlo a mí. Y con él fuera de escena, lo habrías hecho. Pero en su lugar, cuando publicaron el artículo, conseguiste librarte y la que tuvo que encargarse de arreglar el desastre fui yo. Otra vez. —Mira a Hemi con una repugnancia evidente—. Tú lo metiste en casa. Lo ayudaste a desenterrar toda esa basura y a manchar la reputación de papá. Se arruinó. Todos quedamos arruinados. ¿Y encima tienes la desfachatez de presentarte aquí y preguntarme qué me has hecho? Si te hice daño, por poco que fuera, me alegro.

Lo dice sin avergonzarse, sin siquiera parpadear, y entonces entiendo que el odio que siente la ha corrompido. Vuelvo a mirar el contenido de la caja. Veo los objetos personales escondidos de mala gana, como si fueran trofeos de una guerra. Pero ¿por qué guardarlos y mentir al respecto?

Entonces entiendo que no había guardado los enseres de mi madre para vengarse de mí, sino por un motivo totalmente diferente, por algo que se niega a admitirse ni siquiera a ella misma.

—Te los querías quedar para ti —digo en voz baja cuando lo comprendo, por fin—. Querías quedártelos porque eran de mamá.

Aparta el rostro y me pregunta:

—¿Los quieres o no?

—Sí, claro.

—Pues tómalos y lárgate.

Alzo el sombrerero con los brazos; entonces, antes de que me dé tiempo a cambiar de parecer, cojo el cepillo y lo dejo sobre la almohada de Corinne, es un regalo que no merece. Ella no me ve, pero Hemi sí. Nuestros ojos se encuentran un momento cuando me quita la caja. Recojo el bolso de la cama y me dirijo a la puerta. No me despido. No vuelvo la vista hacia atrás. Ya he conseguido lo que quería y ahora solo deseo alejarme de mi hermana y marcharme de casa de mi padre.

Veintidós

Marian

«Los libros son los amigos más silenciosos y constantes;
es fácil acceder a ellos y resultan sabios consejeros y los
profesores más pacientes».

Charles W. Eliot

Cuando entro en el coche de Hemi, tengo la sensación de que esto ha llegado a su fin, es como si hubiera atado todos los cabos sueltos. La caída de los Manning está a punto de concluir. Sin embargo, nuestra historia (la de Hemi y mía) todavía no ha concluido.

Hacemos la gran parte del trayecto de regreso en silencio. Por la ventana, miro los coches que pasamos y el paisaje que se difumina, e intento procesar lo que ha ocurrido estas últimas semanas. Que Ethan y Ashlyn hayan encontrado los libros. Que Hemi se haya presentado por sorpresa y con una carta de hace cuarenta años en el bolsillo. Que Corinne haya admitido que boicoteó mi búsqueda de la felicidad. Y pronto, será el turno de la última pieza del rompecabezas, la que llevo tanto tiempo guardando.

Las cuatro décadas de secretos se han desenmarañado tan rápido que me parece imposible, aunque mi conciencia sabía que era algo ineludible. ¿Acaso no llevo años preparándome para este día? Cuando recibí el libro de Hemi y vi que había escrito: «¿Cómo, Belle?», ¿no me preparé entonces para este hecho inevitable? Sí, claro que sí.

Las palabras de Ashlyn se me han repetido en la cabeza todo el día.

«Un punto final».

¿Será posible? ¿Cuando la ira y el dolor te han acompañado durante tantos años, que no imaginas despertarte sin el ardor que te producen en el pecho? ¿Cuando, de repente, te encuentras frente a frente con el rostro que lleva tantos años acechándote y amenaza con reabrir las heridas que creías cerradas? Ashlyn cree que sí. Y supongo que lo cree por experiencia propia, aunque nunca lo ha dicho. Asegura que es cuestión de tomar la decisión. Y yo la he tomado. Sin embargo, antes de que pongamos ese punto final, debe haber un ajuste de cuentas.

Por mi parte.

Pero todavía no estoy preparada para cargar con tanta culpa.

A mi lado, Hemi se come la cabeza al volante, cuidadoso de no mostrar ninguna expresión mientras conduce en hora punta. De vez en cuando, siento que mira hacia mi lado del vehículo como si fuera a decir alguna cosa pero, cuando me giro para mirarlo, él aparta la vista.

—¿No vamos a hablar del tema? —pregunto cuando el silencio me resulta insoportable—. ¿Ni de lo que ha dicho ni de lo que eso significa?

Mantiene la vista fija en la carretera y agarra el volante con fuerza.

—¿Qué queda por decir?

Su respuesta me sorprende.

—Tal vez podríamos empezar por el hecho de que los dos hemos estado equivocados todos estos años, y que anoche no mentía cuando te dije que la carta que recibiste era para Teddy y no para ti. Creo que podrías reconocer eso al menos.

Se queda callado durante un rato y finge interés en algo que ve por el retrovisor. Yo espero y lo observo atentamente. Antes conocía ese rostro a la perfección, conocía cada rasgo y cada sombra, pero los años lo han vuelto duro y su expresión me resulta ilegible.

—¿Y luego qué? —pregunta—. Después de cuarenta y tres años, los dos lo sentimos. ¿Y luego qué?

La amargura que percibo en su voz me duele en el alma.

—Luego… nos perdonamos, Hemi. Dejamos de culparnos y de intentar descubrir quién hizo qué. Eso no cambiará lo que hemos perdido. Nada puede cambiarlo, pero a lo mejor nos ayuda a pasar página para que, así, seamos capaces de olvidar esto de una vez por todas.

Contengo el aliento, espero una respuesta o un gesto que demuestre que me ha escuchado, pero se queda mudo, es inalcanzable. Giro la cabeza hacia la ventanilla y contemplo la autopista, que se difumina por la velocidad. Perdonar. Pasar página. Son ideas muy bonitas, pero han sonado falsas cuando las he mencionado, porque sé que todavía hay más por venir. Mucho más. Y esto complicará todavía más las cosas. Puede que eso sí sea imperdonable, pero se lo tengo que contar. Dicen que confesar es bueno para el alma. Aunque no se lo diré en el coche, entre bocinazos y vehículos que nos adelantan a toda velocidad. Tengo que decírselo en mi terreno.

—Hemi —digo, de pronto, antes de echarme atrás—, quiero que me acompañes a mi casa. Cuando me dejes en el hotel, en mi coche, quiero que me sigas hasta casa.

Me mira con un semblante más amable.

—¿Te encuentras mal?

—Estoy bien. Pero tenemos que hablar de una cosa.

—Llevamos tres horas en el coche y nos queda otra para llegar a Boston. ¿Hay algún motivo por el que no podamos hablarlo ahora?

—Sí —me limito a responder—. Tengo que enseñarte una cosa.

—¿En tu casa?

—Sí.

Su expresión se vuelve cautelosa.

—¿Qué es?

—Aquí no. —Me vuelvo a girar hacia la ventanilla—. Todavía no.

ॐ

Cuando estaciono en el acceso a casa, tengo las manos calientes y sudorosas. Hemi aparca detrás de mí y sale del coche. Me peleo para sacar la maleta y el sombrerero con las cosas de mi madre del maletero. El resto tendrá que esperar. De repente, Hemi aparece a mi lado y me los quita de las manos.

Le susurro un «gracias» incómodo y camino hacia la puerta principal para que me siga.

En el recibidor, ni siquiera lo miro cuando me quito el abrigo. Él deja mis cosas en el suelo y echa un vistazo por encima de mi hombro hacia el salón.

—No hay nadie —le digo, y le tiendo una mano para cogerle el abrigo—. Estamos solos.

Él retrocede y niega con la cabeza.

—Estoy bien así.

En el salón, recorre los cuadros y los muebles con la mirada, luego el piano y la colección de fotos que hay sobre él. Contengo el aliento y espero que se dé cuenta, pero no es así.

—Es muy bonito —comenta, secamente—. No es lo que me imaginaba, pero es bonito.

Camina hacia la ventana. Las cortinas están abiertas, así que se ve la playa de piedra. El sol se está poniendo y el agua tiene un tono peltre oscuro. Dejo que admire el paisaje y voy a la cocina a por hielo. Cuando vuelvo, él sigue delante de la ventana, aunque se ha quitado el abrigo y lo ha dejado sobre el reposabrazos del sofá. Sirvo un par de dedos de ginebra en cada vaso y alargo el brazo para alcanzar la tónica. Cuando me oye abrir el precinto de la botella, se gira hacia mí.

—Tienes playa propia y todo. Debería haberlo imaginado.

Oigo un ápice de reproche en sus palabras que me recuerda a los primeros días, a cuando sus comentarios cínicos sobre mi infancia privilegiada y mi estilo de vida adinerado me sacaban de quicio. Estoy a punto de recordarle que tiene una casa en Back Bay, pero decido no hacerlo.

—En realidad es compartida, pero la otra familia no viene a menudo, así que la tengo para mí sola la mayoría del tiempo.

Me sostiene la mirada durante un momento incómodo.

—Solíamos hablar de vivir cerca de la playa.

«Hablábamos de muchas cosas», quiero responderle, pero me contengo. Ni siquiera puedo pensar en eso, porque entonces no podré decirle lo que necesito. Le ofrezco uno de los vasos.

—Sé que normalmente lo tomas con lima, pero tendrás que conformarte. No esperaba compañía.

Se encoge de hombros.

—He aprendido a vivir sin muchas cosas.

—Hemi…

—¿Por qué deberíamos brindar?

Miro al suelo, al vaso, a cualquier sitio menos a él.

—Por tu éxito —digo con un tono apagado—. ¿Cuántas novelas llevas escritas?

—Veintiuna la última vez que las conté.

—Y la mayoría han sido éxitos de ventas. Enhorabuena.

Se encoge de hombros, incómodo por mis halagos. El silencio se alarga y nos quedamos de pie, mirándonos el uno al otro desde la distancia que han creado estos cuarenta y tres años.

—Tú apareces en todas —comenta.

El comentario me toma por sorpresa. El tono de su voz se ha vuelto grave y áspero, y despierta algo en mí que hacía tiempo que dormía.

—No sé qué quieres decir.

—Quiere decir que eres la protagonista de todas mis novelas. Sin importar cómo se llamen, todas son Belle. Todas son tú.

—Hemi…

—¿Has leído alguna?

—No.

—Todo empezó con *Mi lamento: Belle*. Fue la primera obra buena que escribí. Puede que lo mejor que escribiré en mi vida. —Da un sorbo a la bebida y hace una mueca al tragar—. ¿Qué pasó con el libro, lo sabes?

—Lo tengo yo —respondo en voz baja—. Los tengo los dos.

Parece sorprenderle. Puede que incluso le complazca.

—¿Los has conservado?

—No. Fue Dickey. Cuando falleció, su hijo los encontró en su despacho.

—No sabía que tenía un hijo.

—Ethan —comento—. Nunca lo había visto hasta la semana pasada, pero es idéntico a su padre.

—¿Puedo asumir que los leyó?

—Sí —contesto, y bajo la mirada—. Identificó Rose Hollow y descubrió el resto.

—Debe de haber sido interesante que un completo desconocido leyera toda tu vida amorosa.

—Y la tuya —le recuerdo en tono sereno—. Y sí, fue muy… interesante.

—¿Saben que fui yo? ¿Que yo era Hemi? ¿Qué nosotros…?

Tiene una cicatriz nueva justo debajo del ojo izquierdo, encima de la mejilla. No me había dado cuenta hasta ahora, pero me pregunto cómo se la ha hecho y cuándo. Resisto la tentación de acariciársela con los dedos, de tocarlo.

—Lo saben todo —me limito a responder—. Hasta cosas que tú desconoces.

—Belle… —Da un paso hacia mí, luego otro más, y su fachada gélida se derrite a medida que se acerca—. No sé por dónde comenzar. Lo de anoche… lo de esta tarde… Durante cuarenta años he cargado este dolor en las entrañas, te he culpado, he creído una mentira. Y todo este tiempo… Lo siento, lo siento muchísimo. Siento no haber confiado en ti. No haberte creído. Y, por encima de todo, siento haber estado implicado en ese maldito artículo. Debería haberte dicho en qué estaba trabajando. Si lo hubiera hecho, nada de esto habría pasado. Fue un acto estúpido y egoísta, y lo reconozco. Pero te juro, Belle, que yo no tuve nada que ver con su publicación. Eso fue cosa de Goldie y Schwab.

—Saboteadores.

—¿Cómo dices?

—Los saboteadores nos negaron la vida que se suponía que deberíamos haber tenido. Mi hermana. Goldie. Las dos tenían una motivación y las dos se salieron con la suya. No importó lo que queríamos nosotros.

—¿Eres feliz, Belle? Ahora. Quiero decir... ¿hay alguien en tu vida?

Le doy un trago largo a la bebida y dejo el vaso en la barra.

—Eso son dos preguntas totalmente diferentes. Y con respuestas totalmente diferentes. Sí, soy feliz. Me he construido una vida. Tengo cosas que me encantan. Y estoy segura de que tú también. Pero no, no tengo a nadie.

Deja el vaso y me estudia un momento, como si intentara leerme la mente mientras sopesa lo que dirá a continuación.

—Nunca en mi vida pensé que diría esto, pero, por el amor de Dios, mírame. Míranos. Nunca ha habido nadie para mí aparte de ti, Belle. Ni antes ni después. Cuando no fuiste a la estación quedé devastado. Y luego recibí la maldita carta. Cuando la leí y pensé que habías vuelto con Teddy, algo en mi interior murió y las cosas dejaron de importarme. Había temido que eso ocurriera y, de pronto, ahí tenía la prueba, en mis manos. Aunque no era para mí. Hemos perdido muchísimo tiempo, pero nunca lo he olvidado. Nunca he dejado de desear...

Debería resistirme cuando alarga un brazo para tocarme, debería apartarme antes de que esto llegue más lejos, pero he esperado mucho tiempo para oír esas palabras. El peso de su mano sobre mi brazo me resulta dolorosamente familiar, la máscara tras la que se había estado escondiendo ha desaparecido de repente. Es el Hemi al que yo conocí hace tantos años, el hombre al que nunca he dejado de querer. Cuando soy consciente de eso, siento un dolor en la garganta. Cómo voy a negar lo que significa este momento, al sentir que el tiempo retrocede, al recordar lo que era estar con él, cómo éramos juntos.

Cuando sus labios se posan sobre los míos es como si no hubiera pasado el tiempo, como si nunca nos hubiéramos separado. Es una sensación parecida a la de regresar a casa, y me quedo atónita al darme cuenta de lo mucho que había extrañado su sabor, sus brazos rodeándome. Pero ¿cómo puede ser? ¿Cómo había podido olvidar esta especie de… paraíso? Con los ojos cerrados, recuerdo las extremidades enredadas, las sábanas azules arrugadas, los cuerpos encajados, en tensión y brillantes por el sudor. Ha pasado demasiado tiempo. Una eternidad. Y, sin embargo, es como si el tiempo no existiera, como si fuera ayer.

Me derrito contra su cuerpo y me rindo a esa familiaridad, sabiendo con certeza que es un error, que en un momento todo se desbaratará. Otra vez. Y esta vez no habrá dudas sobre quién es el responsable. El pensamiento me cae como un jarro de agua fría y me aparto de él.

—Hemi… espera.

Él retrocede, incómodo.

—Lo lamento.

Niego con la cabeza.

—No digas eso, por favor. No quiero que te lamentes. Aunque me temo que lo vas a lamentar, y mucho. Tengo que contarte una cosa. Algo que debería haberte contado hace mucho tiempo.

No dice nada y su expresión no se inmuta, espera a que prosiga.

—Antes, cuando me has preguntado si Ethan sabía lo nuestro, te he dicho que lo sabía todo, incluso cosas que tú no sabes. No me has preguntado a qué me refería.

Tomo su vaso y se lo pongo en la mano, luego me acerco al piano. Zachary me mira desde detrás del marco pesado y negro. Me hubiera gustado tener tiempo para contarle a mi hijo que esto iba a ocurrir, pero ni yo misma lo sabía. Confío en que me perdonará.

Hemi aparece a mi lado, tiene los ojos cargados de preguntas cuando me giro hacia él con la foto. Intento buscar las palabras adecuadas para prepararlo para lo que le voy a decir, pero no hay palabras adecuadas para esto. En lugar de eso, le doy el marco y espero.

Lo mira fijamente, al principio con el rostro inexpresivo, desconcertado.

—¿Qué es esto…? ¿Es…?

—Se llama Zachary —digo sin alzar el tono.

—Zachary —repite el nombre poco a poco, como si se deleitara con ello, como si quisiera encontrar alguna familiaridad.

—Es nuestro —digo, por fin—. Tuyo y mío.

Entonces parece entender la realidad, es como si lo hubieran despertado de repente de un sueño profundo.

—Quieres decir…

—Lo que estoy diciendo, Hemi, es que tenemos un hijo. Y que te lo oculté. Le dije a todo el mundo que lo había adoptado, pero es mi hijo biológico. Y también el tuyo.

Me preparo para la ola de ira que sé que se acerca. En lugar de eso, su semblante se vuelve inexpresivo, se queda en blanco por la confusión. No dice nada, me mira fijamente mientras intenta procesar lo que le acabo de decir. Me pongo firme y me obligo a aguantarle la mirada cuando prosigo:

—No supe que estaba embarazada hasta que llegué a California y para entonces no tenía ni idea de dónde encontrarte.

Su expresión se endurece hasta volverse arrogante.

—¿Lo intentaste siquiera?

—¿Cómo? Estabas por ahí haciéndote pasar por corresponsal de guerra. —Las palabras se me escapan sin que pueda remediarlo, no tengo derecho a usar eso de excusa. No se equivoca. Podría haberlo encontrado si hubiera querido, pero elegí no buscarlo.

—¿Y después? ¿Al terminar la guerra? —Llegados a este punto, está enfurecido y sus palabras cobran fuerza a medida que se da cuenta de la gravedad de mi transgresión—. Dickey sabía cómo encontrarme. Hiciste que me mandara el libro, ¿te acuerdas? Un libro en el que, he de decir, omitiste la existencia de mi hijo.

Asiento, parpadeo para deshacerme de las lágrimas, pero el nudo que tengo en la garganta me impide responder.

—Y el día que Dickey y tú ibais a comer juntos. Supongo que te echaste atrás cuando te enteraste de que yo estaba en el restaurante. Y, para colmo, debo mencionar que mi cara ha estado en todas las librerías durante las dos últimas décadas. Por favor, no me digas que no sabías cómo encontrarme, Marian. Has tenido cuarenta y tres años para hacerlo. Solo tenías que descolgar el teléfono.

Estaba preparada para recibir su ira, pero no para el dolor salvaje que percibo en su voz, ni sus ojos vidriosos.

—Hemi…

Me da la espalda y camina hacia el otro lado de la estancia, luego da media vuelta y me mira.

—¿Tanto me odiabas?

—Nunca te he odiado. Por mucho que lo quisiera y lo intentara. Pero no podía.

—Me ocultaste que tenía un hijo. ¡A nuestro hijo! ¿Cómo pudiste hacerlo?

Y ahí está. La pregunta que me hizo tantos años atrás, la que me escribió en la portada de *Mi lamento: Belle*. Aunque ahora cobra un significado totalmente diferente, muchísimo peor.

—Me rompiste el corazón —respondo con un hilo de voz, aun sabiendo que eso no es una excusa y que nada de lo que le diga podrá reparar mis actos—. Cuando te fuiste y luego cuando apareció el artículo en el periódico. No me podía creer que me hubieras hecho algo así.

—No fui yo.

—Pero entonces no lo sabía. ¿Cómo iba a saberlo?

—Así que pensaste que eso justificaba que podías privarme de estar con mi hijo. —Se pasa la mano por el pelo en un gesto tan familiar que me duele el pecho—. Por Dios. Tiene cuarenta y dos años. Es un hombre. Y yo me he perdido toda su vida.

Lo miro con los ojos velados por las lágrimas e intento encontrar algo que decir.

—Lo siento. Lo siento muchísimo. Desde el día en que nació, y cada instante de los últimos cuarenta y dos años, lo he mirado a la cara y te he visto a ti. Al hombre que prometió amarme para siempre y desapareció sin decirme nada. Me convencí de que un hombre que hacía algo así... —Se me quiebra la voz y tengo que contener un sollozo—. Habrías vuelto, pero me habrías guardado rencor. Y ese rencor habría hecho que nos acabaras abandonando a los dos. Dejar plantada a una mujer adulta es una cosa. Pero abandonar a un niño es algo totalmente diferente. No podía arriesgarme a que eso le pasara a Zachary.

—¿Eso es lo que pensabas de mí? ¿Que era de esos hombres que dan la espalda a sus propios hijos?

—No sabía quién eras ni qué harías. La única certeza que tenía era que habías traicionado mi confianza y roto tu promesa. Pero te habría perdonado todo eso. Lo que no podía perdonarte era que desaparecieras de mi vida sin avisarme, como si nunca te hubiera importado. He visto lo que pasa cuando un hombre pierde el interés en su esposa, y también lo que les ocurre a los hijos. —Cierro los ojos, una nueva oleada de lágrimas me amenaza—. No sabía cómo volver a confiar en ti.

El silencio que nos separa se hace insoportable, es como si todos nuestros recuerdos se hubieran esfumado y solo existiera esta nueva realidad. Hemi está de pie con los hombros tensos, su rostro es una mezcla de sombras y rasgos puntiagudos mientras observa la foto de nuestro hijo. Finalmente, levanta la mirada y me inmoviliza con sus ojos mordaces y azules.

—Anoche, en el bar, cuando me dijiste que habías hecho lo que tenías que hacer... que habías... seguido con tu vida. Te referías a esto. A criar a nuestro hijo sin mi ayuda.

Me obligo a mirarlo a los ojos, los tiene tan llenos de dolor que me duele el corazón.

—Lo siento mucho, Hemi.

—¿Dickey lo sabía?

Asiento.

—Zachary siempre ha sido una copia de ti. Siempre nos peleábamos por esto. Dickey pensaba que lo tenías que saber, y yo que no era asunto suyo. Al final tuvimos una discusión muy fuerte después de lo del restaurante. No volvimos a hablar nunca más.

—¿Tan empecinada estabas en esconderme la existencia de mi hijo que cortaste la relación con tu sobrino favorito? ¿Y todo porque él creía que tenía derecho a formar parte de la vida de Zachary?

¿Cómo hago que me entienda? Que entienda lo que sentí. Lo que tanto temía. No solo por lo que pudiera ocurrirme, sino también a mis hijos o a la vida que había creado para ellos.

—No podía dejar que volvieras a nuestras vidas. Así no. Los fines de semana, las vacaciones y los veranos alternos. Que repartiéramos los gastos del campamento de música y que nos viéramos en los recitales. Como dos cordiales desconocidos que resulta que comparten un hijo. Además, también debía pensar en Ilese y en lo que eso habría significado para ella.

Toda expresión desaparece de su rostro.

—¿Ilese?

—Mi hija. Zachary tenía dos años cuando la adopté y crecieron como hermanos, y eso es lo que le dije a todo el mundo que eran. Que Zachary hubiera tenido un padre de repente habría resultado incómodo.

—¿Tan incómodo como descubrir que tienes un hijo de cuarenta y dos años?

Me digo que no tengo derecho a defenderme, que después de lo que he hecho, debería quedarme allí y aceptar lo que me diga, pero no soporto que piense que para mí fue fácil, que no me cuestioné mi decisión todos los días de la vida de mi hijo.

—No me refiero a eso. Para cuando supe cómo encontrarte, había pasado muchísimo tiempo. Habíamos estado siempre nosotros tres solos y tenía miedo…

Alza una mano y me interrumpe.

—Ya basta de excusas. No hay nada que justifique esto.

—No intento justificarme. Ya te he dicho que me equivoqué. Con independencia de lo que creyera que habías hecho, no tenía derecho a ocultarte a tu hijo. —Las lágrimas me nublan la visión, pero no tengo derecho a llorar—. No sé qué más decir ni qué más hacer.

Permanece con los brazos cruzados y las piernas separadas, pero no cede.

—¿Qué quieres?

Lo miro fijamente.

—¿Qué quiero yo?

—¿Qué imaginas que pasará? Supongo que si me has pedido que viniera a tu casa es porque tenías un plan en mente. ¿Cuál es el plan?

—Quería arreglar las cosas, decirte que reconozco mi equivocación. Que metí la pata hasta el fondo y, bueno, pedirte perdón. —Espero una respuesta, porque soy incapaz de saber si mis palabras han surtido efecto, pero su expresión sigue inmutable—. Dime algo, por favor.

Se le tensa un músculo de la mandíbula.

—¿Qué quieres que diga?

—Lo que sea. No sé. Dime qué hacemos ahora.

—No hacemos nada, Marian. Por ahora no.

Asiento y cierro los ojos.

—Sí. De acuerdo. Para que conste, Zachary toca el violín en la Orquesta Sinfónica de Chicago y se va a casar en junio.

—Bueno, parece ser que no me lo he perdido todo.

Su rostro, tan frío hace solo unos instantes, se desmorona justo delante de mí y siento que mi corazón le sigue.

—No sé cuántas veces tengo que disculparme, Hemi, pero lo haré todas las veces que me pidas. Nunca dejaré de disculparme.

Niega con la cabeza, tiene los ojos lúgubres y vacíos.

—Durante todo este tiempo, siempre me he preguntado si las cosas podrían haber acabado de otra manera. Recordaba cómo era cuando estábamos juntos, pensaba en las cosas que veíamos, haríamos y que, a lo mejor, había un modo de retroceder. Por eso fui anoche. Para ver si era posible. Y hoy, por un instante frenético, cuando te he besado y me has devuelto el beso, he pensado que sí lo era. Sin embargo, ahora veo que nuestro barco ya zarpó. Zachary era nuestra segunda oportunidad. Después de tantas suposiciones, de tantos años separados, él era nuestro pasaje de regreso. Podríamos haber salvado algo de la vida que habíamos planeado. Pero ahora ya no. Y lo peor de todo es que, en este caso, no podemos echarle la culpa a nadie más. Tanto con la carta como con el artículo fueron otros los que lo hicieron. Los saboteadores, como los has llamado. Pero esto fue cosa tuya. La saboteadora fuiste tú.

Toma el abrigo del reposabrazos del sofá y se dirige al vestíbulo sin mirar atrás. Lo veo alejarse, deseando saber cómo hacer que se quede, pero ya le he pedido perdón de todas las formas que sé. Y, además, él no quiere oír mis disculpas.

Reina la quietud cuando la puerta principal se cierra detrás de él, el eco de la nada amenaza con derrotarme. Es rotundo. Definitivo. Tomo la foto de Zachary del bar, donde la ha dejado Hemi, y miro el rostro de nuestro hijo. Es la viva imagen de su padre. Esperaba poner punto final a todo esto, pero lo único que siento es que se me han abierto las viejas heridas.

Veintitrés

Marian

«Siempre he imaginado que cerrar un libro es como pausar una película en mitad de una escena, con los personajes congelados en sus mundos detenidos, conteniendo el aliento, esperando a que el lector regrese y los devuelva a la vida, como el beso de un príncipe en un cuento de hadas».

Ashlyn Greer, El cuidado y mantenimiento de los libros antiguos

El porche acristalado siempre ha sido mi rincón favorito de la casa, un santuario al borde del mar, incluso de noche. He estado sentada aquí desde que Hemi se ha marchado, con las luces apagadas y envuelta en el sonido del mar. Esta noche la luna no da mucha luz y la oscuridad se hace dura, vacía y, a la vez, cargada de recuerdos.

He llamado a Zachary y le he contado lo de su padre. Se lo he contado todo. O todo lo que una madre se sentiría cómoda compartiendo con su hijo adulto. Me he limitado a los hechos, a los nombres y lugares. Se lo ha tomado como me esperaba, como siempre se ha tomado las cosas: me ha preguntado si yo estaba bien. Le he dicho que sí. He mentido, pero a veces eso resulta más sencillo.

También he llamado a Ilese, pero no me ha respondido. Volveré a intentarlo mañana, aunque para entonces su hermano ya la habrá puesto al corriente. Siempre han tenido ese tipo de conexión, siempre han sabido cuándo el otro necesita un hombre en el que apoyarse. Pero ya está hecho. La última pieza del dominó ha caído. Ya no hay más secretos pudriéndose a la espera de ser descubiertos.

La situación me deja con una peculiar sensación de cierre, como si ya estuviera todo zanjado, aunque no haya terminado por completo.

En la mesa que tengo delante están los libros, el de Hemi y el mío. No sé por qué los he traído al porche conmigo, aunque es evidente que no es para leerlos. Puede que quisiera verlos una última vez. Mañana encenderé la chimenea del salón y haré lo que Dickey me dijo hace tantos años: quemarlos. Mi pasado y el de Hemi, hechos cenizas. Parece apropiado que una relación tan abrasadora (puede que incluso demasiado) se acabe extinguiendo. Es una especie de punto final.

Pero ¿lo será realmente?

Durante más de cuarenta años he fingido que el tema estaba zanjado y he intentado no pensar en esa época, evitar los recuerdos. He sido muy cuidadosa. Y, sin embargo, en cuestión de veinticuatro horas (de hecho, ni eso), he arrojado toda mi precaución por la ventana. He visto el rostro de Hemi y me he permitido recordar, he notado sus brazos, su boca y me he dejado llevar por la esperanza.

Me he aferrado con todas mis fuerzas a la ira que sentía, me he empapado de culpa y recuerdos amargos para evitar sentir lo que se escondía bajo la superficie. El dolor insaciable que me provocaba extrañarlo, sentir su presencia cuando estoy sola y la casa está en silencio. Se ha marchado, pero sigue formando parte de mí. El hueco que han escarbado tantos años perdidos en mi interior. El duelo por lo que podría haber sido, por lo que estuvo a punto de ser.

A lo mejor, si se lo hubiera contado todo, si le hubiera dicho que me destrozó perderlo… Lo mucho que lo he anhelado estos años y lo sigo anhelando. Pero no. Ha dejado bien claro que nuestra segunda oportunidad se cerró cuando decidí esconderle lo de Zachary. Tiene razón. Yo fui la que lo saboteé.

Miro hacia la orilla, imagino el horizonte que se alarga más allá y me pregunto si algún día seré capaz de volver a encerrar al genio en la lámpara; si conseguiré olvidar otra vez. Estoy convencida de que no podré. Esto es lo que me espera ahora. Los recuerdos de lo que podría haber sido, de la familia que podría haber tenido si hubiera tomado otra decisión.

Debería entrar y ponerme manos a la obra con lo que sea que viene a continuación. Cenar. Dormir. Otro día. Pero no quiero pensar en mañana. Todavía no. Observo la playa de piedras debajo de mí, la media luna de arena donde la tierra y el mar se encuentran, y recuerdo a Ilese y a Zachary allí cuando eran pequeños, construyendo castillos de arena y buscando piedras lisas y brillantes que guardaban en un cubo de plástico azul. Tengo muy buenos recuerdos en esta casa. «Esos recuerdos son suficientes», me digo. Te tendrás que conformar.

La marea ha bajado y, bajo la tenue luz de la luna, la orilla parece resplandecer de un color pálido y casi fantasmal. Cierro los ojos y escucho el sonido rítmico de las olas contra las rocas, el ir y venir como la respiración. Cojo aire con el mar. Luego lo suelto. Inhalo, exhalo. Mejor así. Sí, un poco mejor. Ahora ya puedo entrar.

Justo cuando abro los ojos, veo algo que se mueve en la arena, algo oscuro sobre la orilla iluminada. Es solo un instante, pero estoy convencida de que lo he visto. Lo observo y espero, pero no se mueve nada. «Debe de haber sido un efecto de la luz de la luna», me convenzo. Pero lo vuelvo a ver.

Amusgo los ojos en la oscuridad para ver mejor. Al principio no consigo ver nada, pero al final descubro una forma desconocida sobre las rocas que separan la playa de la carretera. Puede que los vecinos hayan regresado y hayan alquilado la casa. Es poco probable en esta época del año, porque la mayoría de los residentes de Marblehead ya han acabado la temporada. Además, hace demasiado frío para pasear por la playa.

Por curiosidad, me acerco a la puerta del porche y la abro. El sonido del mar entra con una ráfaga de aire salada. La cosa, sea lo que sea, sigue allí, no se mueve, pero ahora la veo mejor. Salgo a la terraza. El viento me despeina el pelo, que me tapa los ojos. Me lo aparto del rostro con la mirada fija en las rocas. Entonces lo veo, la luna traza un arco que lo ilumina brevemente y lo delata. Aparece y desaparece, pero me resulta familiar.

El destello de un recuerdo. Los dedos, largos y delgados, que apartan una onda de pelo despeinado y oscuro. Un reloj de muñeca que brilla a la luz de las velas. El corazón se me acelera. Es un disparate, está claro que es un producto de mi imaginación nostálgica.

Y, sin embargo, no puedo evitar ir hacia las escaleras, bajarlas con cuidado en la oscuridad agarrada a la barandilla de madera, hasta que alcanzo la playa.

La sombra sigue allí, es una presencia escalofriante sobre las rocas. Siento vértigo al darme cuenta de que es un hombre que reconozco. Se me hunden los talones en la arena cuando empiezo a caminar, avanzo a un ritmo torpe y titubeante. Aunque no lo veo, percibo que se gira para mirarme. La luna vuelve a brillar, hay un momento de indecisión antes de que la persona baje de la roca. Se queda de pie, con las manos a ambos lados del cuerpo, las piernas separadas y me observa mientras me acerco. Lo reconocería donde estuviera, incluso en la oscuridad.

—Hola —dice, cuando por fin llego delante de él. La palabra se pierde en el viento y suena incorpórea en la oscuridad—. ¿Qué haces aquí?

—Es mi playa. ¿Llevas aquí desde que te has ido?

—No. También he estado sentado un rato en el coche.

—¿Por qué?

Encoge los hombros y los relaja bruscamente.

—No consigo marcharme.

Me digo que eso no significa lo que creo, lo que deseo que signifique, pero mi pulso acelerado y el sonido del mar eclipsan mis pensamientos.

—Hace mucho frío. ¿Dónde está tu abrigo?

—En el coche.

—Hemi, no puedes estar aquí.

—¿Quieres que me marche?

—No. Pero no puedes quedarte aquí. Vamos dentro.

Caminamos hacia las escaleras en silencio, manteniendo una distancia de seguridad. En el interior, enciendo una lámpara y me giro para mirarlo. Tiene los labios apretados y azulados, y está envuelto en frío, como si la brisa marina manara de su ropa. Sin pensarlo, le toco el rostro y le acaricio la mejilla con los nudillos.

—Estás helado.

Se endurece un poco por el contacto.

—Estoy bien.

—Tienes los labios azules.

—¿Qué hacías en la playa?

La pregunta se me hace extraña, sobre todo porque él estaba sentado en las rocas.

—No estaba en la playa. Estaba aquí, contemplando las vistas, y he visto que algo se movía en las rocas. Y has resultado ser tú.

—¿Estabas sentada a oscuras?

Me encojo de hombros.

—Tú también.

Va a responder cuando ve los libros, uno al lado del otro, sobre la mesa. No se mueve para tocarlos, pero nuestros ojos se encuentran y veo la pregunta en los suyos.

—Los he sacado cuando te has ido. Quería tomar una decisión sobre qué hacer con ellos.

—¿Y ya la has tomado?

—¿Los quieres? —contesto, evitando la pregunta con otra pregunta.

—No.

Responde tan rápido y decidido que casi se me escapa una mueca de dolor. Asiento y doy un paso hacia atrás.

—Voy a preparar un poco de té.

Me sigue hasta la cocina, me observa poner el hervidor de agua al fuego y preparar las tazas en silencio. Por un momento, siento que he regresado a su pequeña cocina en el piso de Nueva York y que estoy preparando la comida mientras él lee el periódico o analiza alguno de los artículos. Es como si no hubiera pasado el tiempo, pero cuando lo miro, al otro lado de la encimera, recuerdo que ya no tenemos nada que ver con los jóvenes amantes que fuimos un día.

Él tiene nuevas arrugas en el rostro, aunque sigue siendo atractivo, que Dios me ayude. Desearía no ver al Hemi joven cuando lo miro, pero ahí está, observándome con esos ojos azules y recelosos, con el maldito mechón que le cae sobre la frente, no tan oscuro como antes, pero maravilloso y terriblemente familiar.

Cojo las bolsas de té y añado un poco de leche al de Hemi, porque siempre lo tomaba así.

—Esto te ayudará —comento, y le ofrezco la taza.

La acepta y la deja sobre la encimera enseguida. Antes de que tenga tiempo de retroceder, me agarra la muñeca.

—No quiero té, Belle.

—De acuerdo. Nada de té, entonces. ¿Qué quieres?

Los ojos se le nublan y me suelta.

—Quiero que vuelva a ser 1941. Quiero volver al día antes de que me marchara de Nueva York, a un día antes de que encontraras mis apuntes. Quiero volver al pasado.

—Pero eso no es posible, Hemi.

—No. No lo es. Solo puede ser ahora. Pero me has preguntado qué quería. Y he estado pensando en eso durante dos horas y media.

—¿Y qué has decidido?

—Que nunca nos despedimos.

Cuando lo miro, siento un dolor en la garganta.

—¿Eso es lo que quieres? ¿Que nos despidamos?

—Yo nunca quise despedirme.

—¿Entonces…?

—No quiero seguir estando enfadado, Belle. Llevo muchos años enfadado. Porque pensaba que así me protegería de los recuerdos, pero no funcionó. Solo hizo que me convirtiera en una persona demasiado orgullosa para hacer lo que debería haber hecho.

«Me ha llamado Belle, no Marian». Aparto la mirada, con miedo a esperanzarme.

—¿Qué deberías haber hecho?

—Debería haberme tragado el orgullo y haber ido a buscarte. Si lo hubiera hecho, habría conocido a Zachary. Habría formado parte de su vida, y de la tuya. Pero en lugar de eso, me lamenté, bebí demasiado y escribí libros que acababan como desearía que hubiera acabado lo nuestro. —Se aleja con las manos en los bolsillos.

—Hemi…

Cuando se da media vuelta para mirarme, tiene los ojos rojos y llenos de dolor.

—Hemos perdido muchísimo tiempo, hemos desperdiciado años culpándonos el uno al otro de cosas que otros hicieron. Sigo enfadado porque nos arrebataran tantas cosas, por el tiempo que no podemos recuperar. Siempre estaré enfadado por eso, pero me he hartado de estarlo contigo. Y conmigo mismo. Aun así, el miedo que siento por lo que nos depara el futuro me ciega. No quiero ser el único… —Las palabras se van apagando y se aclara la garganta—. Bueno, por eso me presenté en el hotel. Porque quería saber si teníamos alguna posibilidad. Esperaba que así fuera. Entonces te vi en el salón. Supe cuándo me viste. Pasaste de ser toda sonrisas a estar a punto de vomitar. Ahí fue cuando me di cuenta de que había cometido un error.

El dolor en su voz hace que se me llenen los ojos de lágrimas.

—Estaba asustada —susurro—. Por Zachary. No estaba preparada para tener esa conversación. Pero que te presentaras en el hotel no fue un error, Hemi. Yo soy la que se equivocó. Lo que te hice es imperdonable y merezco todo lo que me dijiste.

—No es que fuera imperdonable. Es solo que… cuando me contaste lo de Zachary, fue como si me hubieras dado una patada en el estómago. Nunca pensé que algo me pudiera doler más que el día que no te presentaste en la estación, pero me equivocaba. Cuando me dijiste lo de Zachary, solo podía pensar en todo lo que he perdido y no en lo que he ganado. He ganado un hijo y puede que una segunda oportunidad. Nunca había imaginado un final así, pero aquí estoy, Belle. Aquí estamos los dos.

«Los dos».

De repente, el corazón me late tan fuerte que no oigo ni mis pensamientos, pero sigo con miedo a crearme falsas esperanzas.

—¿Lo dices por Zachary? ¿Quieres formar parte de su vida?

—Lo digo por todo. Por Zachary, por ti y por mí. Por la familia que por fin voy a tener, porque, no he tenido una hasta ahora. Todo: la guerra, los libros, los premios… solo han sido formas de pasar el tiempo. Hasta que pudiera volver a ti. Ahora somos personas distintas. Somos más mayores. Hemos cambiado, aunque hay cosas que nunca cambian. Por lo menos, para mí. Y pensaba… esperaba… que a lo mejor podría formar parte de tu vida.

La súplica en su voz no da lugar a malas interpretaciones, y de repente estoy asustada. De que esto esté yendo demasiado de prisa. De que lo que sentimos en este instante no baste. De que, después de todo lo que hemos perdido, nunca nada sea suficiente.

—Somos unos desconocidos, Hemi. Tú mismo lo has dicho, somos personas totalmente diferentes. Puede que estemos cometiendo un grave error.

Asiente.

—Tienes razón. Puede ser, pero estoy dispuesto a correr el riesgo. Al ritmo que tú quieras. Eras Belle entonces y siempre serás Belle, pero ahora también eres una persona nueva. Y yo también. Y me encantaría tener la oportunidad de conocerte. Sé que lo hemos dejado para muy tarde, pero creo que merece la pena descubrir si tenemos un futuro juntos. —Entonces me toma la mano y busca mis ojos con los suyos—. ¿Te estoy pidiendo demasiado?

Bajo la mirada a nuestras manos entrelazadas, a sus dedos cálidos y familiares intercalados con los míos, y recuerdo el consejo que le di a Dickey tantos años atrás (el mismo que le di a Ethan hace un par de noches): que no dejara que nada se interpusiera entre ellos y el amor. ¿Podré hacerlo? ¿Podré volver a arriesgar el corazón? He conseguido una buena vida, una vida plena en casi todos los sentidos. He criado a dos buenos hijos y he trabajado en lo que me importaba. Con eso debería bastarme, pero siempre he sabido que me faltaba una pieza, y que esa pieza era Hemi.

—No —respondo por fin—. No me pides demasiado. Solo lo justo.

❧

Abro una botella de vino e improviso una cena con fruta y verdura que llevo al salón. Hemi prepara el fuego y nos sentamos en el sofá para empezar a hablar de todos los cabos sueltos de nuestras vidas.

De vez en cuando, posa la mano sobre la mía, como si quisiera asegurarse de que soy real, y yo le acaricio la mejilla con el mismo propósito. La conexión que sentimos en el pasado sigue ahí, es como una electricidad que nos une y, cada vez que nos rozamos, sentimos la tentación de abandonar nuestras historias y meternos en la cama. Resultaría muy fácil ceder a la tentación y consumar nuestra unión en la seguridad y el silencio de la oscuridad. Pero todavía nos separan muchos años, hay muchos huecos que debemos completar. Así que seguimos charlando.

Él me habla de la guerra y de las cosas que vio (algunas demasiado horribles para escribirlas), de la muerte de su madre. De que regresó a casa cuando ella enfermó y que estuvo allí cuando la enterraron junto a su padre en lo que habría sido su trigésimo tercer aniversario de boda. Me cuenta que, sumido en el duelo, se casó con una mujer que le recordaba a mí, pero que en la noche de bodas se dio cuenta de que había cometido un error.

Yo le cuento mi vida en California sin él, el miedo que sentí cuando me di cuenta de que estaba esperando un bebé. Le enseño la fotografía de Johanna y le cuento su historia, cómo nos convertimos en amigas y luego en hermanas, cómo, cuando supo que iba a morir, me regaló a Ilese y un nombre para el hijo que había tenido fuera del matrimonio.

Con el paso de las horas, nuestras copas se van vaciando y el fuego se va apagando. Abro una segunda botella de vino y le hablo de Ethan y Ashlyn. Le cuento que aparecieron en mi vida por los libros que escribimos y que ya forman parte de mi familia. Le explico que Ethan es clavadito a su padre, y que tiene un corazón igual de grande. Y que Ashlyn me animó a confesarle lo de Zachary y zanjar el tema de una vez.

Entonces, de repente y de forma inexplicable, parece que se nos han acabado las palabras. A los dos nos quedan cosas por contar. Cuarenta y tres años es toda una vida (dos en este caso), pero por ahora ya hemos hablado lo suficiente. Me dirijo a mi habitación, tomo la colcha de la cama y regreso con Hemi. No digo nada cuando extiendo la mano. Él no dice nada cuando la acepta. Atravesamos el porche acristalado y bajamos a la playa.

Nos sentamos en las rocas y contemplamos en silencio cómo el sol sale por detrás del mar. El aire de la mañana es frío y cortante en las mejillas, pero nos acurrucamos debajo de la colcha, el uno al lado del otro, mientras nuestras extremidades se tocan, y somos el refugio del otro. Nos quedamos así hasta que amanece del todo, hasta que el mar se convierte en un manto de color azul mercurio y la arena brilla dorada bajo nuestros pies. Al final, nos bajamos de las rocas y nos quedamos frente a frente.

Estaba convencida de que buscaba un final, una forma bonita de clausurar un pasado doloroso, pero cuando Hemi me estrecha entre sus brazos, no siento que esto se haya terminado. Parece un nuevo comienzo y, de repente, recuerdo otro beso, uno que tuvo lugar hace mucho tiempo, en un día de lluvia en un establo. Eso también había sido un comienzo. Hemi sonríe, como si me leyera la mente, y me estrecha entre sus brazos. «Esto es lo que se supone que uno debe sentir», pienso cuando posa los labios sobre los míos.

«Esto. Esto. Esto».

Epílogo

Ashlyn

7 de diciembre de 1985
Marblehead, Massachusetts

Eran las tres pasadas, y el sol de la tarde se colaba entre las cortinas y teñía la habitación de un tono ámbar. Ashlyn examinó su trabajo con cautela, los paquetes envueltos con un papel azul y decorados con florituras plateadas y lazos dorados, distribuidos por la antigua colcha. Los regalos de Janucá, preparados para repartirlos durante la celebración de la primera noche.

Era el segundo Janucá que pasaba con la familia de Ethan, pero era la primera vez que participaba en el intercambio de regalos y estaba un poco nerviosa. La habían recibido con los brazos abiertos y la habían tratado como a una más de la familia, y pronto lo sería. Habían guardado el secreto desde justo después de Acción de Gracias, porque Ethan quería darles la noticia cuando estuvieran todos juntos.

Todavía le costaba creer cuánto había cambiado su vida en cuestión de un año y medio. Y todo por un par de libros que habían terminado en sus manos. Una simple coincidencia, pero ¿había sido casualidad? De todas las tiendas de Nueva Inglaterra, *Mi lamento: Belle* y *Para siempre y otras mentiras* habían acabado en la tienda de Kevin. Y eso lo había cambiado todo. No solo había cambiado su vida o la de Ethan, ni la de Hemi y Belle, sino la de una familia entera separada por un antiguo secreto.

Pensó en los libros, que ahora descansaban juntos en el estudio de Marian, y recordó la primera vez que había posado las manos sobre ellos. Primero el de Hemi, luego el de Belle y después ambos a la vez. Recordó los zumbidos de una energía similar que había sentido en los dedos: fríos y silenciosos, pero gloriosamente acompasados, como dos notas que suenan en perfecta armonía.

Sus ecos habían cambiado.

Ese momento había supuesto una especie de revelación para Ashlyn, había sido un recordatorio de que los ecos que deja una persona son el resultado de las decisiones que toma, y, lo que era todavía más crucial, que siempre se podían cambiar. En ese momento, sentada al borde de la cama, abrió la palma y se pasó un dedo por la marca fruncida que le diseccionaba la línea de la vida. Un antes y un después. Era otro recordatorio, uno que se prometió no olvidar nunca: que las vidas de las personas no estaban definidas por sus cicatrices, sino por la historia que estas contaban y por lo que hacían con las cartas que se les repartían. A ella le habían dado la oportunidad de volver a amar, la oportunidad de tener otra familia, y estaba decidida a aprovecharlas al máximo.

Cuando el reloj de la repisa dio las cuatro, se levantó. Tenía que ponerse en marcha y unirse a Ethan y al resto de la familia. Pronto se pondría el sol y llegaría la hora de encender la menorá. Recogió el montón de regalos de la cama y añadió uno más al conjunto, uno especial para Marian.

༄

Marian

El sol ya casi se ha puesto y la menorá brilla vivamente, a la espera de que la enciendan. Recorro el salón con la mirada y el corazón casi me estalla cuando veo a nuestras familias juntas en un lugar. Es nuestra segunda Janucá juntos, pero esta es diferente, esta parece plena, al fin.

El olor de los aromas mezclados con el de la comida de las festividades impregna la casa. La falda de ternera, los *latkes* y los dulces *sufganiot* rellenos de mermelada. Les sonrío a las niñas, que revolotean, nerviosas, alrededor de Ilese y Jeffrey. Llevan jerséis azules a conjunto, parecen salidas de una tarjeta de felicitación de Janucá, y están entusiasmadas por abrir los regalos y jugar después de la cena.

Zachary y Rochelle han venido desde Boston para pasar unos días con nosotros. Es agradable que se hayan mudado más cerca. Los mellizos nacerán en marzo y, aunque todavía lo ignoran, no tendrán ni un minuto de descanso. Zachary y Hemi están haciendo planes para montar las cunas y poner el papel de pared en la habitación de los niños. Hemi nunca imaginó que sería abuelo, pero le hace muchísima ilusión la idea de que lo llamen *Saba*, abuelo en hebreo.

Nos casamos en agosto. Esperamos hasta después de la boda de Zachary y fuimos al juzgado, como un par de jóvenes amantes. Aunque haya llegado cuarenta y tres años después de lo planeado, por fin lo hemos hecho. Lo miro al otro lado de la estancia, es clavadito a su hijo. Se pasa una mano por el pelo para apartárselo de la frente y levanta la vista, como si supiera que lo estoy mirando. Me guiña el ojo y hace que se me acelere el corazón. Después de todo este tiempo, todavía me tiene embelesada.

Ethan y Ashlyn forman un corrillo en la otra punta de la habitación. Si mi intuición no me traiciona, pronto les pagaré una luna de miel. Puede que a Francia, para que conozcan a sus primos.

Zachary se aclara la garganta y anuncia que ha llegado el momento de encender la menorá. Hemi se coloca al lado de mi silla y noto la calidez de su mano sobre el hombro. Nos ponemos de pie y contemplamos en silencio cómo Zachary coloca una vela en la rama derecha de la menorá y enciende el *shmash*, la vela que se usa para prender las demás. Las niñas contienen el aliento cuando lo inclina para encender la mecha de la primera vela. Todos suspiramos ligeramente cuando se prende.

Entonces recitamos las bendiciones, tres la primera noche, y el sonido de todas nuestras voces al unísono me hace sonreír. Miro a Ethan, tiene un aspecto sobrio y respetuoso con la *kipá* prestada. Tanto él como Ashlyn se han aprendido las bendiciones para este año, y el corazón se me ensancha de gratitud porque formen parte de nuestra familia.

Finalmente, llega el momento de comer. Ilese lleva a las niñas al lavabo para que se laven antes de comer. El salón se vacía, pero yo me quedo allí y disfruto del insólito momento de silencio. Observo mi entorno cansada, pero feliz. La menorá se refleja en la ventana oscura, los montones de regalos envueltos con bonito papel esperan a que los abran, las Barbies y los libros de colorear están tirados por la moqueta. ¿Qué más se puede pedir?

De repente, aparece Hemi. Como si respondiera a mi pregunta, me ofrece un paquete envuelto en papel plateado y brillante.

—*Hanukkah sameach.*

Frunzo el ceño al tomar la caja y me pregunto por qué me da el regalo antes de cenar. Me observa romper el papel con una mirada muy particular, cargada de expectación, que hace que me cohíba. Abro la tapa de la caja y aparto varias capas de papel de seda. Por un momento no entiendo qué es lo que ven mis ojos. Es un libro, encuadernado en cuero marrón y liso. Me fijo en las letras grabadas en dorado en la cubierta: «H. L. T.».

«Helene Louise Treves».

No puede ser. Me pongo el libro sobre el regazo y veo que es el álbum de mi madre, restaurado con mucho gusto y cuidado. Paso las manos por encima, atónita. El cuero es liso y suave; el lomo, que estaba destrozado, está en perfectas condiciones, y las páginas están intactas y no hay ni rastro de las gomas. Esto es obra de Ashlyn, evidentemente, y la transformación es, cuanto menos, un milagro.

Contengo el aliento al abrir la cubierta, las lágrimas me forman un nudo en la garganta. Y, de repente, ella me mira desde la página, la mujer a la que recordaba de nuestras tardes especiales. Está joven, feliz y preciosa. Es la *maman* de mis recuerdos. Las manos me tiemblan ligeramente cuando paso las páginas, poco a poco, maravillada.

Desde el comedor, oigo que todos se reúnen alrededor de la mesa, el tintineo de los platos y los cubiertos, las risas de las niñas y el murmullo de la conversación. Es el sonido de una familia. Pronto nos llamarán y se preguntarán dónde nos hemos metido. Cierro el álbum a regañadientes y lo dejo en la caja. Ya tendré tiempo de disfrutar de mi regalo, pero ahora, la cena nos espera.

Me pongo de pie y le sonrío a Hemi con los ojos emborronados por las lágrimas, agradecida por los recuerdos que me ha devuelto y por los que crearemos juntos.

Agradecimientos

Y ahora ha llegado el momento de dar las gracias a todos aquellos que han hecho que este libro sea posible mientras construíamos una casa nueva y nos mudábamos a la otra punta del país. Dicen que hace falta muchísima gente para sacar adelante un libro (y para este ha hecho falta casi un pueblo entero), un grupo de personas entregadas y dispuestas a meterse contigo en el fuego de la creación para asegurarse de que logras salir ilesa al acabar, gente que cree en tu proyecto y en ti (incluso cuando tú no crees en ti misma) y, de algún modo, te ayudan a mantener los pies en la tierra. Sería imposible darles las gracias a todos, pero lo voy a intentar.

En primer lugar, a mi increíble agente, Nalini Akolekar: qué viaje tan maravilloso. Gracias por acompañarme en cada paso. Me muero de ganas de ver qué será lo siguiente. Y, por supuesto, quiero dar las gracias a todo el equipo de Spencerhill, que siempre trabaja entre bambalinas para asegurarse de que el siguiente tren sale a la hora prevista.

A mi editora original, Jodi Warshaw, que creyó en este libro desde el principio y con quien siempre ha sido un placer trabajar: te agradezco infinitamente que hayas tenido tanta fe en mí. Al encantador Chris Werner, que llegó cuando el proyecto estaba a medias y ha mostrado un apoyo y dedicación totalmente increíbles hasta el final. Y a Danielle Marshall, con quien me ha encantado trabajar. No podría haber pedido estar en mejores manos. También quiero dar las gracias a Gabe Dumpit, Alex Levenberg, Hannah Hughes y a todos y cada uno de los miembros de Lake Union y del equipo de Amazon Publishing.

Desde la gente de *Marketing* hasta los de diseño, sois sin duda los mejores del mundillo.

A mi editora de proyecto, Charlotte Herscher, sin la que habría estado totalmente perdida (¡de verdad que sí!). Gracias por guiarme con gentileza, por tus extraordinarios conocimientos y por llevarlo todo con tanta elegancia. Como diría Hemi, me has ayudado a encontrar el pulso en todos y cada uno de los libros.

A los escritores de blocs de libros, cuya generosidad y amor por la palabra escrita involucra a los lectores y hace que lean. Un agradecimiento especial a Susan «Queenie» Peterson, Kathy Murphy (también conocida como la reina de Pulpwood», Kate Rock, Annie McDowell, Denise Birt, Linda Gagnon y Susan Leopold. Sois todos increíbles.

A mis fabulosas compañeras en Blue Sky Book Chat: Patricia Sands, Alison Ragsdale, Marilyn Simon Rothstein, Bette Lee Crosby, Soraya Lane, Lainey Cameron, Aime K. Runyan y Christine Nolfi. Gracias por los ratos divertidos y por vuestra amistad y apoyo constante durante este año tan difícil.

A la encantadora y talentosa Kerry Schafer, compañera, administradora y, por encima de todo, amiga. Gracias por todo. Por las lluvias de ideas, por sujetarme la mano, por las contribuciones creativas, la positividad y por los empujoncitos cuando me han hecho falta. Deberías hacerte una capa (lo digo en serio).

A las chicas del Glitter Girls Book Club, a las que tuve que dejar cuando me mudé a Florida. Gracias por los buenos ratos. ¡Os echaré mucho de menos (pero no os olvidaré)!

A mi madre, Patricia Crawford, que sigue siendo mi mayor animadora. Gracias por el apoyo y por nuestras conversaciones a las seis de la tarde. ¡Te quiero de aquí a la luna y vuelta!

Y finalmente a Tom, mi marido, que se acaba de jubilar (aunque lo único que ha hecho desde entonces es montar y desmontar cajas). Gracias por encargarte de todo y darme espacio para escribir mientras nuestras vidas se ponían patas arriba. No hay formas suficientes de darte las gracias, pero espero demostrarte mi gratitud todos los días.

Temas de debate

La psicometría se define como la habilidad de descubrir cosas sobre un hecho o persona al tocar los objetos asociados a ellos. ¿Crees que una habilidad así es un don o una carga? Si pudieras tener ese poder, pero limitado a un tipo de objeto, ¿cuál elegirías y por qué?

Ashlyn entiende su trabajo en el taller de encuadernación como su vocación, como un deber sagrado. ¿Cómo se usan la restauración y reparación de libros como metáforas de la sanación emocional en la novela?

A primera vista, Ashlyn y Marian son mujeres muy diferentes pero, a nivel emocional, tienen algunas cosas en común. ¿En qué cosas se asemejan?

¿Cómo influye el pasado amoroso y las anteriores relaciones de Ashlyn en el hecho de que se adentre en la relación de Belle y Hemi? A un nivel visceral y emocional, ¿cómo la ayudan sus experiencias a conectar con Belle?

Se suele decir que el perdón es una cuestión de sanación propia más que de dejar que alguien que nos ha hecho daño se vaya de rositas. ¿Estás de acuerdo con esta teoría? Si así es, ¿crees que hay circunstancias en las que simplemente no se puede perdonar o crees que siempre deberíamos intentarlo, con independencia de la crueldad de la transgresión?

A lo largo de la historia, a Ashlyn le duele la cicatriz de la palma de la mano. ¿Qué simboliza la cicatriz para ella al principio de la novela? ¿Cómo cambia el significado de esa cicatriz al final?

Tanto Hemi como Belle admiten que deciden aferrarse a la ira en lugar de sufrir el duelo de perderse el uno al otro. ¿Ha habido momentos en tu vida en los que te has aferrado a la ira para esconder heridas emocionales más graves? En caso de que así sea, ¿te arrepientes de ello?

¿Qué papel tiene la confianza (o la desconfianza) en las relaciones de Ashlyn e Ethan y de Belle y Hemi? Habla de los sucesos en las vidas de ambas mujeres que las han llevado a tener dificultades para confiar en los demás.

Marian y Corinne tienen una relación muy tumultuosa. Marian todavía se siente rechazada y traicionada. Corinne es una extensión de su padre, fría y controladora. Sin embargo, al final de la novela, la dinámica de poder cambia y Marian consigue tomar el control. Y, a pesar de la confesión de Corinne, Marian le ofrece una especie de rama de olivo. ¿Por qué crees que hace eso en lugar de aferrarse a su ira? En esas mismas circunstancias, ¿habrías podido hacer lo mismo?

Al principio, Ashlyn le dice a Ethan que nunca ha hecho nada valiente, pero al final de la novela parece que su idea de valentía ha cambiado. ¿Cómo y por qué crees que la idea de su propia valentía cambia?

Lira Ediciones le agradece la atención
dedicada a *El eco de los libros antiguos,*
de Barbara Davis.
Esperamos que haya disfrutado de la lectura
y le invitamos a visitarnos
en www.liraediciones.com,
donde encontrará más información
sobre nuestras publicaciones.